VICTOR BENOIST ET Cie. — ÉDITION ILLUSTRÉE. — RUE GIT-LE-CŒUR, 10, PARIS

L'HOTESSE DU CONNÉTABLE

Par Emmanuel GONZALÈS

I

LE NAIN ET LA NAINE

Le 15 septembre de l'an de grâce 1523, vers cinq heures du matin, une troupe de trois cents paysans, tous armés de bâtons longs et noueux, se trouvaient rassemblés sur la route d'Aurillac à Maurs.

A voir les habits rapiécés, les cheveux incultes et les visages brûlés par le soleil dont cette bande offrait une collection trop complète, le plus intrépide voyageur eût rebroussé chemin; néanmoins, en y regardant de plus près, il eût fini par distinguer au milieu d'eux, allant et venant au pas de leurs chevaux, quelques piqueurs dont les galons d'argent[1] étincelaient aux premiers rayons du soleil levant.

En effet, le 15 septembre 1523, le soleil s'était exactement levé à cinq heures trente-sept minutes.

La présence de ces piqueurs devait donc faire supposer que tous ces hommes, d'aspect si terrible, n'étaient que de braves et honnêtes rabatteurs, attendant le signal du départ.

L'hypothèse était d'autant plus juste que rendez-vous avait été pris, depuis trois jours, par les seigneurs du pays pour chasser les loups, qui, quoiqu'on ne fût pas encore en automne, commençaient déjà à désoler la campagne.

Une fois la nuit venue, ils quittaient par bandes les vastes bois qui leur servaient d'abri pendant le jour et se répandaient en maraudeurs dans la plaine; quelques-uns pénétraient jusqu'au cœur des hameaux les plus rapprochés de la lisière des forêts, et s'embusquaient au coin des carrefours pour guetter les paysans attardés. D'autres, plus hardis, escaladaient les clôtures, rongeaient les portes des cabanes, étranglaient les chiens et dévastaient les bergeries et les étables.

Or, ces rôdeurs de nuit inspiraient une telle terreur dans toute la province, que les paysans, requis pour la battue, étaient accourus avec un empressement que, de mémoire d'homme, ils n'avaient encore manifesté pour aucune des nombreuses corvées dont, à cette époque, on était fort prodigue à leur égard.

L'endroit que les veneurs avaient choisi pour point de réunion s'appelait la *Loge aux Loups*.

C'était un ravin profond, inaccessible, dont l'orifice était traîtreusement masqué par une forêt de ronces et de broussailles.

D'après la tradition populaire, ce gouffre avait servi de repaire à toute une nichée de loups-garous, sur le compte desquels on racontait mille histoires merveilleuses et terribles. Si bien que, dans tout le pays, on n'aurait pas trouvé un seul paysan qui, pour un écu d'or, consentît à passer seul, pendant la nuit, devant la Loge aux Loups.

En face du ravin, de l'autre côté de la route, serpentait un ruisseau gracieusement bordé de saules et de joncs qui formaient un rideau de verdure, tandis qu'à leurs pieds s'étendait un tapis de mousses et d'herbes émaillées de petites fleurs des champs.

Ce frais ombrage, souriant comme une oasis au milieu d'une plaine immense, et si voisin de ce ravin sombre et désolé, pouvait bien exciter la défiance de pauvres paysans, dont l'ignorance barbare et les crédules superstitions troublaient encore l'esprit.

Pour eux, ce délicieux abri n'était qu'un piège, qu'un appât trompeur offert au voyageur imprudent. Malheur à celui qui cherchait un instant de repos sous la verte chevelure des saules! Malheur à celui qui se laissait bercer au susurrement monotone de la sauterelle, aux vagues murmures qui s'élevaient des roseaux, à ce concert de marécage bizarre, doux et voilé comme une mélodie lointaine! Malheur à lui! Il s'endormait bientôt pour ne plus se réveiller, car les hôtes mystérieux du ravin se glissaient doucement près de lui, l'enveloppaient de leur noire phalange, et ses cris de détresse se confondaient avec leurs hurlements sinistres.

Mais aujourd'hui, comme le soleil dore déjà de ses rayons le faîte des grands arbres, comme les paysans sont aussi nombreux que les Spartiates des Thermopyles, et qu'ils sont armés chacun d'un épieu, qui, pour être en bois vert, n'en frapperait pas moins sec, ils se sont bravement étendus sur le bord du ruisseau en attendant l'arrivée des chasseurs.

Ils jouissaient depuis un quart d'heure de cette douce quiétude de l'homme qui, se reposant dans sa force, peut affronter le péril sans trembler, lorsqu'un des chevaux qui tenaient le milieu de la route dressa tout à coup les oreilles, et se mit à pousser un hennissement prolongé.

Les paysans se levèrent en tumulte et tous les regards se tournèrent involontairement du côté du ravin.

En même temps, le piqueur s'était soulevé sur ses étriers, et, se faisant une visière de sa main, il interrogeait la plaine d'un œil attentif.

— Alerte! vous autres, s'écria-t-il, voilà toute la chasse qui arrive!

En effet, une vingtaine de jeunes gentilshommes apparurent bientôt à l'angle de la route, ils étaient pour la plupart vêtus de pourpoints de buffle et chaussés de longues bottes de cuir fauve, et chacun d'eux portait à la ceinture un couteau de chasse dont la lame évidée tranchait des deux côtés.

Derrière eux chevauchaient des valets portant des arquebuses et des vivres; puis, plus loin, venaient les piqueurs, sonnant du cor, et les gens de la vénerie qui tenaient en laisse des chiens dont ils avaient grand'-peine à contenir l'impatiente ardeur.

Les gentilshommes, voyant que les rabatteurs étaient à leurs postes, partirent au galop dans la direction de la forêt.

Les paysans s'élancèrent à leur suite au pas de course, en agitant leurs bâtons et en poussant des cris de joie sauvage que ne pouvaient couvrir l'éclat des fanfares, ni les abois des chiens.

Et tout ce flot tumultueux s'abîma dans l'épaisseur du bois, où il disparut comme une vision.

Mais dès que la dernière clameur se fut éteinte, et que la plaine fut redevenue déserte et silencieuse, le feuillage poudreux du ravin s'agita doucement, les broussailles frémirent comme secouées par le passage furtif d'un lézard ou d'une vipère; puis, à travers les

---

[1] V. l'ouvrage de Sainte-Foix, à l'article *Lance*.

ronces qui s'écartèrent, apparurent deux têtes qui n'avaient rien d'humain.

Toutes deux, plus pâles que la Peur, dardèrent sur la forêt leurs prunelles, qui semblaient étinceler comme des tisons dans l'ombre, et restèrent un instant immobiles. Puis ces êtres extraordinaires sortirent en rampant du ravin, mais avec une prudence inquiète, et tout prêts à s'y replonger au moindre bruit.

C'étaient deux nains, dont l'aspect grêle et chétif n'avait rien de fort gracieux, le frère et la sœur, deux jumeaux. Leurs traits grotesques et mal ébauchés se gonflaient et se déformaient encore sous l'empreinte de la terreur et de la fatigue. Les pieds nus et poudreux, les cheveux perlés de sueur, effarés, haletants, essoufflés, la figure luisante, ils semblaient se cacher du soleil comme des gnomes éblouis de cette grande lumière et honteux de leurs vêtements déchirés ; leur taille n'était guère au-dessus de celle d'un enfant de dix ans, quoiqu'ils en eussent dix-huit environ, mais leur difformité inspirait plutôt la pitié que le dégoût.

La naine, courte et grosse comme une boule, avait une tête énorme, tout à fait disproportionnée avec le reste de son corps, et elle balayait la terre de ses cheveux blonds. Il était impossible de regarder son nez plat, ses lèvres saillantes et l'émail de ses yeux éclatant de blancheur, mais diapré et veiné de teintes de feu, sans avoir envie de sourire ; ses joues et ses épaules suintaient le rouge dont elles étaient couvertes, à la mode du temps, et ce rouge grossier bariolait de si bizarres rayures sa peau brune et bistrée, que la pauvre créature ressemblait moins à un être humain qu'à une bête curieuse et inconnue. Une courte jupe cachait mal ses jambes lourdes, et ses mains sortaient à peine des longues manches de grosse toile rayée blanc et jaune qu'avaient adoptées les bohémiennes. Cependant, toute sa petite personne pétillait d'un certain air de coquetterie prétentieuse qui prouvait combien peu elle avait le sentiment de sa difformité. Si souvent elle souriait pour montrer la blancheur de ses dents, elle riait bien souvent aussi sans savoir pourquoi. Rien ne pouvait égaler la mobilité des muscles de son visage, si ce n'était celle de son esprit, qui n'était pas moins surprenante. Passant brusquement, sans transition aucune, de la plus profonde tristesse à la plus folle gaieté, elle riait avant d'avoir essuyé ses larmes, et pleurait avec le sourire aux lèvres. On pouvait la comparer à ces bourrasques d'avril, trempées de pluie et dorées de soleil.

Son compagnon était doué d'une laideur plus intéressante. Son visage, moins bouffi et plus allongé, gardait une pâleur qui agrandissait d'un cercle bleuâtre ses yeux bleus à l'expression maladive et mélancolique ; son nez bossué et bridé aux ailes, ses larges oreilles qui supportaient des pendants d'une lourdeur incommode, ses mains longues, effilées et même décharnées, son torse maigre et ses jambes minces comme des épées, attiraient une attention plus sérieuse et mêlée de pitié. Les cheveux crépus et laineux du nain étaient coupés en plusieurs endroits ; ils formaient des croissants aux côtés, un rond au milieu et comme un cœur au-dessus du front.

Par un singulier contraste, autant sa sœur était vive, impressionnable et turbulente, autant il était calme, sobre de gestes et réfléchi. Aucune sensation ne se reflétait sur son masque impassible et muet. Si, par hasard, il riait, ce n'était qu'en dedans. Quoique fort jeune, il déployait déjà l'importante gravité d'un fou en titre d'office. Quant au costume, il n'était pas mieux partagé que sa sœur ; il portait sous sa souquenille de toile une méchante couverture de cheval en guise de manteau, et sous ce haillon de laine, qui l'enveloppait des pieds à la tête, il grelottait comme un fiévreux, tandis que la naine marmottait un orémus de sa voix de crécelle.

— Si j'ai péché, mon Dieu, dit-elle en terminant, depuis deux jours j'en ai bien fait pénitence par la prière.

— Et surtout par le jeûne ! ajouta le nain en poussant un profond soupir.

— Oh ! oui, murmura sa sœur en fondant en larmes.

— Allons, ma bonne Chevrette, un peu de courage ! reprit-il, nous voilà encore une fois sauvés !

— Sauvés ! s'écria-elle avec une exaspération fébrile qui fit reculer son compagnon d'un pas ; sauvés, parce que pendant deux jours nous avons pu nous nourrir avec quelques racines et étancher notre soif avec l'eau croupie des ornières ; sauvés, parce que nous avons dormi dans le creux d'un arbre sans être dévorés par les loups, et qu'au moment où nous avons vu arriver ces maudits chasseurs, nous avons pu nous accrocher aux broussailles suspendus au-dessus du gouffre ! Ah ! j'ai encore la chair de poule en pensant à ce terrain de sable qui s'émiettait sous nos pieds, et à ces branches sèches qui se rompaient entre nos mains. Sauvés ! ah ! vous êtes plaisant, seigneur Moucheron ; mais si je meurs de soif, de faim et de lassitude dans ce désert, vous aurez ma mort sur la conscience, et je crois que cela ne tardera pas, car je me sens défaillir.

— Vous avez faim ? pauvre Chevrette, dit d'une voix émue le singulier personnage qu'elle avait appelé Moucheron.

Et en même temps deux larmes descendirent silencieusement le long de ses joues creuses.

— Faim et soif, mon frère, répéta aigrement la naine.

— Hélas ! on nous a inhumainement repoussés des fermes aux portes desquelles nous avons demandé l'hospitalité, ma sœur. Et lorsque j'ai voulu insister pour obtenir un morceau de pain noir, les bouviers m'ont menacé de me larder à coups de fourche, en m'appelant fils de sorcière !

— Quel malheur que vous soyez si laid et si maigre ! Mais ces paysans brutaux n'estiment que les colosses, fussent-ils bêtes comme leurs bœufs, et ne comprennent rien aux grâces et à la gentillesse des manières. A la cour de Moulins, du moins, les seigneurs les plus illustres savaient apprécier nos talents et le grand connétable lui-même a plus d'une fois applaudi mes danses.

— Oui, nous les divertissions par nos grimaces, interrompit tristement Moucheron ; les courtisans de monsieur de Bourbon daignaient rire de nos cabrioles et de nos glapissements.

— Qu'appelez-vous grimaces, cabrioles et glapissements ? s'écria la naine pourpre de colère. Si vous parlez de vous, à la bonne heure, mais sachez que je ne me laisserai pas insulter, même par mon frère !

— Je ne voulais pas vous offenser, Chevrette. Je reconnais que vous dansiez à ravir et que monsieur de Bourbon vous admirait fort. Ah ! mon pauvre maître, je ne le verrai donc plus, lui qui me faisait coucher à ses pieds comme un chien de garde fidèle ?

— Heureux temps ! soupira Chevrette. Et quels beaux habits nous avions au lieu de ces haillons abominables !

Et elle souleva avec dégoût, du bout des doigts, un des coins de sa jupe.

— Coquette, dit Moucheron d'une voix douce et caressante.

— Coquette ! répéta la naine en souriant, mais la coquetterie ne sied-elle pas à une jeune femme qui n'a pas été tout à fait disgraciée par la nature? Ah ! si ces maudits bohémiens, que nous avons rencontrés hier, avaient eu affaire à un brave gentilhomme, et non à une créature efféminée comme vous, mon frère. j'aurais encore mes bijoux et mon chapeau de velours orné de plumes blanches mouchetées de six couleurs. Savez-vous que vous étiez charmant vous-même avec vos petites bottines blanches à éperons dorés qui n'avaient qu'une seule pointe à la mode des Mores? Je regrette surtout votre petit pourpoint gorge de pigeon bordé de moire d'or; votre troussse raisin de Corinthe et votre manteau de saumon doublé de cerise, qui vous donnaient vraiment bon air aux triomphants soupers de Moulins et de Chantelle. Eh ! quels soupers, Moucheron !

— Il y a vraiment cruauté de votre part, Chevrette, à évoquer de si succulents souvenirs quand nous sommes réduits à la famine, hasarda le nain, qui sentait ses dents s'entre-choquer machinalement et mâcher à vide. Mon pauvre manteau saumon! J'avoue, du reste, que plus d'une grande dame de la cour m'en a fait compliment.

— Et c'était encore un cadeau de ce généreux prince, monseigneur le duc de Bourbon.

— Silence! bonne sœur, dit Moucheron en promenant autour de lui des regards inquiets et posant un doigt sur sa bouche; n'oubliez pas que ce nom est celui d'un illustre fugitif, et que, pour avoir voulu le suivre, nous sommes errants et fugitifs à notre tour.

— Qui donc pourrait nous entendre dans ce désert? répliqua la naine en éclatant de rire ; décidément, mon pauvre frère, vous êtes fou.

— Hélas ! murmura-t-il, que ne le suis-je encore comme il y a quelques jours !

— En effet, reprit Chevrette, passant tout à coup du rire aux larmes, c'était un beau titre d'office que celui de fou de monseigneur le connétable de Bourbon.

Au même instant son compagnon s'élança vers elle, et posa une main tremblante sur ses lèvres.

— Malheureuse! tais-toi! dit-il à voix basse, si tu ne veux pas nous perdre.

Un bruit confus de pas, de voix et d'armures venait de résonner à ses oreilles. Tous deux restèrent immobiles de terreur. Bientôt ils aperçurent un groupe d'hommes débouchant par un chemin creux, que leur avaient caché jusqu'alors les accidents du terrain.

Chevrette retint un cri d'effroi qui les eût trahis, mais la peur lui rendit soudain l'usage de ses jambes, et, s'enfuyant légère comme une gazelle, elle courut se cacher derrière le rideau de saules et de roseaux dont nous avons parlé. Après un instant d'hésitation, le courageux Moucheron la suivit et alla se blottir à côté d'elle.

Puis, quand ils se sentirent en lieu sûr, cédant à une curiosité bien naturelle, ils écartèrent un coin de leur abri.

Il virent alors, avec un étonnement mêlé d'épouvante, quatre hommes portant un long cercueil, sur lequel on avait jeté un ample drap noir tout parsemé de petites larmes brodées en argent.

Les porteurs qui marchaient en avant étaient deux paysans vêtus de sayons de toile bleue en lambeaux, et s'avançaient plus tristes et plus tremblants que s'ils eussent porté le diable en terre.

Les deux autres avaient le casque en tête et la cuirasse au dos ; en guise de goupillon et de bénitier, ils brandissaient à la main une large épée nue, dont la lame flamboyait au soleil De sorte que quand, par excès de fatigue ou par mauvais vouloir, les paysans qui avaient été requis de force pour accomplir cette funèbre mission, ralentissaient un peu le pas, ils sentaient aussitôt la pointe acérée des épées leur chatouiller assez désagréablement les reins.

Les nains, qui suivaient d'un œil inquiet les nouveaux venus, frissonnèrent en voyant le convoi mystérieux se diriger précisément vers l'endroit qu'ils avaient choisi pour refuge.

Les porteurs traversèrent en effet la route, et déposèrent le cercueil au pied d'un saule.

Puis les deux reîtres, car il était facile de reconnaître dans ces soudards l'équipement et la démarche de ces terribles pistoliers à cheval, qui devaient jouer un si grand rôle dans les guerres de religion, les deux reîtres allèrent s'asseoir à quelques pas de là, et chacun d'eux déposa son épée nue à portée de sa main.

Ainsi placés, ils tournaient le dos aux joncs derrière lesquels Moucheron et Chevrette tremblaient plus violemment que les roseaux agités par le vent au-dessus de leur tête, le ruisseau leur coupant toute retraite.

Les paysans étaient restés debout.

— Mes cavaliers, dit l'un d'eux, puisque nous voilà arrivés au but, nous allons rejoindre la chasse, nous autres.

— Arrivés! reprit le plus grand des reîtres. Eh ! manants, vous ne voyez donc pas que si nous nous arrêtons ici, c'est seulement pour reprendre haleine et manger un morceau?

En même temps il tirait d'un petit sac de cuir des provisions qu'il étalait symétriquement sur l'herbe, tandis que son camarade se débarrassait d'une gourde au ventre rebondi et pleine jusqu'au goulot d'excellent vin d'Espagne.

— Nous serons sévèrement punis pour avoir quitté notre poste, insista le paysan.

— Bah! vous en serez quittes pour quelques coups de bâton, répliqua le reître, tandis que si vous faisiez mine de nous faire faux bond, nous serions obligés, à notre regret, de vous casser la tête.

Les paysans tressaillirent.

— Comment vous nommez-vous? demanda le cavalier à la gourde.

— Remy et Marcel, seigneur soldat.

— Eh bien! Marcel et Remy, il faut que vous preniez des forces pour affronter les bâtons. Asseyez-vous entre mon ami Goulard et votre ami Faucheux. Vous verrez que nous sommes de bons vivants, et que les reîtres ne sont pas des Turcs,

Les paysans, visiblement flattés de la proposition, s'empressèrent d'obéir.

— Ah! fit Goulard en se frottant les mains et dévorant des yeux ses provisions, nous allons donc enfin déjeuner!

— Et nous l'avons bien mérité, vive Dieu! reprit Faucheux en dégustant le vin contenu dans sa gourde, car nous avons fait cette nuit rude besogne. Cinquante hérétiques et *luthéristes* d'un coup de filet, c'est avoir de la chance.

— Cinquante hérétiques dans notre pays? s'écria Marcel; c'est impossible. On l'aurait su.

— Innocent! dit Goulard en lui frappant familièrement sur l'épaule; les brebis galeuses n'étaient pas de la province; elles arrivaient de plus loin, et le vieux baron de Montglat leur avait donné asile dans son manoir, quoiqu'il feignît d'être un zélé catholique. Nous n'avons pas été dupes de la ruse, et il a partagé le sort de ses hôtes.

— Vous avez tué le baron de Montglat! dit le paysan en joignant les mains et regardant le reître avec horreur; ce digne seigneur qui semblait l'image du bon Dieu sur la terre!

Faucheux fronça le sourcil.

— Manant, répliqua-t-il rudement, apprends d'abord qu'il n'y a qu'un homme qui soit l'image du bon Dieu sur la terre, c'est le roi de France.

Mais Goulard, que le vin poussait à la gaieté, interrompit son camarade, et riant à se tenir les côtes:

— Ma foi, ton vieux bonhomme de baron a bien failli nous échapper; il se sauvait par-dessus les murs du jardin pendant que Faucheux assommait son majordome, qui essayait de protéger sa fuite; mais heureusement je l'ai rattrapé par une jambe, et... ah! quelles contorsions! c'était à mourir de rire.

Les paysans restaient muets d'effroi; Moucheron serrait convulsivement la main de Chevrette.

— Ainsi, demanda enfin Remy d'une voix altérée, personne n'a pu fuir du château de Montglat?

— Personne, répondit Goulard avec gravité. Tout le troupeau a été accroché aux murailles, pendu aux balcons, cloué sur les portes. Il ne reste pas un agneau vivant pour aller bêler la nouvelle à ses frères. Et pourtant nous sommes plus tristes que glorieux de cette sanglante corvée.

— Ah! vous commencez à vous repentir...

— Oui, nous nous repentons de ne pas avoir mis à la question le vieux seigneur avant de commencer le pillage, car nous n'avons trouvé que des armures rouillées et de vieux tableaux enfumés. Quant aux coffres du baron, ils étaient aussi vides que les futailles de ses celliers. S'il y a un trésor, le maudit renégat l'a bien caché, et pourtant, à cette heure, son château n'est plus que cendres.

Le paysan Remy hocha la tête d'un air incrédule, et puis désignant le cercueil du doigt:

— Sans être trop curieux, mes cavaliers, demanda-t-il, qui donc emportez-vous dans cette bière?

— Dans cette bière! répéta Goulard en interrogeant son compagnon du regard, c'est un de nos capitaines, tué à la prise du château de Montglat, et que nous transportons chez son ami monsieur de Montchenu.

— Eh bien! dit Marcel, il n'est pas lourd, votre capitaine; il ne pèse pas plus qu'un enfant.

— Tant mieux! reprit Goulard, autrement tu nous soupçonnerais sans doute d'avoir dérobé et caché dans ce cercueil les épargnes de l'ami des hérétiques.

— Oh! les joyaux et les pierreries valent plus que les écus d'or et sont d'un poids plus léger, murmura Remy à l'oreille de l'autre paysan.

Heureusement pour lui les deux reîtres ne l'entendirent pas et crurent avoir parfaitement coupé court à tout soupçon. Ils échangèrent entre eux un clignement d'œil très significatif.

— Mangeons et buvons lestement, dit ensuite Faucheux, car nous n'avons pas de temps à perdre.

— Sont-ils heureux! balbutia le nain: ils vont boire et manger, ces voleurs, ces assassins, ces tueurs de vieillards et d'enfants, tandis que nous...

Chevrette soupira douloureusement.

Goulard offrit à son camarade une large tranche d'un morceau de venaison sauvé de la bagarre.

— Quel parfum! dit Faucheux en respirant à pleine poitrine.

— Et comme c'est douillet sous la dent! ajouta l'autre, en faisant jouer ses mâchoires avec un bruit formidable.

Les deux paysans ne tardèrent pas à les imiter, et un silence motivé s'établit entre les convives.

— Fermons nos yeux, nos bouches et nos oreilles, mon frère, murmura Chevrette, ou plutôt, ajouta-t-elle d'une voix insinuante, tâche, en passant doucement le bras à travers les joncs, d'attraper seulement quelques bribes de leur festin.

Moucheron repoussa d'abord ce pernicieux conseil avec un geste d'horreur, d'autant plus qu'il était parfaitement inexécutable. En effet, chacun des reîtres tenait sa part de pâté étroitement serrée d'un bout entre l'index et le pouce, et de l'autre entre ses dents.

— Eh bien! continua la naine d'un ton de plus en plus caressant, si à défaut de ce pâté, tu pouvais du moins atteindre jusqu'à leur gourde?

Moucheron frissonna de tout son corps.

— Il me semble, poursuivit sa sœur avec des façons de chatte, qu'une seule goutte de ce vin suffirait pour me rappeler à la vie.

Le nain se gratta l'oreille et parut réfléchir un moment.

La gourde était à portée de sa main, les soldats mangeaient sans défiance et les paysans regardaient instinctivement la Loge aux Loups. L'occasion ne pouvait donc se présenter dans des conditions plus favorables.

Poussé doucement d'un côté par Chevrette, attiré de l'autre vers la gourde par un charme irrésistible, Moucheron ne pouvait manquer de succomber à la tentation.

Mal lui en prit, car sa petite main sèche et nerveuse

tremblait si fort qu'il renversa la gourde et que tout le vin d'Espagne se répandit à terre.

Les deux reîtres, stupéfaits de cette singulière apparition, avaient poussé un cri d'alarme, s'étaient levés comme mus par un ressort et sautaient sur leurs épées, en jetant autour d'eux des regards éperdus, se demandant d'où sortait cette main qui ne ressemblait pas à celle d'un homme.

Les fugitifs comprirent qu'ils étaient perdus. Chevrette devenait verte comme les roseaux, ses dents claquaient, et elle allait éclater en sanglots, quand Moucheron lui dit rapidement :

— Pas un cri, pas un mot, petite sœur! si tu ne veux pas qu'ils nous découvrent tous deux!

— Mais ils vont venir à nous! murmura-t-elle.

— Non, car c'est moi qui veux aller à eux.

— Toi, mon frère! Mais ils te tueront!

— Qu'importe, si je te sauve?

Et s'élançant aussitôt hors des joncs, il s'offrit résolument aux regards étonnés des soldats et des paysans, qui tous les quatre reculèrent à la vue de cet être difforme.

— Qui es-tu, fils de Bohême? demanda enfin Goulard, qui recouvra le premier la parole.

— Conduisez-moi vers votre capitaine, et je lui répondrai, dit fièrement le nain.

— Mon capitaine m'a donné pleins pouvoirs de brancher les voleurs, les espions et les hérétiques, dit le reître. Or, tu as voulu voler mon vin d'Espagne, tu nous espionnais derrière ces roseaux, et ta figure est plutôt celle d'un sorcier que d'un bon catholique. Pour ces trois raisons et plusieurs autres qu'il est superflu d'énumérer, je te condamne à périr par la corde. Tu feras, j'en suis sûr, une drôle de grimace, et moi j'aime à rire.

— Mais je ne suis ni un voleur ni un espion! s'écria le nain.

— Peux-tu nous payer une rançon pour sauver ton vilain corps? Je te croirai sans preuves, repartit le flegmatique Goulard.

— Mais je suis bon catholique, mes dignes seigneurs.

— Si tu as une âme à sauver, tant mieux! fais ta prière, dit froidement Faucheux.

Moucheron ne répondit pas; il vit aux regards que les reîtres avaient jetés tour à tour sur lui et sur le mystérieux cercueil, combien ils craignaient d'être espionnés et dénoncés. Aucun serment ne pouvait leur inspirer confiance dans un inconnu, pauvre et errant. Quant au cœur de ces soldats pillards, pour qui toute œuvre de sang était une amusante distraction, il ne fallait pas songer à l'émouvoir. Le nain se laissa lentement glisser sur les genoux et se signa en poussant un sourd gémissement.

Les deux paysans s'étaient éloignés de quelques pas, et n'osaient regarder le pauvre bouffon, qu'ils soupçonnaient d'être un de ces hôtes suspects et dangereux qui fréquentaient de nuit la Loge aux Loups. Il leur faisait peur et non pitié. En se trouvant ainsi déshérité, même de cette miséricorde banale qu'excite chez l'homme le malheur ou la mort de son semblable, il songea à l'abandon et à la détresse dans laquelle il laissait plongée sa pauvre sœur, et une larme, une grosse larme tomba de ses yeux.

Les reîtres avaient déposé sur l'herbe leurs épées et déliaient ensemble le long cordon de soie qui servait à porter leur gourde. Quand ils eurent pratiqué une boucle solide à l'un des bouts du cordon et à l'autre un nœud coulant, ils frappèrent sur l'épaule du nain, qui semblait plier avec la plus édifiante ferveur.

— Tu te fais attendre, l'ami? dit Faucheux.

— Je voudrais vous voir à ma place, mon excellent bourreau, répliqua en souriant le nain; vous seriez peut-être moins pressé d'en finir.

— L'avorton est courageux et ferait un bon reître s'il était mieux bâti, observa Goulard. Aussi veux-je l'aider à aller tout droit en paradis, et lui faire faire un bout de chemin vers le ciel.

Puis il jeta son nœud coulant autour du cou du malheureux bouffon, et l'entraîna vers les saules, malgré sa résistance et ses cris lamentables, auxquels se mêlaient confusément ceux de sa sœur. Le nain ne regrettait pas la vie; il regrettait Chevrette et son bon maître le connétable; dans son cœur, il attendait un miracle qui le sauvât et lui permît de dévouer encore sa vie a ceux qu'il aimait.

Au même instant, un coup d'arquebuse retentit dans la plaine, à trois cents pas de l'endroit où les reîtres se disposaient à empêcher Moucheron de les espionner désormais. Tous les deux retournèrent machinalement la tête et virent un des jeunes gentilshommes chasseurs, qui, suivi de deux lévriers, poursuivait une louve à qui les rabatteurs avaient laissé franchir leur ligne.

Atteinte d'une balle a l'épaule, la bête venait de rouler sur elle-même et les deux chiens l'achevaient lorsque les cris aigus du nain attirèrent l'attention du chasseur.

Laissant les hardis animaux terminer leur besogne, il poussa son cheval dans la direction du nain, qui tendait vers lui ses mains suppliantes. Moucheron, sans se rendre compte de sa vague espérance, ressentait cette impression singulière de l'homme qui se noie, mais qui, en touchant au fond, se voit remonter à la surface de l'eau. Son cœur se dilatait et son gosier se desserrait. Ses yeux, agrandis par l'angoisse, se fixèrent avidement sur le chasseur, qui lui parut plus beau qu'un ange du Seigneur descendu tout a coup du ciel pour le sauver.

Quant aux reîtres, ils ne jetèrent qu'un coup d'œil dédaigneux sur ce gentilhomme, et sans doute il ne leur sembla pas bien redoutable, car ils continuèrent leurs dispositions avec un flegme merveilleux.

Le chasseur, en effet, ne se distinguait point par une stature gigantesque et des formes herculéennes, genre de mérite fort prisé à cette époque; il eût fait piètre mine parmi ces chevaliers de fer qui étouffaient des chevaux entre leurs genoux et qui trouaient des bataillons comme la cognée fend le chêne. C'était un jeune homme de vingt ans, souple et alerte, d'une taille moyenne et bien prise, très mince et très pâle, mais dont les façons étaient naturellement gracieuses. Ses cheveux châtains, qu'il portait longs contrairement à la mode du temps; son front plus haut que large, ses sourcils d'un noir bleu dont les deux arcs se rejoignaient presque au-dessus d'un nez droit comme celui de l'Apollon Pythien et ses dents éclatantes prêtaient à sa physionomie une expression d'audace et de fierté généreuses. Néanmoins, lorsque les coins de ses lèvres un peu charnues se retroussaient légèrement sous sa moustache fine et soyeuse, son visage revêtait tout à coup un masque d'ironie profonde et diabolique qui pouvait le faire supposer capable des révoltes les plus désespérées contre l'iniquité humaine ; mais ces rares éclairs étaient tempérés par des yeux bleu de mer étrangement allongés et empreints d'une indéfinissable douceur ; le regard en était languide, attirant, souriant comme celui d'une femme à l'état de calme, mais il semblait en jaillir des diamants quand la moindre émotion agitait le front du jeune gentilhomme ; et si la passion le gagnait, les diamants se changeaient en éclairs. C'était une nature frêle en apparence, mais vivace, robuste et nerveuse en réalité.

— Tiens ! c'est monsieur Didier, le neveu de messire de Montchenu, dit Remy en poussant son compagnon du coude.

— C'est, bon Dieu ! vrai, répliqua Marcel. Eh bien ! le petit sorcier joue de fière chance, car je connais le cœur de monsieur Didier ; sauf en chasse, il n'aime pas à voir tuer une mouche !

— Soit ! mais ces pistoliers du diable n'ont pas l'air de prendre grand souci de ce brave jeune homme, et il n'est guère de force à jouter avec eux.

— Oh ! si j'avais seulement une faux ou une fourche sous la main, je ne laisserais pas molester monsieur Didier par ces ribauds de guerre.

En ce moment le chasseur arrêtait brusquement sa monture et mettait pied à terre.

Les deux paysans coururent à lui avec tous les signes du plus profond respect et s'empressèrent à l'envi, l'un de débarrasser le jeune homme de son arquebuse, et l'autre de prendre les guides de son cheval.

— Que faites-vous ici ? demanda-t-il vivement aux rabatteurs.

— Pardonnez-nous, monsieur Didier, répondit Marcel. Nous gardions fidèlement l'angle du bois où vos piqueurs nous avaient placés, lorsque ces deux reîtres nous ont ordonné, l'épée au poing, de les aider à porter le cercueil que vous voyez là.

Les soldats, sans se préoccuper en rien de la présence du chasseur, commençaient à opérer l'ascension du nain, qui criait comme un enragé : — A l'aide ! mon gentilhomme, à l'aide ! ne me laissez pas pendre !

— N'aviez-vous donc pas vos bâtons ? demanda froidement Didier aux paysans.

— Nos bâtons, mon jeune maître, repartit piteusement Remy, mais ces reîtres avaient au poing leurs épées, vous dis-je, et sur les épaules des cuirasses à l'épreuve du bâton et du fer.

Didier leur tourna le dos sans répondre et marcha droit aux pistoliers, qui continuaient à ne faire nulle attention à lui et à rire comme des bienheureux des contorsions tragiques de Moucheron.

Il s'arrêta devant eux, souleva son chapeau et leur dit d'une voix douce, qui tremblait un peu soit de timidité, soit de colère :

— Vous croyez-vous donc en pays conquis, mes bons amis, pour en user de la sorte avec nos gens ? Ou bien êtes-vous seigneurs suzerains, juges du ressort, ayant droit de haute, moyenne et basse justice, pour vous amuser à accrocher les passants aux arbres du chemin ?

Les reîtres haussèrent les épaules en jetant un regard de pitié sur leur frêle adversaire, mais ils lâchèrent la corde qui hissait Moucheron, et ce dernier retomba à terre.

— Oh ! merci, mes braves capitaines, leur dit-il d'un ton gouailleur, je vois bien que vous n'êtes pas si méchants que vous en avez l'air. Vous vouliez m'effrayer, tout simplement, vous récréer un instant ou vous entretenir la main. C'est une plaisanterie, une excellente plaisanterie à la mode dans les camps. Seulement, nous autres bourgeois, nous n'y sommes pas assez habitués, ajouta-t-il en se grattant le cou avec une affectation comique.

Et il essaya de s'éloigner ; mais Faucheux le retint avec un geste de menace en disant :

— Nous te pendons, fils de sorcière, parce que tu es un voleur, un espion et un mauvais catholique. Et quiconque oserait s'opposer à ta pendaison sera traité par nous comme les hérétiques du château de Montglat.

— Ah ! vous faites partie de la bande qui a égorgé le vieux baron ? dit le chasseur en reculant avec une précipitation que les reîtres attribuèrent à l'épouvante.

— Le bonhomme a passé par nos mains, et son sang a jailli sur nos casques, dit orgueilleusement Goulard.

Didier recula encore et les regarda avec cette sorte de surprise inquiète et curieuse qu'on éprouve en voyant pour la première fois quelque objet monstrueux. Les soldats le crurent frappé de stupeur et se disposèrent à reprendre leur lugubre besogne.

Moucheron, atterré, ne poussait ni un cri ni une plainte.

— Ainsi, lui demanda alors Didier, ces hommes ont dit vrai, tu es un voleur et un espion ?

— Comme le baron de Montglat était un hérétique, parce qu'il accordait refuge à des hérétiques poursuivis, oui, mon jeune seigneur, répondit le nain. Je ne veux pas me défendre par un mensonge. Je suis coupable ; mourant de faim, j'ai voulu ramasser les miettes du déjeuner de ces soldats ; dévoré par la soif, j'ai essayé de mouiller mes lèvres à leur gourde. Si ce crime mérite la mort, ils ont raison de me pendre.

— Déliez cette corde ! s'écria Didier d'une voix brève.

— Ah çà ! reprit Faucheux en le toisant d'un regard insolent, avez-vous acheté à notre capitaine sa compagnie pour oser nous parler ainsi ?

— Ou bien avez-vous envie de prendre la place de ce maudit avorton ? ajouta Goulard.

— Nous n'avons rien à démêler avec vous mon jeune coq, et nous serions fâchés d'être forcés de vous donner votre première leçon d'académie.

— Croyez-nous, passez votre chemin et contentez-vous de dire votre prière pour l'âme de ce sorcier. C'est tout ce que nous vous permettons de faire pour lui.

Des éclairs de mauvais augure tigrèrent le bleu sombre des grands yeux du chasseur, et sa lèvre se tordit sous sa fine moustache.

— Je vous ai demandé avec calme, mes maîtres,

reprit-il, de délier cette corde, et vous avez refusé de me satisfaire : maintenant je vous l'ordonne, comprenez-vous mieux?

— Et nous refusons cette fois encore, répliqua Faucheux. Nous n'avons pas l'habitude de changer d'opinion, si ce n'est quand nous changeons de maître. Nous nous battons, il est vrai, tantôt pour le noir et tantôt pour le blanc ; mais, noir ou blanc, il faut toujours que le maître soit généreux. Quant à notre main, elle est toujours tendue... pour recevoir, mon fier seigneur, et si vous êtes noble, généreux, si vous vous intéressez réellement à la vie de ce petit bout d'homme, payez-nous la rançon que nous lui avons déjà demandée, et il sera libre comme l'air. Nous aimons mieux faire le bien que le mal, quand il y a profit.

— Allons! faites la charité, mon gentilhomme, ajouta Goulard en ricanant et en tendant son casque à Didier.

Celui-ci rougit jusqu'aux oreilles en remarquant le sourire narquois des paysans, qui révélait à tous les yeux les secrètes humiliations d'une injuste pauvreté ; mais le sarcasme des reîtres venait de leur faire un terrible ennemi.

— Dieu merci! dit-il avec effort en portant la main à sa ceinture, j'ai à mon côté un bon et fidèle serviteur, qui va obtenir à lui seul ce que n'ont pu obtenir ni prières ni menaces.

Et, tirant son couteau de chasse, il coupa aussitôt la corde qui étreignait le cou du nain.

Goulard et Faucheux poussèrent un cri de rage en se voyant bravés avec une telle audace et voulurent s'élancer vers Didier; mais il les arrêta brusquement en leur présentant à la gorge la pointe de son couteau.

— Aux épées! aux épées! hurlèrent les reîtres.

A ce cri, le nain poussa un éclat de rire strident, et les soldats, qui s'étaient retournés pour ramasser leurs armes, reculèrent stupéfaits en ne trouvant à la place où ils les avaient laissées que deux roseaux en croix.

— Trahison! s'écrièrent-ils avec un touchant ensemble.

— Défendez-vous! dit le chasseur, qui, dans son ignorance de ce qui venait de se passer, s'irritait de ne pas voir ses adversaires dégainer ; défendez-vous, ou je vous tue sans miséricorde !

— Vous voyez bien, reprit Goulard en rompant devant Didier, que ce maudit avorton nous a volé nos épées et que nous ne pouvons combattre.

— Mais vous ne frapperez pas des ennemis désarmés, ajouta Faucheux, ce serait indigne d'un gentilhomme.

Un dédaigneux sourire effleura la lèvre de Didier.

— Vous avez raison, répliqua-t-il, et, remettant froidement son couteau dans sa gaîne, il fit signe aux deux paysans d'approcher.

— Vous n'êtes pas gentilshommes, vous autres?

— Hélas! pas du tout, notre jeune maître, répondit Marcel en riant niaisement.

— Alors, continua Didier, ramassez vos gaules, et bâtonnez-moi sans pitié ces frelons de guerre.

— Oh! de grand cœur, allez !

Et, s'armant de leurs bâtons, il tombèrent à bras raccourcis sur les reîtres, qui fulminaiant vainement les menaces les plus violentes.

Grâce à leur armet et à leur cuirasse, ceux-ci soutinrent assez bravement le premier choc ; ils espéraient d'ailleurs passer sous les bâtons et pouvoir engager une lutte corps à corps; mais les rabatteurs, se sentant encouragés par l'œil du maître, firent vraiment merveille ; les coups pleuvaient drus comme grêle et retentissaient avec un effroyable fracas.

A les voir frapper avec un accord si parfait et presque en cadence, on eût dit deux batteurs en grange égrenant la gerbée sur l'aire.

Les reîtres, meurtris, ensanglantés, disloqués, ne mirent pas d'amour-propre à faire durer longtemps ce combat inégal ; ils firent bientôt volte-face et gagnèrent prudemment au large, laissant au pouvoir de l'ennemi le cercueil qu'ils transportaient avec tant de zèle.

Les paysans dédaignèrent de leur donner la chasse ; fiers de cette vengeance inespérée, ils se contentèrent de les regarder fuir, triomphalement appuyés sur leurs bâtons, dans une attitude toute guerrière.

Mais Moucheron fut moins généreux; il est vrai que son cou gardait encore le rouge sillon de la corde. aussi, pendant la lutte, avait-il ramassé avec empressement tous les cailloux que la Providence avait semés sous sa main; il se mit héroïquement à la poursuite des fuyards et les accompagna à coups de pierres et de sarcasmes, leur criant de sa voix la plus mordante et la plus aiguë :

— Je vous recommande le céromel, mes bons lièvres; c'est divin pour les meurtrissures, pour les écorchures et pour les engelures.

Il revenait enfin sur le champ de bataille, lorsqu'un petit cri s'échappa du milieu des roseaux.

C'était l'aimable et mignonne Chevrette qui sortait de sa cachette en agitant belliqueusement au-dessus de sa tête les deux épées des reîtres, et venait se jeter dans les petits bras de son frère, si miraculeusement sauvé par Didier.

Les deux nains ne s'arrachèrent à leur fraternelle étreinte que pour tomber aux genoux de leur généreux défenseur, et presser respectueusement ses mains contre leurs lèvres.

— Maintenant, vous voilà hors de tout danger, bonnes gens, dit le jeune chasseur; continuez donc votre route, et que Dieu vous conduise !

— Hélas! mon doux seigneur, soupira Chevrette, nous sommes exténués de fatigue, mon frère et moi ; voilà deux jours que nous errons dans la campagne sans asile et sans pain.

— Après nous avoir si noblement sauvé la vie, nous laisserez vous expirer au rebord d'un fossé comme des chiens sans maître? ajouta Moucheron.

Didier rougit, et parut singulièrement embarrassé.

— Mon Dieu ! dit-il après un instant d'hésitation, je voudrais pouvoir vous aider de ma bourse comme de mon bras, mais je suis forcé de vous avouer que je suis en ce moment aussi pauvre que vous. Mon tuteur ne veut pas avoir à se reprocher de m'induire en prodigalité, et me tient si à court d'argent, que je ne puis pas même faire l'aumône aux misérables.

— Oh ! pardonnez-nous, monsieur Didier, s'écria le nain avec effusion ; nous sommes des ingrats de vous tourmenter ainsi. Adieu! et si nous mourons ici, ce sera en priant Dieu qu'il remplisse d'or votre généreuse

J'etais enfermee dans cet horrible coffret de chêne. (Page 11)

main, de joie votre cœur loyal, et de force votre bras vaillant.

— Croyez bien, dit la naine d'une voix suppliante que nous ne vous demandions pas honteusement la charité ; je voulais seulement vous conjurer de nous accorder l'hospitalité jusqu'a demain.

— Il est vrai que nous ne sommes pas difficiles, poursuivit Moucheron, et que nous nous serions volontiers contentés d'un peu de paille dans le chenil de vos chiens ; mais nous avons eu tort d'être si indiscrets. Pardon, mon gentilhomme !

Didier frappa la terre du pied et se mordit les lèvres :

— Je voudrais de tout mon cœur vous être utile, mes pauvres amis, reprit-il : malheureusement les ordonnances du seigneur Aurélien Marin de Montchenu, mon très honoré oncle, sont d'une sévérité inflexible. On ne reçoit au château ni bohémiens, ni bateleurs, ni...

— Mon jeune seigneur, s'écria vivement Chevrette, nous ne sommes, Dieu merci, ni des bohémiens, ni des bateleurs. Ce sont justement des vagabonds de cette espèce qui nous ont réduits à la déplorable situation où vous nous voyez tous deux.

— Mais enfin qui êtes-vous ? d'où venez-vous ? et ne connaissez-vous ni gentilhomme ni bourgeois, de qui vous puissiez vous réclamer ? demanda Didier.

— Un gentilhomme ! nous en connaissons cent, et le premier de tous ne nous renierait pas s'il se trouvait ici, répliqua la naine avec impétuosité.

Le jeune homme la regarda avec surprise.

— Et ce grand seigneur, vous le nommez ?...

— N'écoutez pas cette bavarde, interrompit Moucheron d'une voix aigre ; elle ne rêve que princes, carrousels et toilettes. Elle veut parler d'un capitaine de bandes qui devait nous emmener en Italie pour le récréer, mais qui nous a laissés en route, sans argent et sans hardes.

— Pauvres gens ! la raison vacille dans leurs têtes difformes, pensa Didier.

Et, touché de tant de misères, il ordonna aux rabatteurs de les conduire au château de Montchenu, à ses risques et périls, et de les recommander de sa part au majordome Bernard.

— Merci, mon gentilhomme, dit le nain en s'inclinant avec une grâce cérémonieuse et burlesque ; mais puisque vous nous octroyez si généreusement aide et protection, nous ne vous quitterons pas sans vous laisser au moins un gage de notre reconnaissance.

— Est-ce encore quelque baume pour guérir les écorchures, meurtrissures et engelures ? répliqua le chasseur en souriant, car il croyait à une facétie de son protégé.

Le nain se redressa et riposta d'un air d'importance :

— Mieux que cela, mon gentilhomme. Je parle très sérieusement.

Puis, baissant la voix et s'approchant de Didier, il ajouta :

J'ai découvert un trésor.

— Un trésor ! répéta Didier toujours souriant, mais commençant à craindre d'avoir affaire à un fou.

— Un trésor ! répétèrent les rabatteurs en s'avançant vers Moucheron, quoiqu'ils fussent de plus en plus convaincus que le dénicheur de trésors était un sorcier ou un gnome de première qualité.

Et déjà ils voyaient les rubis et les émeraudes ruisseler, les diamants scintiller, les turquoises, les perles et les saphirs serpenter le long des parois obscures de quelque grotte mystérieuse.

— Ne riez pas, mon cher seigneur, dit le nain, car, sans quitter la place où nous sommes, je puis vous donner la preuve de ce que j'avance.

— Décidément, murmura Didier, la peur a détraqué la cervelle de la pauvre créature.

— Décidément, se dirent les paysans, ce monstre est un grand magicien.

Moucheron fit quelques pas en avant, et, étendant la main vers le cercueil :

— Faites ouvrir cette bière, dit-il d'une voix stridente, et vous y trouverez, si je ne me trompe, autre chose qu'un cadavre.

Tous firent silence et regardèrent avec une sorte d'effroi le coffre mystérieux. Une émotion singulière agita tous les cœurs. Cette draperie funéraire, loin d'inspirer un religieux respect, paraissait impie et sacrilège. Un crime semblait palpiter sous ce voile et lui imprimer des taches de sang invisibles. Didier se demandait avec étonnement d'où venait l'angoisse qui enchaînait ses membres et faisait bouillonner sa pensée, comme si le secret de sa destinée tout entière était attaché à cette énigme. Malgré l'appât tout-puissant de ce mot *trésor*, chacun se sentait paralysé et plus disposé à fuir qu'à porter une main avide sur le cercueil.

— J'ai aussi l'idée qu'il y a autre chose qu'un cadavre, car ça ne pèse pas le poids d'un homme, observa judicieusement Remy.

— Le diablotin a raison, poursuivit Marcel, il doit y avoir un riche butin caché la dedans.

— Rien de plus simple que de s'en assurer, si votre jeune maître le permet, dit Moucheron.

Et il attendit l'ordre du gentilhomme ; celui-ci se sentait poussé par une impatience fébrile et retenu en même temps par un pressentiment superstitieux. Enfin, ne pouvant résister plus longtemps à une tentation qui dominait sa volonté, il fit un signe d'acquiescement, et le nain, s'agenouillant aussitôt devant la bière, enleva d'une main ferme la draperie qui la recouvrait.

En voyant s'allonger le cercueil de chêne dans sa nudité sévère, Didier, Chevrette et les deux paysans se rapprochèrent et formèrent autour du nain un cercle de visages que pâlissait une attente anxieuse. Ils respiraient à peine.

Moucheron fit jouer les crochets de cuivre doré qui fermaient la bière, et en souleva lentement le couvercle.

Tous poussèrent en même temps un cri de surprise et d'admiration.

Pourtant ils n'avaient pas vu étinceler les monceaux d'or et de pierres précieuses espérées ; ils n'avaient pas vu non plus grimacer la figure rugueuse et basanée d'un capitaine de reîtres à barbe grisonnante, ils n'avaient pas vu se raidir et se contourner les membres de quelque malheureux juif, empoisonné par un débiteur discret. Non, le cercueil contenait le corps inanimé d'une jeune fille, d'une beauté véritablement merveilleuse, malgré sa pâleur, que faisait encore ressortir la couleur sombre de ses vêtements ; à la voir ainsi étendue avec la rigidité de la mort, on eût dit une de ces vierges byzantines taillées dans les niches des cathédrales par un sculpteur pénétré de la foi candide des premiers siècles chrétiens. Les plis hiératiques de sa modeste robe, tout usée, ajoutaient par leur raideur à l'éclat surprenant de ce jeune et charmant visage, encore empreint de toutes les grâces de l'enfance, et que le chagrin n'avait pu faner ; car la douleur avait sillonné ces traits purs et charmants comme la pluie sillonne le marbre. Jamais plus magnifiques cheveux noirs, aux bleus reflets, ne couronnèrent un front virginal ; jamais sourcils soyeux ne dessinèrent un arc plus gracieux au-dessus de blanches paupières frangées de longs cils noirs et veloutés ; jamais coquillage bercé pendant des siècles par les flots nonchalants des mers du Sud n'ouvrit des lèvres plus roses et plus fines que ces lèvres fermées par quelque martyre inconnu.

Didier était resté ébloui à cette apparition céleste ; il se disait que si cette enfant était morte, tout ce qu'il avait jamais rêvé de beau et de bon dans la vie était perdu ; il fut saisi d'un sentiment de douleur étrange ; il se pencha vers le corps inanimé de la jeune fille, et posant la main sur son cœur, pour en interroger les battements, il attendit.

Il vécut des années pendant quelques secondes. Il souffrait atrocement, et dans cette souffrance il trouvait un charme secret. Il se fit autour de lui un profond silence. Mystère inexplicable des sympathies humaines ! ces misérables nains et ces grossiers paysans aimaient déjà cette morte, cette inconnue, cette femme si belle, et belle d'une beauté séraphique.

— Mais elle n'est pas morte ! s'écria tout à coup Didier, qui avait senti le cœur de la jeune fille palpiter sous sa main. Ses yeux rayonnèrent, mais un tremblement nerveux secoua tout son corps. Quoi ! ajouta-t-il, si Dieu tout-puissant le permet, je verrai son regard et j'entendrai sa voix !

A ce moment l'univers s'abîmait dans sa pensée pour faire place à cette image charmante qui s'animait peu à peu, à cette statue admirable qui allait sous son souffle s'émouvoir et marcher. Enchantement sacré de la jeunesse ! Ce jeune homme qui avait déjà appris à souffrir de la vie, était saisi d'un de ces spasmes de bonheur qui vous font voyager tout éveillé dans le ciel.

Chevrette cueillit à la hâte une de ces larges feuilles de bardane qui croissent au bord des chemins, en fit une écuelle qui fut bientôt remplie au ruisseau, et, s'agenouillant devant la jeune fille, elle lui mouilla les tempes et lui versa sur les lèvres quelques gouttes d'eau fraîche.

Un léger tressaillement agita le visage de l'inconnue; elle semblait ressuciter; bientôt un faible soupir entr'ouvrit ses lèvres; ses longs cils frissonnaient comme au souffle d'une brise; puis, les bras raides et étendus en avant, elle se dressa lentement dans sa bière en promenant autour d'elle des regards étonnés, candides comme ceux d'un enfant au berceau. Et Didier put admirer des yeux brillants et humides, semblables par la couleur à des aigues-marines poudrées d'étoiles d'or.

— Quelle douleur ! murmura-t-elle d'une voix argentine, en passant à diverses reprises sur son front ses mains plus blanches que l'ivoire; mais qu'ai-je donc fait? quel malheur m'a donc frappée? Il me semble que mon esprit nage dans un brouillard !... Oh ! je me souviens ! s'écria-t-elle avec un accent déchirant, et, cachant sa tête entre ses bras, elle se mit à sangloter.

Didier resta muet devant cette profonde angoisse; il comprit qu'un événement terrible venait de surprendre cette jeune fille et de l'atteindre dans sa famille, dans son honneur peut-être; dans son amour... il ne voulut pas le supposer.

Cependant la pauvre enfant parvint à faire un violent effort sur elle-même, et, relevant la tête, elle essuya ses yeux noyés de pleurs avec un geste de suprême résignation.

Didier s'arracha alors à cette torpeur pleine de charme qui l'avait, pour ainsi dire, changé en statue; il s'approcha de la belle ressuscitée, lui tendit silencieusement la main pour l'aider à se soulever, et la conduisit jusqu'au tertre moussu.

— Asseyez-vous, mademoiselle, lui-dit-il d'une voix tremblante d'émotion.

Elle obéit sans répondre; elle regardait tour à tour avec une étrange persistance les paysans et les nains, qui, groupés à quelques pas, la contemplaient de leur côté avec une douloureuse pitié. Elle croyait continuer son rêve vague et sinistre, en voyant se modeler ces formes monstrueuses, inconnues, hostiles sans doute; mais l'attendrissement sympathique exprimé par les regards du gentilhomme la rassurait un peu.

— J'ai beau fouiller dans ma pensée, interroger mes souvenirs, dit-elle enfin en laissant tomber ses paroles une à une, il m'est impossible de rattacher le présent au passé.

Et, reportant sur Didier ses grands yeux pénétrants comme ceux d'une Walkyrie du Nord :

— Quels sont ces hommes monsieur? continua-t-elle, s'adressant à lui comme à un protecteur naturel et ne songeant pas à lui demander qui il était lui-même. Où m'a-t-on conduite et comment suis-je venue jusqu'ici?

Le jeune chasseur lui raconta rapidement les événements qui s'étaient accomplis, depuis son intervention en faveur du nain jusqu'à la défaite burlesque des reî-tres, qui avaient pris la fuite sans s'occuper du cercueil apporté par eux.

La jeune fille frissonna.

— Ainsi, reprit-elle avec une sorte de terreur, j'étais enfermée dans cet horrible coffre de chêne, j'étais au pouvoir de ces misérables et sans vous, monsieur...

Les larmes gonflèrent de nouveau ses paupières; mais, comprimant son front entre ses mains, elle se força à réfléchir, et, après quelques instants de méditation profonde :

— En effet, je me rappelle... Tout maintenant me revient a la mémoire, murmura-t-elle comme se parlant à elle-même. Oh ! les misérables ! les misérables !

— J'ai eu tort de laisser échapper ces bandits, s'écria Didier ému au dernier point; pardonnez-moi, mademoiselle. Ah ! si j'avais su...

Mais la jeune fille ne l'écoutait pas, ne le regardait pas. Ses yeux égarés erraient dans le vide comme s'ils y voyaient flotter un fantôme aimé ; l'expression de son divin visage était devenue menaçante et tragique, et sa main étendue semblait poursuivre d'un anathème implacable des ombres ennemies.

— Ma mère ! ma mère ! s'écria-t-elle d'une voix entrecoupée. Ils l'ont saisie et renversée, et traînée à terre dans les flots de sang, et arrachée de mes bras, les assassins ! Oh ! ils savaient bien qu'ils ne pourraient m'atteindre ni me toucher du doigt tant qu'elle vivrait, ma pauvre mère! Oh ! n'avoir pas pitié de ces beaux longs cheveux qu'a blanchis le chagrin ! n'avoir pas pitié de ces grosses larmes, de ces prières lamentables qui me perçaient le cœur à moi, de ces menaces et de ces cris qui m'épouvantaient! Oh ! je la vois ma bonne mère ; elle me cache derrière elle, elle me couvre de son corps comme d'un bouclier de chair, ses mains m'étreignent comme une ceinture! Que leur fait cela, à ces monstres? Voyez ce brigand qui lui tranche le poignet avec son couteau, et qui rit. Oh! Dieu ne le foudroiera donc pas? il s'avance vers moi, et il rit; ma mère est étendue dans la mare de sang. Lui aussi, il est rouge de sang, et il met la main sur moi, et il rit! Et tout est rouge, tout est rouge, rouge comme le ruisseau qui coule du bras de ma mère. Oh! sauvez-moi ! cachez-moi ! fermez-moi les yeux afin que je ne voie pas ces horreurs! tuez-moi, afin que j'oublie et que je ne souffre plus!.. Quoi! morte, morte là sous mes pieds, cette bonne mère qui me berçait toute petite sur ses genoux, qui souriait à mon réveil, qui chantait pour m'endormir, qui n'aimait que Dieu et sa fille ! Morte! non, cela n'est pas vrai, cela n'est pas possible, c'est insensé. Pourquoi donc morte, elle, et moi vivante? Ah! je n'y crois pas à sa mort, entendez-vous, je n'y croirai jamais! Je suis bien sûre qu'elle se cache là-bas derrière un arbre, et qu'elle va bien me surprendre, et me dire tout à coup tout bas : « Ma fille ! » Oh! si je faisais semblant de m'endormir je sentirais bientôt ses baisers rafraîchir mon front. Viens donc, ma mère, viens, ta Clotilde t'attend. Viens, et puis nous repartirons, nous quitterons ces tristes lieux où nous n'aurions jamais dû venir.

En écoutant cette explosion de douleur en paroles incohérentes, tous étaient émus.

— Ah ! ces lâches ont égorgé votre mère sous vos yeux, dans vos bras! s'écria Didier frémissant d'indignation. Votre mère, mademoiselle! Eh bien! ce crime ne restera pas impuni... Vous serez vengée, je vous le jure !

L'impétuosité du gentilhomme parut rappeler la jeune fille à elle-même, et secouant tristement la tête :

— Nous ne sommes pas de ceux qu'on venge, nous autres, dit-elle. D'ailleurs la mort des assassins ne me rendrait pas ma mère, et elle-même m'a ordonné en mourant de pardonner à ses bourreaux. Car ne croyez pas, monsieur, qu'une lâche peur ait glacé mon âme, et que j'aie abandonné ma mère à cette troupe de bêtes féroces. Je ne suis qu'une femme débile, mais, puisant dans ma douleur une force surhumaine, je l'enlevai dans mes bras, et je m'enfuis avec mon cher fardeau hors de cette enceinte maudite. Oh ! la sanglante nuit et l'effroyable boucherie ! Les enfants criaient, on les tuait. Les femmes pleuraient, et on les tuait. Les vieillards priaient, et on les tuait.

« Quand je me crus en sûreté, je voulus étancher le sang qui coulait de sa blessure ; mais elle, se sentant mourir, attacha sur moi un regard si tendre et si triste qu'il me suivra toujours jusque dans mes rêves, et qu'il veillera sur moi comme l'étoile de mon ange gardien. Ces yeux, après m'avoir regardée ainsi, ne devaient plus regarder que Dieu. Je me penchais désespérément sur son visage, et un souffle tiède effleura mes lèvres. Ce souffle, c'était l'âme de ma mère qui remontait vers le Juge éternel. Le croirez-vous, monsieur ? je n'ai pas alors poussé un cri ; je n'ai pas pu pleurer. Au fur et à mesure que mes larmes montaient de mon cœur à mes yeux, ma prunelle aride les dévorait comme un sable ardent. J'étais donc là, agenouillée et abîmée dans ma douleur muette, quand ces deux reîtres que vous avez châtiés accoururent vers moi. Je crus qu'ils venaient me tuer comme leur compagnons avaient tué ma mère, et j'attendais avec une secrète joie.

« Mais ces vaillants hommes étaient vraiment miséricordieux. Ils me dirent que j'étais belle, qu'ils pouvaient me sauver... que sais-je, moi, qui ne pensais qu'à regarder ma mère, à la réveiller de son froid sommeil, à l'appeler et à l'embrasser !

« Je me souviens pourtant qu'ils tenaient une épée nue d'une main et de l'autre une coupe pleine, qu'ils portaient souvent cette coupe à mes lèvres, et que moi je la repoussais toujours, tant j'avais peur que cette liqueur rouge qui débordait ne fût aussi du sang. Je me rappelle aussi qu'ils m'entraînèrent de force loin du cadavre sacré que j'aurais voulu ensevelir de mes mains, et que de loin je vis s'élever au milieu de la vaste cour du manoir un bûcher dont les flammes s'élançaient vers le ciel comme un incendie, et que des fenêtres les soldats vainqueurs jetaient, dans ce gigantesque brasier, les corps de ceux auxquels, comme à nous, le baron de Montglat avait donné asile.

— Pauvres victimes ! murmura Didier.

— Et c'est au nom du Créateur qu'ils détruisent la créature, les insensés, reprit Clotilde avec une exaltation qui empourprait de teintes roses fugitives son pâle visage ; c'est au nom d'une religion qui commande l'amour de Dieu et du prochain ! O Christ, Dieu rédempteur et miséricordieux, si tu revenais parmi nous, tu éteindrais de tes larmes les bûchers qu'allument ces bourreaux !

— Mademoiselle, dit le gentilhomme en s'inclinant avec respect devant elle, daignerez-vous consentir à vous rendre, sous notre escorte, à ce château qui dresse ses lourdes tours sur la colline qui borne l'horizon au midi ? En l'absence de messire de Montchenu, mon oncle et tuteur, je puis vous y offrir l'hospitalité. Venez !

La jeune fille attacha un regard inquiet et pénétrant sur les yeux de Didier ; mais elle y vit éclater tant de franchise et de loyauté, que, sans plus hésiter, elle tendit la main au chasseur, en lui disant :

— J'accepte cet asile, monsieur, et je suis prête à vous suivre.

Tous deux prirent alors le chemin du château, accompagnés par les nains et les rabatteurs, qui ramenaient le cheval et les chiens.

II

LA CHATELAINE

Le château de Montchenu s'élevait sur le couronnement d'une haute colline qui dominait la plaine. C'était une vaste et massive construction de siècles et de styles divers, que le temps et les dévastations avaient continuellement dégradée.

La partie la plus ancienne était une énorme tour quadrangulaire qui élevait dans les airs ses vieux créneaux démantelés et envahis par les plantes parasites, qui flottaient au vent comme des panaches.

Elle avait quatre-vingts pieds de hauteur et soixante sur chaque face ; quoique ses murs fussent d'une épaisseur considérable, de profondes lézardes la balafraient en tous sens.

Incendiée par les Anglais en 1204, lorsque Philippe-Auguste les chassa de la province, elle avait été réparée en 1231 et fortifiée d'une ceinture de murs et de petites tourelles variées de formes, qui enclosait le sommet du coteau.

Une partie plus moderne et mieux conservée était contiguë à la forteresse.

Elle consistait en deux hautes tours à toits coniques qui flanquaient la porte principale, où l'on arrivait par un petit pont de pierre, sous lequel dormait l'eau croupie de fossés à fond de cuve.

— Derrière cette masse s'étendaient de vastes cours plantées d'arbres et transformées en jardins. L'ensemble général de cette forteresse offrait donc un aspect à la fois majestueux et menaçant.

Le jour où se passaient les événements dont nous nous sommes constitué l'historien, le sombre château de Montchenu s'était égayé dès le matin d'un air de fête, qui se traduisait en cris de joie et en bruyants éclats de rire.

Cette flagrante dérogation aux usages sévèrement établis dans le domaine témoignait de l'absence du maître.

En effet, le comte de Montchenu s'était mis en voyage au point du jour, et ne devait être de retour que le lendemain, à l'heure du couvre-feu.

Aussi une quinzaine de pages, de varlets et d'hommes d'armes s'étaient-ils installés sans façon dans l'une des cours du château, où ils buvaient, juraient et chantaient en jouant aux osselets et aux dés.

Pendant que ces honnêtes serviteurs s'abandon

lient effrontément à une gaieté beaucoup trop expan-
ve, une jeune femme, assise devant une haute et
roite fenêtre découpée en ogive, interrogeait du re-
ard, à travers ses vitraux coloriés, la plaine immense
ui se déroulait devant elle.

Son coude était appuyé sur l'un de ses genoux et
n menton posé sur le dos de sa main blanche, effilée
trouée de mignonnes fossettes.

Cette femme était la châtelaine du triste manoir.
Diane de Montchenu ne ressemblait pas à ces nobles
Éroines des romans de chevalerie qui pâles, tristes et
nguissantes, attendaient en priant dans leur oratoire
retour d'un époux rançonné par les émirs d'Égypte
u d'un fiancé mutilé par les Sarrasins.

Sa beauté vaillante et souveraine ne se noyait jamais
ans les brumes d'un rêve ascétique. Son esprit ardent
esplendissait sur ses traits mobiles, lorsque quelque
ntiment violent l'agitait. A l'état calme, le visage de
belle Diane eût trompé l'œil même d'un observateur
ar une sorte de candeur séraphique et froide, très
ropre à cacher les calculs d'une âme ambitieuse, opi-
iâtre et passionnée.

Elle était blanche et blonde ; ses cheveux, d'or fin,
rmaient comme une couronne brillante à son front
ur, mais étroit ; ses sourcils, admirablement arqués et
resque bruns, contribuaient à donner une expression
trange à ses yeux bleus tirant sur le vert ; son nez
ût été dessiné avec amour par un peintre grec, et on
e pouvait reprocher à sa petite bouche que des lèvres
urpurines un peu minces, qui cachaient des dents
agnifiques.

Sa taille était petite, mais admirablement prise ;
madame de Montchenu devait à cet avantage des mou-
ements d'une souplesse et d'un charme extraordi-
aires. Tantôt vive, tantôt nonchalante, elle semblait
oujours se défier d'une surprise comme une chatte au
uet, et dans ses yeux charmants, où ne devait jamais
leurer la mélancolie, on voyait pétiller des étincelles
ui trahissaient une nature ardente.

Elle devait s'ennuyer dans son château fort, et le
emps n'était plus où les châtelaines, esclaves dans ces
risons féodales, n'avaient pour passe-temps que le
ui monotone d'un page ou d'un ménestrel errant.
Diane savait qu'Anne de Bretagne avait commencé à
resser la grande cour des dames nobles, en réunis-
ant autour d'elle une école de chevalerie, de savoir
t de politesse. En vain les vieux barons maugréaient
e voir leurs femmes et leurs filles sortir de leurs
roides tombes provinciales pour respirer l'air par-
umé de la cour. Il était difficile de résister aux
rières des reines, et aux ordres d'un roi qui dis-
ensait les grâces et les faveurs. Déjà des aventuriers
eureux faisaient vite fortune à la cour, tandis que
es barons s'endettaient dans les camps et ne pou-
aient, sans charges et sans pensions royales, réparer
eurs vieilles tours branlantes

Diane sentait en elle sourdre une aspiration vio-
ente pour ce soleil de la galanterie qui s'appelait
lors la cour de François Ier. Et si jusqu'alors elle avait
especté les scrupules jaloux de son mari, qui était
révôt de l'hôtel du roi, si elle avait paru écouter
'une oreille indifférente et distraite les brillants ré-
ts que lui en faisait l'imprudent Montchenu, c'est
u'un sentiment involontaire dominait son cœur et

glaçait momentanément cette fièvre d'ambition qui
lui faisait rêver Paris.

Toutefois elle n'avait pas perdu son temps, et déjà
sa beauté était devenue pour elle, non pas un bouclier
mais une arme. Elle avait endormi adroitement les
défiances de Montchenu, et l'ombrageux courtisan, esprit fin et rusé, âme égoïste et cupide, caractère servile
et inquiet, était devenu le vassal de cette jeune femme
au front riant ; Diane avait dompté son mari par l'a-
mour et lui avait passé au cou une chaîne, posé sur
les yeux un bandeau, si bien que le redouté prévôt de
l'hôtel ne marchait qu'au gré de sa femme et ne voyait
que par ses yeux.

Il est vrai qu'elle s'était fait une loi de ne jamais
heurter sa volonté de front et de paraître toujours
plus soumise que personne à ses moindres désirs,
voire à ses caprices. Il est vrai aussi qu'elle se chargeait de lui inspirer elle-même ses caprices et ses désirs. Mais reprenons notre récit.

De temps en temps les sourcils de Diane se fron-
çaient légèrement, et son petit pied s'agitait avec impatience sous les plis de sa robe de velours.

Tout à coup six heures sonnèrent à l'horloge du
château.

— Allons ! dit-elle avec un soupir, il ne viendra
pas.

Et se levant, elle tourna le dos à la fenêtre, s'approcha d'une petite glace de Venise enchâssée dans
un cadre d'écaille incrusté d'argent, rajusta quelques
perles blanches tressées dans ses cheveux dorés aux
ondes miroitantes, tourna vingt fois dans sa chambre,
ouvrit un petit coffret d'or qui contenait un fouillis
de bagues, de colliers, de pierreries et de diamants, le
referma sans y rien prendre, et s'arrêta devant une
petite table d'ébène à pieds tors et frêles, où deux couverts étaient dressés.

Sur la riche guipure qui couvrait cette table
étaient, éparpillés avec un goût parfait, des fleurs, des
fruits, quelques pâtisseries et des conserves. Un flacon
de vin d'Espagne et deux coupes en vermeil artiste-
ment ciselées prouvaient assez que Diane attendait un
convive, et que ce convive n'était pas venu.

— Décidément, murmura la jeune femme avec un
léger mouvement d'épaules, je suis folle ! Pourquoi
rentrerait-il plus tôt que de coutume ? Il semble depuis quelques jours m'éviter... me fuir... Si je lui
parle avec douceur, il se trouble ; si je le regarde, il
baisse les yeux. Il croit peut-être que je le hais parce
que monsieur de Montchenu se montre dur et injuste
pour lui, et peut-être lui-même me hait-il.

Puis retournant à la fenêtre, et jetant un dernier
regard sur la campagne :

— Mon Dieu ! soupira-t-elle, c'est à mourir d'impatience et d'ennui.

Pendant que la belle Diane s'irritait de ne pas voir
arriver celui qu'elle attendait, un cavalier monté sur
un magnifique genet d'Espagne venait de toute la vitesse de son cheval dans la direction du château ; mais
la dame ne pouvait l'apercevoir, car sa fenêtre regardait du côté du pont-levis, et le cavalier suivait
une petite sente diamétralement opposée.

C'était un homme de trente-cinq à quarante ans,
très grand et très gros, à cou de taureau, à larges
mains grasses comme celles d'un chanoine ; son teint

vermillonné semblait annoncer un bon vivant ; ses grosses lèvres sensuelles auraient confirmé ce pronostic si de petits yeux gris roulant dans leur orbite avec une mobilité soupçonneuse et inquiète n'eussent engagé les gens prudents à se défier de ces apparences débonnaires ; ses cheveux noirs et grisonnants sur les tempes étaient soigneusement parfumés, ainsi que sa barbe courte et drue. Son nez très arqué indiquait seul une volonté tyrannique et cruelle contenue par une hypocrisie méfiante et par cette courtoisie astucieuse que les seigneurs apprenaient forcément au Louvre, quels que fussent leurs instincts naturels. Enfin, notre cavalier jouissait déjà d'un embonpoint gênant, et s'il eût pu prendre l'habitude de regarder les gens en face quand il se moquait d'eux, il eût passé pour un des gentilshommes les plus gais et les plus plaisants d'une cour où l'esprit régnait.

Il portait un chapeau orné de plumes violettes, un justaucorps et un manteau de velours violet galonnés d'argent, et à son baudrier de buffle pendait une épée à coquille d'acier bruni.

Arrivé devant la poterne, il mit pied à terre, jeta les guides de son cheval aux mains d'un guetteur, traversa rapidement le premier enclos, et parvint ainsi jusqu'à la cour où les serviteurs festoyaient si joyeusement ; mais à peine le bruit de ses éperons eut-ils retenti sur le pavé de la cour que pages, hommes d'armes et varlets s'enfuirent en désordre, comme une nichée d'oiseaux effarouchés, en emportant avec eux les coupes et les jarres, qui par bonheur étaient vides.

Ce malencontreux trouble-fête n'était, en effet, autre que M. de Montchenu, dont on était loin d'espérer un si prompt retour.

En voyant cette déroute, il sourit railleusement et jeta autour de lui des regards obliques, mais il poursuivit son chemin sans proférer une parole, et montant, le plus lestement que le lui permit son ventre, les degrés du perron de marbre blanc qui décorait la façade, il pénétrait dans l'intérieur du château.

En entendant marcher dans le long couloir qui conduisait à sa chambre, Diane s'élança vers la porte, en souleva la draperie d'une main frémissante, et écouta.

Un sourire effleura ses lèvres, car M. de Montchenu était parvenu à marcher légèrement, l'habile homme, et son œil bleu rayonna d'un éclair de joie.

— Enfin, voilà Didier ! murmura-t-elle.

Le bonheur faisait resplendir son visage. On eût dit une déesse digne du ciseau de Praxitèle. La voir ainsi, dans la flamme et l'aveu de la passion, c'était l'aimer. C'était la beauté triomphante et irrésistible devant laquelle les genoux d'un homme fléchissent involontairement, vers laquelle ses bras se tendent dans un élan aveugle.

La porte s'ouvrit, et Diane se trouva face à face avec son mari.

Un léger cri lui échappa, malgré tout son empire sur elle-même, et involontairement elle recula d'un pas.

Mais le comte Aurélien était en proie à de si profondes préoccupations, qu'il ne s'aperçut pas de l'émotion de Diane ; il se laissa tomber dans un fauteuil, et essuya son front mouillé de sueur.

— Vous ne m'attendiez pas sitôt, madame ? dit-il enfin.

— Vous ne deviez revenir que demain, mon ami, reprit-elle doucement. J'espère que votre changement de résolution n'est dû à aucun événement fâcheux ?

— Rassurez-vous, Diane, se hâta-t-il de répondre en froissant entre ses mains un papier qui portait le sceau royal ; c'est ce message seul qui me ramène. Depuis hier, il se passe d'étranges choses dans ce pays.

— Expliquez-vous, mon ami.

— Ce que j'avais prévu est arrivé, Diane, reprit Montchenu avec un sourire de satisfaction. Ah ! on ne me trompe pas si facilement que ce bon monsieur Perot de Warty, moi, et si le roi n'avait confié la mission dont il l'a chargé, il n'aurait pas à maudire sa sotte crédulité !

— Qui ne sait que vous êtes un des esprits les plus déliés de la cour, Aurélien ? dit la jeune femme avec un sourire caressant. Vous feriez échec et mat un cardinal italien, j'en suis sûre. Mais enfin qu'aviez-vous donc prévu et qu'est-il arrivé ?

— Vous savez, ma belle châtelaine, que je n'ai pas voulu croire à la maladie de monseigneur le connétable de Bourbon ?

— Je le sais, mon ami.

— Ne vous l'ai-je pas répété hier soir encore, à souper ?

— Tous nos serviteurs sont là pour l'affirmer.

— Eh bien reprit Montchenu d'un ton triomphant, monsieur le connétable, qui voulait simplement gagner du temps, a trompé la surveillance de ce pauvre Warty. Il s'est enfui de Chantelle cette nuit, et cherche à passer en Italie.

— C'est une leçon pour le roi, dit gravement Diane. Il apprendra ce qu'il en coûte de se passer de vos conseils.

— Heureusement Sa Majesté a été prévenue à temps, madame, et ordre a été donné d'arrêter monsieur de Bourbon partout où on le rencontrerait. Le bâtard de Savoie, grand maître de France, et le maréchal de Chabannes, le poursuivent chacun avec cent hommes d'armes. Le roi a aussi dépêché la compagnie du duc d'Alençon, celle de monsieur de Vendôme, et d'autre part les capitaines des gardes.

— Il est probable, mon ami, que monsieur de Bourbon ne pourra pas échapper à une si nombreuse troupe de chasseurs aguerris. Mais en quoi l'arrestation probable de ce seigneur arrogant peut-elle vous troubler si fort ? Vous n'êtes pas roi, vous, ni connétable ?

— Ce qu'il m'importe, madame, reprit le comte en se penchant vers sa jeune femme, les deux mains appuyées sur les bras de son fauteuil et le sourcil froncé, c'est que le roi revient exprès de Lyon pour barrer le passage au fugitif, c'est que mon château est sur la route que Sa Majesté se propose de suivre ; c'est qu'enfin j'ai reçu, chemin faisant, ce message, qui m'apprend que notre Sire bien-aimé, ce père de ses sujets, veut, en passant, me demander l'hospitalité, à moi !... Comprenez-vous, maintenant ?

— Mais, reprit Diane avec un imperceptible sourire, vous méritez, ce me semble, cet honneur à double titre : n'êtes-vous pas l'un des plus zélés serviteurs

Sa Majesté, et, de plus, le prévôt de son hôtel ? Comment ! le château de Montchenu va recevoir la visite du roi de France, du roi chevalier, du vainqueur de Marignan, dont vous m'aviez si souvent loué le courage, la beauté, l'esprit, et votre cœur ne se gonfle pas d'orgueil et de joie ?

— Je suis loin de partager votre avis, madame, dit le comte avec impatience ; je trouve que c'est beaucoup trop d'honneur pour moi.

— Ah ! je conçois, mon ami, vous craignez de ne pouvoir faire dans votre vieux manoir une réception assez splendide à votre hôte illustre ; c'est un prince plein de générosité et de faste, mais s'il aime à donner, il aime à voir ses gentilshommes l'imiter. Vous ne vous attendiez pas à cette visite soudaine et vous vous attristez en pensant que les fleurs, les tentures, les vases, les glaces de Venise et les torchères manqueront pour masquer la nudité de vos grandes salles désertes.

— Ce n'est pas cela qui m'inquiète, Diane, dit Montchenu en se levant. Je ferai de mon mieux pour que mes bons amis de la cour ne me tournent pas trop en ridicule ; mais je ne saurais prévenir aussi facilement un danger plus sérieux...

— Un danger, Aurélien ! demanda la comtesse étonnée. De quoi donc s'agit-il ?

— La dernière phrase de cette lettre vous l'apprendra, Diane ; et d'ailleurs il faut bien que vous le sachiez puisque c'est affaire qui vous regarde.

Et il présenta à sa femme le message du roi. Diane le prit et le parcourut rapidement des yeux. Il finissait par ces mots :

« Je serais heureux de connaître enfin la belle comtesse de Montchenu, qui n'a pas été encore présentée à la cour malgré nos prières. Je dis belle, mon cher prévôt, non d'après votre aveu, mais d'après quelques-uns de nos gentilshommes qui ont connu mademoiselle Diane d'Aiguemont. Vous nous avez souvent assuré qu'elle était de faible santé ; nous tâcherons de vous rendre le repos et de chasser ces craintes chimériques. »

La comtesse s'inclina devant son mari avec un gracieux sourire, et jouant l'étonnement :

— Ainsi, monsieur le comte, tandis que vous me teniez confinée dans ces noires murailles, en me disant que la cour était un foyer d'intrigues et de fêtes où les femmes perdaient leur honneur, vous me faisiez passer aux yeux du roi pour une pauvre malade qui s'évanouirait dans un bal. Je vous avoue que le motif de ces subtilités m'échappe, et si tout le danger que nous courons c'est de voir le roi François s'étonner de ma bonne santé, je ne comprends guère votre frayeur.

Montchenu la regarda fixement. Diane ne bougea pas, et ses traits conservèrent leur masque charmant de candeur et d'innocence. Impossible d'avoir recours à de nouveaux subterfuges avec cette Agnès volontaire. Il fallait s'expliquer franchement et se faire de la comtesse une alliée ou une ennemie.

— Oui, s'écria le prévôt de l'hôtel en se promenant à grands pas dans la chambre, voilà pourquoi je suis furieux contre le connétable, car c'est lui qui nous vaut cette visite, et le roi va m'accuser de l'avoir trompé ; ou plutôt il ne me dira rien, le bon Sire, mais c'est à vous, Diane, qu'il se plaindra d'avoir

voilé les rayonnements de votre beauté dans cette triste enceinte. Il me peindra comme un mari jaloux, tyrannique et malfaisant ; il prêtera à rire à mes dépens, et vous rirez sans doute de moi, vous la première, madame.

— Aurélien, pouvez-vous le croire ? murmura la comtesse d'une voix chargée de langueur, tandis qu'un fugitif sourire nichait au coin de ses lèvres rouges comme des grenades.

— Oh ! monsieur de Bourbon, reprit Montchenu, si vous tombez entre mes mains, je vous ferai payer cher l'inquiétude et le tourment que, depuis ce matin, j'endure ! Dès ce soir, j'arme tous mes gens, je bats la plaine et les collines avec eux, et si j'ai le bonheur de faire prisonnier le connétable et son damné Pompérant, je les livre pieds et poings liés au roi.

— Votre colère est vraiment risible, mon ami, interrompit Diane. Vous tonnez contre monsieur de Bourbon, et il me semble que c'est de Sa Majesté que vous avez peur, vous, son serviteur.

Montchenu s'arrêta, et lui prit la main ; puis d'une voix presque triste, il murmura :

— Faut-il donc tout vous dire, ma chère ? oui, car vous avez compris mes frissons et ma pâleur. Eh bien ! j'ai peur de la visite du roi, et je l'accueillerai le sourire aux lèvres. Je suis jaloux du roi, et je vous supplierai d'être charmante pour lui. Le roi me priera de vous amener à la cour, et j'y consentirai comme un homme honoré d'une grande faveur. Mais si vous m'aimez, Diane, vous refuserez ou vous trouverez quelque motif pour retarder l'exécution de ma promesse. J'ai la mort dans l'âme, en pensant que mon bonheur caché si soigneusement dans cette vallée va périr, dès que le roi aura mis le pied sur le seuil de mon château.

— Ah ! monsieur, s'écria Diane, vous calomniez le roi.

Montchenu jeta autour de lui un regard de défiance. Il reprit sourdement :

— Je ne calomnie pas mon maître, madame, car je serais un lâche et un ingrat. Il a toujours été bon et généreux pour moi, et je l'aime ; mais je le connais, Diane, je le connais ; j'étais son compagnon lorsqu'il était duc d'Angoulême et qu'il courait de nuit les rues de Paris, s'accrochant aux gargouilles et se sauvant par les toits pour fuir la vengeance d'un mari outragé. J'étais son compagnon lorsqu'il s'introduisit dans la chambre des demoiselles d'honneur de Marguerite de Valois, sa sœur. Il n'a pas craint d'offenser sa sœur bien-aimée ; que lui importe d'offenser un de ses serviteurs ? François, notre Sire, est d'une galanterie audacieuse, et les obstacles sont autant d'aiguillons pour lui. Ayez donc pitié de moi, Diane, car je vous aime, et je ne puis rien pour vous sauver.

La comtesse regardait son mari avec une sorte de commisération dédaigneuse :

— Merci de votre franchise, Aurélien ; vous avez pris le meilleur parti ; ce sera à moi de me défendre. Mais croyez-vous donc qu'il suffira au roi de me voir un jour pour m'aimer ?

— Diane, répliqua Montchenu, vous êtes plus belle que toutes les femmes de la cour, sans excepter madame de Châteaubriant, qui a la peau brune. D'ailleurs, le roi est fort inconstant, il s'éprend très vite d'amour et oublie son amour encore plus vite. Aussi accuse-t-il souvent les femmes de varier, mais elles ne font que suivre son exemple.

La comtesse réfléchit quelques instants; puis souriant à Montchenu qui la regardait avec anxiété :

— Quant à moi, Aurélien, lui dit-elle, vous n'avez rien à redouter du roi, car mon cœur est gardé par un amour qui l'emplit tout entier.

— Merci, Diane, répondit le comte en serrant la main de sa femme avec une confiance toute conjugale; mais vous ne savez pas, vous autres femmes, quel prestige, quel pouvoir magique entoure la royauté. De ces fronts couronnés rayonne un éclat qui éblouit et entraîne!

— Voulez-vous que je ne voie pas le roi? reprit vivement la jeune femme. Dites un mot, et dès ce soir je vais au château d'Aiguemont demander asile à ma tante.

— Il y aurait imprudence à tenter ce voyage au moment où les chemins sont couverts de lansquenets et de gens d'armes qui poursuivent monsieur de Bourbon.

— Mais Didier pourrait m'accompagner avec une escorte? hasarda la comtesse en attachant sur son mari un regard qui semblait vouloir pénétrer jusqu'au fond de son âme.

Il se fit un instant de silence. Montchenu réfléchissait. La tentation était forte. Il connaissait si bien François son maître!

— Vous pourriez, continua timidement Diane, dire à Sa Majesté que mon départ a précédé son message, que j'ai eu peur de tous ces mouvements d'hommes de guerre...

— Le croira-t-il? observa Montchenu en penchant la tête d'un air de doute.

— Décidez, Aurélien; quoi que vous ordonniez, je suis prête à vous obéir.

Comme elle savait bien qu'elle ne partirait pas!

Montchenu s'inclina, touché de cette humble soumission, à laquelle il croyait malgré toute sa finesse; puis après un moment de méditation profonde :

— Donnons d'abord les ordres nécessaires, dit-il, vous pour recevoir dignement Sa Majesté, moi pour m'emparer de la personne de monsieur le connétable et de son Pylade Pompérant; et ce soir nous aviserons au moyen de sauver votre honneur et le mien.

Pendant l'entretien qui avait lieu entre Diane et son mari, Didier, suivi de ses trois protégés, s'était fait abaisser le pont-levis et pénétrait dans la première cour du château.

— Maître Bernard, dit le jeune homme au majordome, qui venait à sa rencontre en levant les bras au ciel et en roulant les yeux comme saisi de la plus vive anxiété, voici des hôtes que je te recommande.

— Des hôtes! répéta Bernard, qui regardait avec stupéfaction les nains comme des monstres sortis de la chaudière d'un sorcier, et Clotilde, enveloppée dans sa mante déchirée comme une bohémienne sans feu ni lieu.

— Oui, des hôtes, mon bon Bernard, reprit doucement Didier, assez embarrassé de la consternation visible du majordome. Tu leur feras préparer un bon gîte et bonne chère, pour tenir la promesse que je leur ai faite.

Bon gîte et bonne chère! ces paroles retentirent comme une douce harmonie jusqu'au fond du cœur des deux nains.

— Monsieur Didier, observa enfin le majordome à voix basse, vous n'avez jamais douté de mon dévouement, n'est-ce-pas? J'ai servi si longtemps le vaillant baron Henri, votre père!...

— Achève, dit vivement le jeune homme.

— Vous savez, reprit Bernard, pourpre de confusion, que je me mettrais au feu pour vous...

— En ce cas, allez vous mettre à la broche, interrompit Moucheron de sa voix aigre, car nous défaillons, ma sœur et moi, digne et respectable majordome.

Bernard lança un regard foudroyant à cet étrange interlocuteur.

— Voilà vingt-quatre heures que je n'ai mangé, ajouta Chevrette en minaudant et faisant bouffer sa robe en lambeaux.

— Que ce cri de leurs entrailles te donne des jambes, mon bon Bernard! dit gaiement Didier en poussant devant lui ses hôtes comme pour leur montrer le chemin.

Le majordome était visiblement embarrassé, et se tenant devant son jeune maître, immobile et les yeux baissés, il tournait gauchement sa barrette entre ses doigts.

— Eh bien! à quoi songes-tu donc? demanda Didier en lui posant familièrement la main sur l'épaule.

— Je pense, balbutia Bernard, que monseigneur le comte nous a rigoureusement ordonné de chasser sans pitié tous les bateleurs, bohémiens, diseurs d'aventures et autres vagabonds qui demanderaient asile sur ses domaines.

— Ses domaines! répéta amèrement Didier, mais vous oubliez, je crois, maître Bernard, qu'en l'absence de mon oncle j'ai l'habitude de donner des ordres aux serviteurs du château, et que je considère un refus d'obéissance comme une insulte. Je ne pense pas que le comte Aurélien vous ait autorisé à me manquer de respect.

— Non, certes, monsieur Didier, répondit humblement le majordome, mais...

— Hâtez-vous donc d'obéir.

— Je n'aurais pas hésité un instant, mon cher maître, si depuis une heure monsieur le comte n'était de retour.

Le jeune homme tressaillit et devint pâle.

— Mon oncle ici! murmura-t-il consterné.

— Allons, soupira Moucheron, nous n'avons pas de chance ; voilà notre souper renversé !

Clotilde avait écouté avec une froideur presque dédaigneuse le dialogue du chasseur et du majordome. On eût dit que ses pensées planaient plus haut, et que ces misères matérielles ne l'atteignaient pas. Elle souffrait pourtant, non pour elle, mais pour Didier, de voir ce vaillant jeune homme devenu timide et troublé au seul nom de M. de Montchenu. Habituée à une vie de tempêtes et de douleurs, élevée dans la haine des persécuteurs, couverte pour ainsi dire du sang de ses parents, versé par des mains fanatiques, elle avait acquis une fermeté de cœur et un mépris de la force brutale qui l'élevaient au-dessus de son âge et de son sexe. Sa sensibilité ne s'exerçait que pour les autres, car elle s'oubliait elle-même comme les mar-

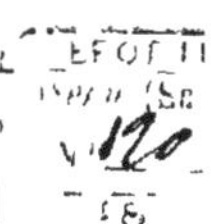

Malheur à ceux qui maltraiteront ces gens !... (Page 20.)

tyres chrétiennes. Ainsi elle plaignait les pauvres nains de leur détresse, elle plaignait Didier de sa défaillance involontaire. Elle ignorait avec quel art perfide M. de Montchenu, son oncle, s'était prévalu de l'autorité que lui avait léguée le père de Didier, comme il avait comprimé tous ses élans de générosité et d'énergie, comme il l'avait dépouillé de toute volonté. Ainsi, Didier avait été élevé comme l'hôte de la charité, non comme le maître du château ; il ne pouvait donner un denier à un pauvre sans le solliciter de son oncle. Le cheval qu'il montait, son arquebuse, tout cela c'était des cadeaux de M. de Montchenu, son oncle était tout, lui n'était rien, et quand les serviteurs lui obéissaient, c'est que le comte avait dit : « Je le veux bien ! » Or, jamais il n'y avait eu lutte entre ces deux natures si opposées. L'oncle était un bon vivant. Il riait toujours. Ce que Didier lui demandait, mais c'était rare, car Didier souffrait de demander, M. de Montchenu l'accordait ; seulement le jeune homme sentait instinctivement le défaut de cette bonhomie. Il ne fallait pas aller à l'encontre des volontés de l'oncle ; il ne fallait rien exiger et

rien prendre sur soi. C'était une sorte d'ilotisme singulier dont Didier ne pouvait sortir que par l'explosion d'un sentiment profond.

Aussi lorsque Clotilde, levant sur lui ses grands yeux noirs, lui dit avec douceur, mais d'une voix ferme néanmoins :

— Monsieur, si mon entrée dans ce château peut vous susciter le moindre embarras, je partirai sur-le-champ.

Didier ne put s'empêcher de rougir, comme s'il se fût senti coupable, et il s'écria aussitôt :

— Mais où iriez-vous, mademoiselle ?

— Je ne sais, répondit froidement Clotilde, mais Dieu ne m'abandonnera pas dans ma misère ; car lui seul est mon refuge, et en lui seul j'ai mis toute ma confiance.

Cette phrase, par laquelle la jeune fille faisait l'aveu de son entier abandon et du peu de foi que lui inspirait l'équivoque protection du neveu de M. de Montchenu, blessa vivement Didier, et il reprit avec chaleur :

— Vous voyez bien que vous ne pouvez sortir. Je serais un lâche de le souffrir.

2

— Certainement ce serait de l'inhumanité, hasarda Chevrette. On n'abandonne pas ainsi de pauvres femmes dans l'embarras.

Alors le chasseur s'approcha du majordome et lui dit à voix basse :

— Bernard, pardonne-moi les paroles un peu dures que je t'ai adressées tout à l'heure, mais il faut absolument que tu m'aides à cacher ici, pour cette nuit, ces pauvres gens qui n'ont ni pain ni abri...

— Mais votre oncle, mon cher maître ?

— Ce n'est plus un ordre que je te donne, c'est une prière que je te fais, Bernard.

— Une prière à moi, monsieur Didier, à moi ! vous vous moquez ! mais votre oncle...

— Ces malheureux m'ont sauvé la vie, Bernard.

— Est-il possible ! murmura le majordome en les regardant avec moins de colère. Mais votre oncle !

— Mon oncle n'en saura rien, répliqua Didier, honteux d'être forcé de descendre jusqu'à supplier un de ses serviteurs. Une nuit est si tôt passée ! Et ne serait-ce pas une insigne cruauté que de chasser mes sauveurs après leur avoir promis un asile ? J'ai engagé ma parole : aide-moi à la tenir.

— Allons ! puisque vous le voulez absolument, dit le majordome avec un soupir, il faut bien céder, Dieu veuille qu'il ne m'en advienne pas malechance.

— Merci, mon bon Bernard.

— Oui, mon bon Bernard par-ci, mon bon Bernard par-là, voilà comme vous me flattez quand vous voulez me faire faire vos volontés ; aussi vais-je risquer ma place pour vous obéir.

Puis faisant signe aux fugitifs de le suivre rapidement et en silence, il se dirigea vers un vieux colombier à moitié ruiné, dans lequel il comptait leur trouver une retraite pour la nuit.

Moucheron et Chevrette se regardaient d'un air piteux, car ils avaient compté sur un plus brillant accueil ; quand à Clotilde, elle les accompagnait machinalement, absorbée dans le souvenir de sa mère.

Mais au moment où Bernard allait atteindre la porte du colombier, il s'arrêta comme pétrifié.

Une houssine venait de fouetter légèrement l'épaule du pauvre Moucheron, et une grosse voix railleuse s'écriait :

— Ça, mon excellent majordome, me direz-vous à quel montreur d'animaux vous avez enlevé ces deux monstres ?

C'était le comte Aurélien qui s'avançait en riant, et dont le rire éclatait comme un coup de foudre aux oreilles de ses hôtes mystérieux et de leurs protecteurs.

Didier essaya d'affecter un calme qui était loin de son cœur.

— Mon oncle, dit-il respectueusement, ne grondez pas maître Bernard ; il a fort mal accueilli ces pauvres créatures, qui sont dignes de toute votre pitié, et à qui je dois plus qu'un asile, car sans elles vous ne m'eussiez pas revu vivant. Ils étaient mourants de fatigue et de faim, ces nains que vous traitez de monstres, et ils sont venus généreusement à mon aide... ainsi que cette jeune fille qui les accompagnait.

— Quelque bohémienne, grommela Montchenu en haussant les épaules. Joli gibier que vous chassez là, mon beau neveu. On aura soin, à l'avenir, de ne plus vous laisser courir seul par monts et par vaux. Ces rencontres de demoiselles errantes sont souvent dangereuses.

A cette sortie grossière, tout le sang de Didier tourna dans ses veines. Il ne put voir la pâleur soudaine qui envahit le visage de Clotilde, mais si Bernard n'eût soutenu la pauvre enfant qui tremblait de tous ses membres, elle serait tombée sur le pavé de la cour comme une statue brisée.

— Si j'ai eu tort, mon oncle, s'écria le jeune homme en se mordant les lèvres, ne punissez que moi, et laissez dormir une nuit sur la paille de votre colombier ces honnêtes créatures.

Le comte Aurélien recommença à rire de plus belle.

— Tête-Dieu pleine de reliques ! mon beau neveu, comme tu le prends haut avec ton bon oncle ! Me prends-tu pour un mécréant, un lansquenet huguenot ou un turc d'Alger ? T'ai-je jamais refusé quelque chose ? Ne suis-je pas ton meilleur ami ? N'est-ce pas moi que ton père mourant a choisi pour être ton guide d'armes et ton conseiller de loyauté et de courtoisie ? Tu me dois obéissance comme un fils soumis, et qu'ai-je jamais exigé de toi pour guerroyer ainsi de paroles contre ton oncle ? Je t'aime, et, pour te prouver ma joie de te revoir sain et sauf, grâce aux pratiques de ces dignes vagabonds, je veux les récompenser richement. Oui, mes bons amis, vous allez sortir de ce château, chargés d'une escarcelle qui vous permettra de trouver partout un bon gîte et de n'être plus forcés de courir l'aventure sur les grands chemins. C'est un métier périlleux et indigne de gens aussi honorables. Ça, Bernard, va me quérir un sac de pistoles ! Eh bien ! Didier, es-tu satisfait ?

— Certes mon oncle, vous me punissez noblement d'avoir douté un instant de vous, répliqua le chasseur avec toute la sincérité de la jeunesse.

— Oh ! vous êtes mille fois trop bon, seigneur comte, dit Moucheron en suivant des yeux avec une grimace joyeuse le majordome qui s'empressait d'obéir à son maître, et je vous pardonne de grand cœur votre méprise. Oui, vous la réparez noblement. Vous nous avez traités de monstres... mais...

— Mais monseigneur ne m'avait pas regardé, murmura Chevrette.

— Mais non content de nous héberger, comme vous en priait ce brave jeune homme, poursuivit le nain, vous allez encore nous accabler de pistoles. Oh ! je veux proclamer dans toutes les cours que le comte de Montchenu est le plus magnifique seigneur de la chrétienté, et non pas un vilain thésauriseur, comme le disent ses ennemis.

Le comte devient pourpre à force de rire.

— Vraiment ! cet avorton est plaisant, dit-il à Didier lorsqu'il eut repris son sang-froid, et j'aurais presque envie de le donner comme page à ma femme, mais elle en aurait peur. Seulement, chère moitié d'homme, tu te trompes si tu crois que je veux t'héberger, toi et ta suite. Je ne puis admettre aucun étranger au château, et j'ai donné à ce sujet des ordres formels que je ne violerai pas tout le premier. Je vous paye le salut de mon neveu, mais Didier sait que je ne reviens jamais sur mes volontés, et il n'aura pas l'enfantillage d'insister pour obtenir en votre faveur une hospitalité impossible.

En ce moment, Bernard revint tenant à la main un sac d'argent que, sur un signe du comte, il jeta devant Moucheron.

Didier comprenait qu'il s'était laissé jouer par l'astuce de son oncle, mais il ne savait comment lutter contre cette volonté inflexible qu'il avait appris dès son enfance à subir.

Cependant le comte se donna le tort de vouloir jouir trop tôt et trop brutalement de son triomphe. Il lança au majordome un coup d'œil qui lui reprochait sa faiblesse précédente, et dit avec un calme affecté :

— Bernard, reconduisez ces vagabonds hors du château.

Moucheron hésitait à s'éloigner ; il avait ramassé le sac de pistoles d'un air désespéré, et regardait piteusement Didier, lorsque Chevrette se penchant à son oreille, lui dit :

— Il faut tenir bon. Le vieux loup nous menacera, mais je suis sûre que ce brave jeune homme n'abandonnera pas de pauvres femmes qui se sont mises sous sa sauvegarde.

— Tu as raison, mignonne, repartit le nain ; et au lieu de suivre Bernard, il saisit le bras de Didier en poussant des cris perçants.

— Ah ! ah ! tu veux faire le méchant, avorton du diable ! s'écria Montchenu. Eh bien ! nous allons rire, et si tes jambes sont nouées, je vais trouver le moyen de les dégourdir.

Il montra au majordome le sifflet de buis qui pendait à sa ceinture, et Bernard en tira un son aigu et prolongé. A cet apel accourut une bande de valets armés de bâtons et de fouets, et les nains, en les apercevant, se réfugièrent prudemment derrière le jeune chasseur.

— Sus ? sus à ces gibiers de potence, dit le comte, et fustigez-les de si bonne façon qu'ils n'aient jamais envie de rentrer au château de Montchenu !

La terreur des nains était extrême ; ils grelottaient et tremblaient de tous leur corps ; leurs dents claquaient, mais leurs contorsions et leurs simagrées étaient si grotesques qu'elles n'excitaient que le rire parmi ces serviteurs grossiers. Leur bouche semblaient se fendre jusqu'aux oreilles, leurs dos s'arrondir comme ceux des chats en colère, et leurs jambes se rapetisser sous eux.

Le comte riait à se tenir les côtes.

— Grâce ! grâce ! monseigneur, suppliait Chevrette en joignant les mains.

— Aide et secours, monsieur Didier ! hurlait Moucheron.

— Frappez sans miséricorde ! disait Montchenu au comble de la joie.

Et les valets de rire en faisant claquer leur fouets et formant une ronde autour du chasseur impassible, dont la tête était en feu, dont une sueur froide mouillait les membres, dont le sang bouillonnait

— Nous consentons de grand cœur à quitter votre château, monseigneur, glapit le nain, que maître Bernard venait d'appréhender au collet. Hélas ! hier, des bohémiens à qui nous demandions notre chemin nous ont tout volé, or et bijoux, et nous ont de plus roués de coups sous prétexte qu'ils n'aimaient pas les riches. Aujourd'hui nous demandons l'hospitalité à un puissant comte, ayant fief et château, et il nous fait

fouetter par ses valets sous prétexte qu'il n'aime pas les pauvres ! à qui donc s'adresser, par sainte Barbe !

Le comte Aurélien tressaillit.

— Par sainte Barbe ! s'écria-t-il, c'est-là le jurement favori de ce traître…

Il darda en même temps sur l'avorton son œil gris et perçant, comme s'il demandait à lui-même en quelle circonstance il avait déjà rencontré ces deux bizarres personnages.

Didier le regardait avec étonnement et les valets avaient cessé de menacer le pauvre diable, lorsque se souvenant tout à coup :

— Tête-Dieu ! s'écria Montchenu, ce sont les nains de monsieur le connétable.

Cette exclamation produisit des impressions très diverses sur les acteurs de cette scène. Le neveu du comte fit un mouvement comme s'il eût voulu défendre plus sérieusement ses protégés. Clotilde sortit de sa torpeur pour jeter sur les nains un regard plein de curiosité et d'angoisse. Quand aux valets, ils s'étaient écartés en apprenant que leurs victimes appartenaient à un personnage si considérable, tout compromis qu'il était à cette heure.

Moucheron et Chevrette, eux, étaient immobiles, comme foudroyés, et de grosses larmes coulaient de leurs yeux. Ils sentaient qu'ils ne pouvaient contredire le comte, qui les avait reconnus, et cette reconnaissance semblait leur annoncer la perte de leur maître. Ils croyaient le trahir et pleuraient, non sur eux-mêmes, mais sur lui.

Cependant M. de Montchenu, dont le rêve était de s'emparer du connétable, ne douta pas un seul instant que les nains ne pussent le mettre sur les traces du grand fugitif. Il résolut donc de leur arracher, de gré ou de force, les renseignements dont il avait besoin pour la réalisation de cet ambitieux projet.

Il s'avança vers Moucheron avec un air des plus gracieux.

— Puisque vous appartenez à monsieur de Bourbon, leur dit-il, je vous prends sous ma protection.

— Vous, monseigneur ! répliqua le nain abasourdi.

— De plus, vous serez logés dans ce château, convenablement vêtus, et nourris à la table de mes gens.

— Enfin je vais donc manger ! soupira Chevrette.

— Ah ! noble comte, dit Moucheron, comment reconnaître tant de générosité !

— C'est facile, car ce que je vous propose, c'est un marché.

Le nain le regarda avec étonnement.

— Un marché ! tant mieux, sire comte. De quoi s'agit-il ?

— De m'indiquer, reprit froidement Montchenu, soit la retraite de M. de Bourbon, soit la route qu'il doit suivre pour gagner l'Italie ou l'Allemagne.

Le nain pâlit.

— Voilà du pain et des habits qui seraient chèrement payés, monsieur de Montchenu, dit-il avec effort. Heureusement la condition que vous mettez à vos largesses est impossible. Monsieur le connétable n'a pas pris son nain pour confident, et j'ignore ce qu'il est devenu. Je prie Dieu seulement de le sauver.

— Prier pour un traître, c'est trahir, mon petit homme, répliqua le comte Aurélien ; mais je devine le motif de ta discrétion. Tu veux vendre le secret le plus cher possible, mais je ne suis pas d'humeur à marchander longtemps. Vous êtes entre mes mains. Je puis vous faire appliquer la torture; j'ai droit de haute et basse justice sur mes terres.

Chevrette tressaillit et poussa un petit cri plaintif en se serrant contre Didier. Moucheron garda le silence.

N'essayez pas de lutter contre moi, chétives créatures, poursuivit Montchenu.

Et se tournant vers la naine :

— Engage ton compagnon à se montrer docile, et je te promets des robes, des colliers et des bijoux aussi beaux que ceux de la comtesse ma femme.

Chevrette ouvrit de grands yeux, mais Moucheron lui jeta un regard sévère et répondit :

— Monseigneur, je vous jure que j'ignore quelle route a prise monsieur le connétable; mais je vous jure aussi que si je le savais je ne le vous dirais pas.

Le comte Aurélien ne put se contenir plus longtemps; son faux sourire disparut; un masque livide couvrit son visage hypocrite, et, arrachant un fouet des mains d'un de ses valets, il s'avança vers Moucheron en s'écriant :

— Misérable avorton, tu parleras, dussé-je, pour t'y contraindre, te faire arracher les ongles et les dents !

Le nain ferma les yeux, ses genoux tremblèrent, car l'héroïsme n'était pas précisément son fait, mais il ne recula pas.

Clotilde regarda Didier avec une expression d'indicible étonnement.

Le chasseur comprit ce regard, il eut honte jusqu'au fond de l'âme, et se jetant entre le comte et Moucheron :

— Mon oncle! s'écria-t-il d'une voix frémissante, vous ne porterez pas une main violente sur cet être débile et difforme !

Montchenu s'arrêta, fort surpris de l'audacieuse intervention de Didier, mais il feignit de se méprendre sur la cause qui l'avait inspirée, et répliqua :

— Tu as raison, beau neveu, c'est l'affaire de mes valets, et non la mienne, de châtier cet insolent. Qu'on l'attache donc, et qu'on le fouette jusqu'à ce qu'il avoue.

— Vos valets, pas plus que vous, ne toucheront à mon hôte, mon cher oncle, dit froidement le jeune homme.

— Et qui donc m'en empêchera? dit le comte Aurélien en faisant un pas vers Didier, et riant comme s'il eût trouvé l'idée de son neveu fort originale et plaisante.

— Moi ! dit le chasseur, qui puisait dans les yeux de Clotilde un courage inouï.

— Toi, mon beau neveu ! s'écria Montchenu. Et il laissa tomber ses bras le long de son corps comme frappé de stupéfaction à la vue d'un prodige.

Puis il jeta un regard rapide autour de lui, et aperçut d'un côté les nains qui gambadaient de joie, de l'autre la meute des valets qui écoutaient avec une avide curiosité.

Il comprit qu'il fallait en finir.

— Oubliez-vous, Didier, reprit-il avec un accent d'autorité impérieux, que je suis seul le maître ici, et que vous me devez obéissance comme le dernier de mes serviteurs?

Mais voyant son neveu secouer dédaigneusement la tête :

— Tu as beau te dresser sur tes ergots, jeune coq, je saurai bien te faire baisser la crête. Emparez-vous de ces nains, continua-t-il en s'adressant à ses valets, et si monsieur Didier s'y oppose, emparez-vous de lui comme d'un rebelle et d'un fou.

Les valets s'avancèrent en hésitant. Le jeune homme tira lentement son couteau de chasse du fourreau et se mit en défense.

— Malheur, monsieur mon oncle, dit-il à voix haute, malheur à ceux qui maltraiteront ces pauvres gens que j'ai conduits ici, car ce sont mes hôtes. Refusez-leur l'hospitalité qu'ils implorent, soyez sans pitié pour eux, chassez-les... c'est votre droit horrible, mais c'est votre droit. Seulement torturer ces malheureux qui sont entrés au château sous la sauvegarde de mon honneur et de ma loyauté, me faire le complice involontaire de ce guet-apens, de cette trahison, voilà, monsieur, ce que je ne souffrirai pas.

— Tu sortiras donc avec eux! s'écria le comte Aurélien exaspéré.

Et du geste il montra la porte du château à Didier.

— Oui, mon oncle, reprit-il en relevant fièrement son front calme, je vais conduire mes hôtes hors de ce château qui s'ouvrait loyalement à toutes les misères du vivant de mon père. Si le bon chevalier Henri m'entendait à cette heure, il m'approuverait, car je ne vous permets pas de disposer de mon honneur au gré de vos caprices. Fût-ce le dernier des hommes, celui qui a eu confiance en moi ne m'accusera jamais de l'avoir trompé et abandonné. Et j'estime ce nain, qui vous semble grotesque, digne de louange et d'admiration, puisqu'il a refusé de jouer le rôle de Judas.. Je sors, mon oncle, dussent les portes de ce château, qui est le mien, se fermer sur moi pour ne se rouvrir qu'à ma majorité.

Immobile, les bras croisés, implacable, M. de Montchenu attendait le départ de son neveu. La rébellion de Didier avait eu de nombreux témoins; il pourrait la colorer à sa fantaisie aux yeux du roi, qui le traitait en favori, et peut-être voyait-il déjà en rêve l'héritage de son frère glisser peu à peu dans ses mains avides. D'ailleurs Didier impétueux, ardent, livré à lui-même après s'être volontairement exilé de ses domaines devait infailliblement se perdre.

Cependant Clotilde qui jusqu'alors n'avait pris qu'une part indirecte à cette scène, car elle sentait que, dans sa misérable situation, elle n'avait aucun droit d'y intervenir, Clotilde comprit le danger sérieux que Didier allait courir; le jeune homme mettrait tout son avenir en jeu pour la préserver, elle, de toute humiliation. Son cœur, qui s'était pour ainsi dire engourdi et glacé dans le désespoir, tressaillit d'une émotion singulière; elle se trouva moins seule dans le monde, du moment qu'elle se sentit protégée par une âme généreuse dont l'égoïsme n'était pas la loi suprême; mais elle ne voulut pas entraîner dans le malheur qui la poursuivait comme une fatalité implacable ce noble jeune homme, et, s'avançant vers lui comme pour l'empêcher de se retirer :

— Monsieur, lui dit-elle d'une voix tremblante,

laissez-nous partir seuls! abandonnez nous; nous sommes habitués déjà aux misères d'une vie nomade ; mais vous qui n'avez jamais quitté le château de votre père, gardez-vous de tenter ces honteux périls qui vous sont inconnus. Le pain de l'exil serait trop amer à vos lèvres! Je vous en conjure, n'encourez pas pour nous la colère d'un oncle que vous devez aimer et respecter.

Puis, se tournant vers Montchenu avec une grâce triste et touchante, tandis que des larmes brillaient à ses paupières :

— Monseigneur, dit-elle, en fléchissant les genoux devant lui, pardonnez-nous d'être entrés dans cette maison malgré vous Vous usez de votre droit légitime en nous chassant; mais écoutez au moins la voix d'une suppliante qui ne vous implore que pour votre sang. Pardonnez au fils de votre frère, monseigneur, pardonnez-lui.

Le comte Aurélien avait déjà repris tout son sang-froid, mais il ne voulait pas s'écarter du but qu'il s'était tracé, et il répondit méchamment :

— Je ne savais pas que les bohémiennes plaidassent si bien la cause des jeunes étourdis rebelles à leurs devoirs. De mon temps, elles se contentaient de dire la bonne aventure. Vous êtes adroite, la belle, et je comprends que le pieux chevalier mon neveu préfère courir les grands chemins en votre gracieuse compagnie à rester confiné dans ces murs avec son bonhomme d'oncle.

— Monsieur le comte de Montchenu vous insulte, mademoiselle! s'écria Didier indigné; c'est le frère de mon père, je ne puis vous venger, mais je pars avec vous. Venez donc.

Et, relevant Clotilde, qui était restée agenouillée, les yeux baissés et confuse de honte devant Montchenu, il l'entraîna, ainsi que les deux nains, vers la porte du château.

Au même instant, une voix argentine et sonore murmura à l'oreille du comte Aurélien ces paroles étranges :

— Je vous croyais plus fin politique, monsieur. Le hasard prend par la main la plus merveilleuse créature du monde pour l'amener ici, et vous ne daignez pas seulement la regarder, et vous la laissez s'enfuir c'est-à-dire vous la chassez comme une mendiante importune! Dans votre colère contre votre neveu, vous oubliez et le soin de votre fortune et le soin de mon honneur, dont vous paraissiez vous soucier davantage tout à l'heure.

M. de Montchenu s'était retourné, fort surpris de voir apparaître sa femme, qui avait assisté à la fin de cette scène, et il l'écoutait sans comprendre le sens de ses reproches.

Diane le regardait, comme le guide regarde un voyageur qui s'égare dans une campagne ouverte et riante.

— Hâtez-vous, reprit-elle, d'embrasser votre neveu en signe de franche réconciliation! Hâtez-vous de retenir cette belle fille! Si elle s'éloigne, c'est votre honneur, c'est votre fortune, c'est votre ambition qui s'en vont avec elle!

— Mais je ne vous comprends pas, Diane, dit le comte stupéfait.

Déjà Didier, Clotilde et leurs compagnons atteignaient la voûte de la grande porte du château.

— Tout à l'heure il sera trop tard, Aurélien, reprit vivement la jeune femme. Avez-vous donc oublié que demain, que cette nuit peut-être, le roi François vous demandera l'hospitalité, et que vous ne la lui refuserez pas, comme à ces malheureux?

— Oh! vous me rappelez là le sujet de mes angoisses et de ma colère! dit Montchenu.

— Eh bien ! remerciez donc le ciel, qui vous sauve, car vous êtes sauvé. Mais ne rejetez pas vous-même votre salut.

Les fugitif traversaient la voûte.

La comtesse étendit la main vers eux, et continua d'une voix brève et sifflante :

— Regardez donc, il en est temps encore, la démarche noble et gracieuse de cette admirable fille que vous avez traitée de bohémienne. Les femme n'aiment guère faire l'éloge d'une autre femme, car une princesse même peut voir une rivale dans une paysanne, mais je dois vous faire admirer ces grands yeux, sombres comme une nuit d'orage, qui relèvent la blancheur d'un visage virginal, ces bandeaux de cheveux noirs aux reflets bleuâtres, cette bouche ronde et pure, ce poignet mince, cette main fine et mate comme de l'ivoire, cette taille souple... N'y a-t-il pas, dans l'ensemble de cette beauté qui va s'évanouir comme une vision, un attrait irrésistible?...

— Que m'importe la beauté de cette bohème, madame? interrompit brusquement le comte.

Mais Diane continua sans s'émouvoir :

— Un attrait irrésistible, je le répète, pour un roi capricieux, et blasé comme notre sire et futur hôte François.

Didier et ses protégés traversaient le pont-levis.

— Pour le roi! s'écria Montchenu en se frappant le front Vous avez mille fois raison, Diane. Où avais-je l'esprit? Ah! les femmes seront toujours plus fines que nous. Cette fille est belle, en effet, et je peux me servir d'elle comme d'un marchepied pour devenir le favori de Sa Majesté, et alors Dieu sait où ma fortune pourrait s'arrêter. Merci, Diane! Bernard, rappelez mon neveu. Il a eu tort de prendre ma colère au sérieux, reprit-il à voix haute.

Le majordome, enchanté de la commission, courut avec empressement sur les traces de son jeune maître et l'eut bientôt rejoint. Didier hésita d'abord à revenir sur ses pas, car il ne pouvait s'expliquer le prompt changement de résolution de son oncle; mais lorsque Bernard lui eut rapporté l'intervention de la comtesse, dont il avait souvent reçu des témoignages de véritable affection ; lorsque, d'autre part, il eut vu les yeux des pauvres nains se tourner vers lui avec une expression suppliante, il se décida à accepter la réconciliation qui lui était offerte.

Il rentra donc au château avec ses compagnons d'infortune, et vit son oncle s'avancer joyeusement vers lui, les bras tendus.

— Eh bien ! mauvaise tête! lui cria le fourbe Aurélien, voilà donc comme tu prends feu contre ton pauvre oncle! Tu le laisses seul, tu désertes la place, sans souci de son chagrin. N'importe, je suis content de mon épreuve!

— De votre épreuve, mon oncle? dit le jeune homme étonné.

— Oui, j'ai voulu éprouver ta patience et ton humeur

chevaleresque et j'ai réussi. Tu as le sang vif et bouillant de mon bon frère Henri ; tu sais défendre ton droit et protéger tes hôtes, j'ai vu le moment où, si tu n'avais été retenu par les liens de la parenté, tu m'eusses jeté ton gant au visage et il m'eût fallu dégaîner. Tête-Dieu ! j'aime cette ardeur. Arrière les jeunes gens moroses, au sang lourd et glacé, qui ne savent pas se battre pour une jolie fille ! Didier, les hôtes sont les miens. Donne tes ordres à maître Bernard. Quant à moi, je vais m'occuper de la réception d'un visiteur plus illustre, ne t'en déplaise, à savoir, de Sa Majesté le roi de France.

— Le roi de France à Montchenu ! s'écria Didier.

— Je n'ai pas voulu, dit le comte en s'éloignant, que mon maître pût t'accuser d'avoir fui à son approche.

Cependant Diane était restée en arrière et regardait tour à tour son cher neveu et Clotilde avec un intérêt étrange. Didier s'avança vers elle et lui baisant la main :

— Ma belle tante, dit-il en souriant, vous êtes la bonne fée qui avez apparu au milieu de la tempête pour l'apaiser. C'est vous, j'en suis bien sûr, que je dois remercier de la magnanimité soudaine de monsieur de Montchenu. C'est donc vous que mes amis Moucheron et Chevrette béniront dans leurs prières ; c'est à vous que je confierai la garde de cette pauvre orpheline, qui est seule sur la terre, et pour qui la pitié d'une noble dame serait une égide.

La comtesse prit la main de Clotilde et l'attira doucement vers elle.

— Mon enfant, lui dit-elle, vous me confierez vos douleurs, et peut être l'amitié d'une âme compatissante pourra t-elle les adoucir. Il ne faut pas que ces beaux yeux restent noyés de larmes. Au lieu de regarder tristement dans le passé, je vous forcerai à regarder dans l'avenir, qui vous réserve peut-être des bonheurs inattendus.

— J'ai perdu ma mère aujourd'hui même, madame, répondit la pâle jeune fille.

— Eh bien, nous prierons ensemble Dieu pour sa pauvre âme, reprit Diane de sa voix la plus caressante.

— Oh ! que vous êtes bonne, chère tante, s'écria Didier.

— Il le faut bien, dit la comtesse ; cette enfant a failli vous enlever à ceux qui vous aiment. C'est à eux, s'ils veulent vous garder, de la retenir ici a force d'affection et de soins.

Et tous trois se dirigèrent vers la salle basse du château, tandis que le majordome conduisait les nains au logement qu'il leur destinait.

III

Dès que le roi avait été prévenu de l'évasion du connétable par le seigneur de Warty Pérot de la Bretonnière, il s'était empressé d'envoyer des courriers par toute la France. Ordre fut donné de s'emparer de M. de Bourbon, de saisir ses biens, de mettre garnison dans ses châteaux, et d'arrêter non seulement tous ceux de ses partisans qui tenteraient de l'accompagner dans sa fuite, mais même ceux qui pouvaient être soupçonnés de connivence dans sa trahison.

Ainsi le grand maître de France, qui avait pris l

droit chemin de Moulins, trouva à la Pacauldière les mulets de l'évêque d'Autun qui se dirigeaient sur Lyon, pour exécuter le commandement du duc de Bourbon. Il les fit arrêter, et on chercha dans les bagages s'il se trouverait quelque chose contre le service du roi. Peu d'heures après arriva l'évêque, qui fut arrêté comme l'avaient été ses mulets, et il en advint de même au seigneur de Saint-Vallier, qui était à Lyon, à messire Aymare de Prie, au sire de la Vauguyon, qui se trouvait à Térouenne, et à plusieurs autres.

La nouvelle de l'arrestation de l'évêque d'Autun avait décidé le connétable, malgré l'avis de ses familiers, à ne pas se laisser assiéger dans Chantelle, place forte plantée au milieu du royaume de France, hors d'espérance de tout secours. Ne pouvant plus trouver grâce aux yeux de François 1er, il résolut de sauver sa vie par une fuite téméraire. On savait qu'il était parti de Chantelle sans page et sans valet, n'ayant de compagnie que son ami de cœur, le seigneur de Pompérant, et on prétendait qu'ils s'étaient tous deux déguisés en moines ou en pèlerins.

Pendant que la surveillance la plus active s'exerçait dans les villes, que les soldats marchant par bandes parcouraient les campagnes, visitant les châteaux et les fermes, explorant les bois et fouillant les buissons avec une infatigable ardeur, deux bons moines chevauchaient péniblement côte à côte dans un étroit sentier qui bordait la forêt.

Ils étaient vêtus de frocs rapiécés et poudreux, avaient les reins ceints d'une corde grossière à laquelle pendaient de gros chapelets noirs et blancs, et un ample capuchon soigneusement rabattu sur leurs yeux servait à les protéger contre l'ardeur du soleil.

Depuis un quart d'heure ils laissaient leurs montures aller modestement au pas, lorsqu'ils aperçurent, à travers un nuage de poussière soulevée par les pieds des chevaux, une troupe d'hommes de guerre débouchant d'un chemin creux et accourant à toute bride dans la direction de la forêt.

Les deux moines s'arrêtèrent, et sans se consulter, sans même échanger une parole, ils mirent en même temps pied à terre.

Puis ils tirèrent leurs montures par la bride et pénétrèrent prudemment dans l'épaisseur du bois, afin d'éviter la rencontre de soldats, qui n'étaient pas toujours fort révérencieux à l'endroit des moines, et qui n'eussent pas manqué de leur décocher quelques grossiers quolibets, en les rencontrant montés sur de nobles destriers et non sur d'humbles ânes ou de pauvres mules.

A peine se furent-ils engagés dans cette sombre et silencieuse forêt, dont les arbres étaient étroitement liés entre eux par le lierre et la viorne, qu'il fallut s'arrêter, car mille obstacles entravaient leur marche à travers ces taillis où nul sentier n'était tracé.

On sentait s'élever de l'amas de feuilles mortes, jonchées sur le sol détrempé, une humidité qui montait jusqu'à la voûte de verdure, s'y condensait et retombait en une vapeur glacée.

On n'entendait, au milieu de cette solitude, que le cri de l'oiseau de nuit, qui, tout effarouché, s'envolait de branche en branche.

Les moines tentèrent de rebrousser chemin, mais

l'obscurité était si profonde, qu'il leur fut impossible de s'orienter.

L'un d'eux se souvint pourtant d'avoir remarqué, dans son enfance, que la mousse envahit les arbres des forêts, surtout du côté du nord, comme si Dieu, dans sa prévoyance, avait voulu leur donner un manteau de velours pour les préserver du froid.

Il s'en allait donc d'arbre en arbre, passant la main sur leur écorce rugueuse, lorsqu'il aperçut à travers le feuillage une gerbe de lumière éblouissante comme un éclair dans la nuit.

C'était une clairière qui se trouvait à moins de cinquante pas de l'endroit où ils s'étaient arrêtés.

Ils se dirigèrent donc de ce côté, tirant après eux leurs chevaux, et bientot ils entrèrent dans une baie parfaitement taillée qui aboutissait directement à la clairière.

Arrivés dans cette enceinte lumineuse, ils poussèrent un cri d'étonnement et de joie en apercevant, abritée sous un épais feuillage, une petite cabane au-dessus de la porte de laquelle se dressait orgueilleusement un gros bouquet de houx, ce qui, à toutes les époques, a dû se traduire par ces mots : « Ici on donne à boire et à manger. »

Et comme témoignage vivant de cette pompeuse annonce, on voyait cinq ou six poules étiques courir çà et là, picorant vers et insectes, et au milieu d'elles se pavanait la crête en éventail sur l'oreille, un coq qui devait être, sans contredit, la perle de l'espèce, s'il faut en croire le proverbe qui dit qu'un bon coq n'est jamais gras.

Nos moines se hatèrent d'aller remiser leurs chevaux sous un toit de verdure, et revinrent à la cabane, sur le seuil de laquelle ils s'arrêtèrent un instant.

C'était une salle dont tout l'ameublement consistait en un grand lit caché derrière une tenture de serge incolore sur laquelle se dessinaient mille arabesques capricieusement découpées à jour par les vers, en une longue table de chêne vermoulue et en cinq ou six escabeaux aussi boiteux qu'Agésilas

Au fond de la salle, agenouillée devant une vaste cheminée, dans laquelle s'élaboraient les mets de cet agreste établissement, une jeune fille de seize à dix-sept ans, aux yeux fleurs, aux joues rondes et fraîches comme une pomme à la branche, chantait en lavant ses écuelles.

A droite s'ouvrait la trappe d'une cave fouillée sous la cabane, et à gauche une échelle de meunier conduisait au grenier qui devait servir de chambre à la rustique dryade.

En entendant marcher, cette dernière retourna vivement la tête, et lorsqu'elle vit debout derrière elle deux moines à longue barbe dont elle était loin de soupçonner la présence, elle laissa échapper une exclamation de surprise et son écuelle, qui, heureusement, était en bois.

— Ah ! mon Dieu ! dit-elle en se relevant vivement et en jetant un regard de touchante compassion sur les frocs usés des moines, vous êtes sans doute des frères quêteurs, et je suis seule au logis !

— Frère Hubert et moi, répondit en souriant le plus grand des deux moines, nous sommes en quête, il est vrai, mon enfant, mais en quête d'un déjeuner, car nous mourons de faim.

— Hélas ! mes révérends pères, répliqua la petite, vous tombez bien mal, car les bûcherons de la forêt, qui viennent manger ici tous les jours, ont dévoré ce matin presque tout le restant de nos provisions, aussi vrai que Marceline est mon nom.

— Rassurez-vous, bonne Marceline, dit Hubert en jetant un regard oblique autour de lui, nous en trouverons encore assez pour réconforter de pauvres moines habitués à se mortifier.

Et offrant un escabeau à son compagnon.

— Asseyez-vous, frère Denis, continua-t-il, et avec l'aide de la gentille Marceline, je vais vous composer un festin digne du roi Balthasar, de succulente mémoire.

— Que Dieu entende votre parole et l'exauce, mon frère, reprit Denis en desserrant d'avance la corde qui lui servait de ceinture, et rejetant son capuchon sur ses robustes épaules, il releva ses manches et s'installa comme un homme affamé devant la table nue.

— Si je n'étais pas seule au logis, hasarda Marceline, je courrais quérir des vivres à Saint-Antoine, mais mon père est parti ce matin pour vendre du charbon à la ville...

— Et vous ne savez pas s'il doit rentrer bientôt ? demanda frère Hubert avec une intention qui échappa à la jeune fille.

— Je l'ignore, mon révérend, répondit elle ; mais il m'a dit qu'il voulait entendre la sentence que l'official doit rendre aujourd'hui contre les chenilles en faveur de nos fermiers.

— Ah ! c'est aujourd'hui que l'affaire se plaide, dit Hubert, qui allait et venait, furetant dans tous les coins de la cuisine. Pourvu qu'on ne leur ait pas donné un trop bon avocat à ces insectes, puisqu'on doit plaider contradictoirement leur cause et celle des fermiers (1).

— On dit même, continua Marceline, que si ces vilaines bêtes, qui dévorent tous les fruits, fleurs et feuilles, ne se retirent pas sous six jours, elles seront maudites et excommuniées par notre évêque.

— Ah çà ! s'écria frère Denis, qui commençait à se lasser de mâcher à vide, les chenilles et les mulots ont-ils donc dévoré jusqu'aux œufs de vos poules !

— Oh ! non, j'en ai encore une douzaine à la cave, dit la petite paysanne, mais c'est tout ce que je puis vous offrir, avec un morceau de fromage de chèvre.

Frère Denis fit une effroyable grimace.

— J'ai bien aussi une botte de salade nouvelle, mais je n'oserais jamais vous la proposer.

— Pourquoi donc ?

— Parce que... parce que c'est... de la barbe de capucin, dit la naïve Marceline, rougissant et souriant à la fois.

— Bah ! ne te gêne pas, mon enfant, dit frère Denis en dissimulant une forte envie de rire. Accommode-nous ta salade, dussions-nous la manger à la barbe de tous les capucins du monde. Nous sommes, nous, des cordeliers.

Cependant frère Hubert continuait ses recherches.

— Ah ! ah ! s'écria-t-il tout à coup, la tête enfoncée

---

1. Voyez Sainte-Foy, dans ses *Essais sur Paris*.

sous le manteau de la cheminée, il me semble apercevoir là-haut, pendu au croc, un quartier de jambon fumé qui a l'air fort triste d'être oublié dans son coin.

Et craignant sans doute que sa trouvaille ne s'ennuyât plus longtemps dans sa solitude, il s'en empara d'un geste aussi adroit que hardi, et la déposa triomphalement sur la table.

— Comment! ma chère petite, dit alors Denis avec un sourire mêlé d'amertume, vous exposiez de vénérables moines à mourir de faim ou à maigrir plus que ne l'exige la règle de leur ordre, quand, avec quelques légères tranches de ce jambon solitaire, vous pouviez si facilement prolonger leurs jours !

Pour toute réponse, Marceline se mit à rire aux éclats.

— Vous riez ?

— Eh oui-da, mon révérend ! parce que je suis bien sûre que vous aimeriez mieux perdre toutes vos dents que de mordre à ce jambon, ni l'un ni l'autre.

— Et en l'honneur de quel saint, ma gente hôtesse? interrompit Hubert.

— En l'honneur de saint Vendredi, dont c'est aujourd'hui la fête, répondit malicieusement la jeune paysanne.

— Vendredi! s'écria frère Denis avec l'air du plus profond étonnement.

— Déjà! reprit frère Hubert. C'est étonnant comme le temps passe.

— Mais ne vous trompez-vous pas, Marceline? insinua Denis. Êtes-vous bien au courant dans cette solitude?...

— Des jours de a semaine? interrrompit la rieuse; oui-da, mon révérend, nous croyez-vous si sauvages que nous oubliions nos devoirs de chrétiens? Voilà pourquoi je gardais ce jambon pour dimanche.

Hubert se leva, la paupière demi-close.

— Ma fille, j'espère que vous ne prenez pas des cordeliers pour des mécréants; mais notre général nous a donné une dispense de maigie, quand nous voyageons pour le service de notre ordre; donc, ce jambon nous appartient.

Marceline, vaincue par cet argument, cessa de rire.

— C'est juste, dit-elle toute pensive. Alors, je ne vois pas d'inconvénient a vous faire une omelette au lard.

— Ni moi non plus; mais dépêchons-nous, mon enfant, car nous tombons d'inanition.

— Vous n'attendiez pas longtemps, mes révérends.

Puis, déposant sur la table un formidable cruchon de vin.

— Voilà, ajouta-t-elle, pour vous aider à prendre patience.

Pendant que les deux moines, assis l'un en face de l'autre, buvaient à petits coups, Marceline aviva ses cendres et jeta dans l'âtre quelques brassées de branches sèches qui pétillèrent aussitôt; puis, tout en présentant à la flamme son lard, qui frémissait bruyamment dans la poêle, elle se mit à chanter d'une voix vibrante les derniers vers de ce lai populaire :

> Apôtre de Luther,
> Si l'on grille ta chair,
> C'est afin que d'avance
> Tu saches la souffrance
> Qu'on endure en enfer.

— Ah! ah! dit frère Denis, interrompant brusquement son hôtesse, vous connaissez aussi cette complainte? je vous en félicite. Cela dénote une bonne catholique.

— Je l'ai entendue si souvent! reprit Marceline en jetant ses œufs dans la poêle; on la chante toutes les fois qu'on brûle des hérétiques, et vous savez si on en brûle dans le pays!

— Ils ont abjuré la foi de leurs pères, mais il leur en cuira...

— Sans compter, comme dit la chanson, le feu de l'enfer qui les attend...

— Prenez garde au vôtre, ma fille, interrompit à son tour frère Hubert. Il me semble que votre omelette commence à sentir furieusement l'hérétique.

— C'est pourtant vrai, dit la jeune paysanne en roulant fort adroitement dans un plat de terre le contenu de sa poêle, elle est un peu brûlée.

— N'importe, reprit Denis, elle n'en est pas moins appétissante et dorée comme un gâteau de fête.

Et s'armant d'une énorme cuiller de bois, il allait l'entamer, lorsque deux cavaliers, la cuirasse au dos et l'armet en tête, apparurent tout à coup et s'arrêtèrent près du seuil comme deux sentinelles gardant la porte.

Les moines tressaillirent sous leurs robes, mais gardèrent un visage impassible.

Frère Hubert cependant s'était levé, la main nonchalamment appuyée sur un long coutelas oublié au milieu de la table, mais, sur un signe de son compagnon, l'éclair de son œil s'éteignit.

Il prit lentement la miche de pain bis qui leur avait été servie, il y fit une croix avec la pointe de son couteau, puis après l'avoir coupée en deux parties égales, il en offrit une à frère Denis.

Les cavaliers, qui avaient attaché leurs chevaux aux volets de la fenêtre, pénétrèrent bruyamment dans la cabane.

— Au diable soit monsieur de Bourbon! s'écria l'un d'eux en allant s'asseoir sans façon à l'un des bouts de la table.

Les moines échangèrent un coup d'œil rapide comme la pensée et portèrent à leurs lèvres en même temps leurs gobelets d'étain.

— Salut, mes révérends pères, dit le second cavalier en prenant place à côté de son camarade.

— Que la bénédiction de Dieu soit avec vous, mes enfants! répondit frère Denis.

Les cavaliers s'inclinèrent, et frappant sur la table;

— Çà, la fille, du vin ! s'écrièrent-ils.

— Je cours en chercher, répondit Marceline.

— Ah çà, Goulard, reprit le premier cavalier, j'espère que la bouteille vidée, nous nous remettrons gaiement en route.

L'autre déboucla tranquillement le ceinturon de son épée, qu'il attacha à un clou de la muraille :

— Que je sois pendu à la plus haute branche de ce bois si je bouge de ce chenil avant la nuit !

— Mais notre devoir !

— Prenne monsieur de Bourbon qui pourra. J'ai les os rompus, la langue sèche et l'estomac vide comme un lendemain de bataille, Faucheux.

— Songe donc à la récompense promise, Goulard !

— La gagne qui voudra!... Je suis à moitié mort,

Ils aperçurent une troupe d'hommes de guerre .. (Page 22.)

e! à quoi sert une escarcelle pleine dans la poche d'un mort!

Marceline posa sur la table graisseuse deux petits cruchons de vin.

Les cavaliers burent à même, sans daigner reprendre haleine, tout en dévorant des yeux la succulente omelette qui fumait devant les moines.

Au moment où ceux-ci l'entamaient vigoureusement, Goulard s'élança vers eux comme frappé d'une idée lumineuse, et retira brusquement le plat en s'écriant :

— Pas une bouchée de plus, mes révérends! Dieu soit loué! je suis arrivé à temps pour vous empêcher de consommer un péché... Vous alliez manger du lard... un vendredi!

— Merci de votre bonne intention, l'ami, répliqua frère Denis en souriant, mais l'avis vient trop tôt ou trop tard. Trop tard, puisque nous avons commencé, trop tôt puisque nous n'avons pas achevé.

— D'ailleurs, mes enfants, s'empressa d'ajouter frère Hubert, qui remarqua l'étonnement des cavaliers, nous avons dispense... Celui qui voyage mange ce qu'il peut, et non pas ce qu'il veut.

— A ce compte-là, hasarda Goulard en guignant l'omelette d'un œil amoureux, le roi devrait bien nous faire octroyer aussi dispense, à nous autres, qu'il a chargés d'une si rude mission.

— De quel sac sois-tu tes scrupules, camarade? reprit Faucheux. N'avons-nous pas gagné ce matin une indulgence en noyant dans le puits de leur jardin ces trois petits hérétiques, les enfants du gros ministre?

— Tu as raison, Faucheux. Après avoir si bien besoigné pour lui, Dieu ne nous en voudra pas de reprendre des forces ; n'est-il pas vrai, mes révérends?

Frère Denis baissa la tête pour cacher une grimace de dégoût. Le cordelier Hubert sourit agréablement et dit :

— Ah! si votre mission est de faire la chasse à l'hé-ré-ie vous avez bien mérité de partager cette triomphante omelette avec nous, mes cavaliers.

— Merci, mes révérends! répliqua Goulard.

Puis, clignant de l'œil :

— Nous chassons aussi un gibier plus rare et plus

précieux, ajouta-t-il en s'adjugeant un énorme morceau du mets en litige.

— Et ce gibier? demandèrent les deux cordeliers à la fois.

— N'est rien moins que monsieur le connétable.

— Est-il donc réellemnt en fuite, comme le bruit s'en répand? demanda frère Denis d'un air étonné.

— Ce bruit est la vérité même; aussi ordre a-t-il été donné de l'arrêter partout où on le rencontrera.

— C'est impossible! s'écria le cordelier en joignant les mains avec l'expression de la plus profonde incrédulité.

— Impossible! dit Faucheux. Lisez donc un peu ce qui est écrit là-dessus.

Et tirant de son armet un parchemin ployé en quatre, il le tendit à frère Denis.

Le moine le déplia lentement, secoua du revers de la main la poudre qui en obscurcissait les caractères, et lut à haute voix :

« Nous, François Ier, par la grâce de Dieu, roi de France et de Navarre, ordonnons à nos amis et féaux, etc., que Charles de Bourbon, accusé et convaincu des crimes de rébellion, félonie, transfugat et lèse-majesté, soit pris au corps, *etiam in loco sacro*, et si pris ne peut être, sera ajourné à trois briefs jours, à son de trompe, à comparoir en personne, sous peine de bannissement de ce royaume, confiscation de corps et de biens, et que seront arrêtés les évêques d'Autun et du Puy, le capitaine Poitiers de Saint-Vallier et tous autres soupçonnés de complicité. »

— L'ordre est tout à fait positif, ajouta-t-il; seing, contre-seing, parafe, rien n'y manque!

Et il passa le parchemin à frère Hubert, qui le lut attentivement à son tour, mais des yeux seulement.

— Ah! si Goulard était aussi actif que moi, dit Faucheux, je suis bien sûr que nous finirions par le joindre, ce damné connétable; mais pourvu qu'il boive ou qu'il mange, il se moque du reste, le grand lâche!

— Tiens! répliqua Goulard en versant insouciamment la dernière goutte de vin sur son ongle avec un air de béatitude, c'est bien assez des chances de la guerre, sans se laisser encore mourir volontairement de faim et de soif.

Les moines avaient suspendu leur repas. Les coudes appuyés sur la table et le sourire aux lèvres, ils semblaient envier l'appétit de leurs hôtes, qui firent disparaître avec une rapidité prodigieuse l'omelette, le fromage et la barbe de capucin. Sur l'ordre de frère Hubert, Marceline apporta aux reîtres deux autres cruchons de vin, qu'ils burent à la santé des cordeliers et au triomphe de l'Église.

— Merci, mes révérends, dit Faucheux une fois la table nette. Mais dites-moi, je vous prie, serait-il indiscret de vous demander si vous êtes de ce pays ou bien si vous venez d'ailleurs?

— Nous arrivons, répondit Hubert, de Rome en droite ligne.

— De Rome! répéta Faucheux; on dit que c'est une cité de marbre et d'or, et que tous les habitants en sont couverts de pierreries comme les châsses des saints.

— La bonne ville à piller, observa Goulard, si elle n'appartenait pas à notre saint-père le pape!

Cette judicieuse exclamation arracha un sourire à frère Denis, qui, cependant, paraissait beaucoup plus sérieux que son compagnon.

— Nous en rapportons nous-mêmes un trésor inappréciable, poursuivit frère Hubert.

Faucheux s'approcha vivement de lui :

— Un trésor, mon révérend!

Et ses yeux brillaient comme des escarboucles.

— Vous voyez bien ces petites médailles d'argent frappées à l'effigie de saint Hubert mon patron?

— Oui, mon révérend!

— Eh bien! notre fortune est là.

— Est-il possible?

— Muni de cette médaille, le braconnier s'en va, la nuit, par les bois et prend la bête au gîte avec la main, aussi facilement que s'il avait en son pouvoir des filets et des lacs enchantés. C'est un appeau qui attire irrésistiblement l'oiseau. C'est un charme qui l'enivre et l'endort.

— Comment! avec cela on fait de si surprenantes chasses? demanda Goulard émerveillé.

— Le chasseur, continua Hubert, n'a plus besoin de cors ni de meutes; le gibier accourt à sa voix soumis et rampant comme le chien qu'on appelle.

— Oh! la précieuse relique! s'écria Faucheux qui était tout oreilles.

— Avec cette médaille, ajouta le cordelier en baissant la voix, le soldat endort les sentinelles ennemies et traverse tout un camp sans péril. Ses pas n'ont plus d'écho, son corps n'a plus d'ombre, et sans donner l'éveil, il peut, invisible et silencieux, se glisser jusque dans la tente du général.

Les deux reîtres échangèrent entre eux un regard de convoitise rapace et cruelle.

— Que de gens de guerre, interrompit Goulard, voudraient, en un jour de bataille, avoir une semblable amulette pendue au cou?

— Cherchez-vous un proscrit dont la tête soit mise à prix dit encore le moine, cédant à une invincible attraction, il abandonne son mystérieux abri pour aller à vous et vous demander sa route; s'il est sans asile, c'est à votre foyer que l'imprudent vient s'asseoir.

— Par le sang du Christ! s'écria Goulard, s'il en est ainsi, mon révérend, notre fortune est entre vos mains.

— Avec ce précieux talisman, enfin, tout ce qui est de prise, bonne ou mauvaise, est sous votre domination, depuis le gibier des bois, des monts et des plaines, jusqu'au gibier de potence.

Les reîtres, à travers le nuage épais qui obscurcissait leur pensée, comprirent que cette médaille de saint Hubert pouvait devenir une arme puissante entre leurs mains; leur superstition grossière et féroce ne leur permettait pas de mettre en doute la sincérité de l'aveu qu'ils croyaient avoir adroitement arraché à la naïveté des cordeliers; ils se consultaient d'un regard avide et pensaient qu'il ne fallait pas reculer devant la violence pour conquérir un bien si précieux.

Cependant Marceline, qui n'avait pas laissé échapper un mot de l'entretien, s'approcha doucement.

— Avec votre médaille, mon révérend père, demanda t-elle timidement, est-ce qu'on pourrait attraper aussi... un amoureux?

— Mon enfant, reprit frère Hubert en souriant, vous avez deux jolis yeux qui valent mieux que la médaille de mon saint patron pour faire la chasse aux maris.

Marceline soupira et s'éloigna en faisant la moue : elle n'était pas bien convaincue.

Quand à Goulard, il s'était levé, non sans effort, avait fait un pas vers le moine, et, la main étendue en avant :

— A nous votre talisman, mon père, et, sur les saints Évangiles, nous jurons de partager honnêtement avec vous la récompense promise à quiconque prendra monseigneur le connétable.

— Impossible, mes pauvres enfants, dit le cordelier avec le plus beau sang-froid ; la médaille n'a d'efficacité qu'autant que celui qui la possède est pur de tout péché.

— Ah! diable! fit Goulard en se grattant l'oreille.

— Ou bien, continua frère Hubert, il faudrait qu'il fût couvert de vêtements bénits... comme ceux que nous portons en ce moment.

— Comme les vôtres! s'écria joyeusement le reître, alors l'affaire est arrangée... vous allez nous prêter vos deux robes.

Frère Hubert se mordit les lèvres pour ne pas rire.

— Y pensez-vous mon fils? dit-il en reculant d'un pas.

— Aussitôt que je me serai emparé de monsieur de Bourbon, je vous les rapporterai.

— Oh! mon révérend, bagaya Faucheux, qui, pour se tenir debout, en était réduit à s'appuyer contre le mur, ne nous refusez pas ce petit service qui vous coûtera si peu.

— Du reste, ajouta Goulard, nous vous laisserons notre harnachement en échange du vôtre.

Le cordelier refusait toujours, affectant une sérieuse inquiétude.

— Y songez-vous, mes frères! Mais notre robe inspire un saint respect et nous protège contre les insultes, tandis que votre équipage de guerre peut nous susciter mainte fâcheuse querelle.

Faucheux fronça le sourcil.

— Trêve aux jérémiades, mon père: il nous faut vos médailles et vos robes. Service du roi, Pâques-Dieu!

— Et pour ma part, reprit son camarade en frappant du poing sur la table, j'aurai l'habit et le talisman, dussé-je employer la force!

Frère Denis, qui était resté silencieux pendant cet étrange débat, crut devoir intervenir :

— Comment! mes braves cavaliers, leur dit-il avec dignité, vous auriez le courage d'user de violence envers deux pauvres moines qui ont partagé de si bon cœur leur repas avec vous?

— Mais nous voulons vous faire profiter de la bonne aubaine que saint Hubert nous envoie, mon révérend, répliqua Goulard. De quoi diable vous plaignez-vous? acceptez plutôt le troc qu'on vous propose!

A leur tour les cordeliers semblèrent se consulter du regard.

— Mais si vous alliez ne pas revenir? observa Hubert d'un air de défiance aux reîtres.

Goulard haussa les épaules.

— Ne pas revenir, quand nous vous laissons entre les mains un équipement qui vaut vingt fois votre triste défroque?

— Je vois bien qu'il n'y a pas moyen de vous résister plus longtemps, reprit le cordelier avec un profond soupir.

Dix minutes après, l'échange de costume avait eu lieu et la transformation était complète.

Goulard et Faucheux, avec leurs jambes chancelantes et l'ardente enluminure de leur face, représentaient à la rigueur deux frocards en goguette, mais les deux moines étaient si ridiculement accoutrés, que jamais bourgeois de la milice n'eut allure plus grotesque sous la cuirasse et l'armet.

Pendant que les reîtres riaient à se tordre, Hubert prit sur la table deux petites médailles pendues à des fils de soie, et s'avança vers eux.

— Mes frères, dit-il, attachez ces médailles à votre cou, et que votre chasse soit heureuse!

Goulard et Faucheux s'empressèrent d'obéir.

— Maintenant, continua t-il, buvons ensemble le coup de l'étrier, et que Dieu vous accorde le repos et le sommeil!

— Comment! le repos! balbutia Goulard, dont la langue s'épaississait de plus en plus. Buvons le coup de l'étrier, soit. Et puis en chasse! Sus au transfuge!

Et il se laissa lourdement tomber sur son escabeau en répétant: Sus au transfuge!

Frère Denis pâlit, et un éclair fugitif brilla dans ses yeux ; sa taille se redressa ; la cuirasse et l'armet ne semblaient plus peser à ce moine vigoureux transformé en soldat, et lorsque sa main s'appuya sur l'épaule de Goulard, ce dernier, stupéfait, le regarda avec une surprise et une attention dont frère Hubert s'inquiéta bientôt.

— Tu n'es pas un moine! murmura tout à coup le reître, pliant sous l'étreinte de frère Denis, tu es un soldat!

— Tais-toi! dit le cordelier, dont le regard irrité se fixait sur lui comme celui de l'épervier sur le héron.

— Tu es un capitaine! bégaya encore Goulard de plus en plus troublé et essayant de se lever, comme si un voile se déchirait devant ses yeux pour lui laisser entrevoir une image terrifiante.

— Tais-toi, répéta le cordelier, tais-toi, misérable!

— Tu es le transfuge! Sus au transfuge! dit le reître, qui retomba sur l'escabeau, vainement obsédé par son idée fixe et vaincu par l'ivresse, les yeux grands ouverts et de sa main tremblante désignant le robuste moine, contre lequel il ne pouvait se débattre. La médaille à raison, balbutiait-il ; le gibier vient à nous! Faucheux, à l'aide! Le vois-tu dans ce nuage, le transfuge? Mes doigts ne saisissent que le vide! Prends-le, et partageons... partageons... la récompense.

Mais Faucheux ne l'entendait pas, heureusement; après plus d'un zigzag, il était venu aussi s'asseoir sur un escabeau, et, frappant sur la table avec son gobelet d'étain, il s'écriait : A boire! d'une voix sourde.

Frère Hubert, qui l'observait, s'arma d'un pot de vin, et s'acquitta si consciencieusement de son office d'échanson, qu'à la troisième rasade, Faucheux et Goulard laissèrent tomber leurs têtes alourdies sur la table et s'endormirent comme de vrais loirs.

Aussitôt les cordeliers échangèrent un signe qui commandait le silence, et leur physionomie s'anima d'une singulière expression d'audace et de volonté.

Ils se débarrassèrent lestement de leurs armets et de leurs épées, et soulevant la trappe de la cave, ils la fixèrent à la muraille au moyen d'un tourniquet en fer qui s'y trouvait scellé ; puis, revenant sur leurs pas. ils saisirent Faucheux par les épaules et les jambes, et, l'enlevant sans secousses, le descendirent dans la cave.

Après l'avoir solidement adossé au mur, ils retournèrent chercher Goulard, qu'ils déposèrent à côté de son compagnon ; mais chaque fois que le reître murmurait dans son sommeil agité : Sus au transfuge! frère Denis tressaillait involontairement.

Ils remontèrent ensuite dans la salle, abaissèrent la trappe, prirent leurs armes, mirent soigneusement le parchemin dans l'armet d'Hubert, et sortirent de la cabane en laissant sur la table une pièce d'or pour prix de leur dépense.

Puis, détachant les chevaux des deux reîtres, à la grande stupéfaction de Marceline, qui donnait à manger à ses poules affamées, ils sautèrent lestement en selle et partirent au galop, s'abandonnant à l'instinct de leurs montures pour les guider dans leur route.

— Vous l'avez échappé belle, frère Denis! dit seulement une heure après maître Hubert. L'ivresse avait dessillé les yeux de ce pillard, et en s'endormant il a reconnu comme dans un rêve le héros de la France.

— Non, Pompérant, répliqua le faux cordelier d'une voix sombre, il a reconnu le transfuge.

Frère Hubert ne répondit rien et baissa la tête, pâlissant à son tour; puis tous deux éperonnèrent leurs chevaux pour échapper par la rapidité de la fuite à leur propre pensée.

IV

LE CAPITAINE JONAS

Après avoir soigneusement fermé la porte de la cabane, M. de Bourbon et Pompérant avaient enfourché les deux montures, puis ils s'étaient dirigés vers la lisière du bois, non pas au galop comme des fugitifs, mais prudemment, au pas, en vrais reîtres qui savent où rejoindre leurs compagnons et qu'aucun souci ne préoccupe.

Cependant, dès que les chevaux ne marchèrent plus entre deux murailles d'arbres, ils se mirent à aspirer l'air à pleins naseaux et à hennir : ils changèrent ensuite brusquement d'allure et ils s'élancèrent dans un sentier qui longeait la forêt.

— Sainte Barbe! s'écria le connétable en abandonnant les rênes à son cheval, je respire plus librement sous cette cuirasse que sous ma robe de moine. Et toi, mon brave Pompérant?

— Oh! moi, mon cher seigneur, je ne respirerai vraiment à l'aise que lorsque nous aurons franchi la frontière.

M. de Bourbon tira de sa poche l'ordre du roi, et l'agitant entre l'index et le pouce :

— Avec ce simple morceau de parchemin, auquel est appendu le sceau royal, dit-il en souriant, nous pouvons, sous prétexte de poursuivre le connétable, traverser hardiment le Dauphiné et la Savoie; puis, afin de suivre une route où nous trouvions asile chez des amis aussi souvent que nous en aurons besoin, remonter vers la Franche-Comté, et arriver enfin en Italie, en passant par l'Allemagne. Nous sommes sur la bonne route. En avant donc, capitaine !

Le gentilhomme, qui n'avançait qu'après avoir exploré avec la sagacité d'un Indien tous les accidents du chemin, poussa un profond soupir.

— Du train dont vont nos bêtes, elles ne tarderont pas à rejoindre le détachement de cavaliers qui vient de suivre cette route, monseigneur.

— Un détachement! répéta le connétable surpris. Rêves-tu tout éveillé, mon ami?

— Non, mon cher maître ; mais j'ai écouté les hennissements de nos chevaux, et j'ai regardé la poussière du chemin, sur laquelle les fers des montures de l'ennemi ont laissé leurs empreintes...

— Malgré ce vent qui souffle à décorner des bœufs?

Le prince observa à son tour le terrain, et bientôt son visage se rembrunit.

— Tu es un fidèle guide, Pompérant, et ce serait folie en effet de galoper à la suite de ces cavaliers. Mais que je sois arquebusé, si je sais où nous sommes !

— Nous avons le Rhône à notre droite, répondit froidement le gentilhomme ; la flèche surmontée d'un coq que vous voyez se dresser à trois quarts de lieue d'ici, c'est le clocher de Dance. Vis-à-vis s'allonge le pont de Vienne. Ce second clocher est celui de l'église de Saint-Maurice. Une fois arrivés là, nous sommes sur la route de Grenoble.

M. de Bourbon réfléchit un instant.

— Bah ! ralentissons le pas, mais avançons toujours. Dieu nous aidera !

— Avançons, répéta Pompérant.

Ils n'étaient plus qu'à cent pas des premières maisons de Dance, quand le gentilhomme s'arrêta devant une masure qui paraissait abandonnée.

— Restez en bas un instant, monseigneur, dit il à voix basse. Je vais m'avancer en éclaireur jusqu'au pont pour savoir si le passage est libre et si ces maudits cavaliers n'ont pas tourné d'un autre côté.

Le connétable quitta le sentier et fit le tour de la grange déserte. Il aperçut alors, disséminées dans la plaine, des femmes qui liaient des fagots d'herbe, tandis qu'un vieux paysan semblait l'examiner avec curiosité, tout en retournant du chanvre qui rouissait dans une mare infecte. Pour ne pas éveiller plus longtemps leur attention, il mit pied à terre et rajusta les courroies de ses étriers, quoiqu'elles fussent en parfait état.

Pompérant, qui s'était rapidement dirigé vers le pont, en trouva l'issue encombrée par une foule d'honnêtes bourgeois, au milieu desquels pérorait le boucher de l'endroit. Tous les yeux se tournèrent vers lui. Il salua courtoisement cette troupe de curieux.

— Messieurs, leur dit-il, j'ai été obligé de m'arrêter en route pour faire ferrer mon cheval. Pourriez-vous m'enseigner quel chemin a pris ma compagnie, qui a dû défiler devant vous?

— Votre compagnie! répliqua le boucher en étudiant d'un regard soupçonneux le costume de son interlocuteur, elle vient de traverser le pont tout à l heure. Les uns se sont arrêtés à Vienne, aux environs de la Maison carrée, les autres ont continué leur route vers le Dauphiné.

— Diable ! fit le gentilhomme, le cas est embarrassant.

— Ajoutez, maître Cocquatrix, dit un bourgeois maigre et blême, qu'un gros de cavaliers a passé le bac pour abréger le chemin.

— Voisin Cornemuche, reprit gravement le boucher à la face bourgeonnée, auriez-vous l'intention de me chercher querelle ? Voudriez-vous me faire passer pour un donneur de faux avis ?

— Dieu m'en garde ! s'écria le bourgeois maigre. Je croyais avoir vu des cavaliers sur le bac, mais j'ai de fort mauvais yeux, la brume voilait la rivière, et puisque mon observation vous contrarie, j'avoue qu'il serait fort possible...

— Ah ! ah ! il serait fort possible ! répéta maître Cocquatrix avec un regard irrité ; achevez donc votre *mea culpa!* voisin !

Cornemuche tressaillit et baissa les yeux, puis il se hâta d'ajouter :

— Il est certain que je me trompais ; il est incontestable que, depuis ce matin, personne n'a hêlé le passeur. Eh bien ! êtes-vous content, maître Cocquatrix ?

Tous les bourgeois éclatèrent de rire ; mais le boucher ne se déconcerta pas :

— J'aime les gens qui ne se font pas prier pour dire la vérité, voisin Cornemuche. Soyez sûr que je ne vous garderai pas rancune de votre remarque saugrenue.

Chacun admira la grandeur d'âme de cet homme de paix, et Pompérant lui demanda d'un air fort sérieux si l'existence même du bac devait être révoquée en doute.

— Non pas, mon cavalier, dit maître Cocquatrix d'un air important. Ne voyez-vous pas d'ici ce point noir sur le Rhône ? C'est le bac dont vous parlait mon voisin. Le passeur, Vincent Jodelle, est même une de mes pratiques. Je ne puis cependant en conscience vous engager à faire un si grand détour pour rejoindre vos compagnons. Mais écoutez, allez à l'hôtellerie du *Chat-qui-Pêche*, sur la place de l'église, vous y trouverez une quarantaine d'archers de la garde du roi, qui viennent d'arriver et qui vous renseigneront mieux que nous.

Le gentilhomme crut voir un sourire railleur errer sur les lèvres de maître Cocquatrix ; cependant voulant dérouter les soupçons des bourgeois, qui se consultaient à voix basse, il demanda :

— Où est la place de l'Église ?

— Au bout de cette ruelle qui s'ouvre derrière un rideau de peupliers, à votre gauche, répondit Cornemuche.

— Vrai Dieu ! s'écria en même temps le boucher, qui vit apparaître une dizaine de cavaliers à l'autre extrémité du pont, vos amis sont inquiets de votre retard, car ils viennent vous chercher.

Pompérant sentit une sueur froide mouiller ses cheveux ; il reconnaissait les camarades de Faucheux et de Goulard ; mais il fit bonne contenance, et sourit gracieusement à maître Cocquatrix :

— Vous avez raison, brave homme. Allons ! je puis maintenant gagner l'hôtellerie, car mon cheval et moi nous mourons de faim. Adieu, messieurs, et grandi merci !

Il salua les bourgeois de la main et prit tranquillement la direction de la ruelle qui lui avait été indiquée. Mais quand il se crut hors de vue, il changea de route, et arriva bientôt devant la masure où l'attendait impatiemment le connétable. Il lui avoua la fâcheuse vérité, et lui proposa de traverser le Rhône sur le bac de Vincent Jodelle.

Les deux fugitifs chevauchaient donc côte à côte depuis cinq minutes, lorsque le gentilhomme, jetant des regards inquiets sur la campagne, dit au prince :

— Les rabatteurs envoyés à votre poursuite sont si nombreux, les passages et les gués sont si bien gardés, vos amis sont si sévèrement surveillés, qu'il serait peut-être nécessaire de voyager seulement la nuit.

— Mais, où trouverai-je un abri pendant le jour, maître fou ? répliqua M. de Bourbon. Les moines de la Grande-Chartreuse eux-mêmes refuseraient l'hospitalité au rebelle.

Pompérant baissa tristement la tête.

— Qu'as-tu fait de ton fier courage, mon capitaine ? continua le duc en souriant. Ta diplomatie est à bout de ressources. Tu sens déjà tes jambes mordues par la dent des chiens. Réveille-toi, sainte Barbe ! C'est dans les moments extrêmes qu'il est beau de lutter et de vaincre. A cette heure, tout m'est hostile : le paysan derrière sa haie, le batelier dans sa barque, le soldat à son bivac, le moine dans son cloître, la fileuse à son rouet, la châtelaine devant son miroir. Les arbres du chemin sont des espions qui me regardent et m'écoutent, n'est-ce pas ? Eh bien ! je jure que le premier serviteur du roi dont nous rencontrerons le manoir sur notre route, sera mon hôte aujourd'hui, ou j'y perdrai mon nom !

Au même instant, une dame montée sur un magnifique alezan, et dont le visage était couvert d'un loup de velours noir, traversa le chemin ; elle avait la jambe droite sur l'arçon, suivant la mode tout récemment introduite par Catherine de Médicis, jeune et belle alors, et de plus intrépide écuyère.

A ses côtés chevauchait un jeune homme qui portait le pourpoint à petites basques, sur sa tête se balançait une toque au retroussis de laquelle ses armes étaient brodées. Derrière eux venait un page, mais un page si maigre, si chétif, et si grotesquement accoutré surtout, qu'il était impossible de le regarder passer sans rire.

En apercevant les deux cavaliers, cet étrange personnage fit un bond tellement brusque sur sa selle que sa monture s'arrêta court, mais aussitôt il laboura de l'éperon le flanc de l'animal et rejoignit au galop ses maîtres, qui venaient de s'engager dans la forêt.

— Par ma foi chrétienne ! s'écria le duc, n'est-ce pas maître Moucheron qui vient de passer devant nous comme une vision ?

— C'est lui, répondit Pompérant, et ce misérable avorton nous a parfaitement reconnus, j'en suis certain.

— Qu'importe ! je suis aussi sûr de la discrétion de mon fou que de sa fidélité !

Après avoir chevauché encore quelques instants en silence, les fugitifs descendirent dans un chemin creux, sorte de ravin abandonné par les eaux et tout hérissé de vieux saules et d'osiers ; ils arrivèrent ainsi sur les bords du Rhône. A l'exception d'un enfant de sept à huit aus qui jouait avec le sable de la grève, et du passeur qui graissait ses poulies en attendant le départ, la rive était déserte.

Les cavaliers remontèrent donc vers le bac, qui se trouvait à une portée de mousquet ; mais ils ralentirent bientôt le pas et n'avancèrent plus qu'avec défiance, en le voyant occupé par trois passagers dont les chevaux menaient grand bruit.

Pompérant tirait déjà le duc par la manche pour lui faire rebrousser chemin, lorsqu'un des étrangers, remarquant leur hésitation, entonna d'une voix nazillarde la chanson des Suisses. C'était un refrain militaire que les aventuriers du temps ne manquaient jamais de chanter en chœur lorsqu'ils marchaient par bandes :

> De Milan par un homme,
> Tout droit a Marignan,
> Vous aurez la bataille.
> — Oui, Sire, en bonne foy
> J'ai vu partir les Suisses
> En vous fort menaçant,
> Traînant, branlant la pique,
> Pour tuer vous et vos gens.

— Sainte Barbe ! dit M. de Bourbon, dès que les échos du fleuve lui eurent apporté les premiers mots de cette ballade, c'est la voix fêlée de maître Moucheron !

— Ceci est étrange ! murmura Pompérant tout pensif.

— J'ai confiance en lui, reprit le duc, et je ferai volontiers la traversée en sa compagnie.

Arrivés près du bac, les cavaliers mirent pied a terre.

Moucheron, qui avait sournoisement regardé venir son ancien maître, poussa tout à coup un cri de profonde détresse et sauta lestement du bac sur la grève. Son toquet de velours nacarat, au bord duquel ondulait une longue plume retenue par une agrafe en pierreries, venait de tomber dans l'eau.

— Bonhomme ! dit-il au passeur, sans avoir l'air de se préoccuper le moins du monde de la présence des nouveaux venus, rattrape donc mon toquet qui voyage.

Vincent Jodelle, en s'entendant interpeller, releva brusquement la tête, et son cordeau lui échappa des mains à l'aspect de l'être difforme qui se tenait debout devant lui, et qu'il apercevait alors pour la première fois ; quand à l'enfant, il s'était enfui à toutes jambes sans oser regarder en arrière.

— Çà ! courez donc rattraper mon toquet, répéta Moucheron de sa voix aigre en montrant au passeur, d'une main sèche et crochue, l'élégante coiffure qui, entraînée par la rapidité du courant, descendait le Rhône en tournoyant sur elle-même.

Mais celui-ci, l'œil ébahi et la bouche béante, continuait à examiner le nain de la tête aux pieds avec une curiosité presque mêlée d'effroi.

— Impossible de quitter mon bac, gracieux seigneur, dit-il enfin ; mais rassurez-vous, votre bonnet n'est pas perdu. Mes fils sont en train de tirer leurs filets a une demi-heue d'ici, et je suis bien sûr qu'ils le repêcheront au passage.

Le nain le regarda d'un air courroucé en se drapant fièrement dans son manteau.

— Ne vous gaussez pas de moi, petit compagnon, je suis l'un des serviteurs du château de Montchenu. J'accompagne madame la comtesse et monsieur Didier son neveu au couvent du val Bressière. Nous ne serons probablement de retour que demain. Si vos fils veulent être noblement récompensés, qu'ils me rapportent mon toquet chez cet illustre seigneur, qui est maître d'hôtel de Sa Majesté.

Un imperceptible sourire de M. de Bourbon fit comprendre au nain que la loyale intention de ses paroles avait été comprise.

Il poursuivit :

— Vous connaissez sans doute, bonhomme, le manoir du comte de Montchenu, qui s'élève là-bas sur la hauteur ?

— Je le crois bien, répliqua le passeur, complètement rassuré, nous y portons du poisson tous les vendredis.

Le nain remonta alors dans le bac avec autant d'indifférence que si les deux cavaliers qui venaient de mettre pied à terre lui étaient complètement inconnus. Il accompagnait en effet la comtesse de Montchenu et son neveu. Alarmée de l'amour naissant de Didier pour Clotilde, Diane, sous prétexte de ne pas vouloir se trouver au château pendant le séjour du roi, avait supplié son mari de lui permettre d'aller passer deux jours au couvent du val Bressière, de l'ordre de Cîteaux, dont l une de ses tantes était abbesse.

Le comte aimait trop sa femme pour ne pas souscrire avec empressement à ce caprice ; mais comme, depuis la veille, les routes étaient peu sûres, il avait voulu que Didier l'accompagnât dans ce voyage ; la dame avait habilement tendu le piège, et Montchenu, soupçonneux et jaloux, devait y donner tête baissée. Diane avait donc quitté le château avec l'espoir de n'y plus retrouver Clotilde à son retour.

Cependant le duc s'était approché de Vincent Jodelle, et, lui frappant sur l'épaule :

— Ça, maître passeur, dit-il, démarrons au plus vite, car nous sommes pressés

— Que je démarre pour cinq personnes et avec un vent pareil ? répliqua celui-ci en hochant la tête en signe de refus, tout en continuant de graisser son cordeau ; vous voulez rire, mes cavaliers ! Le diable me brûle vif si je bouge d ici avant que mon bac soit plein !

Pompérant l'interrompit brusquement.

— Ah ! pas tant de paroles, bonhomme ! Tu vas nous passer sur l'heure pour le service du roi, ou dès demain, je t'enverrai, moi, ramer sur les galères de Sa Majesté .. Choisis.

— Mon choix est fait ! répondit vivement Vincent Jodelle ; mais que l'enfer confonde monsieur le connétable et lui fasse un gorgerin de mon câble ! Sur deux cents cavaliers que j'ai passés ce matin, bêtes et gens, il n'y en a pas cinquante qui m'aient payé.

Le duc ne put s'empêcher de sourire :

— Tiens, dit-il en lui mettant une pièce d'or dans la main, voilà pour te consoler et boire à la santé du roi.

Le passeur logea la pièce dans l'un des coins de sa bouche, comme s'il eût craint de la souiller au contact du cuivre impur dont son escarcelle était pleine.

— Par la barbe de mon père ! reprit-il, je boirais

plutôt maintenant à la santé de monsieur de Bourbon, puisque c'est lui qui me vaut cette bonne aubaine :

Pompérant frappa la terre du pied :

— En attendant, mène-nous promptement à l'autre rive, maudit bavard, car nous avons hâte de nous mettre à la poursuite du transfuge. Si tu tardais davantage, on pourrait bien te soupçonner d'être un de ses complices.

— Embarquez-vous, mes gentilshommes, dit Vincent, qui avait retrouvé sa bonne humeur. J'achève de roidir ma traille et nous partons.

Les faux reîtres entrèrent alors dans le bac en tirant après eux leurs chevaux, qu'ils attachèrent à côté de ceux des autres passagers ; puis ils s'inclinèrent en passant devant la comtesse, qui leur rendit gracieusement leur salut. En ce moment le regard de Didier rencontra celui de M. de Bourbon, et par un de ces phénomènes d'attraction qu'on subit souvent sans s'en rendre compte, il se sentit irrésistiblement entraîné vers cet étranger au visage calme et fier. Il allait lui adresser la parole, lorsqu'une bande d'archers du roi, débouchant aussi par le chemin creux, se mit à héler de loin le passeur.

A la vue de cette troupe qui arrivait au pas de course, le duc et Pompérant se sentirent involontairement tressaillir. Vincent Jodelle, qui venait de quitter la rive, imprima aussitôt un temps d'arrêt à son bac.

— Marche ! marche ! lui cria le gentilhomme d'une voix impérieuse, sinon je te coupe les oreilles.

— Cap de bious ! si tu ne nous attends pas, bélître ! cria de son côté le chef des archers avec un accent gascon fortement prononcé, je gagne ton bac à la nage et je te pends à la traille.

L'embarras du pauvre Vincent Jodelle était visible car il avait autant d'attachement pour ses oreilles que d'aversion pour la pendaison ; cependant il prit assez vite son parti et se rangea bravement du côté du plus fort. Le bac, ramené à la rive en un tour de bras, fut sur-le-champ envahi par une dizaine d'archers qui pour la plupart étaient ivres. L'officier s'avança l'œil enflammé, le visage aussi rouge que sa moustache et la main posée sur la poignée de son épée :

— Sang diou ! demanda-t-il, qui de vous s'est permis de donner ordre au passeur de pousser avant, malgré ma défense ?

— Moi, répondit le prince froidement. Et il regarda bien en face l'impétueux Gascon.

Les archers, qui connaissaient l'humeur irascible de leur chef, s'étaient rangés pour lui faire place, car ils prévoyaient qu'une lutte sanglante allait s'engager.

La comtesse, effrayée, se serrait déjà contre Didier, quand l'officier, au grand étonnement de tous, devint d'une pâleur livide.

— Cap de bious ! s'écria-t-il en reculant stupéfait, si mes yeux ne m'abusent, c'est bien...

— Moi-même, mon cher Jonas, interrompit vivement M. de Bourbon en posant la main sur l'épaule du Gascon ; vous ne vous attendiez pas à me rencontrer ici, n'est-ce pas ?

— Mordi ! non, mon cavalier, balbutia le capitaine, qui avait reconnu sous ce déguisement de reître le connétable, son premier protecteur.

Pompérant comprit qu'il fallait laisser au chef des archers le temps de se remettre de son trouble.

— Est-ce que vous êtes aussi de la grande battue, capitaine Jonas ? lui demanda-t-il d'un ton brusque.

— Mordi ! oui, j'en suis, repartit l'officier en tirant de son pourpoint de buffle un parchemin auquel appendait le sceau royal. Avant-hier je dormais encore quand on m'a remis cet ordre.

Le prince sourit :

— Vous le voyez, mon cher Jonas, le bien vient en dormant. Vous êtes déjà capitaine ; mettez la main sur monsieur le connétable, et votre fortune est faite !

Le Gascon redressa fièrement la tête, froissa le parchemin entre ses doigts, et tous les muscles de son visage tressaillirent.

— S'il n'y avait que moi pour arrêter monsieur de Bourbon, répondit-il en haussant les épaules, ce grand coupable serait bientôt hors de France.

— Comment ! capitaine, vous le laisseriez échapper ? demanda Pompérant fort surpris.

— Eh non ! vous ne me comprenez pas, beau cavalier, dit le Gascon avec un gros rire. Je veux dire que je n'ai jamais eu de chance... Je rencontrerais le connétable face à face, je le verrais d'aussi près que je vous vois, eh bien...

— Eh bien ? dit Pompérant inquiet.

— Mordi ! je serais capable de le laisser passer sans le reconnaître.

Le gentilhomme respira. Le prince souriait toujours.

— Ingrat ! dit-il, tu as donc oublié à ce point les traits d'un seigneur qui te regardait comme son élève favori ? Jonas, mon ami, tu ne sauras jamais faire ton chemin.

Il saisit la main du généreux Gascon et la serra vivement. Des cris partis de la rive interrompirent cette conversation et attirèrent la curiosité des passagers. Deux moines accouraient en hurlant :

— Arrêtez ! arrêtez !

Les faux reîtres reconnurent aussitôt Faucheux et Goulard qui avaient encore les jambes avinées et la face empourprée.

— Sous ces robes de moines, murmura Pompérant à l'oreille de Jonas, se cachent deux soldats envoyés à la poursuite du prince.

Le Gascon garda un air indifférent, comme s'il n'eût pas entendu, mais il cligna de l'œil en caressant sa moustache.

— Arrêtez ! criaient à tue-tête Goulard et son compagnon toujours courant.

Le passeur ne savait encore cette fois s'il devait avancer ou reculer. Il se tourna vers Jonas.

— Mon capitaine, lui dit-il humblement, après avoir eu le bonheur de conserver mes deux oreilles et d'échapper à la corde, dois-je m'exposer à être excommunié par ces révérends pères ?

— Nargue de ces moines, interrompit vivement M. de Pompérant. Qu'on retourne sur ses pas pour ne point retarder de braves compagnons qui courent le pays pour le service du roi, d'accord ; mais qu'on perde un temps précieux pour s'embarrasser de deux frères quêteurs, mendiants aux robustes épaules desquels l'arquebuse conviendrait mieux qu'une robe et un bissac, allons donc !

— Sang-diou ! vous avez raison, mon cavalier, dit Jonas.

— Oui, oui ! répondirent en chœur les archers.

— Et puis, saint Char es m'aide ! ajouta le duc, ces coquins-là ont caressé la futaille et bu outre mesure. Voyez plutôt, capitaine.

Les pauvres diables, en effet, trébuchaient à chaque pas ; car la grève, en cet endroit, était semée de gros cailloux jetés çà et là pour remblayer les ornières, et les deux cavaliers que le bac emportait les préoccupaient beaucoup trop pour qu'ils songeassent à regarder à leurs pieds.

— Au large, au large, passeur ! hurlèrent les archers en décochant aux frocards une grêle de quolibets. Goulard et Faucheux, dont ces cris couvraient la voix, virent avec désespoir le bac s'éloigner de la rive, et menacèrent du poing les faux apôtres de saint Hubert qui avaient si audacieusement abusé de leur crédulité.

Vincent Jodelle, inquiet de l'aventure, voulut calmer leur colère :

— Si vous êtes pressés, très-respectables moines, leur dit-il, courez vers le pont ; si vous avez bon souffle et bon jarret, avec l'aide de Dieu vous arriverez peut être en même temps que nous.

Les deux reîtres trouvèrent sans doute que l'avis était bon ; ils retroussèrent aussitôt leurs longues robes, et, les nouant autour de leurs reins, ils s'élancèrent à toutes jambes dans la direction du pont. Les archers battirent frénétiquement des mains et poussèrent des cris qui durent glacer d'épouvante les poissons du Rhône.

Diane et Didier, appuyés sur le bord du bac, souriaient en suivant du regard ces deux moines étranges, qui semblaient lutter de vitesse comme les athlètes des temps héroïques se disputant le prix de la course aux jeux Olympiques ; mais, au grand désappointement des passagers, les agiles coureurs disparurent derrière l'épais rideau de grands joncs qui bordaient le rivage.

Cependant le prince et son gentilhomme étaient pénétrés de la gravité de la situation. Aborder à l'autre rive, c'était s'exposer à tomber entre les mains de Faucheux et de Goulard ; car le bac, qui marchait contre le vent, ne pouvait avancer qu'avec une extrême lenteur, et les deux reîtres avaient la chance de recruter chemin faisant quelques-uns de leurs compagnons. Demander, sous un prétexte quelconque, à revenir au point de départ, c'était risquer d'éveiller les soupçons des archers qui ne seraient sans doute pas d'aussi bonne composition que leur capitaine. D'ailleurs où aller ? Toutes les routes n'étaient-elles pas hérissées de dangers et d'embûches ?

Tout à coup un accident de terrain permit à Didier, qui se tenait debout en avant, d'apercevoir encore une fois les moines, dont la course ne s'était pas ralentie.

— Par le jour Dieu ! dit-il avec un éclat de rire, on aurait lancé ces dignes frocards sur la piste du grand connétable, qu'ils ne courraient pas de meilleur cœur.

Diane, d'un geste suppliant, commanda la prudence au jeune homme. Quelques archers l'avaient déjà regardé de travers, tandis qu'un sourire équivoque crispait la moustache rouge de leur chef. Le prince et son serviteur retinrent un geste de surprise compromettant ; ils n'étaient donc pas tout à fait en pays ennemi. Qui sait ! leur salut pouvait dépendre de ce

brave garçon qui ne craignait pas d'avouer sa sympathie pour le rebelle traqué et chassé. Ils échangèrent un de ces coups d'œil rapides et profonds qui résument tout un plan de conduite. Puis Moucheron, qui s'était blotti derrière les chevaux, afin de tout observer sans être vu, remarqua que le capitaine Jonas, après avoir échangé quelques mots à voix basse avec Pompérant, remontait vers l'avant, où la comtesse et Didier se trouvaient seuls ; ses anciens amis l'y suivirent d'un air insouciant assez bien joué. En passant devant Diane, le duc s'inclina de nouveau, et elle s'empressa de répondre à ce salut par un de ses plus gracieux sourires. Elle comprenait l'importance de se créer des partisans parmi les passagers, au moment où le jeune homme venait de prononcer de si imprudentes paroles.

Les faux reîtres allèrent s'asseoir sur le banc qui faisait face à celui de madame de Montchenu. Le Gascon s'était arrêté au milieu de ses archers, que la course des moines égayait de plus en plus.

— Capitaine, lui dit Pompérant, puisque vous avez mission comme nous de poursuivre monsieur de Bourbon, êtes-vous au moins sur sa trace ?

— Si j'y suis, sang-diou ! répondit Jonas, je l'accompagne de si près qu'il n'a pas sur nous une étape d'avance.

— Oh ! oh ! fit Pompérant.

— Je l'ai suivi de Chantelle au château de Lalières, continua le Gascon, de la maison de monsieur de Pompérant au Puy en Auvergne, et, laissant enfin Lyon à ma gauche, de Saint-Bouvet-le-Groid à Vauquelles.

— Et sait-on s'il voyage avec ou sans escorte ?

— On affirme qu'il n'a prudemment pris pour compagnon que monsieur de Pompérant, capitaine de sa garde ordinaire ; et, ce qui est assez adroit, pour dépister ceux qui les poursuivent, ils ont eu l'ingénieuse idée de faire ferrer leurs chevaux à l'envers.

— En vérité ! s'écria Pompérant, voilà une idée qui ne me serait jamais venue.

— Du reste, continua le Gascon en attachant son œil de faucon sur son interlocuteur, monsieur de Pompérant a bien fait de partir en même temps que son maître. Deux heures plus tard, par ordre du roi, il était pris et pendu.

— Ah diable ! dit le gentilhomme avec une grimace.

— Il paraît que samedi, étant à Amboise, il a tué le seigneur de Chissay, homme de bien, fort aimé du roi, et d'un des plus galants gentilshommes de l'hôtel des Tournelles.

— Le fait est regrettable, sans doute, dit monsieur de Bourbon sortant de sa rêverie ; mais convenez avec moi, mon cher Jonas, que c'est un homme entreprenant et hardi, que ce monsieur de Pompérant. Les gens de cette trempe-là vont loin, mon capitaine.

— Surtout quand on ne les arrête pas en route, riposta le Gascon.

La comtesse de Montchenu et Didier, devant qui ce colloque avait lieu, se prirent en même temps à sourire.

— Je comprends certainement la fuite de monsieur de Pompérant, hasarda Diane ; mais ce que je ne comprendrai jamais, c'est que monsieur de Bourbon ait pu se déterminer à quitter la France, quand rien ne

— Maudit soit le roi, meurtrier de son peuple! murmura Clotilde. (Page 39.)

l'y contraignait. Dans l'entrevue qu'il eut à Moulins avec le roi, tout n'était-il pas oublié de part et d'autre? continua-t-elle, espérant par ce blâme public effacer la fâcheuse impression que les imprudentes paroles de Didier avaient produite sur le capitaine Jonas et ses archers.

— Rien de plus simple, cependant, madame, se hâta de répliquer le Gascon, qui ne quittait pas Didier du regard. Monsieur de Bourbon n'était pas complètement satisfait du rang qu'il tenait à la cour.

Diane s'inclina comme acceptant cette réponse, et garda le silence.

— Vous me direz, n'en continua pas moins le Gascon, qui, se sentant sur un terrain favorable, n'était pas homme à lâcher pied, vous me direz que monsieur de Bourbon était prince du sang, connétable de France, et le premier du royaume après le roi; qu'il était duc de Bourbonnais et d'Auvergne, comte de Clermont et de mille autres lieux. Eh bien! madame, poursuivit-il en guignant toujours Didier, qui commençait à s'agiter impatiemment sur son banc, tous ces titres pom-peux ne purent assouvir l'insatiable ambition de ce grand prince.

Diane regardait le bout de ses ongles roses pour ne pas être obligée de répondre.

— Y avait-il une fête, un tournois? abusant de sa fortune presque royale, il se déclarait aussitôt l'émule de son maître, ne voulant le céder à François Ier ni en luxe ni en galanterie.

Enthousiaste de la gloire du connétable, comme l'é-tait toute l'ardente jeunesse de cette époque, Didier se sentit blessé de ce que les réflexions du verbeux Gascon avaient d'insultant pour son héros.

— J'ignore, dit-il, si monsieur de Bourbon ne vou-lait le céder à François Ier ni en luxe ni en galanterie, mais je sais qu'il ne lui cédait certes pas en bravoure.

— Cap de bious! interrompit Jonas en clignant de l'œil du côté du duc et de Pompérant, comment l'en-tendez-vous, mon gentilhomme?

Diane posa sa main sur le bras de Didier, et d'un regard suppliant elle le conjura de se taire.

Les archers s'étaient peu à peu rapprochés, et formaient un groupe derrière leur chef.

3

— A la bataille de Marignan, continua le jeune homme, François Ier fut blessé à la main ; ce n'était qu'une égratignure, car son sang coulait à peine. Voyant son roi blessé, monsieur de Bourbon, qui n'était plus alors connétable, se jeta comme un lion au plus épais de la mêlée, et n'en sortit qu'avec trois blessures dont il faillit mourir.. Décidément vous avez raison, monsieur le connétable de Bourbon est un homme orgueilleux et jaloux, qui ne veut le céder en rien à son maître.

— Oui, mordi ! s'écria le capitaine. Mais François Ier, que cette rivalité fatiguait, y a promptement mis bon ordre en dépouillant ce fier connétable de sa fortune et de ses titres. Sang-dieu ! qu'on dise encore que l'épée de notre roi ne tranche pas aussi bien pour la justice que pour la guerre !

— Didier ! murmura Diane, par pitié pour moi, pas un mot de plus.

Mais le gentilhomme, dont le cœur naïf et loyal s'indignait de la disgrâce inique qui frappait le connétable, ne tint aucun compte des supplications de madame de Montchenu.

— Je crois, monsieur, continua-t-il d'une voix vibrante d'émotion, que l'épée du roi trancherait mieux pour la justice, s'il sacrifiait moins légèrement à de misérables intrigues de cour ses plus fidèles serviteurs. Je crois aussi que son épée trancherait mieux pour la guerre si, au lieu d'avoir monsieur de Bourbon pour ennemi, il avait su se conserver comme allié celui qui défendit si vaillamment tour à tour le duché de Milan, la Guienne, la Bourgogne et la Picardie contre les Impériaux, le pape et les Suisses.

— Bah ! le roi élevera à la dignité de connétable monsieur de Bonivet, ou tout autre en remplacement de monsieur de Bourbon, et tout sera dit.

— Le roi, reprit Didier, peut faire de son valet de chambre un connétable ; mais son valet de chambre ne gagnera certes pas la bataille de Marignan.

M. de Bourbon, vivement ému, se fit violence pour ne pas serrer le gentilhomme contre son cœur. Mais Pompérant, homme positif, sur qui reposait en quelque sorte le résultat de l'entreprise, jugea prudent de mettre fin à cette scène en en hâtant le dénouement. Il fit un signe à Jonas; alors le Gascon fit un pas vers Didier, et, le toisant d'un regard insolent :

— Sang-dieu ! mon gentilhomme, je commence à croire que vous êtes à monsieur de Bourbon !

— Je n'appartiens à personne, répondit Didier en relevant fièrement la tête.

Jonas, sans répondre, passa derrière les chevaux, saisit Moucheron par l'oreille et l'envoya rouler sur le plancher.

— Grâce ! au secours ! hurla le nain d'une voix capable d'attendrir les galets de la rive.

Les archers, attirés par ces cris, accoururent tumultueusement et firent cercle autour de ce singulier personnage.

— Vous conviendrez, mon gentilhomme, reprit alors Jonas, que la présence d'un tel compagnon de voyage suffirait à vous rendre suspect à mes yeux. J'ai vu vingt fois cet être difforme chez monsieur de Bourbon.

— Vous ne vous trompez pas, monsieur, dit Diane sans hésiter. Ce nain appartient en effet à monsieur le connétable.

— Je l'ignorais ce matin quand je l'ai recueilli, ajouta simplement Didier. Il était mourant de froid et de faim, et je l'ai conduit au château de Montchenu. Ami ou ennemi, monsieur, celui qui souffre n'a-t-il pas droit à notre pitié ?

M. de Pompérant s'était levé, et, s'approchant de Didier :

— En échange de ce service, lui demanda-t-il en le regardant fixement, ce nain vous a-t-il fait au moins quelques révélations à l'endroit de son maître ?

— Aucune, répondit Diane. Quoique harcelé de questions, ce bouffon a résisté à la menace comme à la prière.

— C'est un drôle qu'il faudra châtier pour lui délier la langue ! repartit Pompérant.

Moucheron se leva d'un bond.

— Par la barbe de mon père ! s'écria-t-il avec une incroyable prodigalité de gestes et d'éclats de voix, vous nous la baillez belle avec vos conseils, mon cavalier ! Comment ! je pourrais, moyennant récompense honnête, livrer ce prince oublieux, qui m'a abandonné sans me dire un seul mot d'adieu, sans même me payer le dernier quartier de mes gages, ce maître sans entrailles à qui je dois d'avoir été volé, roué de coups, et connaissant sa retraite, je ne la révélerais pas ? mais alors je serais un véritable fou. Il serait là, devant moi, que je lui tiendrais le même langage, car je suis outré, furieux, exaspéré.

Et, se drapant dans son manteau, Moucheron se mit à se promener à grand pas.

— Mordi ! quoi que vous en disiez, mon gentilhomme, reprit Jonas, je crois que vous êtes aussi à monsieur le connétable ?

— Vous vous trompez, monsieur, je n'ai jamais eu le bonheur de me trouver une seule fois en présence de M. de Bourbon. Je ne connais ce prince que par l'auréole de gloire qui rayonne autour de son glorieux nom. Mais je l'aime et je l'admire ; je l'accompagne de mes vœux dans sa fuite, et je le sauverais au péril de ma vie.

— Mon gentilhomme, il est malséant à un fidèle sujet du roi de défendre M. de Bourbon aussi chaudement que vous le faites. Moi, qui le connais, moi, qui ai servi sous ses ordres et qui lui dois mes premiers grades, je n'hésiterais pas à le faire prisonnier si je le rencontrais sur mon chemin.

— Je ne vous en fais pas mon compliment, monsieur, répondit Didier avec un sourire de mépris. Après tout, peut-être avez-vous raison. A quoi peut vous servir M. de Bourbon disgracié ?

— Mordi ! mon gentilhomme, pour avoir droit à vos éloges, ce dont je me soucie fort peu du reste, ne faudrait-il pas que moi, Jonas, capitaine des archers du roi, je trahisse la cause de mon maître pour servir celle de monsieur le connétable ? Mais, cap de bious ! je serais un traître en agissant ainsi, et les honnêtes gens me jetteraient la pierre. Je ne connais ni liens de famille, ni amitié, ni reconnaissance quand le devoir commande.

— Lorsque l'on a de tels principes, monsieur, on marche seul dans sa voie, sans rien accepter de personne. Mais quand on a reçu des services, condamner son protecteur pour avoir le droit de l'abandonner, c'est le comble de l'ingratitude !

— Pas un mot de plus, mon gentilhomme, s'écria le Gascon en portant la main à la garde de son épée, ou si vous ne connaissez pas le capitaine Jonas, vous allez apprendre à le connaître.

Didier enveloppa l'impétueux Gascon d'un regard écrasant de mépris.

— Ce n'est pas au capitaine des archers du roi que mes paroles s'adressent, dit-il.

— Sang-diou! à la bonne heure, répliqua Jonas, qui frissonna à la seule pensée d'une rétractation.

— Elles concernent le protégé de monsieur de Bourbon, ajouta Didier en faisant un pas vers Jonas, et je déclare hautement que c'est un homme sans âme et sans honneur.

— Mordi! s'écria le Gascon en dégaînant défendez-vous, monsieur, si vous ne voulez pas que je vous cloue d'un coup d'épée au plancher de ce bac comme une chouette sur une porte!

— Enfin! dit Didier, qui, sans attendre la recommandation du capitaine, avait déjà mis l'épée à la main et le provoquait au combat par d'impatients appels.

Un dernier regard d'une expression singulière s'échangea entre M. de Bourbon et Jonas, puis la lutte s'engagea.

Diane, toute frémissante, voulut se jeter entre les combattants, mais M. de Pompérant l'écarta doucement de la main.

Les archers, qui connaissaient l'adresse de leur capitaine à l'escrime, s'étaient rangés derrière lui, ne doutant pas un instant de l'issue de ce combat.

Pendant ce temps, les coups se succédaient avec une rapidité prodigieuse. Quoique vigoureusement pressé par son adversaire, Didier ne rompait pas d'une semelle.

— Sang-diou! voilà une belle parade! accusa le Gascon, qui venait de porter à Didier un magnifique coupé, son coup favori. Mais c'est égal, mon gentilhomme, si je ne vous tue pas, vous n'en serez pas moins mon prisonnier ou celui de mes hommes.

Pour toute réponse, Didier fit une feinte seconde, suivie d'un si merveilleux dégagement, que le capitaine faillit être embroché de part en part.

— Mordi! vous n'y allez pas de main morte! s'écria Jonas en rompant de deux semelles. Et les fers se croisèrent avec un nouvel acharnement.

— Au nom du ciel, cessez cette lutte! s'écria Diane, effrayée de voir l'épée menaçante du Gascon chercher toujours la poitrine de Didier.

Elle voulut s'élancer entre MM. de Bourbon et Pompérant, qui étaient restés, en apparence, muets spectateurs de ce combat.

Un archer de la bande, qui chavirait sur ses jambes avinées, la saisit brusquement par la taille.

— Regardons, mais n'y touchons pas, ma belle enfant, si nous ne voulons pas attraper des égratignures, dit-il en entraînant la comtesse dans ses oscillations.

Tandis que Diane se débattait entre les mains de cet homme avec un geste de profond dégoût, un autre archer, non moins ivre, s'approcha à son tour.

— Un baiser, charmante inconnue, et je vous protège contre cet ivrogne, lui murmura-t-il à l'oreille.

Et il effleura de ses lèvres bleues par le vin l'épaule à demi nue de l'altière châtelaine.

Diane recula, et fut en un instant entourée par le reste des archers. Toutes les mains se tendirent à la fois vers elle.

— Voyons si elle est aussi jolie qu'elle le paraît, dit un autre cherchant à arracher à Diane le masque qui l'avait protégée jusqu'alors contre les regards insolents de ces hommes.

La comtesse frémit sous ce contact et porta la main à son loup en poussant un cri d'épouvante et d'indignation. A ce cri de détresse, une flamme passa sur le visage de Didier. Il retourna la tête, et dans ce mouvement il perdit sa garde.

Jonas pouvait se fendre d'un coup droit et le percer d'outre en outre, mais il n'en voulut rien faire, car il n'avait au fond du cœur aucun motif de haine contre ce jeune et brave gentilhomme, et s'il l'avait provoqué, ce n'était certes pas pour le tuer.

— A vous celle-là, mon camarade! lui cria-t-il pour le rappeler à la parade.

Didier avait hâte d'en finir. Il voulait venir en aide à Diane, qu'il voyait se débattre au milieu des archers.

Froissant vigoureusement du fort au faible la lame de son adversaire, il fit voler son épée à trois pas.

Les archers, craignant sans doute que le gentilhomme, emporté par la colère, ne frappât, contre toute règle reçue, son ennemi désarmé, abandonnèrent la jeune femme, et, tirant leurs épées, ils se ruèrent sur Didier tous ensemble.

Mais lui, s'adossant contre les chevaux pour ne pas être entouré, tint bravement tête à toute la bande.

Madame de Montchenu, en présence du danger que courait le jeune homme, s'était jetée tout éperdue dans les bras de M. de Bourbon.

— Au nom de Notre-Seigneur Jésus! protégez-nous et sauvez-le de la fureur de ces soldats.

Le duc tira son épée.

— Nul n'a jamais imploré en vain l'aide de mon bras, dit-il. Rassurez-vous donc, madame.

Il se jeta hardiment entre Didier et les archers?

— Arrière, vous autres! leur cria-t-il d'une voix impérieuse, tant que votre capitaine est debout, vous n'avez pas le droit d'intervenir. Jonas, ajouta-t-il, donnez donc ordre à vos hommes de remettre leurs épées au fourreau. Il s'agit ici d'une affaire personnelle entre vous et ce gentilhomme.

— Arrière, vous autres! dit Jonas, et ne bougez pas qu'on ne vous le dise.

Les archers, en soldats habitués à la discipline, s'empressèrent d'obéir.

— Monsieur, continua le Gascon en s'adressant à Didier, je vous félicite de votre adresse à l'escrime, et j'espère que vous ne me refuserez pas une revanche dès que vous serez sorti de prison. D'ici-là, je vous en supplie, ne vous faites tuer par personne; soyez assez bon pour me réserver cette faveur. En attendant, mon gentilhomme, remettez-moi votre épée, car, au nom du roi, je vous arrête.

— Mon épée! repartit Didier; venez donc la prendre! Et, reculant d'un pas, il se mit en défense.

Monsieur le capitaine, interrompit Diane en se dressant de toute sa taille, avant de demander à ce gentilhomme son épée, sachez au moins qui nous sommes.

Et, arrachant son masque :

— Prenez garde, monsieur; nous ne sommes pas de ces gens auxquels on peut impunément faire offense. Je suis, moi, la femme du comte Marie de Montchenu, maître d'hôtel du roi, l'un des plus fidèles serviteurs de Sa Majesté, et ce gentilhomme est son neveu.

— Sang-diou! dit le Gascon, si j'avais la certitude que vous fussiez en effet madame la comtesse de Montchenu, dont le nom m'est bien connu, je m'inclinerais devant ce titre, et il ne me resterait qu'à vous prier d'agréer mes très humbles excuses. Mais, mordi, madame, cette preuve me manque, et je me vois contraint de dire pour la dernière fois à ce gentilhomme : Monsieur, rendez-moi votre épée !

— Jamais! répondit Didier.

— Songez, cap de bious! que d'un mot je puis vous faire désarmer par mes hommes.

— Ils me tueront plutôt !

— Mon Dieu! monsieur, s'écria Diane en se jetant devant Didier, cette preuve que vous me demandiez tout à l'heure, je puis vous la donner en ce moment. Veuillez nous faire conduire sous escorte jusqu'à notre manoir, et alors ..

— Impossible, madame, de retourner sur nos pas, dit Judas, nous n'avons perdu que trop de temps déjà.

— Et vous, mes cavaliers, continua la comtesse en attachant sur le duc et son compagnon des regards suppliants, me refuserez-vous aussi de nous accompagner jusqu'au château? Monsieur de Montchenu serait si heureux de pouvoir vous remercier lui-même de la généreuse protection que vous nous avez accordée?

— Nous y consentirions volontiers, madame, si nous n'avions pas rendez-vous cette nuit même à Grenoble, et si surtout nos chevaux n'étaient pas exténués de fatigue.

— Oh ! qu'à cela ne tienne, messieurs, reprit Diane avec un délicieux sourire. Ce donjon que vous voyez là-bas, derrière ce grand rideau de peupliers verts, c'est le château du comte Aurélien. Je vous y convie, messieurs; vous y trouverez non seulement cordial accueil, mais encore des chevaux frais, qui, si vous les laissez faire, sauront vous aider à rattraper le temps que vous aurez bien voulu nous sacrifier.

— Madame il est un obstacle que vous n'avez pas prévu :

— Un obstacle! lequel?

— C'est qu'il nous serait impossible de vous accompagner sans que ce gentilhomme nous remît son épée.

Didier releva la tête. Aussitôt l'éclair qui étincelait dans ses yeux s'éteignit. Il se sentait encore une fois irrésistiblement attiré vers ce cavalier qui l'avait déjà séduit par la distinction de ses manières, par son regard net et franc, par son sourire affable. Alors s'inclinant devant lui :

— Voici mon épée, brave reître, dit-il, et c'est de grand cœur que je me constitue votre prisonnier.

Devant cette concession imprévue, les archers firent éclater leur joie par des battements de mains.

— Maintenant, madame, dit le duc, nous sommes prêts à vous suivre.

Et il remit à Moucheron l'épée que venait de lui confier Didier.

— Merci, monsieur, reprit Diane en tendant au cavalier sa main de patricienne.

Le bac touchait en ce moment.

Les archers sautèrent à terre en trébuchant.

— Maintenant, marche arrière, dit Pompérant au passeur.

Celui-ci changea brusquement de main et poussa le bac vers l'autre rive.

Il n'avait pas reculé de deux brassées que Goulard et Faucheux, que la lutte avait fait oublier un instant, arrivaient hors d'haleine et tombaient entre les bras des archers. Sur un signe de Jonas, les deux pauvres diables, malgré leurs protestations et leurs cris, furent garrottés et bâillonnés pour être dirigés sur Vienne, où ordre avait été donné de conduire tous ceux qui paraîtraient suspects. Pendant qu'un vent propice poussait rapidement le bac vers la rive, que Faucheux et Goulard maudissaient saint Hubert et sa médaille, et que Jonas faisait des vœux pour le salut de M. de Bourbon, Diane pensait aux heures de bonheur et d'amour qu'elles s'étaient promises et qui s'évanouissaient comme un songe.

Didier rêvait à Clotilde, qu'il croyait avoir quittée pour deux jours, et qu'il allait bientôt revoir.

Moucheron frémissait en pensant à Chevrette, dont il redoutait la nature expansive, et il craignait que sa surprise à la vue de son maître, ne se traduisît, comme de coutume, en larmes entremêlés d'éclats de rire.

Et M. de Bourbon murmura tout bas à l'oreille de M de Pompérant :

— Ne t'avais-je pas dit que le premier courtisan que nous rencontrerions serait notre hôte aujourd'hui?

C'est en faisant ces réflexions que la petite troupe arriva devant les fossés du manoir.

V

L'HAMEÇON.

Le comte Aurélien-Marin de Montchenu, escorté de son majordome Bernard, parcourait son vaste château, donnant à chacun ses ordres, comme un général d'armée à la veille d'une bataille décisive.

Veneurs, pages, palefreniers, cuisiniers et laveurs d'écuelles, tous allaient et venaient avec une fiévreuse activité.

Le vieux manoir offrait en ce moment l'aspect d'une ville prise d'assaut et livrée au pillage.

On n'entendait que bêlements d'agneaux et cris de volailles effarouchées. On tuait à coups d'arquebuse d'innocents chevreuils tenus en réserve dans les fossés verdoyants du château. On grillait tout vifs des pourceaux qui poussaient des grognements effroyables. Les victimes tombaient tour à tour sous le couteau sanglant des cuisiniers.

M. de Montchenu ne reculait devant aucun sacrifice pour recevoir dignement son maître; il eût brûlé sans sourciller bahuts, escabeaux et crédences, si le bois eût fait défaut plutôt que de laisser le feu manquer à la broche.

Depuis plus d'une heure, son majordome le suivait avec ébahissement, sans comprendre quelle cause mystérieuse avait transformé ce gentilhomme parcimonieux en prodigue et fait épanouir sur son front, d'ordinaire inquiet et soupçonneux, le calme et la béatitude.

C'était tout simplement au brusque départ de madame Diane qu'il fallait attribuer ce prodige.

Depuis qu'il la savait à l'abri des redoutables galanteries de François Ier, il se sentait en effet soulagé d'un poids énorme ; la confiance que lui inspirait l'austère vertu de sa femme avait pris tout à coup des proportions gigantesques ; il riait intérieurement des folles terreurs que la jalousie avait allumées dans son cœur au seul avis de la prochaine venue du roi.

En ce moment un son de cor lentement modulé retentit du haut des murs du manoir.

Le guetteur signalait l'approche d'une cavalcade qui venait de s'engager dans la longue avenue.

Le comte Aurélien tressaillit de joie et d'orgueil.

Ne doutant pas que le visiteur annoncé ne fût François Ier, il endossa à la hâte un magnifique pourpoint de velours vert brodé d'argent, fit ranger en une double haie dans la cour d'honneur ses pages et écuyers, et ordonna d'abaisser le pont-levis.

Mais bientôt l'épanouissement de son front s'éteignit et le sourire se glaça sur ses lèvres.

C'était la comtesse qui rentrait au château au moment où le roi pouvait arriver lui-même.

Cependant M. de Bourbon ne s'était pas décidé à accepter l'hospitalité offerte par madame de Montchenu sans aviser au moyen de ne pas être reconnu pour son mari ; en effet, l'adroit courtisan avait été maintes fois son compagnon de fêtes et de carrousels. Avant de quitter Chantelle, le duc avait eu soin de couper sa barbe, et ses cheveux étaient plus longs que la mode de la cour ne le prescrivait ; néanmoins Jonas avait facilement découvert le prince sous l'accoutrement militaire du reître. Il s'était donc concerté avec Pompérant ; d'après le conseil de ce dernier, tandis qu'on se dirigeait vers le château, il avait fait cabrer son cheval, celui de son compagnon s'était emporté, et tous deux s'étaient laissé entraîner à une assez grande distance de leurs nouveaux amis.

Le duc, rudement désarçonné, était tombé à terre, et au moment où la petite troupe rejoignit les reîtres, Pompérant était occupé à couvrir d'un bandeau l'œil gauche de son camarade, dont le visage était tatoué de quelques taches de sang. Ainsi pansé, M. de Bourbon était méconnaissable. Quant au capitaine, il avait eu soin, avant de fuir, de teindre en noir sa barbe, ses moustaches, ses cheveux et ses sourcils blonds, ce qui changeait totalement sa physionomie ; il se croyait donc assuré de pouvoir braver impunément la perspicacité de M. de Montchenu.

Du reste, le comte ne prêta qu'une médiocre attention aux deux reîtres, que sa femme s'empressa de lui présenter, en faisant un grand éloge de leur généreuse intervention. Obligé de cacher sous un faux sourire son anxiété, furieux contre Didier, qu'il foudroyait de ses regards, il se contenta de remercier assez légèrement ces soldats d'aventure et de les faire conduire dans la salle destinée aux étrangers qui ne se prévalaient pas d'un titre de noblesse.

Didier s'éloigna avec eux, dans l'espérance de rencontrer Clotilde ; mais dès que M. de Montchenu fut seul avec Diane, il poussa un soupir lugubre et lui dit :

— Hélas ! madame, votre retour me met la mort dans l'âme. J'étais si heureux de vous savoir loin de moi !

La comtesse ne put s'empêcher de sourire.

— On ne vous accusera pas, Aurélien, d'être un de ces maris hypocrites qui font des madrigaux à leurs femmes tout en les trompant sans vergogne.

— Ah ! vous me comprenez bien, Diane, reprit-il avec un soupir lugubre encore ; si je ne craignais l'arrivée du roi, je ne voudrais pas vous quitter d'une minute, car le soleil me manque quand vous disparaissez. Maudit soit monsieur de Bourbon, qui me vaut cette glorieuse visite !

Madame Diane secoua sa jolie tête d'un air languissant.

— Je suis aussi désolée que vous, Aurélien, de la fâcheuse aventure qui a interrompu mon voyage ; mais le mal n'est pas irréparable, et si vous le désirez, je puis repartir sur-le-champ.

— En vérité ! s'écria le comte, ravi de cette proposition ; malgré la fatigue, malgré les émotions de cette journée, malgré l'heure avancée, vous consentirez à vous remettre en route ?

Madame Diane sourit :

— Que ne ferais-je pour assurer votre repos, monsieur ! pour empêcher cette tête chaude de rêver mille dangers imaginaires !

— Imaginaires ! interrompit-il.

— Oui, car, sachez-le, quand une femme se garde elle-même, cela vaut mieux que verrous et grilles ; quand elle aime son mari, le mari peu dormir tranquille ; nul galant, fût-il porteur de couronne, ne saurait offenser son honneur.

— Diane, vous êtes le parangon des femmes, dit monsieur de Montchenu au comble de la joie, et je suis le plus heureux mari du royaume. Vous ne ressemblez guère à toutes ces dames coquettes, qui ne rêvent que de voir bons chevaliers se briser les os, à leur plus grande gloire, dans un tournoi, ou porter leurs couleurs d'un air ténébreux ; elles recherchent ces danses prohibées par l'Église, où l'on échange des baisers et des serrements de main ; elles dépensent en bijoux et en brocarts les futaies de leurs seigneuries ; tandis que vous, ma belle Diane, vous ressemblez à ces nobles matrones romaines qui filaient de la laine, vivaient chastes, et mouraient ignorées dans leur gynécée.

La comtesse étouffa un léger bâillement et dit :

— Je crois vraiment, Aurélien, que vous êtes capable de parler grec ou latin comme notre chapelain. Que d'éloges ! Vous m'étouffez sous les fleurs, mon ami. Mais il faut que je mérite ce compliment conjugal. Faites prévenir votre neveu, je n'attends que lui pour partir.

— Oh ! oh ! s'écria le comte Aurélien, ce n'est pas à la garde d'un pareil étourdi que je vous confierai cette fois.

Madame Diane tressaillit.

— Comment ! Didier ne m'accompagnera pas ! reprit-elle ; êtes-vous donc disposé à le remplacer ? En quel autre champion pourriez-vous avoir confiance ?

— Didier est un écervelé, madame ; il est cause de votre retour, et je ne veux pas vous exposer une seconde fois...

L'empressement que la comtesse avait témoigné disparut aussitôt, et elle interrompit sèchement le gentilhomme

— Donnez-moi l'escorte qui vous paraîtra la plus sûre, monsieur ; mais que les gens qui doivent répondre de votre femme soient bien armés, car l'aventure tragique du bac m'a rendue peureuse, je l'avoue. Je crains aussi un autre danger... mais c'est un enfantillage et j'aurais tort de vous alarmer. .

— Non, non, parlez, ma chère Diane! dit Montchenu, fort intrigué de cette réticence.

La comtesse devint pensive :

— Allons, vous allez encore vous forger des chimères. Il faudrait avoir bien du malheur pour que le hasard nous jouât un pareil tour...

— Mais de quoi s'agit-il, madame? reprit le comte dont la jalousie était déjà en éveil.

— Eh bien! s'il faut vous le confesser, mon ami, je suis poursuivie par un triste pressentiment. Mais doit on ajouter une sotte confiance à ces songes creux qui n'exercent d'influence que sur les femmes, les vieillards et les enfants? Les esprits de votre trempe rejettent avec dédain ces chimères bonnes pour les nourrices.

— Vous vous trompez, ma chère Diane, dit le courtisan d'un air fort sérieux On a vu de grands généraux perdre des batailles, des empereurs perdre leurs trônes, des philosophes perdre la vie, faute d'avoir écouté des pressentiments. L'histoire est pleine de faits semblables. Brutus vit un fantôme qui lui annonça sa mort la veille de la bataille de Philippes.

La comtesse essaya de sourire.

— Décidément vous rivalisez de science avec votre chapelain, monsieur le comte, et je ne m'étonne pas si notre bon roi François, qui aime tant les savants, vous prodigue ses bonnes grâces. Je ne puis avancer que j'aie été aussi favorisée que ce Brutus et qu'un fantôme se soit dérangé de ses occupations nocturnes pour me révéler des choses désagréables.

— Vous vous jouez de mon inquiétude, Diane.

— Nullement, mon ami, et je vais vous tirer de peine. Ma seule crainte, c'est de rencontrer le roi; il reconnaîtra votre livrée, il interrogera mes gens, et quand il saura son nom, il ne manquera pas de m'ordonner, sous forme de prière, de revenir sur mes pas. Mon pressentiment se borne à cela; et après tout, le malheur ne serait pas bien grand.

— Il serait terrible, madame, soupira le comte avec abattement.

— Avec Didier pour écuyer, j'échappais à ce péril que vous faites si effroyable, mon ami, insinua perfidement la comtesse.

— Mais avec lui vous en courez mille autres.

— Donc, selon vous, le parti le plus sage, c'est de rester au château, n'est-ce pas?

M. de Montchenu regardait sa femme avec une expression d'anxiété presque risible :

— Je ne sais vraiment à quoi me décider, Diane. Je vous aime tant, je suis si jaloux de votre tendresse que par instants je regrette...

— Vous regrettez... de m'avoir épousée, peut-être? dit-elle en riant. Ce serait là une preuve de véritable amour.

— Non, non pas, Diane! ne vous jouez pas d'une souffrance réelle et profonde. Je regrette que Dieu vous ait douée d'une beauté si attrayante, que vos yeux soient si brillants et que votre voix résonne comme un timbre d'or!

— Allons! de savant vous devenez poète comme l'antique Homerus, monsieur le comte; mais cette villanelle signifie tout simplement que si mon visage était jaune et zébré de rides, ma chevelure argentée de fils blancs, mon regard clignotant et ma voix aigre, en un mot, si j'étais laide à faire fuir une escouade de lansquenets, vous auriez l'esprit plus tranquille.

— Vous êtes impitoyable, madame, repliqua tristement M. de Montchenu, et pourtant vous dites vrai; ma jalousie vous désirerait laide. Mais s'il faut, hélas! que je me résigne à vous faire asseoir à la table du roi, peut être à ses côtés, sous les regards effrontés de tous ces jeunes seigneurs, ayez quelques égards pour moi, Diane.

— Et que faut-il faire, mon ami, pour vous être agréable? vous me savez toute soumise à vos ordres.

— Il ne s'agit pas d'ordres, mais de prières. Diane, choisissez parmi tous vos ajustements celui qui doit le moins avantager votre taille; emprisonnez votre blonde chevelure sous quelque coiffe passée de mode; abaissez vos longues paupières pour cacher la flamme de vos yeux...

— Est-ce tout, vraiment? interrompit la comtesse.

— Et surtout gardez-vous bien de rire, afin de dissimuler un peu l'éblouissante blancheur de vos dents.

Elle sourit et haussa légèrement les épaules.

— Enfin vous désirez, monsieur, que votre femme ressemble à une de ces vieilles sorcières qui mendient sous le porche des églises en attendant l'heure de se rendre au sabbat, à cheval sur un manche à balai.

— Ne vous fâchez pas, ma mignonne, dit tendrement le comte. Je sais bien que c'est une étrange folie de vous demander un sacrifice dont aucune femme ne serait capable.

— Il est vrai, Aurélien, que je ne m'abaisserai pas à cette indigne comédie pour ménager une susceptibilité qui est presque pour moi une offense. Vous me voyez avec des yeux trop favorablement prévenus et vous croyez que le roi François va s'énamourer à première vue de votre femme comme un bachelier qui cherche une Iris. Soyez plus modeste, monsieur le comte, ajouta-t-elle finement, et souvenez-vous que vous avez donné l'hospitalité à une jeune fille inconnue dont la beauté peut ce soir éclipser toutes les autres.

Ces derniers mots s'enfoncèrent comme le trait du Parthe dans l'esprit tourmenté du courtisan; il garda un instant le silence, puis il s'écria avec transport en baisant la main de sa femme :

— Vous avez le génie malin d'un démon, Diane; je vous comprends : c'est là une inspiration merveilleuse. Vous m'avez déjà donné ce conseil de diplomate. Comment ai-je pu l'oublier? Cette Clotilde vous servira de bouclier; les yeux du roi s'arrêteront sur l'étrangère. Parez-la donc de vos plus élégants bijoux, de votre plus riche costume, afin d'embellir encore son étrange beauté. Il faut que ce marbre s'anime! Oh! je saurais disposer adroitement son cœur au sort brillant que je lui réserve. Fasse le ciel que je la trouve docile à mes conseils!

— Vous ne pouvez offrir un plus délicieux et plus friand hameçon à notre galant monarque, Aurélien, et je n'aurai pas besoin de voyager sans cesse par les grands chemins pour sauver mon honneur, qui est le vôtre.

— Vous êtes digne de gouverner un royaume, s'écria Montchenu transporté d'admiration.

— Et vous de gouverner un roi, monsieur le comte, répondit madame Diane avec un sourire caressant.

Tous deux, mus par des sentiments bien opposés, remontèrent ensemble dans la salle où ils avaient laissé Clotilde en compagnie de Chevrette.

Pendant ce temps le valet, qui avait servi de guide aux deux reîtres après leur avoir présenté à laver dans un bassin d'argent, offrit à chacun d'eux une ample robe de brocart, et se mit en devoir de déboucler les courroies de leurs cuirasses.

Les cavaliers s'abandonnèrent de la meilleure grâce du monde aux soins empressés de Gontran; ils comprenaient fort bien qu'une fois enfermés dans le château, s'ils étaient reconnus, toute résistance serait inutile; ils ne gardèrent donc pour toute arme qu'un petit poignard florentin attaché à leur ceinture.

Ils se disposaient à sortir de la salle, lorsque M. de Montchenu, qui tenait sans doute à donner une idée favorable de ses mœurs hospitalières à des soldats qui pouvaient avoir l'honneur de surprendre le connétable, vint les chercher lui-même et les conduisit sous un abri de feuillage où des rafraîchissements avaient été préparés.

La comtesse, tenant Clotilde par la main, s'avança au-devant de ses hôtes, Didier les salua cordialement, et tous prirent place à table. La collation commença au milieu d'un profond silence, car chacun des convives était absorbé par ses propres préoccupations.

Mais bientôt M. de Montchenu ne put résister à l'envie de faire parade de ses sentiments de loyauté et de fidélité; il se leva, et, tendant son gobelet :

— Mes amis, dit-il, puisse un jour l'empereur Charles-Quint venger notre bon roi de la trahison de monsieur le duc de Bourbon ! Puisse ce rebelle errer comme un mendiant sur la terre d'exil et y être montré du doigt comme un objet d'exécration !

— Que le ciel exauce votre vœu, noble comte ! dit Pompérant, si toutefois nous ne nous emparons pas du connétable avant qu'il ait pu gagner les Alpes.

Il se leva, ainsi que le prince, et tous deux heurtèrent bruyamment leurs gobelets à celui du châtelain.

Ce dernier reprit :

— Je ne sais, du reste, quelle figure va faire monsieur de Bourbon à la cour d'Espagne, au milieu de tous ces courtisans graves comme des missels, roides comme des piquets et cérémonieux comme des huissiers de palais.

— D'autant plus, ajouta la comtesse, que ce galant seigneur a été l'enfant gâté de la cour et des camps, que les jeunes gentilshommes copiaient leurs pourpoints et leurs airs de tête sur lui, que les sourires des femmes le cherchaient avant tout autre, et que les lansquenets, sur un de ses regards, se battaient sans solde et le ventre vide.

— Si le duc n'a pu supporter la familiarité un peu brusque de son cousin François Ier, comment supportera-t-il la morgue ombrageuse d'un maître étranger? poursuivit le comte Aurélien. Comment cette noblesse castillane, sombre et dévote, accueillera-t-elle le capitaine français qui a fait deux fois la guerre au pape ?

— Et qui deux fois l'a battu, répliqua Pompérant.

— Monsieur le connétable exécutait les ordres du roi, dit impatiemment Didier; le roi serait donc seul coupable, s'il y a péché aux yeux des bons catholiques.

M. de Montchenu fronça le sourcil et regarda son neveu d'un œil sévère.

— François Ier, reprit-il, a noblement racheté sa faute et prouvé son repentir. Je ne souffrirai pas que, dans ma maison, on ose élever la voix contre le meilleur et le plus grand des rois. Sachez, monsieur mon neveu, que nul, depuis cette triste guerre, ne s'est montré plus dévoué que lui à la cause de notre sainte mère l'Église.

— Notre hôte a raison, dit alors le prince déguisé; le roi n'a-t-il pas fait soigneusement brûler tous les hérétiques que Lucifer lui a envoyés de Saxe et d'Allemagne, sauf toutefois ceux qui portent la casaque de lansquenet et dont il solde le courage mercenaire? Ne fait-il pas noyer, pendre ou brûler ainsi chaque jour, avec une ardeur infatigable, tous ceux qui, dans nos provinces, sont soupçonnés d'hérésie?

Ces dernières paroles avaient réveillé tous les poignants souvenirs que Clotilde cherchait à étouffer dans son âme, et cachant sa tête entre ses mains :

— Oh! maudit soit ce roi meurtrier de son peuple ! murmura-t-elle.

Ce cri de suprême désespoir, que Didier seul recueillit, vibra comme un douloureux écho dans son cœur. En ce moment, il eût volontiers sacrifié sa vie pour protéger cette malheureuse enfant, tiède encore du sang des siens et que les rigueurs de la politique royale venaient de faire orpheline.

— Messieurs, dit Pompérant qui craignait de voir son maître se compromettre par des éloges ironiques adressés à François Ier, je bois à la santé de notre roi très chrétien.

Pendant que tous les convives se levaient pour répondre à cet appel, qui terminait le débat, la jeune fille, les yeux baignés de larmes, quitta furtivement sa place. Croyant échapper à tous les regards, elle disparut à travers le taillis qui l'abritait, et se dirigea vers une sombre allée de châtaigniers, à l'extrémité de laquelle s'arrondissait un banc de mousse caché comme un nid dans le feuillage.

Elle fut heureuse de se réfugier au fond de cette retraite muette et mystérieuse, où sa pensée n'était plus troublée et où ses chers morts, évoqués avec amour, apparaissaient comme de blanches visions, lui montrant leurs plaies béantes, et lui disant : « Ne songe pas à la vengeance, mon enfant, mais au pardon! »

VI

LA HUGUENOTE

Là, concentrant sa pensée, Clotilde tomba dans une profonde et douloureuse rêverie. Orpheline et errante sur la terre, elle comprenait toute l'horreur de ce délaissement absolu qui la livrait à tous les hasards menaçants de la vie. Tous ses sentiments, toutes ses qualités, son intelligence même, sa fierté et sa beauté, devenaient pour elle autant de motifs de souffrances et d'humiliations. Elle enviait presque le sort des vassales ignorantes, attachées à la glèbe comme l'insecte à la plante dont il se nourrit, et qui n'avaient guère la conscience que de leurs maux physiques. Au fond de sa pensée, elle ne voyait que ténèbres, un passé morne et sanglant, un présent douteux, un avenir menaçant et sinistre. Un instant elle souhaita de mourir et de rejoindre sa mère ; mais elle fut épouvantée d'avoir ainsi douté de Dieu, et cet éclair de désespoir fut suivi d'une éclaircie bleue dans son âme.

Elle joignit les mains ; ses yeux brillants de larmes se tournèrent vers le ciel avec une contemplation presque ascétique, son visage s'illumina de cette lueur de sublime croyance qui part du cœur pour aller se refléter au front, et ses lèvres décolorées semblèrent murmurer une prière.

Et elle priait ainsi, car à travers un sanglot éclatèrent ces dernières paroles comme un cri de détresse suprême :

— N'aurez-vous pas pitié de moi, mon Dieu !

— Dieu vous a entendue, Clotilde ! répondit une voix qui fit tressaillir la jeune fille, car c'est lui qui m'envoie vers vous.

Ce messager *céleste* n'était autre, avouons-le, que le sire de Montchenu. Caché derrière un massif de verdure, il venait de surprendre le secret de cette jeune fille parlant à Dieu dans toute la foi sincère et naïve de son cœur.

— Ayez confiance en moi, poursuivit-il, et je ferai de vous la plus heureuse des femmes.

— Heureuse ! murmura Clotilde, répondant plutôt à sa propre pensée qu'aux paroles de Montchenu, je ne le serai jamais.

— Votre sort est entre vos mains, ma mie. Deux chemins sont ouverts devant vous : l'un aride, hérissé de ronces et d'épines ; l'autre riant, parfumé et fleuri. Lequel choisirez-vous ?

— Hélas ! monseigneur, je ne demande qu'une obscure retraite, où je puisse prier et pleurer librement jusqu'au jour où ma mère me rappellera vers elle.

— Allons donc ! reprit le comte Aurélien, ce n'est pas quand on est jeune et belle comme vous qu'on se résigne à noyer sa vie dans les larmes. Le soleil doit toujours finir par percer les nuages noirs. Laissez-moi vous guider, ma mie, continua-t-il en baissant la voix, et dès demain, dès ce soir peut-être, votre isolement aura cessé, vous aurez des serviteurs et des flatteurs : vous ne vous souviendrez plus de votre misère en écoutant le doux cliquetis des colliers de diamants à votre cou, des bracelets de rubis à vos poignets ; vous oublierez les morts pour sourire aux vivants ; le temps de pleurer vous manquera dans l'enivrement de votre fortune, et vous serez éblouie de votre bonheur inespéré. Rien ne s'oublie plus vite que la misère passée ; croyez-moi, mademoiselle, et quand votre vie aura ainsi magiquement changé d'aspect, la Clotilde pauvre et triste d'autrefois s'effacera de votre mémoire comme une image menteuse, et vous croirez facilement avoir toujours été riche et puissante dame.

— Je ne suis pas dans le secret de vos prédictions, seigneur comte, dit froidement la jeune fille, qui frissonna d'instinct, et j'avoue que je ne sais pas comment elles peuvent s'appliquer à moi.

— Ma prophétie se réalisera pourtant assez vite, si vous le voulez, ma mie, et vous verrez que je ne suis pas mauvais devin. Si vous tenez au respect et à l'adoration des hommes, si vous ne redoutez pas la jalousie des femmes, si les fêtes, les tournois, les carrousels vous plaisent mieux que les haltes sans pain au rebord des fossés de grand chemin, relevez fièrement votre front charmant, car bientôt vous serez la reine de ces fêtes, car bientôt les meilleurs gentilshommes chercheront dans ces tournois à mériter un de vos sourires, car bientôt vous marcherez l'égale des plus nobles dames, et aucune n'osera vous disputer le prix de la grâce et de la beauté.

— Vos paroles sont une énigme pour moi, et pourtant elles m'épouvantent, interrompit Clotilde en passant sa main sur son front et en regardant fixement monsieur de Montchenu, comme si elle eût voulu lire au fond de son âme à travers ses yeux.

— Rassurez-vous mon enfant, dit le comte avec une hypocrite douceur : je déchire votre voile de deuil, je vous force à regarder ce brillant soleil qui vous sourit. Est-ce donc chose bien effrayante ?

Clotilde jeta autour d'elle des regards inquiets en entendant vaguement les gais propos des convives disséminés dans les jardins. Les feuilles frémissaient doucement sous une brise légère ; le soleil faisait miroiter des petites étoiles d'or sur les gazons ; les arcades vertes des arbres n'abritaient pas d'ombres menaçantes. Pourtant la jeune fille ne pouvait se rassurer ; elle répliqua avec effort :

— Aux battements de mon cœur, au trouble inconnu qui m'agite, monsieur le comte, je pressens qu'un danger invisible me menace. L'âme de ma mère me parle aux heures difficiles, et il me semble qu'elle vient de m'avertir de prendre garde.

— Vous êtes une enfant, dit Montchenu, en haussant légèrement les épaules, et au lieu de vous laisser aller à de vaines terreurs, bénissez plutôt votre bon génie, car c'est lui qui, vous prenant par la main, vous a conduite en ce château.

— Mon bon génie ! mais je ne veux pas y rester dans cette enceinte de noires murailles où j'étouffe comme dans une prison, interrompit vivement Clotilde d'une voix qui exprimait moins la prière que la volonté ; dussé-je vous offenser, monsieur le comte, je vous en supplie, laissez-moi sortir de votre château. Je vous remercie de votre hospitalité, mais elle me pèse et m'inquiète. Je suis habituée à l'air libre des champs ; il est des oiseaux qui meurent dans une cage, fût-elle d'or, et qui chantent gaiement dans les branches d'arbres secouées par la pluie et l'orage. Je suis comme ces oiseaux, seigneur, laissez-moi sortir.

Le comte Aurélien la regardait avec un sourire d'une bonhomie toute paternelle.

— Non ! non ! reprit-il, en secouant la tête, vous ne partirez pas, et plus tard vous me remercierez d'avoir eu l'affreux courage de résister à ce caprice de jeune fille.

— Cependant, monsieur mon hôte, dit Clotilde en attachant sur Montchenu un regard où la surprise et l'indignation se confondaient, de quel droit me retiendriez-vous ici ? Suis-je donc votre prisonnière ?

— Eh ! eh ! fit le comte en hochant de nouveau la tête, à bien examiner la question, vous êtes mieux que ma prisonnière, vous êtes ma vassale.

— Votre vassale ! s'écria la jeune fille stupéfaite.

Le connétable reconnut Clotilde évanouie, presque morte. (Page 44.)

— Oui, ma vassale, insista Montchenu, mon bien, ma chose, jusqu'à ce que quelqu'un vous réclame et que je sache enfin d'où vous venez et qui vous êtes.

Cloti'de devint plus pâle; l'indignation faisait place à l'abbattement dans cette âme énergique.

— Avouez donc plutôt, sire de Montchenu, reprit-elle avec un mélancolique et dédaigneux sourire, que vous voulez me retenir ici par violence, parce que vous savez que je suis seule au monde. Ah! vous faites là un noble usage de la puissance et de la force. Il faut être bien courageux pour outrager une pauvre orpheline abandonnée de tous. Mon Dieu! continua-t-elle en tordant ses deux bras sur son front avec un geste de suprême désespoir, qu'elles sont heureuses celles-là qui, n'ayant plus le cœur d'une mère pour les aimer, trouvent au moins le bras d'un père pour les défendre!

— Allons, allons! méchante enfant, séchez vos pleurs, dit gaiement le comte Aurélien en prenant paternellement entre ses mains la main de la jeune fille.

Clotilde se dégagea brusquement de cette étreinte et tressaillit comme au contact humide et glacé d'un reptile!

— A quoi bon cette résistance insensée? poursuivit Montchenu sans même paraître s'apercevoir du sentiment de répulsion qu'il inspirait à Clotilde. Comment! ingrate, je viens en ami vous annoncer un avenir pour lequel plus d'une honnête et grande dame de notre galante cour renierait son Dieu et damnerait son âme, et vous me traitez en ennemi!

— Vous voulez faire de moi votre jouet et votre serve, je ne sais dans quel but obscur d'intrigue et d'ambition, monsieur le comte, mais vous n'y réussi-rez pas, répondit la jeune fille avec fermeté. J'ai déjà beaucoup souffert et j'ai pu apprendre que tout se paye dans ce monde. Vous m'ouvrez un paradis, n'est-ce pas, à moi que vous traitiez hier de mendiante effrontée, mais vous ne m'avez pas dit de quel prix je devais acheter l'entrée de ce paradis si splendide. Pourquoi donc? est-ce chose si honteuse qu'elle fasse hésiter et balbutier vos lèvres? Mais un puissant sei-gneur comme vous peut oser tout dire à une mendiante, et la mendiante doit tout entendre sans rougir. Parlez donc, j'écoute !

Et la pauvre enfant fixa vaillamment ses grands yeux chastes et candides sur le visage plissé du courtisan, qui, chose étrange ! baissa les siens devant ce regard franc et limpide.

Involontairement, le comte Aurélien se sentit comme embarrassé et honteux de son triste rôle. Lui pour qui l'honneur des dames de la cour était un jeu, il restait désarmé et troublé devant cette vertu sereine. Une sorte d'attendrissement amollissait son âme ridée et flétrie, sa conscience flasque, souple et obscure, son esprit sceptique et mauvais. Il s'étonnait bien de cette défaillance singulière, mais il ne pouvait s'en défendre. Quel prestige exerçaient donc sur lui la voix et les regards de Clotilde ? Il l'ignorait, mais il ne pouvait nier la séduction. Superstitieux, il l'eût attribuée à un charme et à un sortilege. Un démon se cachait-il dans ces yeux clairs et brillants comme une épée ? Était-ce un vague sentiment d'amour qu'éveillait en lui l'irrésistible et touchante beauté de Clotilde ? Non. M. de Montchenu était préservé de ce danger par son amour jaloux et ardent pour sa femme. Et pourtant, malgré lui, il se sentait heureux de la résistance de l'orpheline à ses desseins pervers, il admirait son naïf courage, il aimait le son de cette voix qui lui répondait avec mépris, et il lui semblait qu'il se méprisait lui-même ; si un autre homme eût adressé à Clotilde les mêmes paroles, il lui eût cherché querelle. Le comte Aurélien ne comprenait rien à ces étranges contradictions de son âme, et pour échapper aux doutes qui l'obsédaient, il dit résolument à la jeune fille, mais sans oser la regarder :

— Souvenez-vous, ma mie, que je ne suis ni un tyran, ni un ogre, ni un géant des comtes de fées. Vous êtes une jolie fille, vous, très malheureuse, mais un peu entêtée. Je veux assurer votre bonheur, et vous le rejetez parce qu'il viendrait de moi. Eh bien ? si vous êtes entêtée, je suis opiniâtre. et je vous rendrai heureuse malgré vous. Plus tard, vous me remercierez !

Puis, saluant courtoisement Clotilde, le digne gentilhomme reprit le chemin par lequel il était venu.

Une fois seule, la jeune fille se demanda comment elle pourrait détourner l'orage qui la menaçait ; elle se sentait enlacée dans les mille réseaux d'une ténébreuse intrigue, mais elle ignorait quelle maille il fallait rompre pour échapper au piège. Elle avait le pressentiment d'un danger, mais elle ne savait à quelle heure fatale et sous quelle forme monstrueuse ce danger devait apparaître ; plus il était invisible et mystérieux, plus il lui inspirait cette vague terreur qui brûle le sang et qui porte au cerveau l'exaltation du délire.

En ce moment, elle aperçut les nains qui traversaient l'allée ; d'un geste soudain, elle les appela, et ils coururent à elle.

— Saint David ! s'écria Moucheron d'une voix dolente, comme vous voilà pâle et tremblante, ma chère demoiselle ! quelqu'un vous aurait-il fait outrage ? Si je le savais !

Et, par un mouvement plein d'une noble fierté, il porta précipitamment sa petite main là où se serait trouvée son épée, s'il en avait eu une.

Clotilde, sans faire attention au côté comique de cette démonstration de dévouement, leur tendit les mains :

— Mes amis, leur dit-elle d'une voix brève, hier votre détresse égalait la mienne, et pourtant vous m'avez charitablement secourue.

— A quoi bon rappeler ce vilain moment, mademoiselle ? répliqua le nain ; j'ai fait mon devoir de gentilhomme, et si c'était a recommencer, croyez bien je n'y faillirais pas davantage.

— Ah ! brave cœur ! s'écria Clotilde. Ainsi, je puis toujours compter sur vous ?

— Ah çà ! que s'est-il donc passé de nouveau ? demanda Moucheron surpris de voir ses protestations prises si vite au mot.

Clotilde le regarda avec des yeux humides et suppliants.

— Vous ne m'abandonnerez pas ? Non, j'en suis sûre, vous n'abandonnerez pas une orpheline qui n'a d'autres amis que vous, au monde ! Vous êtes bons, vous êtes courageux, vous êtes fidèles et vous m'aimez, n'est-ce pas ?

— Oui, mademoiselle Clotilde, répondit les deux nains d'une voix émue, nous vous aimons.

— Comptez sur nous, ajouta timidement Moucheron, mais encore faut-il nous dire ce qu'il faut faire.

— Il faut, mes amis, dit gravement la jeune fille, m'aider cette nuit même à m'évader de ce château.

— De ce château où l'on dîne si bien ? soupira Moucheron.

— De ce château dont la dame m'a donné deux de ses belles robes de satin qui ne sont presque pas fanées du soleil ! ajouta Chevrette.

— Hésitez-vous ? demanda Clotilde avec serrement de cœur.

— Non, dit le nain, car si vous voulez vous sauver, mademoiselle, c'est que vous avez sans doute de bonnes raisons...

— Mais cela ne nous regarde pas, Moucheron, observa la curieuse Chevrette. Chacun à le droit de cacher ses secrets.

Clotilde rougit : puis elle murmura tristement :

— Vraiment, je suis une âme égoïste et froide ; je vous demande peut-être votre vie, mes amis, et je ne vous dis pas pourquoi je vous la demande. Oh ! c'est que j'aurais voulu me cacher cette honte à moi-même. Sachez donc que le comte de Montchenu veut me retenir ici par violence, et que si je ne trouve pas moyen de m'échapper... je suis perdue, sans doute... perdue .. déshonorée.

— Déshonorée ! répéta Chevrette avec l'accent de la pudeur alarmée ; mais s'il en est ainsi, je ne reste pas une minute de plus au château, moi... Je fais un paquet de mes belles robes et je pars avec vous.

— Comptez sur moi, reprit Moucheron, j'aurai l'œil au guet, et si l'adresse, la bonne volonté, la ruse même peuvent suppléer à la force, vous recouvrerez la liberté.

— Merci, mon cher compagnon de misère ! dit Clotilde en serrant affectueusement la main fluette du nain.

— Hélas ! soupira mélancoliquement Chevrette à quoi ne sommes-nous pas exposées, nous autres pauvres femmes, des que le ciel nous a douées de quelques faibles attraits !

— Ne causons pas plus longtemps ici, de peur d'é-
veiller les soupçons! interrompit le nain.

— Où pourrons-nous nous retrouver si vous avez
quelque communication à me faire? demanda la jeune
fille.

— Dans la salle des étrangers, mademoiselle.

— A bientôt! dit Clotilde.

— A bientôt! répétèrent les nains.

Et, s'éloignant rapidement, ils retournèrent se glisser derrière les arbres, aux environs du berceau sous
lequel, comme nous l'avons dit, la table avait été
dressée.

Pendant qu'ils rôdaient, épiant l'occasion d'échanger avec leur maître soit un signe, soit un regard,
M. de Bourbon buvait et causait gaiement sans paraître s'apercevoir de leur manège.

Après dix minutes d'une stérile attente, les nains
virent le connétable et Pompérant se lever, saluer
leurs hôtes et se diriger vers le château, en compagnie
de messire de Montchenu, qui, les abandonnant sur le
seuil de la salle des étrangers, continua sa route; il
allait donner lui-même à ses gens l'ordre de seller sur-
le-champ les chevaux des deux reîtres.

Moucheron et Chevrette suivirent longtemps le
comte Aurélien des yeux, et lorsqu'il eut disparu, ils
pénétrèrent ensemble dans l'intérieur du château.

La porte de la salle était restée entr'ouverte; les
deux nains purent donc entrer sans heurter.

Quoique le jour fût à peine à son déclin, les tentures des fenêtres avaient été soigneusement fermées;
cette vaste et sombre salle n'était plus éclairée que
par une petite lampe d'argent, qui brûlait dans un
coin, sur une table, et qui projetait au loin sa lueur
tremblante et blafarde.

Au milieu de cette salle, revêtus de leur cuirasse
et bouclant déjà leurs ceinturons, se tenaient debout
le grand connétable et Pompérant, cet Euryale qui se
perdait volontairement pour son maître et son ami.

Moucheron et sa sœur se jetèrent aux pieds du
prince; des larmes jaillissaient de leurs yeux et les
sanglots étouffaient leur voix. Ils souffraient sincèrement de voir cet illustre capitaine accoutré en reître,
ce seigneur de tant de duchés et de provinces, réduit à
chercher un asile au foyer d'un ennemi, cet homme si
fier qui avait bravé la haine de madame Louise de
Savoie, la disgrâce royale, la perte de ses biens, réduit
à ruser, à trembler et à fuir, l'œil inquiet, comme un
daim timide.

Des armées avaient eu peur au seul nom de Bourbon; François avait eu peur que la gloire de Bourbon
n'éclipsât la sienne, et qu'il ne confisquât son sceptre;
Louis XII lui-même avait eu peur de l'ambition taci-
turne et patiente de Bourbon, et s'il avait dit, en parlant de François : « Ce gros garçon gâtera tout, » il
avait dit du connétable : « Il n'est pire eau qu'eau qui
dort! »

Eh bien! aujourd'hui, Bourbon, ce rival altier et
dédaigneux des rois, avait peur du témoignage d'un
espion ou d'un traître. Il croyait sentir la hache sur
son cou, et lui, qui bravait en riant les arquebusades,
il avait peur de son nom proclamé à haute voix.

Pompérant échangea donc avec lui un coup d'œil
rapide, et, le sourcil froncé, il s'élança dans le long
couloir qui précédait leur chambre; mais l'ayant

trouvé désert, il rentra bientôt et ferma la porte au
verrou. Puis, s'approchant des nains, qui étaient toujours agenouillés devant le connétable :

— Çà, que voulez vous, avortons de Belzébuth? leur
demanda-t-il d'une voix rude.

Moucheron se tourna vers son farouche interlocuteur :

— Laissez-nous baiser la main de notre maître, lui
dit-il d'une voix suppliante.

— Ah çà! bouffon, répondit le gentilhomme, es-tu
sorcier, pour voir ici monsieur de Bourbon? Ce seigneur félon est-il en notre pouvoir pour que nous t'ac-
cordions ce méchant service que tu réclames comme
une faveur?

— Tu sais bien, trop curieux pygmée, interrompit
le connétable avec une intention profondément accen-
tuée, que monsieur de Bourbon n'est pas en ce château... qu'il est en fuite... et que nous sommes à sa
recherche.

— Et que celui qui tiendrait sa main tiendrait bientôt sa tête, ajouta Pompérant.

— Ainsi, vous doutez de mon dévouement? dit douloureusement Moucheron... moi qui me ferais tuer
pour vous...; moi, qui ne vous trahirais pas quand on
m'appliquerait à la question extraordinaire.

Et il détourna la tête pour essuyer du revers de sa
main deux grosses larmes qui descendaient lentement
le long de ses joues.

Le connétable était visiblement ému; il croyait facilement, comme tous les caractères orgueilleux, hau-
tains et généreux, à l'attachement des inférieurs qu'il
avait comblés de largesses et traités avec cette mâle et
cordiale franchise qui devenait de la raideur lorsqu'il
avait affaire à ses égaux ou à son roi.

Pompérant s'aperçut de ce moment de faiblesse, et,
voulant mettre fin à une scène qui l'inquiétait, il interrompit le nain par un bruyant éclat de rire :

— Tête folle! dit-il, va chercher ton maître dans
les halliers des forêts, dans les ravins et les fossés, et
si par hasard tu le rencontres, tu viendras nous en
avertir.

— Tiens, pauvre rêveur, ajouta le connétable en
offrant à Moucheron quelques pièces d'or qu'il tira de
son escarcelle, voilà qui t'aidera dans tes recherches.

Le nain saisit avec transport la main que lui tendait
son maître; il la pressa sur ses lèvres, mais il y laissa
l'or.

— Monseigneur, murmura-t-il assez bas pour ne
pas être entendu de Pompérant, qui s'occupait à relever Chevrette avec une courtoisie grotesque, si votre
lévrier, que vous aimez tant, si Ajax découvrait votre
trace et s'attachait à vos pas, vous n'auriez point, j'en
suis sûr, le courage de tuer la pauvre bête... Laissez-
moi donc vous suivre comme vous suivrait votre
chien.

Le connétable laissa involontairement tomber sur
le nain un regard de commisération et de regret, mais
il secoua la tête en signe de refus.

— Impossible, dites-vous! s'écria Moucheron, qui,
par cette exclamation, traduisait parfaitement la pensée de son maître. Je ne suis pas à bout de ressources;
attendez!

Et se levant :

— Mes cavaliers, reprit-il avec emphase, vous cherchez monsieur de Bourbon, avez-vous dit? mais par malheur vous ignorez en quel endroit il se cache ou quel chemin il suit. Eh bien! moi qui vous parle, je sais parfaitement où il est, je le vois d'ici, et je m'engage sur ma tête à vous le livrer à vous-même! A cheval donc, mes bons reîtres! et suivez-moi, je vais vous servir de guide.

Le connétable se mit à rire et regarda Pompérant; Moucheron avait saisi ce regard, et malgré sa hardiesse, il attendait avec anxiété la réponse du défiant gentilhomme.

— Est-ce bien prudent? grommela celui-ci.

— Du moment que ce petit bout d'homme connaît la route de monsieur de Bourbon, et qu'il offre de nous servir de guide... ne devons-nous pas accepter?

Pompérant s'inclina, non sans se tirer l'oreille comme s'il voulait l'arracher, ce qui chez lui était un signe certain de mécontentement.

— Ils pouvaient me trahir, continua le duc, et pourtant ils sont restés fidèles; ils m'ont prouvé qu'ils savaient résister à la menace comme à la prière. Qu'ils viennent donc.

— Oh! merci, merci, mon noble maître! murmura Moucheron au comble de la joie.

Et tous les quatre se disposaient à sortir, lorsqu'ils entendirent distinctement un sanglot étouffé, puis un bruit sourd semblable à la chute d'un corps humain s'affaissant sur lui-même.

— Trahison! s'écria Pompérant en tirant son épée.

Le connétable saisit la lampe, et, s'élançant vers la fenêtre, il en souleva rapidement la lourde tapisserie, qui frémissait encore.

Son compagnon, l'épée à la main, se rua dans cette vaste embrasure, pour y égorger sans miséricorde le témoin invisible de la scène qui venait d'avoir lieu, mais l'espace était vide. Il allait abandonner cette fenêtre et courir à l'autre, lorsqu'il aperçut, ensevelie dans l'ombre que projetait la draperie, une forme humaine étendue sur la dalle et repliée sur elle-même.

Le connétable porta la flamme de la lampe au visage de cet hôte mystérieux, et il reconnut Clotilde évanouie, presque morte.

Moucheron et Chevrette, qui s'étaient curieusement approchés, poussèrent un cri de désespoir en reconnaissant, à leur tour, la jeune fille, qui n'était venue que pour eux, et qu'ils avaient oubliée.

— Pompérant, dit M. de Bourbon, je crois que ce que nous avons de mieux à faire, c'est de profiter de son évanouissement pour déloger sur-le-champ.

— D'abord répliqua le gentilhomme, est-il bien certain qu'elle soit évanouie?

— Tu doutes de tout, observa le prince avec un mouvement d'impatience.

— J'ai mes jours, monsieur le duc... comme vous voyez... mais je sais des gens qui prétendent que je ne doute de rien.

— Enfin, dit le connétable, prenons un parti.

Pompérant toucha du doigt le front pur de la jeune fille, et reprit avec le sombre accent d'une résolution implacable :

— Il est de ces secrets qui doivent fatalement porter malheur aux imprudents qui s'en emparent.

M. le duc de Bourbon avait réellement une âme noble et élevée. Profond politique, sérieux et hardi,

il eût mieux gouverné un royaume que François 1er, et, à la tête des armées, il devait conquérir des morceaux d'empire et gagner des batailles pour l'ingrat Charles-Quint. Son nom seul recrutait des bataillons, qu'il payait d'une harangue militaire ou du pillage d'une ville, et s'il eût vécu plus longtemps, il se serait sans doute taillé un royame à lui-même dans ses conquêtes italiennes; mais ce grand homme, quoiqu'il eût résisté aux attraits un peu mûrs et aux avances dangereuses de madame d'Angoulême, n'avait pas de courage contre les femmes. Ce n'était ni un ambitieux rude, égoïste, avare et concussionnaire, comme Anne de Montmorency, ni un chevalier de parade, léger, vaniteux, prodigue, impitoyable par caprice ou par satiété, comme François 1er.

Il n'affectait pas de fuir les femmes, à l'instar du premier, mais il ne leur imposait pas son amour, à l'instar de l'autre. Une femme était sacrée pour lui; c'était une religion dans cette âme préoccupée de si vastes desseins, et de même qu'il n'avait pas craint de ruiner tout l'échafaudage de sa royale fortune en repoussant la main de la toute-puissante reine mère, de même il eût dédaigné de devoir son salut à la perte d'une femme. Le duc de Bourbon pouvait-il descendre à être le bourreau d'une créature à laquelle comme chevalier et homme d'épée il devait protection? Il était l'ami de Pierre Terrail, ce brave et modeste Bayard, héros des camps, inconnu à la cour galante de François. Aussi ses yeux erraient-ils avec une expression de tendre pitié sur le visage calme de Clotilde; il se disait que ce serait une tache éternelle à son nom que de laisser frapper cette innocente, et pourtant il ne rougissait pas de sa défection, qui n'était à ses yeux qu'une lutte féodale de seigneur à suzerain.

Cette funeste tradition devait se perpétuer jusqu'à la majorité de Louis XIV; mais, chose singulière, l'histoire n'a pas flétri les trahisons des Guise, des Cinq-Mars, des Calais, des Montmorency, des Condé et des Turenne comme celle du malheureux connétable. Les chefs de la réforme ont trouvé leur excuse dans la persécution de leur foi ; les canons de la grande Mademoiselle ont été amnistiés ; Montmorency décapité a trouvé pour panégyristes les insulteurs de Richelieu; les Condé et les Turenne n'avaient commandé des Espagnols contre des Français que pour délivrer leurs jeunes rois de deux parvenus italiens, Concino Concini et Giulio Mazarini.

Tous avaient un prétexte. M. de Bourbon, lui, avait eu le tort de sacrifier la France à son intérêt personnel, sans déguiser le crime sous de spécieux arguments; de plus, il mourut trop tôt pour se réhabiliter par le succès, en trahissant son nouveau maître Charles Quint; enfin il ne pensionnait pas d'historiens, et tous les chroniqueurs du temps, ministres et compagnons de François, s'entendirent pour étouffer par le silence ou flétrir par l'outrage cette gloire rivale du roi à la salamandre.

— Pompérant, reprit le connétable, je croyais que tu m'aimais, et tu me proposes une lâcheté indigne d'un gentilhomme.

— Monseigneur, il ne s'agit pas ici d'honneur et de chevalerie, il s'agit de votre salut, de votre fortune, du succès de votre téméraire entreprise. Je suis trop

votre serviteur pour vous laisser jouer ces graves intérêts contre un mouvement de faiblesse et de pitié.
La vie d'une espionne, d'une fille inconnue, peut-elle
entrer en balance avec les risques de votre arrestation? La preuve que le roi attendait pour vous faire
ignominieusement condamner, votre évasion la lui
a fournie Si vous êtes pris, non seulement il faut renoncer a vous venger des humiliations et des injustices que le vaniteux François vous a fait subir, mais
encore vous résigner à une dégradation publique devant tous les compagnons de plaisir du roi, ces galants
qui vous enviaient l'amour des dames; à une dégradation publique devant ces belles dames mêmes qui gardaient pour vous leurs plus doux sourires. Ah! la mort
par la hache n'est rien, monseigneur, pour un capitaine
tel que vous, mais la flétrissure monsieur de Bourbon
ne doit pas l'accepter. Il ne faut pas que madame Louise
de Savoie triomphe de voir la main du bourreau toucher au prince qui a refusé son alliance. Il ne faut pas
forcer madame Françoise de Foix, comtesse de Cha-
teaubriand, à applaudir à l'exécution de celui qu'elle
a préféré, en secret, son royal et terrible amant, François Iᵉʳ

Le connétable tressaillit en entendant son ami évoquer ce triste tableau des conséquences logiques de
son arrestation,

— Voilà pourquoi, continua avec feu Pompérant,
moi, qui suis bon et honnête gentilhomme, mais qui
suis votre serviteur, votre compagnon de fuite, votre
complice, je vous empêcherai de pardonner et d'être
miséricordieux, car je réponds de votre salut, monsieur le duc, et mon honneur y est engagé. Je n'ai pas
le droit comme vous d'être clément. Il ne s'agit pas
de ma vie, mais de celle de mon maître. Si je laissais
à cette enfant le pouvoir de vous trahir, c'est moi
qui serais le traître.

M. de Bourbon paraissait soucieux et ébranlé par
cette insistance, qui lui prouvait le dévouement aveugle, entêté et absolu de M. de Pompérant. Cependant
il lui dit à demi-voix ;

— Si cette pauvre fille jurait de garder le silence ?

— Les morts seuls ne parlent pas, mon cher seigneur, répliqua le gentilhomme d'une voix sombre.
Du reste, réfléchissez. N'êtes-vous pas décidé à mourir
plutôt que d'être promené comme une bête curieuse
de province en province, de ville en ville, les mains
garrottées, jusqu'au cachot que vous réserve la gra-
cieuseté de notre bon roi?

— Oui, certes, et tant que ma main pourra tenir
une épée, je serai maître de ma vie et de mon honneur
s'écria le connétable.

— Et pourtant ce n'est point encore là monsieur le
duc, la plus grande humiliation qui vous menace.

— Que veux-tu dire? demanda vivement le prince
étoné,

— Je veux dire que le roi peut se donner le plaisir
et la gloire de vous pardonner, monseigneur, répondit amèrement le serviteur. Notre sire François est
vain et généreux; quand son ire est passée quand il
voit son ennemi vaincu, dépouillé, écrasé sous ses
pieds, il aime à jouer le rôle de vainqueur magna-
nime ; son âme jalouse se hausse dans son triomphe
jusqu'à la vertu; il a été bassement ingrat envers son

rival Charles de Bourbon, mais il sera clément pour
le connétable dépouillé, fugitif, déshonoré, que la trahison lui rendra. Il se contentera peut-être de confisquer vos terres et vos biens, de les distribuer à ses
favoris; il vous donnera sa main à baiser et vous permettra de vivre à ses gages dans quelque abbaye. Si
ce sort vous tente, monseigneur, je respecterai la vie
de cette jeune fille.

Les sourcils de Charles de Bourbon s'étaient fron-
cés et ses traits mâles avaient pris cet aspect sévère
qui avait mis en défiance le bon roi Louis XII. Pompérant avait posé le doigt sur la plaie vive. L'ambitieux
égoïste, ulcéré, sentait son cœur, dévoré de fiel et de
rancune, se révolter contre le pardon humiliant que lui
prédisait son compagnon.

— Me pardonner! lui, me pardonner! répéta-t-il
avec agitation. Oh! non, François, je ne te donnerai
pas cette joie, mon glorieux maître. Jamais je ne subirai ta clémence. Tu pourras regarder mon cadavre
à tes pieds, mais tu ne promèneras pas Bourbon prisonnier parmi les dames de la petite bande. Prisonnier! c'est toi, peut-être, qui le seras un jour, orgueilleux roi, et plût au ciel que ce soit bientôt! Tu sauras
alors ce que peuvent verser de larmes les yeux d'un
prince humilié.

Et arpentant la salle à grands pas avec une inquiète
fureur, sans plus se souvenir de Clotilde ni de la présence des nains, il ajouta d'une voix brève :

— Je veux t'apprendre, François, ce que valaient
l'amitié et l'épée de Bourbon. Tu as voulu me traiter
comme ces favoris que tu élèves et abaisses à ton gré,
comme ces seigneurs à qui tu imposes un mariage
honteux à ton caprice, comme ces maîtresses que tu
encenses et enrichis en vraies idoles, et que tu délais-
ses ensuite, ainsi que des statues mutilées. Tu es le
Jupiter de ces demi-dieux et de ces déesses ; tous s'inclinent devant toi. Mais Bourbon n'a besoin que de
son épée pour être ton égal, s'il a refusé hier d'épouser ta mère, cette femme vindicative et cupide, c'est
qu'il peut aujourd'hui, proscrit et fugitif, épouser la
veuve du roi de Portugal, la sœur de l'empereur Charles-Quint. Oui, je veux vivre, et tu as raison, Pompérant. Agis donc à ta guise, mon fidèle serviteur. Bourbon s'abandonnait lui-même : mais toi, du moins, tu ne
l'abandonnes pas.

Ainsi le politique l'emportait enfin sur le gentilhomme dans l'âme du connétable. D'un mot, il venait
de condamner Clotilde.

— Merci, monseigneur, dit Pompérant ; je comprends votre hésitation, car moi aussi je souffre d'en
venir à cette odieuse extrémité. Je ne ferais pas mourir une femme pour me sauver, moi ; mais vous, monsieur le duc, vous vous devez à tous ces honnêtes et
courageux seigneurs qui, pour se rallier à votre
cause, ont sacrifié famille et fortune. Plusieurs sont
déjà arrêtés à cette heure, et plus d'un payera de sa
tête, de la perte de ses biens ou d'une prison perpé-
tuelle l'honneur de ne vous avoir pas dénoncé. A
cause de ces braves gens, je dois être inflexible.

— Et il se rapprocha de la jeune fille.

— Ah çà! reprit Bourbon avec un geste de dégoût,
vas-tu apprendre à faire métier de boucher et de
bourreau? Oseras-tu porter une main violente sur cette
fille dont le visage candide désarmerait un démon. Je

t'avoue qu'il me serait difficile d'oublier cette laide action et de te donner désormais l'accolade.

— Nous n'en sommes pas réduits la, monsieur le duc, dit Pompérant d'un air de satisfaction. Dans cette salle où nous sommes presque des prisonniers, vous avez encore votre droit de haute et basse justice. Et, quant à l'exécution, ajouta-t-il en désignant du regard Moucheron et Chevrette, n'avez-vous pas là deux fidèles serviteurs d'une discrétion et d'une adresse éprouvées, adroits comme des chats-tigres ou des singes, discréts comme des muets? Vos anciens messagers d'amour n'ont-ils pas déjà été les exécuteurs de vos justices privées et secrètes?

Les nains, en entendant ces mots, sentirent un frisson glacial parcourir tout leur corps.

Pompérant leur fit signe d'approcher.

Ils s'avancèrent tout frémissants; leurs traits décomposés exprimaient l'horreur; ils pressentaient la hideuse besogne qu'on leur destinait, ils ne se sentaient pas le courage de s'y refuser. Ils étaient accoutumés à une sorte d'obéissance passive envers le maître qui les nourrissait et les protégeait. Cette soumission était un dogme qui n'admettait ni hésitation ni calculs. D'autre part, ils aimaient déjà Clotilde pour l'aide qu'il lui avaient donnée et promise, et ils la croyaient incapable de trahir le secret du connétable; mais ils se sentaient trop inférieurs pour oser répondre d'une étrangère, eux qui avaient si difficilement obtenu la confiance des fugitifs. Hésiter même, c'eût été faire renaître les doutes de Pompérant sur leur fidélité et s'exposer à partager la condamnation de la jeune fille. Ni l'un ni l'autre n'osèrent donc hasarder une parole.

— Vous m'avez entendu tout à l'heure, n'est-ce pas? dit Pompérant.

Les nains firent un signe de tête affirmatif.

— A l'œuvre donc! continua le gentilhomme.

Puis saisissant le bras du connétable, il l'entraîna dans l'embrasure de la fenêtre voisine, dont le rideau se ferma sur eux.

Se voyant seuls, les nains essuyèrent leur yeux humides et se serrèrent la main comme pour s'encourager mutuellement. Leurs ombres bizarres dansaient sur les murs de la salle à le lueur vacillante de la lampe; le silence était profond. Ils entendaient leur respiration haletante si pressée et si forte, qu'ils retournerent instinctivement la tête, croyant entendre un spectre souffler sur leur épaule; ils se regardèrent et se firent peur, car leurr fronts se mouillaient d'une sueur glacée, et leurs yeux, dilatés par l'effroi, semblaient blanchir.

Moucheron s'étonnait qu'on ne heurtât pas à la porte de la salle pour empêcher le meurtre; Chevrette ne comprenait pas que la jeune fille restât si doucement évanouie, lorsque la mort la guettait à deux pas. Leur raison se brouillait dans leurs étroits cerveaux. Cependant, l'instinct de la servitude agissait toujours en eux malgré ces angoisses. Ils avaient délié lentement leurs ongues écharpes de soie, ils les tressèrent en corde, et transformèrent en un instant ces objets de parure en instruments de supplice.

Ils s'avancèrent ensuite sans qu'on entendît leurs pas, rampant comme deux serpents dans les hautes herbes, jusqu'à ce qu'ils fussent à portée de leur victime.

Alors, avec une adresse merveilleuse, avec une sagacité de sauvages, ils l'enlacèrent dans ce long tissu de soie, comme l'araignée englue la mouche dans son interminable fil, afin de pouvoir sucer son sang à loisir sans travail et sans lutte.

On eût dit que la jeune fille abandonnée aux horribles embrassements d'un vampire et d'une goule; leur tâche accomplie, les nains, comme pris d'un vertige soudain, s'élancèrent ensemble aux côtés de Clotilde, et leurs mains s'enlacèrent autour de son cou.

A ce moment même la malheureuse sortait de sa torpeur et ouvrait les yeux.

Elle resta glacé d'épouvante en sentant presque accroupis sur ses épaules, ces deux êtres difformes qui apparaissaient hideux comme ces monstres de pierre que les sculpteurs du moyen âge taillaient aux portails des cathédrales à côté des saints, des martyrs et des évêques.

Elle voulut porter ses mains en avant pour écarter de son visage ces têtes démoniaques qui lui brûlaient le front de leur haleine ardente, mais un pouvoir inconnu paralysait ses bras et les attachait à ses flancs.

Elle voulut rejeter sa tête en arrière, mais ces regards ne pouvaient quitter ces yeux fauves qui se fixaient sur elle, étincelants comme des tisons dans l'ombre et qui la fascinaient avec cette puissance qu'exerce le serpent sur l'oiseau.

Cependant après quelques secondes de cette folle terreur, Clotilde reconnut Moucheron et Chevrette: alors la contraction de ses traits s'affaissa et l'ombre d'un sourire passa sur ses lèvres.

Pour elle, Chevrette et Moucheron n'étaient-ils pas ses seuls amis? Que pouvait donc craindre d'eux l'indigente orpheline dont ils avaient eu pitié!

— Mon Dieu! murmura-t-elle en cherchant vainement à relier dans son esprit le présent au passé, pourquoi suis-je ici, et que m'est-il arrivé? Un nuage obscurcit ma pensée!... mes membres sont engourdis... Aidez-moi donc à me soulever, bonne Chevrette... Mais, d'abord, merci de ne pas m'avoir abandonnée... d'être restés à veiller sur moi!...

Clotilde avait une si douce mélodie dans la voix, des notes si pleines de larmes et de reconnaissance en prononçant ces simples paroles, que les nains en furent émus.

La bouche de Chevrette se crispa nerveusement, ses dents aiguës s'entre-choquèrent et deux larmes mal contenues s'échappèrent de ses yeux.

— Vous pleurez? reprit Clotilde en regardant la naine avec effroi; de quel nouveau malheur sommes-nous donc menacés, mes amis? Vous ne répondez pas! Vous n'osez pas me répondre! Vos yeux sont hagards et vos visages consternés! Oh! je vous en supplie, dites-moi ce qui s'est passé pendant cet étrange sommeil qui n'a laissé dans ma pauvre tête que trouble et confusion.

— Clotilde! dit le nain d'une voix étouffée, ne nous interrogez pas! ne nous regardez pas! maudissez-nous, mais ne nous parlez pas de votre voix douce! ne nous appelez pas vos amis. quand nous sommes...

Il ne put achever et ajouta tout bas, avec l'air désespéré d'un serviteur qui ne remplit pas son devoir:

— Je sens bien que si elle me regarde ainsi avec

ses yeux tristes et bons, je n'aurai jamais le courage d'obéir, moi !... Un chat-tigre aurait pitié d'elle et replierait sa griffe sous le velours !

Mais pendant que Moucheron se parlait ainsi à lui-même, Chevrette, dans le cerveau de qui les sensations s'effaçaient plus rapidement qu'une empreinte sur le sable, avait enlacé le cou de Clotilde avec une spontanéité de mouvement si rapide, que la jeune fille, prise tout à coup comme dans un étau, ne put pousser qu'un cri déchirant.

Ce cri fit tressaillir Pompérant. Quant au connétable, il jeta à son gentilhomme un regard si sévère, que celui-ci n'osa le retenir, et le brave seigneur, dont la conscience avait tout à coup été troublée dans ses plus intimes replis, écarta la draperie, s'élança vers les nains, et, sans dire un seul mot, les saisissant tous deux dans ses robustes mains, les envoya rouler au milieu de la salle.

Non seulement le prince avait été ému au plus profond de son cœur, mais il s'était dit que si François, le galant chevalier, pouvait accuser avec justice, à la face du monde, son cousin le connétable de Bourbon, d'être un assassin de femmes en même temps qu'un traître, le monde entier, qui aurait peut-être absous le traître, condamnerait l'assassin et donnerait gain de cause au roi.

Devant cette pensée, tous les arguments de son complice tombèrent brisés comme un fétu de paille. Les capitaines du seizième siècle n'étaient pas des céladons, et nous sommes forcés de raconter leurs caractères et leurs mœurs dans toute leur brutale naïveté ; les accommoder à la mode d'aujourd'hui serait commettre un injustifiable anachronisme.

Dès que Clotilde fut délivrée de ses entraves, elle promena autour d'elle des regards étonnés et ses yeux rencontrèrent ceux de M. de Bourbon ; alors elle comprima son front entre ses mains comme pour dissiper le nuage qui obscurcissait sa pensée.

Le connétable s'approcha d'elle avec cette courtoisie familière dont il usait avec ses inférieurs et qui lui avait gagné tant de cœurs.

— Mademoiselle, lui demanda-t-il, me reconnaissez-vous ?

— Oui, répondit la jeune fille : vous êtes l'un des hôtes de monsieur le comte de Montchenu.

— Et mon nom, le savez-vous ? ajouta-t-il en fixant sur elle un regard clair et pénétrant du général habitué à deviner un espion à un clignement des yeux, à un froncement de sourcil, au pli des lèvres, au son tremblant ou trop insolent de la voix.

— Je ne me souviens pas de l'avoir entendu prononcer, messire, répliqua simplement Clotilde.

Il y avait tant de limpidité dans son regard, tant de franchise dans sa voix, que le duc ne douta pas un instant de la sincérité de sa réponse.

— Vous voyez bien, dit-il en s'adressant à Pompérant, immobile dans son coin comme un chien hargneux, qu'elle n'a rien entendu.

Le gentilhomme se mordit les lèvres ; il savait qu'à certains moments il ne fallait pas lutter contre la volonté du prince. Jean de Saint-Vallier avait embrassé ses genoux pour le dissuader de s'évader, et il n'avait rien obtenu. Seulement ce courtisan de la fuite regar-

dait Clotilde avec des yeux irrités. Le duc revint à elle.

— Alors, mon enfant, ajouta-t-il avec un bienveillant sourire, je puis compter sur votre discrétion ?

— Sur ma discrétion ? répéta Clotilde en cherchant à rappeler ses souvenirs épars ; mais en effet... il me semble qu'un songe flotte confusément dans ma mémoire... J'étais là, derrière ce rideau ! des voix parlaient... Qu'ai-je donc entendu ?

Elle tressaillit.

— Ah ! je me souviens maintenant... Vous avez raison... je sais votre nom, monseigneur !

Et s'inclinant avec une grâce simple et respectueuse, elle ajouta :

— Vous êtes monsieur le connétable.

— Malheureuse ! s'écria le prince, qui tendit la main vers elle comme pour arrêter cet imprudent aveu.

— Vous voyez bien, monsieur le duc, qu'elle a tout entendu, dit d'un ton froid et résolu le gentilhomme.

Le connétable parut réfléchir un instant.

— A sa place, une espionne, tombée dans nos mains, eût préféré mentir et ne pas me reconnaître... Mademoiselle, dites-moi sincèrement quel motif vous avait amenée dans cette salle.

Clotilde montra les nains du geste.

— J'étais venue attendre mes amis, monseigneur, car j'avais hâte de quitter ce château, et ils m'avaient promis de m'y aider.

— C'est vrai ! dirent ensemble Moucheron et Chevrette.

— J'étais ici depuis quelques instants, continua Clotilde, lorsque j'ai entendu un bruit d'éperons qui résonnaient sur la dalle ; alors j'ai eu peur, et comme cette dalle n'a d'autre issue que la porte par laquelle vous alliez entrer, je me suis imprudemment cachée derrière la draperie de cette fenêtre. C'est ainsi que j'ai involontairement surpris un secret que je voudrais, en toute loyauté, n'avoir pas entendu.

Le connétable lui prit la main.

— Jurez-moi, ma mie, que jusqu'au moment où vous me saurez en lieu sûr, vous ne révélerez à personne, ni contrainte, ni de bon gré, ni pour honneurs, ni pour argent, ce secret que le hasard seul vous a livré.

— Oh ! monseigneur ! murmura Clotilde, dont les joues pâles rougirent légèrement ; mais j'oublie que je suis une pauvre créature vagabonde, et que vous me faites grand honneur de vouloir bien vous fier à mon serment. Cependant...

Pompérant s'avança, et tirant un crucifix d'argent de sa poitrine et un scapulaire :

— Jurez sur ces saints gages, ma mie, lui dit-il rudement, et moi-même j'aurai confiance en vous comme mon maître.

— Je ne puis, monsieur le duc, répondit Clotilde sans hésiter et en repoussant le crucifix et le scapulaire avec une sorte d'émotion inexprimable.

— Vous refusez de vous lier par serment, mademoiselle ? s'écria le connétable indigné. Pompérant avait donc raison ?

Le gentilhomme souriait.

— Et pourquoi ?

— Parce que le serment que vous me demandez, je

n'ai pas le droit de le prononcer, et que d'ailleurs, car je ne veux pas vous tromper, il n'aurait pour moi aucune valeur.

— Voilà donc, monsieur le duc, dit Pompérant d'un air de triomphe, à quoi vous exposait votre générosité chevaleresque.

Clotilde demeura impassible.

— J'ai surpris involontairement votre secret, dit-elle à M. de Bourbon avec une abnégation touchante. En échange, je vais vous livrer volontairement le mien, et vous comprendrez pourquoi je ne puis prêter serment sur ces images. Je suis de la religion, monseigneur.

— Une huguenote! s'écria le connétable en regardant avec une profonde surprise la jeune fille calme et fière, qui n'avait pas craint de faire cet héroïque aveu. En effet, ma mie, vous ne ressemblez guère à nos dames presque païennes du palais des Tournelles et des chasses de Fontainebleau.

Clotilde baissa modestement les yeux.

— Vous avez eu raison, mon enfant, reprit le prince d'être intrépide et sincère. Le sang de vos frères coule dans les provinces et les bûchers s'allument partout pour eux; mais Charles de Bourbon ne sera ni votre dénonciateur ni votre bourreau. Je suis sûr maintenant que mon secret sera bien gardé, et votre parole vaut un serment. Les gens qui se font brûler pour leur foi ne savent pas trahir.

Ce dernier mot fit tressaillir Clotilde, qui jeta machinalement un regard sur le déguisement du faux reître.

M. de Bourbon comprit le sens de ce regard et pâlit extrêmement; mais tout à coup on entendit un grand bruit d'armes et de chevaux retentir dans les cours.

— Que signifie ce tumulte? demanda le connétable étonné.

Le nain partit rapide comme une flèche.

Quelques instants après il rentra les traits livides et bouleversés.

— Ah çà! que se passe-t-il donc? dit Pompérant inquiet, mais essayant de rire. Est-ce le diable qui prend ce château d'assaut?

— C'est pis que le diable, répondit Moucheron tout essoufflé. C'est le roi!

— Le roi! s'écrièrent les deux reîtres qui se regardèrent avec désespoir.

— Mais le pont-levis est encore abaissé, continua Moucheron.

— Venez donc, compagnon, dit le gentilhomme en éteignant la lampe.

Et tous s'engagèrent silencieusement dans le long couloir, au milieu de la plus profonde obscurité.

VII

LA CAGE DE FER

Le brillant cortège du roi avait recruté sur son passage une foule de paysans en guenilles qui espéraient pénétrer dans la première cour et contempler, au moins de loin, toute cette noblesse qui étincelait de velours et d'or. Mais le pont-levis avait été brusquement levé comme une digue opposée à ce flot popu-

laire, et les malheureux qui s'y étaient imprudemment engagés furent culbutés pêle-mêle dans l'eau croupie des fossés, aux grands éclats de rire de leurs compagnons.

Au moment où le connétable, Pompérant et les deux nains allaient franchir le pont, ils s'étaient donc vus tout à coup prisonniers. Cependant le calme se rétablit peu à peu, et les cours commençaient à devenir désertes, lorsque les fugitifs s'arrêtèrent devant la vaste salle où le festin avait été servi.

Les fenêtres étaient ouvertes à cause de la chaleur. Ils purent distinguer, entre Brion et Bonnivet, François Ier qui soupait joyeusement et riait de tout son cœur des aventures galantes que débitait l'amiral. La gaieté la plus folle régnait autour de cette table chargée de mets délicats, de fleurs et de vins exquis.

Un sourire de dédain crispa les lèvres du connétable.

Souriait-il en songeant à cette singulière combinaison du hasard qui réunissait fatalement dans une même enceinte le maître tyrannique et le sujet rebelle?

Souriait-il en songeant à l'étrange contraste qui existait entre lui et le roi, dont la veille encore il était presque l'égal, ou ne se demandait-il pas avec une profonde amertume pourquoi de ces deux hommes, l'un était revêtu d'habits de fête, au milieu d'une salle éclatante de lumières, entouré de joyeux convives et protégé par mille bras prêts à le défendre, tandis que l'autre perdu dans l'ombre, caché sous l'obscure cuirasse d'un soldat, n'avait plus qu'un proscrit comme lui pour ami?

Pompérant s'aperçut de cette émotion passagère et voulut entraîner le connétable.

— Monseigneur, dit-il tout bas, venez : nous sommes trop près du roi.

— Sainte-Barbe! répliqua le duc en attachant sur François un regard menaçant, je voudrais le voir de plus près encore, mais sur un champ de bataille; au moins là, nous serions égaux.

Puis passant son bras sous celui du gentilhomme, il s'éloigna rapidement.

— Mon cher Pompérant, reprit-il bientôt, avant de songer à me venger du roi, je crois qu'il serait prudent de chercher à sortir d'ici. Allons, mon hardi compagnon, toi, l'homme aux expédients, avise à quelque moyen.

— Didier seul pourrait peut-être nous tirer de ce guêpier; mais comment? je l'ignore encore

— Certes, si, lui serrant la main, je lui disais : Je suis le connétable! le pauvre enfant se perdrait pour me sauver.

— Ou plutôt il se perdrait sans vous sauver. Trop de gens nous connaissent déjà, pas un confident de plus, monseigneur. Il suffit d'un mot imprudent, d'un cri de joie, d'un instant de zèle irréfléchi, pour compromettre le succès de l'entreprise,

— A quel parti s'arrêter?

— A tout hasard cependant, faisons prier Didier de venir, dit le gentilhomme.

Il appela du geste Chevrette et Moucheron, qui, depuis l'entrée du roi, ne cessaient de rôder autour de leur maître, tout en se tenant prudemment à distance.

J'ai un charbon sur les lèvres ! Ote-le-moi, Bernard. (Page 55.)

Tous les deux l'aperçurent et se hâtèrent d'accourir.

— Monseigneur?... demanda le nain en attachant sur le faux reître ses grands yeux pétillants d'intelligence.

— Ami Moucheron, connais-tu quelque chemin pour déloger de ce château?

— Hélas! monseigneur, la venue du roi rend impossible, pour cette nuit du moins, toute tentative d'évasion. La garde a été doublée partout, et nous ne saurions faire un pas sans risquer de rencontrer une figure de connaissance.

— Analysons froidement la situation, interrompit le gentilhomme en s'adressant au duc. A une heure dite, lorsque la conversation tombera sur M. de Bourbon, ce qui ne peut manquer d'arriver, M. de Montchenu parlera sans doute au roi des deux cavaliers qu'il a reçus. Il vantera leur zèle à servir Sa Majesté, leur ardeur à poursuivre monsieur le connétable. Le roi, futile et vain, comme vous le connaissez, fera mander ces deux hommes pour les interroger en présence de ses courtisans réunis, et alors...

— Tu as raison; ta prévision doit inévitablement se réaliser.

— Nous réfugier dans quelque coin perdu de ce château, et laisser supposer que nous sommes partis avant l'arrivée du roi, c'est impossible. Nos chevaux attachés devant le pavillon du majordome témoignent de notre présence ici.

— Et puis, nous exposer à être découverts honteusement cachés dans quelque écurie sous la litière des chevaux ou dans le chenil des chiens! allons donc! plutôt être pris et décapités!

— Moucheron! dit Pompérant après un instant de réflexion, amène-nous Didier; de lui seul doit dépendre le salut de ton maître... Va.

Les nains disparurent aussitôt par deux côtés opposés.

— Qu'espères-tu donc de ce jeune homme? demanda le connétable.

— Monseigneur, répondit le capitaine en souriant, on prend, dit-on, les ours avec des miroirs, les éléphants dans des fosses, les lions dans des filets, et les hommes avec des flatteries. Or, pour peu que

4

Didier soit attaquable de ce côté, la place est prise.

— La flatterie est une arme que tu manies fort mal, mon pauvre ami.

— Vouloir, c'est pouvoir! J'ai vu d'ailleurs tant de maladroits courtisans réussir, que je puis tout oser.

— Silence! dit M. de Bourbon. J'aperçois Didier qui vient en compagnie de mes nains.

Ils firent quelques pas au-devant du jeune homme.

— Mon cher monsieur Didier, pardonnez nous de vous arracher à vos plaisirs pour vous entretenir un instant de nos propres affaires, dit le capitaine.

— Je désire de tout mon cœur pouvoir vous être utile, repartit Didier.

— Hélas! continua Pompérant en manière de réflexion, ce qui fait la joie de l'un fait souvent le désespoir de l'autre. Votre oncle est enchanté de l'honneur qu'a daigné lui octroyer Sa Majesté en venant lui demander l'hospitalité pour cette nuit, n'est-ce pas?

— C'est, en effet, pour M. de Montchenu un honneur dont il doit être fier.

— Sans contredit, et cependant c'est cette arrivée subite qui nous jette, mon camarade et moi, dans un cruel embarras.

— Je ne comprends pas très bien, interrompit Didier.

— Rien de plus simple cependant. Si le roi sait que nous avons passé dans ce château trois grandes heures à festoyer gaiement au lieu de donner la chasse à M. de Bourbon, qui, pendant ce temps a dû gagner du terrain, il n'écouterait que sa colère; or, vous le savez, avec lui le châtiment suit de près la faute. Facilitez-nous donc le moyen de continuer notre route en nous faisant ouvrir la plus mystérieuse de vos portes.

— Hélas! mes cavaliers, ce que vous me demandez n'est pas en mon pouvoir.

— Allons donc!

— Les clefs sont à cette heure entre les mains du roi, à qui monsieur de Montchenu vient de les déposer en signe d'obéissance, conformément à l'usage établi dans nos châteaux.

— Et vous ne connaissez pas quelque issue secrète pour entrer après le couvre-feu ou pour sortir avant l'ouverture des portes?

— Aucune, brave reître!

— Vous m'étonnez, mon gentilhomme, observa Pompérant. A votre âge, chez mon père, j'avais une double clef et je m'en trouvais bien. Il est fâcheux que vous n'ayez pas contracté cette louable habitude.

Didier le regarda avec un sourire ironique.

— Je vais vous faire une petite confidence qui rendra votre regret moins amer.

— Parlez.

— Voici : quand bien même j'aurais à ma disposition toutes les clefs du château, je me garderais bien de vous laisser sortir.

— Et pourquoi? demanda vivement M. de Bourbon.

— Parce que vous ouvrir les portes, c'est vous mettre à même de poursuivre monsieur le connétable. Or, voilà ce que je veux empêcher à tout prix.

— Mais, malheureux! interrompit le capitaine, oser nous retenir ici, malgré nous, c'est vous déclarer ouvertement pour monsieur de Bourbon, et faire acte de rébellion envers le roi votre maître.

— Libre à vous, monsieur, d'aller me dénoncer à Sa Majesté, dit le jeune homme en s'inclinant.

— Vous savez bien que nous ne sommes pas des espions, mais des soldats fidèles à leur devoir, repartit Pompérant.

M. de Bourbon s'approcha de Didier, et lui posant la main sur l'épaule :

— Mon gentilhomme, lui dit-il d'une voix grave, en agissant ainsi vous croyez servir monsieur le connétable : vous le perdez, au contraire. Avec nous, monsieur de Bourbon avait une chance de salut. Sachant où le prendre, nous comptions l'attaquer seuls, sans bruit, sans escorte. Il pouvait se défendre ou nous échapper. C'était un duel d'homme à homme, sans trahison ni surprise ; mais plutôt que de voir tomber en d'autres mains que les nôtres monsieur de Bourbon, sous qui nous avons servi tous deux, nous préférons dénoncer nous-mêmes au roi le nom du château qui a osé donner asile au proscrit.

— Ces misérables nains vous auraient-ils révélé la retraite de leur maître? demanda Didier tout frémissant d'indignation.

— Peut-être, répondit Pompérant.

— S'ils l'ont fait, ce sont des lâches, et leur faiblesse n'est même pas une excuse à mes yeux. Mais vous, soldats, qui avez vaillamment servi sous monsieur de Bourbon, au nom de votre honneur, ne commettez pas une action dont le dernier valet d'armée rougirait.

— Nous sommes au service du roi, monsieur, interrompit le capitaine, et notre devoir est d'obéir.

— Laissez aux sergents et hoquetons de la prévôté la honte de cette arrestation, car c'est un métier de sbire et non pas de soldat. Tenez! continua le jeune homme, j'ai confiance en vous, mes cavaliers; je vous crois de braves gens et je consens à vous ouvrir une porte par laquelle vous pourrez sortir d'ici secrètement. Avant une heure vous serez libre d'aller où bon vous semblera... Mais croyez-moi, oser porter la main sur monsieur le connétable, c'est plus qu'imprudent, plus que vil, c'est insensé. Emparez-vous cette nuit de l'illustre fugitif, et demain, quand le bruit de cette grande nouvelle aura surpris la France à son réveil, le Bourbonnais se lèvera comme un seul homme en poussant son cri de guerre. A ce cri répondra tout ce qu'il y a d'ardent, de jeune et d'aventureux dans la noblesse. Dix mille partisans, accourant de tous les points du royaume iront se jeter dans les murs de Moulins en criant à leur tour : Guerre ou délivrance! Demain, la France se partage en deux camps. Demain, c'est la guerre civile!

— Mais qu'il quitte la France, interrompit le connétable d'un ton sérieux et triste, et c'est la guerre à l'étranger!

— Aussi François Ier, qui le pressent, s'en alarme-t-il d'avance, dit Didier. Je vous le demande, mes cavaliers, ne trouvez-vous pas comme moi qu'il y a quelque chose d'imposant et de sublime dans ce prince déshérité, dans cet exilé volontaire, grand comme Coriolan, qui part seul, n'emportant que son épée, et qui fait encore trembler son roi?

— Vous voyez donc bien, reprit M. de Bourbon, que mieux vaut s'emparer de sa personne que de le laisser partir.

— Vous ne tiendriez pas ce langage, s'écria Didier, si vous saviez quel supplice ils réservent au héros de Marignan, qui revint dans sa patrie le front ceint de lauriers et l'épée de connétable au côté Moi je puis vous le dire, car j'ai tout entendu : ils l'enfermeront dans une cage de fer, et pour gagner Paris, ils le promèneront par les villes et les campagnes, ameutant sur son passage des bandes de femmes et d'enfants qui le poursuivront de leurs huées et de leurs pierres. Des gens du roi, lâchement cachés dans les groupes, crieront : Mort au traître ! et au coin de quelque carrefour, un coup d'arquebuse, tiré par une main inconnue, tuera notre brave connétable à travers les barreaux de sa cage.

M. de Bourbon semblait absorbé dans une méditation profonde.

— Je crois, mon gentilhomme, interrompit Pompérant, que les barreaux de la cage que l'on réserve au connétable ne sont encore forgés que dans votre jeune cervelle.

Didier rougit d'indignation.

— Elle existe, vous dis-je ! s'écria-t-il.

— Nous avons ouï parler de la cage dans laquelle Alexandre enferma Callisthène, de celle que Louis XI donna comme hôtel au cardinal Jean Balluc ; mais je pense que la dent de la rouille, quoique patiente, en a fait justice depuis longtemps.

— Eh bien ! croyez-moi, messieurs, celle que l'on destine à monsieur de Bourbon est prête et n'attend plus que son hôte.

— Allons, c'est impossible ! dit le connétable en haussant les épaules.

— Vous allez la voir, car elle est cachée dans l'un des caveaux, qu'il nous faudra traverser pour sortir.

— Ce que je voudrais bien voir avant tout, c'est la clef, dit Pompérant en s'efforçant de sourire.

— Je cours la chercher au logis du majordome, répondit Didier. Vous, mes cavaliers, pendant ce temps, allez m'attendre au bout de cette avenue, sous la petite porte voûtée qui vous fait face : je vous rejoindrai bientôt.

MM. de Bourbon et Pompérant saluèrent Didier de la main avec un calme apparent, puis ils s'engagèrent silencieusement dans le chemin que le jeune homme leur avait indiqué.

Didier ne tarda pas à sortir du logis du majordome, après s'être emparé des clefs et muni d'une lanterne sourde ainsi que de deux torches de résine ; il se hâtait de rejoindre les reîtres, lorsqu'il aperçut une forme blanche errer comme une âme en peine dans l'ombre que projetaient les grands arbres de l'avenue.

C'était Clotilde qui, l'ayant vu quitter la salle du repas royal, s'était échappée à son tour pour réclamer son appui ; elle voulait lui révéler l'inquiétude et l'alarme que lui avaient inspirées les étranges suggestions de M. de Montchenu son hôte.

— Vous ici, mademoiselle ! s'écria Didier en sentant la main douce et froide de la jeune fille se poser sur son bras.

La pauvre enfant tremblait comme une coupable ; sa respiration haletante trahissait une terreur mêlée de désespoir.

— Il faut absolument que je vous parle, monsieur Didier, murmura-t-elle.

— Mon Dieu vous m'effrayez, dit le jeune homme. Que vous est-il donc arrivé ?

Elle reprit toujours à voix basse :

— Le comte Aurélien est un homme violent et sévère, n'est-ce pas ? Vous me l'avez dit, monsieur Didier ?

— Aurait-il oublié le respect dû à l'hospitalité ? demanda vivement ce dernier.

Clotilde soupira.

— Je ne me plaindrais pas, poursuivit-elle, s'il s'était conduit envers moi en homme dur et sans pitié, s'il m'avait chassée de ce château qui lui appartient, s'il m'avait traitée enfin comme une mendiante sans droit à cet asile...

— Qu'a-t-il donc fait ? interrompit le jeune homme pâle de honte et la voix altérée.

Clotilde regarda avec inquiétude autour d'elle comme si elle eût redouté d'être épiée dans les ténèbres par un ennemi, puis elle continua.

— Le comte Aurélien a été pour moi doux comme un courtisan ; il a essayé de tenter ma misère par ces promesses qui éblouissent et perdent les cœurs faibles ; il a cru me faire oublier par des rêves de grandeur et d'orgueil impossible ce deuil sacré qui est ma sauvegarde ; il a justifié cette défiance instinctive qui m'éloignait de lui. Il ne savait pas que l'âme de ma mère me parle et me protège contre les conseils pervers ; mais, hélas ! si elle me défend dans le ciel, je sens bien, ajouta-t-elle avec un accent de désespoir, que sur la terre je n'ai plus qu'un défenseur, et c'est vous, monsieur Didier.

— Ainsi, dit lentement le jeune homme, vous accusez mon oncle d'une indigne félonie envers vous ?

— Je n'accuse pas, murmura Clotilde. Qui suis-je pour accuser un puissant seigneur comme monsieur de Montchenu ? et, hors vous peut-être, qui donc voudrait me croire ? qui donc ne rirait pas de mes craintes ? Je n'accuse pas, mais j'entends encore bourdonner à mes oreilles d'odieuses paroles, et je vous crie : Monsieur Didier, protégez-moi !

Il tressaillit à cet appel plaintif et touchant ; une flamme rapide brûla son sang, mais il se contint et reprit :

— En effet, monsieur mon oncle est ambitieux. Un vilain défaut que nous ne comprenons guère à notre âge. Cela glace le cœur ; cela dessèche toutes les bonnes racines du vieil arbre et fait verdoyer les mauvaises. Il paraît que l'ambition c'est un hochet nécessaire aux gens qui vieillissent. Mais à quelles lâchetés ne descend pas l'ambition, à force de vouloir monter toujours dût elle planter ses échelons dans la boue ! L'amour que madame Diane a inspiré au comte Aurélien peut seul balancer l'influence de cette passion parasite. Mais il aime sa jeune femme d'un amour exclusif. Que pourriez-vous donc redouter de lui ? Je m'y perds.

Et il pressa son front de ses mains comme s'il eût cherché à en faire jaillir l'éclair d'une pensée.

Clotilde répliqua :

— Je vous dis pourtant la vérité, monsieur Didier. Ne me croyez-vous pas ? Je ne cherche point à pénétrer les secrets mobiles qui font agir monsieur de Montchenu, mais je n'ai que trop compris son langage. Ce que je sais, du reste, c'est que vous m'avez amenée dans ce château, et que vous n'avez pas eu dessein de me réduire à une extrémité plus misérable. J'ai eu foi en vous parce que vous m'avez paru noble et bon. Me ferez-vous repentir de ma confiance?

— Pouvez-vous douter de moi? dit le jeune homme avec un transport passionné. Non, vous ne vous êtes pas trompée. Certes, je n'abandonnerais pas même une bohémienne à qui j'aurais promis mon aide ; mais vous, mademoiselle, vous n'êtes plus pour moi une étrangère. Il me semble que je vous ai toujours connue, votre image a toujours habité mon cœur, que vous avez compati à mes chagrins et que j'ai pleuré sur les vôtres. Vous êtes une sœur enlevée à ma tendresse, dont la place est restée vide au berceau et au foyer, mais je vous l'ai gardée dans mon âme. Je vous attendais, et quand je vous ai vue, je vous ai reconnue.

Clotilde soupira plus profondément encore et fixa sur Didier ses yeux doux et graves.

— Je ne m'offense pas de ces témoignages un peu vifs, mon frère, dit-elle d'une voix pénétrante ; je crois votre amitié sérieuse et je m'y confie. Vous ne voudrez pas, vous, avec ce visage fier et bon, faire entendre à une fille qui pleure sa mère un langage de mensonge. Donnez-moi une preuve de cette affection, mon frère faites-moi libre.

— Libre ! répéta Didier comme un écho.

— Oui, faites-moi chasser du château comme une hôtesse importune, ajouta-t-elle avec angoisse ; mais il ne faut pas me laisser dans les serres de ce vautour que vous appelez le comte Aurélien.

Le jeune homme serrait les mains de Clotilde.

— Vous chasser, vous ! vous que nous devrions tous servir à genoux comme une reine ! Vous chasser ! Sort aveugle ! destinée moqueuse !

Clotilde entendit une sorte de rire ironique pétiller et s'éteindre sur ses lèvres. Il reprit :

— Vous chasser, hélas ! Je n'ai pas même ce pouvoir. Ici personne n'obéit à mes ordres ; vous l'avez bien vu ; mon oncle est maître absolu dans son château.

Une ombre glaciale envahit le cœur de la pauvre fille.

— Ainsi, vous me condamnez ; tout espoir m'est interdit ; je ne dois plus chercher de salut qu'en moi-même? Oh ! que je suis folle et ingrate ! J'oubliais ce maître tout puissant et miséricordieux qui veille sur les affligés et leur vient en aide. Je le prierai tant, que si les hommes m'abandonnent, il me protégera. Non, je ne suis plus seule, ajouta-t-elle en relevant la tête et regardant le ciel. Dieu est dans mon cœur ; il me donnera la lumière pour voir le piège, et la force pour n'y pas tomber.

Didier écoutait sa voix comme une musique, mais il ne comprenait pas ses paroles. Il cherchait un moyen de salut. Tout à coup une pensée rapide traversa son esprit, et un éclair de joie brilla dans ses yeux.

— Je me trompais, Clotilde, quand je disais que monsieur le comte de Montchenu était le seul maître aujourd'hui, c'est le roi.

— Le roi ! répéta-t-elle, agitée d'un vague frisson intérieur. Le roi François? Puissiez-vous ne pas vous tromper ! Oui, c'est lui qui est l'image de Dieu sur la terre et qui doit la justice à son peuple. Sa volonté redoutable écrase toutes les iniquités. J'irai vers le roi et il me sauvera.

L'exaltation de la jeune huguenote touchait singulièrement Didier.

— Ne vous éloignez pas, mademoiselle, lui dit-il rapidement. Vous m'attendrez. Je reviendrai bientôt, et je trouverai moyen de vous placer sur le passage de sa majesté lorsqu'elle se retirera dans son appartement. Alors vous lui adresserez votre requête et elle y fera droit, j'en suis certain.

— Je vous attendrai, répondit Clotilde.

— Suivez-moi donc dans un retrait où, jusqu'à mon retour, vous serez en sûreté.

Il la prit par la main et la conduisit devant une grotte de cinq pieds de profondeur, faite de cailloux et de coquillages auxquels le lierre s'était attaché si dru qu'il la couronnait d'un dôme de verdure épaisse.

Cette grotte servait à relier entre elles deux fontaines circulaires dont les bassins, presque à fleur de terre, étaient décorés de Tritons soufflant dans leurs conques.

Enclavée dans le mur d'une terrasse plantée d'arbres sous laquelle s'ouvrait sa baie fantasque, elle faisait face au vaste perron qui conduisait à la salle où soupait le roi.

Arrivés là, les deux jeunes gens se séparèrent presque heureux de se quitter pour penser l'un à l'autre.

Tandis que Clotilde se glissait entre deux magnifiques orangers en fleur, placés comme ornement devant l'entrée de la grotte, et qu'elle allait s'asseoir au fond de ce réduit embaumé, le neveu de M. de Montchenu rejoignit les reîtres.

VIII

LA RECLUSE.

Didier précédait les deux reîtres.

Sans proférer une seule parole, il se dirigea rapidement vers une tour quadrangulaire enclavée dans les remparts et dont la masse se découpait en grisaille sur le ciel étoilé.

Il s'arrêta bientôt devant une petite porte cintrée qu'il ouvrit, et, suivi de ses hôtes, il s'engagea dans une longue galerie qui conduisait aux souterrains de la tour.

Au fur et à mesure qu'ils avançaient, ils sentaient l'air s'épaissir. Une vapeur humide et tiède s'élevait du sol détrempé, se condensait à la voûte, et retombait goutte à goutte dans les flaques d'eau croupie, dont les couleurs irisées miroitaient sous le feu de la torche.

— Ah çà ! mon gentilhomme, dit Pompérant, à qui l'inquiétude fit enfin rompre le silence, il fait noir là-dedans comme dans un four ! Où diable nous faites-vous descendre ?

— Dans le caveau de l'Oreille, répondit à voix basse Didier, en faisant grincer sur ses gonds rouillés une lourde porte de chêne hérissée de clous à tête aiguë.

M. de Bourbon et son capitaine des gardes se trouvèrent alors dans un cachot de construction singulière Il donnait sur une étroite galerie, fermée à son extrémité par une grille, et à travers cette grille, revêtue de longues plaques de tôle, ils entendaient le clapotement monotone de l'eau.

Pompérant frappa sur l'épaule de Didier :

C'est donc ici que nous allons admirer cette curieuse litière que notre bon roi destine à monsieur le connétable pour faire son tour de France ?

— Oui, messieurs !

Et le jeune homme, secouant sa torche pour en aviver la flamme, ajouta froidement :

— Voici la cage de fer !

Le duc et son compagnon s'arrêtèrent muets d'étonnement devant cette cage, large de trois pieds, à peine haute de cinq, dont les méplats étaient recouverts d'une couche rugueuse qui se levait par écailles.

Tout à coup ils tressaillirent, et M. de Bourbon poussa un cri d'horreur.

Dans l'un des angles de cette étroite cellule, fantastiquement éclairée par le feu de la torche, une forme humaine était accroupie. On eût dit une de ces âmes visibles qui flottent dans les limbes. Effacé, perdu dans les plis rigides d'une couverture de laine brune, ce spectre enlaçait de ses bras émaciés de maigres genoux sur lesquels se penchait son front morne.

Était-ce un homme, était-ce une femme ou un enfant ? Ses cheveux qui tombaient par lourdes tresses sur ses genoux, prenaient à la lumière des tons cendrés qui ne permettaient pas de distinguer s'ils étaient blonds ou gris. Sous cette enveloppe humaine rien ne vivait. On ne devinait ni mouvement, ni regard, ni souffle. Était-elle ensevelie dans la mort ? dormait-elle seulement, ou Dieu, ayant pitié des tortures de son âme, lui avait-il retiré la pensée ?

Le connétable se sentit ému d'une profonde pitié.

— Quelle est cette malheureuse créature ? demanda-t-il à voix basse.

— Mon cavalier, c'est une femme que les archers du roi ont secrètement amenée ici il y a six mois à peine. Elle y a déjà vieilli ; probablement elle doit y mourir.

— Peut-être, hasarda Pompérant, est-ce une de ces empoisonneuses dont on n'a pas voulu instruire publiquement le procès, tant la justice craignait la contagion de ces crimes abominables.

— Je ne crois pas, répliqua Didier. On n'inflige guère de si mystérieux châtiments aux vrais coupables. On les réserve aux innocents dont la voix serait importune, à ceux qui pourraient accuser des gens puissants et honorés, à ceux qui ont surpris des secrets dangereux. Monsieur de Montchenu ignore lui-même la cause de la captivité de cette femme.

— Et vous n'avez jamais eu la curiosité d'interroger la misérable, monsieur Didier ?

Le jeune homme parut troublé.

— Une seule fois j'ai pénétré dans ce cachot, moins par curiosité que par compassion. Je lui ai parlé doucement comme à un enfant malade ; je l'ai suppliée d'avoir confiance en moi : je lui ai dit de ne pas me regarder comme un de ses tortureurs ; mais à toutes mes instances elle n'a répondu que par des sanglots.

— Elle est jeune, belle, peut-être ?

— Elle l'était, mais elle a du tant souffrir ! Elle est obsédée d'une invincible terreur. Un instant j'ai eu l'espoir de connaître le mystère qui enveloppe sa vie

passée, car toutes les nuits j'entends ses cris déchirants qui montent jusqu'à moi !

— A travers les murs de ce cachot ! interrompit Pompérant avec incrédulité.

— Ces voûtes sont ondulées de telle sorte que de ce trou en forme d'entonnoir qui perce le mur, tout ce qui se dit dans ce caveau s'étend comme un écho dans un cabinet où les sons se ramassent, et qui touche à ma chambre. Je suis donc, ajouta Didier en souriant, un espion involontaire.

— Et vous n'avez pu pénétrer encore le secret qu'elle s'obstine à garder ?

— Non, et cependant chaque nuit la malheureuse est saisie d'un accès de folie furieuse. Je l'entends se rouler et se tordre comme un damné dans son brasier. J'entends ses dents claquer de colère ou de froid et son front se heurter aux barreaux de la cage. Alors elle pousse des sanglots et des cris lamentables, interrompus par un nom qui revient souvent à ses lèvres, et qu'elle maudit comme le patient maudit son bourreau.

— Quel est ce nom ? demanda le duc.

— Celui de madame la duchesse d'Angoulême, répondit le jeune homme en baissant la voix, comme s'il eût craint de réveiller la recluse.

M. de Bourbon tressaillit :

— C'est étrange !

Pompérant saisit la torche et en promena la flamme le long des barreaux, mais il ne put distinguer les traits de l'inconnue, qui avait conservé l'attitude d'une figure de pierre.

— Son accès dure vingt minutes, reprit Didier, puis sa voix s'éteint dans une sorte de râle et elle tombe évanouie jusqu'à ce que le froid la réveille.

— Et chaque nuit amène la même crise ? dit le connétable.

— Chaque nuit, vers une heure, quand le moment approche, j'écoute avec une indicible anxiété. Ces cris plaintifs et désolés me déchirent le cœur, et pourtant je crains toujours de ne plus les entendre. La malheureuse, malgré sa jeunesse et sa nature vivace, ne résistera pas longtemps à cette vie de torture, de silence et de complet abandon.

Et comme les deux reîtres gardaient le silence, il poursuivit :

— Comprenez-vous, messieurs, ce supplice de tous les instants infligé à une femme ? Avoir pour prison une cage dans laquelle un enfant ne tiendrait pas debout ; vivre sans espérance et jamais la voir se rouvrir, sans autre consolation que celle de compter les jours et les heures qui vous rapprochent de la mort ; vivre éternellement sans air et sans soleil, dans ce silence profond, dans ce néant plus cruel que celui de la tombe, puisqu'il ne paralyse pas la pensée et n'éteint pas la douleur ; se rappeler son enfance libre et joyeuse ; songer que d'autres femmes dansent et rient pendant qu'on s'écoute tomber dans cette lente et morne agonie ! Les heureux ne croient pas à la réalité de telles misères. Et vous-mêmes, gens de guerre, qui avez vu les vivants mutilés confondus avec les cadavres sur les champs de bataille, sans doute vous ne vous êtes jamais doutés qu'un pareil supplice fût possible.

— C'est une chose terrible ! murmura le duc.

Madame d'Angoulême n'a pas l'âme d'une femme ni d'une chrétienne. Mais, pour mériter ce châtiment inhumain, quel crime a donc pu commettre cette femme?

— Maintenant que vous avez sous les yeux la cage de fer, poursuivit Didier, oserez-vous encore condamner monsieur le connétable à cette torture ignominieuse?

Les deux reîtres semblaient se consulter du regard.

— Vous avez raison, mon gentilhomme, dit le duc; et plutôt que de le livrer au bon roi François, j'aimerais mieux le tuer de ma propre main. Un soldat doit mourir d'un coup d'épée, et non se consumer de rage comme un vieux loup enchaîné.

— Et moi, dit Pompérant avec un sourire forcé, je le sauverais volontiers, si je pouvais me sauver en même temps.

Didier lui serra la main avec effusion.

— Puisqu'il en est ainsi, dit-il vivement, je sais un moyen de tout concilier, si vous vous y prêtez de bonne grâce.

— Et ce moyen?

— Consentez à passer la nuit dans ce cachot.

Pompérant recula de surprise et regarda fixement le jeune homme, qu'il soupçonna presque de trahison.

Didier sourit.

— Ma proposition vous paraît louche, n'est-ce pas, mon camarade? Mais écoutez-moi. Vous disparaissez. Chacun vous croira parti depuis longtemps. Moi-même j'affirmerai que je vous ai vus vous remettre en route avant l'arrivée du roi. Tout sera dit; on ne pensera plus à vous. Et demain matin, dès que Sa Majesté nous aura fait ses adieux, je viendrai vous délivrer.

— Excellente idée! s'écria M. de Bourbon.

— En nous tenant sous clef, reprit Pompérant, vous serez bien sûr, monsieur Didier, que nous ne tenterons pas d'enlever votre ami monsieur le connétable.

Une légère rougeur couvrit le front du jeune homme.

— Vous me jugez mal, mes cavaliers. J'ai foi en votre parole. Si je pouvais vous ouvrir les portes du château, je n'hésiterais pas. Si j'ai essayé de vous intéresser au salut de monsieur le duc de Bourbon, c'est que j'entendais m'engager en même temps à vous préserver de toute fâcheuse affaire. C'est donc mon devoir de vous soustraire à la colère royale, et je ne connais pas d'asile où vous soyez plus en sûreté qu'ici.

— Va donc pour quelques heures de cachot, interrompit gaiement le capitaine des gardes. Dans la situation critique où nous sommes, mon camarade et moi, j'estime que c'est encore en être quittes à bon marché. Seulement, cher monsieur Didier, n'allez pas nous oublier dans cette cave!

— Comptez sur moi.

Et le neveu de M. de Montchenu s'avança vers la porte. Le duc le retint par le bras.

— Un mot encore, monsieur. Ne gardez pas rancune à ces pauvres nains. Nous les avons calomniées tout à l'heure. Ils ne nous ont nullement révélé le refuge de leur maître.

— Tant mieux pour eux! car j'étais révolté de cette lâcheté et je les aurais chassés, sans leur permettre d'emporter une gourde d'eau ni un morceau de pain. Au revoir, mes cavaliers.

Il laissa une torche aux mains de Pompérant, et sortit en fermant la lourde porte du caveau.

— Ventre-Dieu! s'écria le capitaine, nous aurions mis ce généreux gentilhomme en tiers dans notre secret, qu'il ne nous eût pas mieux servis.

M. de Bourbon restait pensif.

— Ceci prouve une fois de plus, continua Pompérant, qu'en politique mieux vaut un compère de bonne foi qu'un complice.

— Si j'avais eu à Moulins douze cents gentilshommes comme ce brave Didier, dit le connétable, je n'aurais pas quitté la partie. C'est en France et non en Italie que j'aurais voulu combattre ce gros garçon que madame la duchesse d'Angoulême fait tourner à tout vent.

Le capitaine alla placer la torche dans un anneau scellé à la muraille.

Placée ainsi, sa lueur rougeâtre éclairait en plein la recluse. Debout devant la cage de fer, Charles de Bourbon regardait avec une triste et avide curiosité cette misérable victime qui, depuis leur entrée dans le cachot, n'avait donné aucun signe de vie.

— Sainte Barbe! dit-il enfin, madame d'Angoulême a l'esprit ingénieux quand il s'agit de vengeance. Si elle a affaire à un prince, elle le dépouille par arrêt de ses titres et de ses terres; il est vrai qu'elle ne peut lui supprimer son nom. Si elle a affaire à un général, elle lui ôte le commandement de l'armée pour le confier à un valet de cour; il est vrai qu'elle ne peut lui ôter son épée. Si elle a affaire à un loyal trésorier, elle lui vole ses quittances et le fait pendre comme voleur; il est vrai qu'elle ne peut le déshonorer dans l'esprit des gens de bien. Mais quand l'ennemie de madame d'Angoulême est une femme, ah! comme elle sait bien où il faut la frapper! Ah! tu es belle, pauvre fille que le hasard hostile a jetée sur le chemin de cette altière et jalouse duchesse, mère du bon roi François Ier, eh bien! tu seras vieille avant le temps, et tes cheveux vont blanchir soudain. Tu aimais les madrigaux des poètes ou des amoureux, tu n'entendras plus que l'araignée tissant sa toile; tu aimais le soleil, tu ne verras plus que la nuit; tu espérais l'amour, tu rêvais un avenir de joie, tu n'espéreras plus que la mort, tu rêveras l'agonie.

— Le duc de Bourbon ne sera pas vaincu par madame Louise de Savoie, dit Pompérant avec feu. Si elle a conçu le projet insensé d'enfermer dans cette cage de fer le vainqueur de Marignan, le prince qui a dédaigné son alliance, le fiancé de la veuve du roi de Portugal, de la sœur du grand empereur Charles-Quint, c'est que la jalousie l'a rendue aveugle. Elle joue sur un coup de dés le royaume, l'honneur et la vie de son fils. Qui sait si cette chaîne de prisonnier qu'elle vous destine, vous ne l'attacherez pas vous-même, monseigneur, au cou de ce brillant chevalier armé par Bayard? François a été victorieux tant que Charles de Bourbon a combattu à son côté; mais quand ce bouclier vivant ne protégera plus ses grands coups d'épée, la lame de cette épée s'émoussera sur les cuirasses espagnoles. Le fils de madame d'Angoulême n'a que le courage aventureux du soldat; vous avez, vous, monseigneur, le coup d'œil et le génie d'un grand capitaine.

— Vous êtes un flatteur, monsieur de Pompérant, interrompit le connétable avec un faible sourire ; mais comme votre intention est de soutenir mon courage, je vous pardonne. Croyez, du reste, qu'il n'est pas au pouvoir de Louise de Savoie de traiter votre maître comme cette malheureuse femme. Plutôt que de subir cette torture de l'âme et du corps, je vous ordonnerais, mon capitaine des gardes, de tirer votre épée et d'en percer le cœur de votre maître.

— Et, par ma mère ! j'obéirais avec joie, monseigneur.

En ce moment, ils entendirent à travers la grille qui donnait sur l'eau le timbre de l'horloge du château vibrer quatre fois comme avertissement, et aussitôt après une heure sonna.

On eût dit que le marteau d'airain avait frappé sur le cœur de la recluse, car elle poussa un sourd gémissement.

Les faux reîtres se retirèrent sans bruit dans le coin le plus obscur du caveau, pressentant qu'ils allaient assister à une des crises de la pauvre créature.

En effet, ses bras anguleux, qui étreignaient ses genoux se délièrent peu à peu ! relevant la tête comme un chevreuil inquiet elle rejeta par un brusque mouvement ses cheveux blonds en arrière, puis elle souleva lentement ses paupières alourdies.

Voyant la torche accrochée à la muraille, elle crut que le majordome venait d'entrer pendant son sommeil et de lui apporter son pain et sa cruche d'eau ; mais n'apercevant pas son geôlier, elle l'appela d'une voix dolente.

— Bernard ! Bernard ! où êtes vous donc ?

Comme elle ne recevait pas de réponse, elle se traîna sur les genoux, et, les bras mortes, le front collé aux barreaux, elle promena autour d'elle des regards ardents de fièvre. Puis elle reprit d'un ton machinal comme une litanie familière :

— Mais où est-il donc, Bernard ?... Oh ! que j'ai soif... et que j'ai froid !

Elle repoussa du pied sa cruche vide avec une sorte de rire farouche.

— Bernard, ne m'entends-tu pas ? J'ai un charbon sur les lèvres. Ote-le-moi, Bernard. J'ai un charbon dans la gorge. Verse-moi une goutte d'eau, Bernard... Et Jésus te versera dans le ciel des flots de vin miellé. Ne m'as-tu pas dit que tu m'aimais, Bernard ? Pourtant moi je ne te demande qu'une goutte d'eau. Donne-la moi, et je prierai pour toi, et Dieu oubliera tes péchés. Oh ! que n'ai-je encore mes bagues et mes colliers ! Je t'achèterais cette goutte d'eau, Bernard. Et tu aurais pitié de moi, car tu es avare. Oh ! que j'ai soif et que j'ai froid !

Elle posa ses mains sur ses épaules Presque nues et se mit à grelotter de tout son corps,

— Si tu savais ! bon Bernard, comme j'avais chaud dans les bras de ma mère, quand j'étais toute petite ? Et mon berceau était un nid d'oiseau, sur lequel riaient des rayons de soleil. Dieu a cependant fait le soleil. pour tout le monde. Pourquoi est-il mort, le soleil ? Pourquoi suis-je toujours dans la nuit ? Oh ! que c'est froid, la nuit ! que c'est froid, le silence !

M. de Bourbon et Pompérant frémissaient d'horreur.

— Oh ! madame d'Angoulême, murmura le premier, je ne vous avais voué que mon mépris, mais les souffrances de cette femme vous donnent droit à ma haine !

La recluse passa ses bras glacés à travers les barreaux, et tendit de loin ses mains vers la torche fumeuse, espérant se réchauffer à la flamme.

Sur un signe du prince, le capitaine sortit de l'ombre où il était blotti, décrocha la torche et l'approcha de la recluse. Celle-ci, effrayée de cette brusque apparition, poussa un cri aigue, cacha sa tête entre ses bras et se rejeta avec épouvante dans le fond de la cage.

Ce cri remua le cœur de Charles de Bourbon ; il crut reconnaître le son d'une voix aimée ; le souvenir d'un amour mal éteint agita son esprit. Un instant il oublia tous les grands intérêts de sa vie, cette rébellion qui troublait le monde entier et qui allait peut-être faire verser des fleuves de sang, cette ruine de toute sa fortune, cet exil de sa patrie.

M. de Bourbon redevint un jeune homme amoureux oublieux de la guerre, oublieux de la gloire, parce que son cœur était plein d'une image de femme. Pour lui le ciel brillait alors dans les yeux d'une jeune fille ; les jardins du chateau de Moulins étaient devenus l'Éden de ce rêve. Le monde avait fait le silence autour de lui pour qu'il n'entendît qu'une voix plus harmonieuse que la harpe des anges. Puis tout à coup cette voix s'était éteinte, la femme qu'il aimait avait disparu, et Charles de Bourbon, las et brisé, le cœur vide comme un sépulcre, avait failli céder aux instances du roi et épouser madame la duchesse d'Angoulême.

Maintenant, il lui semblait retrouver Suzanne Lallier dans cette misérable qui avait poussé ce cri de terreur puérile. Il ordonna à Pompérant, pour la calmer, de replacer la torche dans son anneau de fer, puis il s'approcha de la cage, le dos tourné vers la lumière, de sorte qu'il pouvait voir la recluse sans qu'elle distinguât ses traits.

En cet instant, le caveau s'était transformé ; ce coin de l'enfer s'éclairait de nimbes d'or ; comme un coin du paradis, l'amour avait touché de sa baguette magique ces murs noirs et humides et les avait tapissés de fleurs. Deux âmes mortes ressuscitaient et voulaient s'embrasser dans cette tombe ; les lèvres de Charles de Bourbon tremblèrent, le doute pesait encore sur son cerveau comme un démon moqueur, et ce fut d'une voix à peine distincte qu'il dit à Pompérant :

— Questionne-la pour moi, je ne m'en sens pas le courage.

Il s'éloigna de quelques pas et le capitaine se rapprocha de la cage de fer.

La recluse tenait toujours sa tête cachée dans ses bras, et ses pieds frissonnaient sous les plis de la couverture qui l'enveloppait pendant son sommeil. Pompérant examina avec une minutieuse attention les lambeaux dont elle était couverte ; peu à peu il reconnut que ces haillons avaient été un costume d'écolier ou de page, puis il découvrit que ce costume était à la livrée de M. le duc de Bourbon.

Il regarda son maître avec une expression de douleur et éprouva à son tour un vague pressentiment. Il adoucit sa voix rude et dit à la recluse :

— Mon enfant, ne voyez pas en nous des ennemis. Nous ne sommes ni vos geôliers, ni vos juges, ni vos bourreaux.

Elle écarta doucement ses bras et fixa sur lui un regard vague et inquiet.

— J'aime mes geôliers, dit-elle d'un air craintif, quand ils remplissent ma cruche. Je ne crains pas les juges, car je n'ai jamais fait le mal. J'attends les bourreaux, car s'ils mettent la main sur moi je ne souffrirai plus. Mais qui vous envoie, mon bon monsieur? Est-ce la méchante dame? Défiez-vous d'elle si elle vous sourit. Ah! vous ne la connaissez pas comme moi. On ne sort pas de ses prisons, monsieur.

— Nous sommes vos compagnons de cachot pour quelques heures, voilà tout, répondit Pompérant, qui ne put comprimer un léger frisson.

— Pour quelques heures? répéta-t-elle en paraissant réfléchir. Pauvres dupes! vous le croyez. Mais je vous dis qu'on ne sort pas des prisons de cette puissante dame. Nul ne peut lutter contre elle. Je sais bien moi, que je dois mourir ici. Vous espérerez revoir un jour ceux que vous aimez; vous êtes heureux. Moi, je ne reverrai jamais celui pour lequel je souffre mais je suis heureuse de souffrir pour lui. Pourtant, c'est bien terrible d'avoir toujours soif et toujours froid. Vous verrez, mon bon monsieur. Il y a des moments où l'on oublie Dieu, où l'on oublie l'amour caché au fond de son cœur où l'on dirait son secret pour une goutte d'eau. La chair est si faible et si lâche! Mais la méchante dame ne me guette pas à ces moments-là et elle ne saura rien, ajouta-t-elle avec un rire de triomphe. Puis, regardant le capitaine d'un air soupçonneux :

Qui donc vous a envoyé ici, monsieur?

— C'est une noble dame qui a voulu graver dans notre mémoire ce proverbe plein de sagesse : « Toutes vérités ne sont pas bonnes à dire. »

— Ah! vous avez dit la vérité à une femme? Grande folie! aussi se venge-t-elle. Je suis plus fine que vous. moi, dit la folle avec un sourire navrant. Quand mon geôlier Bernard entre ici, je lui dis qu'il est bon, et il remplit ma cruche. Et pourtant, entre nous, je sais bien que c'est un méchant homme. Et quelle est donc cette vérité qui vous a amenés dans mon palais?

Pompérant fixa son regard sur celui de la recluse :

— J'ai tout naïvement raconté, dans un cabaret a mon camarade Charles, que ma grand'mère, qui s'était mariée le jour de la naissance de madame la duchesse d'Angoulême, allait bientôt feter la cinquantaine.

— La duchesse d'Angoulême! cria la jeune fille, dont les yeux étincelèrent comme des épées.

Puis elle se tut et sembla tomber dans une prostration profonde.

Pompérant reprit d'un ton indifférent :

— J'avais tort. Madame d'Angoulême est la mère de notre gracieux roi, et elle a droit à notre respect. Elle permet à son fils de faire des vers pour ses maîtresses, de rompre des lances dans les tournois et vaincre les Suisses ou les Impériaux; mais c'est une femme de tête, qui fait la leçon aux ministres à barbe blanche, et qui conduit l'État.

La recluse se taisait toujours. On eût dit qu'elle n'entendait pas.

Le capitaine poursuivit :

— Cette altière princesse a cependant le cœur tendre; elle l'a bien prouvé à mon ancien général, monsieur le duc de Bourbon; soit qu'elle fût touchée de sa bonne mine, soit qu'elle fût éprise de ses grands biens, elle voulait l'épouser. Le duc s'est conduit comme un enfant; il a refusé.

La recluse secoua lentement la tête et dit :

— Charles de Bourbon a bien fait; mais qu'il prenne garde : la méchante dame ne pardonne jamais.

— Est-ce aussi par son ordre qu'on vous retient dans cette tombe, ma pauvre fille? demanda aussitôt Pompérant.

Elle ne l'écoutait plus; elle suivait son rêve et répétait avec un accent doux comme une caresse :

— Charles de Bourbon! ah! le beau et glorieux nom! le plus beau du royaume. C'était votre général, monsieur? alors vous l'aimez, car tous ses soldats l'aimaient, comme ses vassaux, comme ses ennemis, comme les belles dames. Le roi était jaloux de lui et l'aimait. Il vendait sa vaisselle et engageait ses terres pour nourrir ses soldats. Il donnait ses bijoux et ses habits à ses gentilshommes. En temps de famine, il faisait manger les pauvres à sa table. Madame d'Angoulême elle-même, cette orgueilleuse, cette vindicative, a aimé Charles de Bourbon; ç'a été le malheur du duc... et le mien.

Le connétable tressaillit et une sueur glacée couvrit son front. Pompérant lui fit signe de ne pas bouger, et dit tout bas à la recluse :

— Quand on souffre, mon enfant, il est doux de confier ses chagrins à un ami. On les dirait aux murs de sa prison; il semble que cela console. Je suis votre ami, et je ne vous trahirai pas.

Elle parut faire un effort pour concentrer sa pensée, et murmura :

— Charles de Bourbon était son général...

Puis tout à coup :

— Vous serez bientôt libre, disiez-vous, monsieur? eh bien! consentiriez-vous à vous charger d'un message?

Le capitaine étendit la main vers elle :

— Je vous jure de porter votre message, fût-ce au péril de ma vie!

La recluse frappa ses mains grêles l'une contre l'autre et se mit à rire comme un enfant :

— Suis-je réellement folle? dit-elle avec une agitation fiévreuse : je n'ai jamais voulu répondre aux questions de Bernard, mon bon geôlier. Je ne vous connais pas. Vous me demandez mon secret et je vais vous le livrer. Mais vous aimez Charles de Bourbon?

— Nous sommes ses compagnons de guerre dit Pompérant, j'ai été blessé deux fois à ses côtés.

— Alors vous êtes de braves gens et vous ne rirez pas de mon malheur, reprit-elle gravement. Ne m'interrompez point, car j'ai la tête faible et je ne pourrais peut-être plus me souvenir de ce passé couvert d'un brouillard. Je ne suis que la fille d'un pauvre meunier, vassal de la terre de Chantelle. Je me nomme Suzanne Lallier.

Le duc fit un brusque mouvement; ce nom l'avait frappé au cœur comme un coup d'arquebuse. La voix de Suzanne était si changée, changée autant que son visage!

Elle sourit tristement :

Cessez de trembler, ma mie, lui dit le roi... (Page 64.)

— On disait que j'étais une jolie fille, il y a quelques années. Vous me voyez et vous ne me croyez pas ; j'étais heureuse dans le moulin de mon père comme un lézard au soleil. Je ne travaillais point beaucoup : je conduisais les chèvres sur les roches vertes et, je chantais dans nos bois avec les oiseaux Le dimanche, nous dansions sous les châtaigniers. Quelle vie heureuse et innocente ! Un jour de décembre. j'étais avec mon père, Jean Lallier, dans les champs, il avait gelé la nuit ; le ciel était sombre et neigeux ; Mon père me renvoya, craignant que je ne fusse saisie. par le froid. J'étais déjà à mi-route du moulin. Tout à coup, la neige tomba comme une nappe sur la terre. En cinq minutes, tout était devenu blanc, les arbres, les rochers, les prairies, les sentiers. Je m'égarai et j'eus peur. Pas un bruit autour de moi. Mon pied rencontra une traîne de glace ; j'allais m'écarter lorsque la glace craqua, et j'enfonçai dans un sol mou et vaseux.

C'était une tourbière ; je criai. Autour de moi rien que la neige qui remplissais le ciel et étouffait ma voix. Je priai Dieu et je pensai à mon pauvre père. Je me sentais toujours enfoncer, doucement, lentement, comme si des entrailles de la terre un gnome m'eût attirée vers lui. Oh ! quel cercle de plomb rougi brûlait mon front ! Quelle terreur ! celle de l'oiseau qui se débat dans la serre du faucon, de la mouche dans la toile de l'araignée. J'avais déjà glissé à mi-corps dans le trou de glace, enveloppée de ce grand suaire blanc, lorsque le galop d'un cheval retentit sourdement sur la neige. Je ne pouvais plus crier, mais mes bras s'étendaient vers le cavalier en secouant désespérément les flocons. Il me vit, se courba sur son cheval, passa avec la rapidité d'un éclair le long du sentier, m'enleva comme l'aigle enlève l'agneau et ne s'arrêta qu'au château de Chantelle. J'entendais la glace crépiter et se crevasser derrière nous. Ce cavalier, c'était le duc Charles de Bourbon, notre seigneur.

— Ah ! le brave cœur ! s'écria Pompérant en regardant avec émotion son compagnon caché dans l'ombre.

— Depuis lors, continua Suzanne, le duc fut un dieu pour moi. J'osai l'aimer, moi vermisseau de terre, moi fille du meunier Jean Lallier ! Il était si courageux et

si bon, si glorieux et si beau ! Mais je croyais seulement
être reconnaissante. Je compris l'étendue de ma folie
lorsque monsieur le duc quitta Chantelle et Moulins
pour retourner à Paris. Son nom se mêlait à toutes
mes prières; son mâle visage m'apparaissait dans mon
sommeil et je me réveillais en sursaut, son nom sur
les lèvres. J'étais devenue farouche et inquiete de ne
plus le voir; l'absence, loin d'éteindre cet amour in-
sense, l'irritait comme le vent irrite la flamme. Je
luttai de toute ma force contre cette obsession; je me
croyais possédée d'un démon. Je portai un cilice, je
me mortifiai par le jeûne. Rien n'y fit; ma pauvre tête
s'exalta davantage. Je voulus revoir le duc; c'était un
désir irrésistible. Une nuit je quittai le logis de mon
père, après l'avoir baisé au front pendant son sommeil.
et munie de mes bijoux de jeune fille, je partis à mon
tour pour Paris.

Elle étouffa un sanglot et poursuivit d'une voix plus
brève et plus fébrile encore :

— Mademoiselle Blanche d'Armailles, fille d'honneur de la reine mère, était ma sœur de lait. J'allai la
trouver et j'eus la hardiesse de tout lui avouer. Je
m'attendais à des reproches, à des sermons, à un
blâme sévère. Chose étrange ! elle sourit, elle me con-
sola et me promit que, grâce à son crédit, je pourrais
revoir monseigneur le duc de Bourbon.

« Huit jours après, elle m'avait fait habiller en page,
et j'entrais sous ce costume au service de monsieur le
connétable, sans chercher à m'expliquer l'indulgence
de mademoiselle d'Armailles. »

La recluse s'arrêta épuisée, et une toux sèche colora
de rouge ses joues creuses et pâles.

— Vous devinez, n'est-ce pas, reprit-elle, que monsieur de Bourbon eut bientôt deviné mon secret. Il
ne chercha pas à abuser de ma folie; il voulut me
renvoyer chez mon père, mais quand il vit mon muet
désespoir, il en eut pitié. La pitié touche de près à
l'amour ! J'étais jeune et belle ; il m'avoua enfin qu'il
était las de lutter contre lui-même. Oui, pendant une
année entière, Suzanne Lallier fut aimée par l'homme
qui dédaignait l'amour des princesses et des reines.
J'ai été trop heureuse. Cela ne pouvait durer. Je me
demande maintenant si je n'ai pas vécu dans un rêve
pendant cette année.

Elle garda le silence comme suffoquée par ses souvenirs. Pompérant se rapprocha.

— Et comment fûtes-vous retirée de ce rêve ?

— Par un coup de foudre. J'avais une amie, répliqua-t-elle amèrement, Blanche d'Armailles. Elle
était attachée au service de madame la duchesse
d'Angoulême; elle était sa confidente et la mienne.
Elle devait trahir la fille du meunier dans l'intérêt de
la reine. Chaque jour je lui écrivais; j'avais besoin de
lui parler sans cesse de ce bonheur qui m'étouffait
par instants, comme un air trop chargé de parfums.
Un matin je reçus un message de mademoiselle d'Armailles qui m'appelait au palais; j'obeis. Un valet me
dit qu'elle m'attendait chez madame d'Angoulême.
J'eus le pressentiment d'un malheur et je fus tentée
de revenir sur mes pas.

« Je haïssais secrètement cette orgueilleuse princesse qui poursuivait le duc de son ridicule amour.
Mais les pages et les valets me regardaient d'un air
surpris ou moqueur. Je repris courage et j'entrai chez
la reine mère. Elle était seule, et les portes de sa
chambre se refermèrent derrière moi. Elle me saisit
la main et j'eus froid comme si une vipere m'eût
touchée. Son regard impérieux dominait ma volonté.
Elle ouvrit un coffret, celui que j'avais donné moi-
même à Blanche d'Armailles, et en tira une liasse de
lettres :

« — Suzanne Lallier, me dit elle d'une voix sourde
et menaçante, c'est toi qui as écrit cela ? »

» Je reconnus les billets que chaque jour j'adressais
imprudemment à Blanche; cette noble fille m'avait
vendue, et j'avais été son jouet ! Devant cette horrible révélation mon sang se figea dans mes veines.
Je compris que j'étais devant un juge implacable. Je
tombai aux genoux de madame d'Angoulême.

« — Grâce ! lui criai-je.

« — Suzanne, répondit-elle froidement, quoique ses
yeux lançassent des éclairs, tâche de te rendre compte
de la vanité de ton amour. Tu n'es pas pour moi une
rivale qui puisse offenser mon orgueil. C'est moi qui
t'ai permis de revoir Charles de Bourbon pour distraire son cœur de rivales plus dangereuses. Maintenant je dois te séparer de lui. Ton abandon ou ta
séparation peuvent seuls le rendre docile aux volontés
du roi. Si tu l'aimes réellement, si tu ne veux pas voir
crouler sa fortune et s'abîmer sa puissance, tu re-
nonceras à lui, et alors je te ferai grâce; j'oublierai
que la fille d'un meunier a pu faire obstacle à Louise
de Savoie, et je ne briserai pas ta destinée. »

— J'eus peur pour monsieur de Bourbon en écoutant parler cette femme altière et haineuse. Je promis
de le quitter. Je jurai de garder le silence sur ce qui
venait de se passer. et de me soumettre aux ordres
qui me seraient donnés.

« Mais alors madame d'Angoulême m'attira vers
elle, et me dit à voix basse :

« — Ce n'est pas tout, Suzanne, si vous voulez
gagner ma faveur, il faut vous soumettre aux conditions que je vais vous imposer. Vous retournerez à
l'hôtel de monsieur le connétable, et vous continuerez
à le servir comme un page dévoué. »

« Je la regardai avec une expression d'étonnement
qui la fit sourire, et elle continua .

« — Mais en le servant, vous épierez toutes ses dé-
marches; vous me rendrez compte des amis et des
étrangers qu'il reçoit: vous prendrez connaissance ou
copie de ses lettres. Je veux tout savoir »

« Je l'avais écoutée avec une stupeur et une indignation indicibles; ma défaillance s'était changée en
mépris, et je répliquai sans hésiter :

« — Si je rentre à l'hôtel de Bourbon, madame, ce
ne sera pas pour trahir mon maître. »

« La duchesse se contint, et me dit d'une voix presque douce :

« — Obéissez, Suzanne, et je vous prodiguerai assez
de grâces pour que Blanche d'Armailles, ma favorite,
vous envie. »

« Je détournai la tête.

« — Je ne veux pas de faveurs achetées à ce prix,
madame.

« Vous ne sauriez vous imaginer la transformation
odieuse que subit la figure de la duchesse. Je crus
voir un oiseau de proie prêt à s'élancer sur moi; ses
traits se gonflèrent, ses cheveux se tordirent comme

des serpents sur son front, ses lèvres se plissèrent, et, me menaçant du doigt, elle s'écria avec rage :

« — Misérable créature, tu oses résister à la mère du roi ! »

« Cette hautaine princesse conservait cependant dans sa colère une majesté terrible qui m'anéantissait. Chaque nuit je la vois ainsi en songe, et mon cœur se glace d'épouvante. Mais il s'agissait du salut de monsieur de Bourbon, et je ne cédai pas à la peur.

« Madame d'Angoulême traça quelques mots sur un feuillet qu'elle arracha de ses tablettes, puis elle frappa sur un timbre d'argent. Un homme entra.

« — Emmenez cette fille, dit-elle en lui remettant l'écrit, monsieur de Montchenu m'en répondra. »

« On me fit monter dans une litière dont les rideaux de cuir étaient abaissés, et je fus conduite ici et enfermée dans cette cage de fer, où je suis condamnée à mourir de froid et de soif, loin du soleil, loin de Charles de Bourbon.

— Non, Suzanne, tu ne dois point mourir loin de moi ! dit d'une voix altérée le compagnon de Pompérant, qui s'avança vers la recluse.

La pauvre fille jeta un grand cri, joignit les mains, et attacha ses grands yeux tristes sur le faux reître.

— Ne me reconnaissez-vous pas, Suzanne?

Elle s'écria :

— Charles ! Charles ! est-ce vous?

— Plus bas ! dit Pompérant. Ici les murs ont des oreilles.

— Dieu m'a-t-il écoutée? reprit-elle doucement. Mon cœur ne m'a-t-il pas trompée? Charles, est-ce bien vous? Etes-vous descendu dans ce caveau pour me sauver? Hélas ! hélas ! il n'est plus temps. Vous me trouviez belle, autrefois. Rappelez-vous Suzanne, mais ne la regardez pas, vous ne pourriez la reconnaître; ne la regardez pas, elle vous ferait horreur. Charles, vous n'êtes pas prisonnier de madame d'Angoulême, n'est-ce pas? Défiez-vous de cette méchante femme. Défiez-vous et ne l'irritez pas.

— Suzanne, dit le connétable, la reine mère a accompli son œuvre : grâce à elle, je suis à cette heure un proscrit, un rebelle, un traître. Ele m'a poussé dans un gouffre, parce que, comme vous. mon enfant, je n'ai pas voulu vendre mon âme; mais j'y entraînerai son fils avec moi

— Un rebelle ! murmura la recluse.

— Mais je ne suis pas encore leur prisonnier. Dans quelques heures je serai libre.

— Et je ne vous verrai plus, dit-elle douloureusement.

— Sainte Barbe ! si je sors d'ici, ce ne sera pas sans vous, Suzanne !

La recluse poussa un cri de joie, et, affaiblie par tant de secousses, retomba inanimée dans sa cage de fer.

IX

LA CHASSE AUX SANGLIERS

Pendant que la scène que nous venons de raconter s'accomplissait dans les souterrains du château, et que Clotilde attendait Didier, pénétrons dans la salle du festin, quoique les portes en soient gardées par des cent-suisses et des archers du roi.

Soixante convives assistent au souper du roi, qui est servi par le sieur de Clermont, maître-d'hôtel; les deux pannetiers de Mirepoix et Mortemart; le bailli de Dijon et le sire de Matignon, valets tranchants; les échansons Humbert de la Rochefoucault et le sieur de Lestrange. Le modeste François ne veut être que le premier gentilhomme de France; néanmoins, ceux qu'il proclame hautement ses pairs se disputent entre eux la gloire d'être les serviteurs de sa maison, presque ses valets.

La table en ce moment n'offre plus à l'œil que dévastation. Les sucreries élevées en édifices, les pâtisseries construites en dômes croulent de tous côtés. Les fruits qu'on avait servis montés en pyramides sur leurs bases d'argent et douillettement enveloppés dans la mousse, à travers laquelle on apercevait leur velours, sont épars sur la guipure souillée, où l'on voit çà et là des débris de coupes en fin cristal de Venise qu'on a brisées en les heurtant trop cordialement à des coupes de vermeil. Les amphores et les flacons sont vides. Les sommeliers d'échansonnerie sont sur les dents; et pourtant toute cette jeunesse, dont la soif est aussi ardente que le sable du désert, demande encore à boire.

Vingt femmes, toutes richement parées, au milieu desquelles filles figure la célèbre Cécile de Fiefville, qui occupe à la cour une charge importante, ornent cette fête. Quoiqu'elles ne fussent qu'en costume de voyage, leurs vêtements, dit un historien du temps, « étaient de draps d'or ou d'argent, de velours de toutes les couleurs porfilés et passementés d'or. Leurs accoutrements de tête, de col et de poitrine garnis de riches pierreries, qui resplendissaient sur leurs corps comme de petites étoiles au ciel.

Donnant à ses courtisans l'exemple de la galanterie la plus raffinée, François avait voulu, dès son avènement au trône, que les portes de son palais fussent ouvertes aux dames; aussi allaient-elles avec lui à la chasse, aux repas, en simple visite chez les officiers qui occupaient quelque haute charge dans sa maison. C'était une règle scrupuleusement observée, et jamais il ne marchait sans cette escorte, bien qu'elle fût fort nombreuse. On les appelait les dames de la petite bande, aimable confrérie dont Brantôme nous parle en ces termes :

« Le roi François avait choisi et fait une troupe qui s'appelait la petite bande des dames de la cour, des plus belles, des plus gentilles, et plus ses favorites. Souvent se dérobant de sa cour, s'en partait et s'en allait en d'autres maisons courir le cerf et passer son temps; cela durait huit jours et plus. »

Ces dames sont galamment enchassées comme d'étincelants diamants dans cette couronne de convives, fleurs de la noblesse, tous jeunes, tous beaux, tous joyeux compagnons.

A leur tête est Bonnivet, le muguet le plus audacieux de l'hôtel des Tournelles.

Tous, à l'exemple de François, portent les cheveux coupés ras, les moustaches tordues en croc et une longue barbe, qu'ils élargissent en éventail au moyen de cires préparées et qu'ils enferment pendant leur sommeil dans une bigotelle pour lui conserver précieusement sa forme ; à leur oreille gauche pend un anneau d'or orné d'une perle en poire ; enfin ils portent un pourpoint à petites basques, des souliers tailladés et un caleçon tout d'une pièce avec les bas, et si serré sur le corps qu'il s'y moule d'une façon disgracieuse. Aussi plusieurs conservent-ils les trousses ou les haut-de-chausses à la suisse.

L'amiral raconte, avec une verve entraînante, les aventures scandaleuses dont il a été le héros ou auxquelles il s'est trouvé mêlé. Le roi, que les anecdotes galantes amusent fort, s'abandonne à la plus expansive gaieté. Pour faire leur cour à François, les courtisans se livrent à des éclats de rire et des contorsions exagérés, et les dames de la petite bande font semblant de baisser les yeux et de rougir ; mais leur pudeur d'emprunt n'est due qu'au fard dont elles ont estompé leurs joues.

Autrefois les généraux mettaient du rouge le jour de leur entrée en triomphe à Rome, et ces femmes, comptant sur leur éphémère beauté, pensent peut-être qu'à cette cour dissolue chaque jour pour elles est un jour de triomphe.

— Eh bien ! mesdames, dit le roi, vous ne riez pas avec nous des folies de notre amiral ? pas même vous, Valentine, qui riez si bien d'habitude, pour nous montrer vos jolies dents ?

— Sire, répondit Bonnivet en simulant un soupir, mademoiselle de Nancy me tient rigueur depuis que quelqu'un de ma connaissance lui a défendu de m'aimer. Il y a toujours des gens qui donnent de mauvais conseils à la candide jeunesse.

— Monsieur de Bonnivet, répliqua Valentine de Nancy, tandis que son voisin, le jeune marquis de Pons, portait à ses lèvres sa coupe vide afin de dissimuler son trouble, vous êtes, certes un gentilhomme accompli, l'un des plus aimables et des plus galants seigneurs de la cour, eh bien ! malgré cela, ou peut-être à cause de cela, vous seriez le dernier des hommes que je voudrais aimer.

— Le dernier ! répliqua l'amiral. Diable, ce sera long... C'est égal, mademoiselle, j'attendrai.

— Pourquoi vous montrer si cruelle envers notre ami Bonnivet ? demanda François. Prenez garde, il est habitué aux conquêtes.

— Parce qu'en amour, la première de toutes les qualités, Sire, répondit mademoiselle de Nancy, c'est la discrétion. Or, monsieur de Bonnivet, selon moi, raconte trop aisément ses bonnes fortunes à tout venant.

— Me faire un semblable reproche, à moi, qui, à cet endroit, suis muet comme Harpocrate !

— Voulez-vous une preuve du contraire entre mille ? interrompit en riant Cécile de Fiefville, qui avait son franc parler à la cour.

— Oui, Cécile, donnez-nous cette preuve, dit François ; car enfin nous avons tous besoin de savoir à quoi nous en tenir sur le compte de notre ami Bonnivet.

— Il y a huit jours, reprit la Fiefville, je me trouvais bien par hasard dans la chambre des filles d'honneur de la reine mère. Vingt personnes y étaient réunies en attendant le lever de madame la duchesse d'Angoulême...

— Sire, interrompit Bonnivet, je vous supplie d'être juge en cette affaire : Chacun racontait les nouvelles dont il avait fait provision la veille, lorsque je dis tout

haut : « Ma foi, messieurs, il vient de m'arriver à l'instant même une aventure assez curieuse. Je suis allé ce matin en litière faire une promenade du côté du Pré-aux-Clercs, avec une dame dont je tairai le nom par discrétion. Pendant le trajet, moi qui connais tout Paris, je n'ai rencontré qu'une seule personne de ma connaissance, à qui j'ai été forcé de rendre son salut. Devinez qui, je vous le donne en mille. — Son mari ! s'écria-t-on de toutes parts. — Précisément ! » Et chacun de me demander le nom du digne gentilhomme. Je refuse obstinément de répondre, par discrétion toujours, lorsqu'un page soulève la tapisserie et annonce : le sire de Marcilly ! L'imprudent, m'apercevant, vient droit à moi, et me menaçant du doigt avec un fin sourire sur les lèvres : « Ah çà, débauché, où allions-nous donc en litière, de si grand matin, avec une dame à nos côtés, quand je vous ai salué aux environs du Pré-aux-Clercs ? » Cette question répondait à toutes celles qui m'avaient été adressées, et le nom de la dame ne fut plus un mystère pour personne. Je vous le demande, Sire, l'indiscrétion vient-elle de mon fait ?

— Non, certes, dit François en souriant ; mais comment s'est terminée l'affaire ?

— Le sire de Marcilly m'a envoyé un cartel que j'ai nettement refusé.

— Et quelle excuse lui as-tu donnée ?

— La première qui m'est venue à l'esprit. Je lui ai dit que je ne pouvais me résigner à le tuer, parce que j'avais solennellement juré à sa femme de l'épouser quand elle serait veuve.

Et les rires redoublèrent.

Cependant les hôtes de Montchenu, qui ont chevauché tout le jour, exposés aux ardents rayons du soleil, commencent, l'un après l'autre, à céder à la fatigue inséparable d'une nuit passée sans sommeil, et passée surtout devant une table d'où s'élève un incessant murmure, les chaudes fumées du vin et le rayonnement de mille bougies qui dégagent en se consumant des parfums enivrants. Peu à peu les conversations se ralentissent. A peine échange-t-on quelques paroles à voix basse. On est arrivé à cette heure où quelque brillante que soit une fête, le plus fort se sent irrésistiblement vaincu par le sommeil ou l'ivresse. Alors les fronts alourdis s'inclinent, les femmes penchent la tête et pâlissent sous leur rouge, les regards obscurcis s'éteignent.

Deux convives seuls résistent à cette torpeur accablante contre laquelle courtisans et courtisanes cherchent vainement à lutter.

C'est François qui attend Clotilde.

C'est Diane, qui attend Didier.

Ébloui par la merveilleuse beauté de cette jeune fille, par l'auréole de pudeur et de chasteté qui rayonnait autour de son front, François attend son retour avec une fiévreuse impatience.

Diane tourne entre ses doigts brûlants un cœur d'or enrichi de diamants qui pend à son bracelet, se demandant à elle-même où peut être Didier, dont la disparition coïncide d'une si singulière façon avec l'absence prolongée de Clotilde, et elle darde ses regards étincelants de jalousie sur la porte par laquelle le jeune homme est sorti.

Tout à coup un éclat terrible, semblable à celui de

la foudre, retentit dans la salle du festin. Le plafond s'entr'ouvrit avec fracas, et la table s'illumina d'une lueur métallique. A ce bruit, les convives, plongés dans un demi-soleil, bondirent sur leur siège. Les dames cachèrent avec épouvante leur tête entre leurs bras, et les gentilshommes, qui s'étaient brusquement levés, cherchaient déjà de la main leurs épées, lorsqu'ils virent flotter doucement au-dessus de la table un petit nuage d'azur, qui, se déchirant aussitôt, laissa tomber au milieu des plats et de la vaisselle d'argent, une grêle de dragées de toutes couleurs, qui, rejaillissant en gerbes, se répandirent sur la nappe.

Pendant que les dames, revenues de leur effroi, se disputaient à l'envi cette manne nouvelle, tout en riant de leur folle terreur, une pluie d'eau de senteur, légère comme ces vapeurs que pompe le soleil, se répandit dans la salle. Cette galante surprise, que M. de Montchenu avait préparée depuis longtemps pour la première visite dont daignerait l'honorer François Iᵉʳ, arriva fort à propos pour ranimer la gaieté, qui s'était éteinte devant l'air distrait et préoccupé du roi. Comme on n'avait pas encore procédé au retrait du gobelet, les coupes se tendirent de nouveau, et les joyeux propos recommencèrent à se croiser en tous sens.

En ce moment entra le châtelain, qui venait jouir du magnifique effet produit par son orage improvisé.

Tandis qu'il allait de l'un à l'autre, et recueillait avec une fausse modestie les éloges de la foule, le roi lui fit signe de la main.

Le courtisan s'empressa d'accourir.

— Ah ! ça, mon cher Montchenu, dit à voix basse François en l'entraînant dans la vaste embrasure d'une fenêtre, je crois, foi de gentilhomme, que vous pratiquez le grand art de la magie ?

— Trop heureux, Sire, si j'ai pu réussir à vous récréer un instant, répondit le maître d'hôtel en s'inclinant humblement.

— Je te complimenterais si ton art se bornait à nous faire pleuvoir des dragées au dessert, reprit le roi ; mais faire disparaître avant la fin du souper et comme par enchantement cette jeune et charmante fille que tu sembles n'avoir évoquée que pour m'éblouir, démon, voilà ce que je ne te pardonnerai jamais.

Un sourire équivoque crispa la lèvre de Montchenu, car tout semblait réussir au delà de ses espérances.

— Autrefois, répondit-il, on apaisait la colère des dieux en leur faisant des offrandes ; de même je ferais sire, pour racheter ma faute involontaire et trouver grâce à vos yeux. Notre gentille colombe, qui est encore un peu sauvage, s'est effarouchée du vif éclat qui vous entoure, et la pauvrette a pris sa volée. Mais dès demain je rattrape la fugitive, et je lui coupe les ailes pour l'apprivoiser à ma guise.

— Accomplis ce nouveau prodige, magicien, dit François en s'appuyant familièrement sur l'épaule de son favori, qui se sentit tressaillir d'orgueil, et, foi de gentilhomme, tu n'auras pas lieu de t'en repentir.

— Je l'espère, sire, répondit le châtelain d'un ton obséquieux.

François, qui ne doutait pas que Montchenu ne lui

tînt parole, s'était tourné vers ses courtisans, les yeux rayonnant d'espérance et de joie.

— Ça, messieurs, dit-il, on prétend que des bandes de loups affamés désolent les campagnes voisines. Je propose donc une battue générale pour terminer gaiement cette fête.

La proposition du roi fut accueillie par une bruyante acclamation.

— Marchez en avant, Sire, et nous vous suivrons, répondit Bonnivet. A la chasse comme à la guerre, la place de vos fidèles n'est-elle pas toujours à vos côtés ?

A ces imprudentes paroles, un nuage passa sur le front du roi.

— Oui ! oui !... allons chasser les loups, dit-il avec amertume, tandis que les archers de ma garde et mes suisses donnent la chasse à M. de Bourbon. Foi de gentilhomme, messieurs ils sont mieux partagés que nous !

— Espérons, Sire, dit Bonnivet, qu'ils l'atteindront avant qu'il n'ait accompli l'acte de félonie qu'il médite.

— Puisses-tu dire vrai !. . Si je le tiens un jour, Bonnivet, je châtierai sévèrement sa trahison... Moi qui l'aimais comme un frère !

Il y eut un instant de silence. Le roi fit quelques pas autour de la salle en proie à la plus violente agitation ; puis s'arrêtant brusquement devant l'amiral :

— Bonnivet, te souviens-tu du gouverneur de Fontarabie ?

— Du capitaine Franger, qui, en 1523, rendit honteusement aux Espagnols la place dans laquelle il pouvait encore se défendre ? répondit l'amiral ; oui, sire, je m'en souviens.

— Et que fit-on de cet homme ? demanda François.

— On le dégrada de noblesse, sire, et l'on fit bien, répliqua Bonnivet. Après l'avoir armé de pied en cap, on le fit monter sur un échafaud où douze prêtres assis, en surplis, commencèrent à chanter les vigiles des morts, après qu'on lui eut lu la sentence, qui le déclarait traître, déloyal, vilain et foi-mentie. A la fin de chaque psaume, ils faisaient une pause pendant laquelle un héraut d'armes le dépouillait de quelque pièce de son armure en criant : Ceci est le casque du lâche, ceci son corselet, ceci son bouclier. Lorsque le dernier psaume fut achevé, on lui renversa sur la tête un bassin d'eau chaude. On le descendit ensuite de l'échafaud avec une corde qu'on lui passa sous le bras. On le mit sur une claie, on le couvrit d'un drap mortuaire, et on le porta dans l'église, où douze prêtres l'environnèrent et lui chantèrent le psaume : *Deus, audem meam ne tacueris*, dans lequel tonnent des imprécations contre les traîtres ; puis on le laissa aller et survivre à son infamie.

— Bourbon n'a-t-il pas mérité ce châtiment ? demanda François en interrogeant du regard les courtisans qui formaient cercle autour de lui.

— Oui, oui ! répondirent-ils.

— Et mort au traître ! ajoutèrent obligeamment de leur voix la plus flûtée quelques dames de la petite bande, que le récit de Bonnivet avait enthousiasmées.

Le roi soupira et reprit :

— C'est un connétable, un prince du sang, qui déshonore par sa rébellion l'épée que lui a confiée la

France. Quand mourut Jean de Beaumont, ce chevalier breton qui s'était illustré par tant d'actions d'éclat, continua-t-il, le duc d'Orléans, frère de Charles VI, fit demander son épée. Il offrit en même temps de donner à la fille de ce vaillant homme une dot considérable, car elle se trouvait sans bien. Guillaume de Rosnivinen l'épousa, refusa la dot et garda l'épée.

— Vive Dieu ! s'écria Bonnivet, voilà un trait qui fait honneur à la noblesse française.

— Mais meure Bourbon, continua le roi, aucun gentilhomme ne réclamera son épée. Allons, messieurs, dit-il en passant la main sur son front, comme pour en chasser les douloureuses pensées qui l'assiégeaient, ne parlons plus de ce malheureux prince.

Il se dirigea vers la table, prit une large coupe et la vida d'un seul trait.

— Sire, dit Montchenu, à quelle heure Votre Majesté veut-elle partir ?

— Le plus tôt possible ! reprit le roi, car j'ai besoin de mouvement et de grand air.

— Sire, tout est prêt, dit le châtelain ; je vais procurer à Votre Majesté le plaisir de chasser sans sortir de ce château, sans sortir de cette salle.

— En nous lâchant sous les fenêtres quelques lapins nourris de choux ? interrompit Bonnivet en s'adressant au roi.

— J'ai mieux à vous offrir, repartit M. de Montchenu avec un sourire de satisfaction.

— Des pigeons attachés par la patte ou quelque chèvre inoffensive ? continua l'amiral.

— Mieux encore !

— Qu'est-ce donc ? demanda le roi.

— Un animal de haute taille que mes gens ont pris il y a trois jours dans mes bois.

— Je parie pour un cerf, interrompit encore Bonnivet.

— S'il en était ainsi, dit le roi, je renoncerais à chasser. Égorger dans cette cour un pauvre cerf qui tournerait vers moi ses yeux suppliants et mouillés de larmes, dont j'entendrais la voix plaintive, l'égorger froidement entre quatre murailles, quand je sais que l'espace est son refuge... ce ne serait plus une chasse, ce serait un métier de boucher indigne d'un gentilhomme.

Un murmure approbateur accueillit les paroles du roi.

— Sire, dit le comte tout fier d'avance de la surprise qu'il ménageait à son maître, à vous, qui ne voyez dans une chasse aux loups qu'un passe-temps et dans une bataille qu'un tournois, oserais-je offrir un daim timide à combattre ? L'animal que je tiens en réserve dans l'un des fossés du château, est d'âge et de force à se défendre, car il est orné de quadruples défenses.

— Un sanglier ! s'écria François. Foi de gentilhomme, s'il en est ainsi, mon cher châtelain, hâtez-vous de donner le signal.

— Et pour comble de bonheur, dire, il s'agit d'un solitaire que je fais jeûner depuis deux jours pour le punir d'avoir éventré l'élite de ma meute.

— Vive Dieu ! dit François, le visage illuminé d'une joie soudaine, voilà un gibier digne de nous. Ces dames pourront au moins se récréer du spectacle curieux d'un sanglier chassé dans une enceinte et jouir des émotions de la chasse sans en éprouver les fatigues ni en affronter les dangers.

— Des arquebuses ! des arquebuses ! cria-t-on de toutes parts.

Pendant qu'on distribuait les épieux et qu'on chargeait les armes, le comte de Montchenu fit offrir aux dames un faisceau de ces petites javelines barbelées et montées en papier qu'on enflammait au moment de les lancer.

Cette arme, dont l'emploi devait-être fort divertissant, avait encore l'avantage d'exciter la bête et de la mettre en colère.

Dès que les dames se virent munies d'une ample provision de flèches, ne pouvant plus contenir leur impatience, elles traversèrent la cour, légère comme une volée d'oiseaux s'échappant d'un buisson, et coururent s'installer aux balcons qui faisaient face à ceux du roi, les plus curieuses et les plus résolues en avant.

Clotilde effrayée de tout ce bruit, voulut sortir de la grotte et chercher un autre refuge ; mais la cour était sillonnée de gens qui allaient et venaient en tous sens.

C'étaient des piqueurs conduisant des meutes ou des serviteurs portant des torches, et puis les issues par lesquelles elle pouvait s'échapper étaient encombrées de monde.

Elle ne savait encore à quel parti s'arrêter, lorsqu'elle vit avec étonnement des hommes établir, à vingt pas d'elle, une herse de torches qui traversait la cour dans toute sa largeur, et, derrière cette herse, se ranger des valets de vénerie, les uns armés d'épieux, les autres tenant en laisse des dogues et de grands lévriers disposés par relais.

Ces préparatifs stratégiques étaient faits pour concentrer la chasse dans la grande cour, afin que des fenêtres les spectateurs pussent en suivre de l'œil les phases émouvantes.

Mais pour Clotilde, qui ignorait le but de toutes ces dispositions, ce tableau, vu à la lueur des torches qui teintaient de leurs reflets rougeâtres tous les personnages et en détachaient des ombres de formes étranges, avait quelque chose de fantastique et d'inquiétant.

De l'endroit où elle était blottie, elle aperçut le comte de Montchenu s'approcher du balcon sur lequel s'appuyait François Ier, une arquebuse à la main, et elle l'entendit distinctement dire au roi :

— Sire, tout est prêt. On n'attend plus que les ordres de Votre Majesté.

Et le roi répondit aussitôt ;

— Lancez !

François Ier, en effet, était impatient de voir quelle contenance allait faire cet hôte de l'ombre et des solitudes au milieu de la double haie de chasseurs qui l'attendaient au passage, et comment il affronterait l'éclat des torches qui flamboyaient de tous côtés.

Alors Montchenu sonna du cor.

C'était le signal qu'attendait le capitaine de vénerie.

Puis il courut rejoindre son maître, qui lui réservait une place à son balcon.

A ce signal, la cour, qui était peuplée de seigneurs et de pages, de piqueurs et de valets, tous mêlés et confondus, devint en un instant déserte.

Qu'allait-il donc se passer? Clotilde ne pouvait se l'expliquer. Tout ce qui s'accomplissait sous ses yeux était un impénétrable mystère.

Mais elle eut bientôt le mot de cette énigme.

Un grognement sourd et prolongé se fit entendre, et un sanglier de taille gigantesque s'élança dans la cour.

A la vue de ce redoutable animal, contre lequel rien ne la protégeait, Clotilde, recula toute frisonnante jusqu'au fond de la grotte.

Les chasseurs et les dames de la petite bande, au contraire, accueillirent l'entrée du sanglier par une triple salve d'applaudissements; car, ainsi que le châtelain l'avait annoncé, c'était un solitaire d'aspect hideux et terrible.

A ce bruit, l'animal s'arrêta brusquement devant les fenêtres avec un étonnement mêlé de crainte, ne sachant s'il devait avancer ou reculer.

Profitant de ce temps d'arrêt, de ce moment d'hésitation, les dames de la petite bande lui lancèrent quelques-uns de leurs traits aux pennes enflammées.

Un de ces dards l'atteignit à l'épaule, pénétra fort avant dans les chairs et s'y consuma jusqu'au fer. Irritée de cette attaque inattendue, la bête se retire lentement en arrière, tournant vers l'ennemi son front menaçant, frappant bruyamment le pavé de ses ongles pointus. Les soies brunes de son dos se hérissent, ses oreilles velues se dressent, ses larges narines se dilatent et de ses petits yeux percés sur le devant de sa tête large et plate s'échappent deux jets de flamme qui semblent défier au combat quiconque oserait descendre dans l'arène.

Les dames, du haut de leurs retranchements, répondent à cette insolente provocation par une grêle de dards enflammés, qui sont cette fois décochés avec tant de bonheur que l'animal en est criblé.

Alors, fou de colère et de douleur, il s'élance en avant, et se dressant contre le mur de toute la hauteur de sa taille, il se met à battre en brèche, à coups de boutoir et de défenses, la dalle du balcon. Les dames, en la sentant s'ébranler sous leurs pieds, poussent des cris d'effroi. Aussitôt des fenêtres occupées par les seigneurs et de celle du roi surtout, les arquebuses s'abaissent. Chacun attend que François Ier ait tiré pour tirer à son tour.

Mais le sanglier, qui sent ses dents s'émousser en vain contre la pierre, gravit le perron qui fait face au balcon du roi. Derrière ce rempart il est invulnérable. Les colonnettes de marbre qui relient la rampe aux degrés et que mille arabesques capricieuses entrelacent, le protègent contre la balle. De cette hauteur on le voit se ramasser sur lui-même et mesurer ses forces comme pour escalader le balcon.

La plupart des dames, épouvantées, s'enfuient dans le plus grand désordre jusqu'au fond des appartements.

Le roi est resté calme comme une statue; il sourit, et il fait feu.

Atteint par le plomb, qui cependant n'a pas pénétré dans les chairs, le sanglier abandonne le perron, et franchit par bonds furieux l'espace qui le sépare des piqueurs et des chiens; mais il s'arrête effrayé par les feux de la herse, et se trouve ainsi devant la grotte.

Le groin au vent, il aspire bruyamment l'air, semble chercher une piste et se rue bientôt sur les deux orangers, à travers lesquels il veut se frayer un passage.

Clotilde, éperdue, s'efforçait de maintenir la caisse qu'ébranlait le sanglier, et sentait déjà la fétide et chaude haleine de la bête lui brûler les mains.

Les spectateurs s'imaginaient que l'animal, s'avouant vaincu, cherchait un refuge contre le danger; chaque puissant effort qu'il tentait était accueilli par des huées et de joyeux éclats de rire.

Mais tout à coup la scène changea d'aspect. Un grand mouvement se fit parmi les piqueurs. Didier venait de forcer leur ligne, et s'adressant aux derniers, qui cherchaient à lui barrer le passage :

— Aveugles que vous êtes! s'écria-t-il, à l'acharnement de cette bête furieuse, ne comprenez-vous pas qu'une créature humaine se cache dans cette grotte?

Les piqueurs hésitèrent.

— Retirez-vous, monsieur! ordonna le roi d'un ton impérieux et bref.

Didier s'inclina.

— Sire, derrière ces orangers tremble une jeune fille qui va périr si je ne lui viens promptement en aide.

Sa voix frémissante, éteinte par l'angoisse, ne parvint pas distinctement jusqu'au roi, qui frappa du pied avec impatience et ajouta sévèrement :

— Je vous défends, monsieur, de faire un pas de plus. Vous êtes bien hardi de toucher à la chasse royale !

Didier rougit et pâlit tour à tour; les courtisans, stupéfaits de son audace, restaient silencieux; les femmes ne pouvaient s'empêcher d'admirer ce beau et héroïque jeune homme, mais elles n'osaient montrer leur émotion. Du reste, tous les assistants, voyant l'hésitation du neveu de M. de Montchenu, croyaient qu'il allait se retirer.

— Il n'en fut rien.

Didier répondit les yeux baissés, mais d'un ton ferme :

— Pardonnez-moi, sire, mais ma foi de chrétien et de gentilhomme ne me permet pas de vous obéir.

Par un mouvement brusque, il se dégagea en même temps des mains des valets, et courut droit au sanglier, qui l'avait senti venir, et lui fit face aussitôt.

François avait déjà oublié sa majesté royale, si témérairement bravée; le chasseur seul vivait en lui; il attendait la péripétie de cette lutte étrange.

Didier avait à peine eu le temps de tirer son épée que le solitaire s'était élancé sur lui.

Le jeune homme évita fort adroitement ce premier choc et recula de façon à entraîner le sanglier du côté des chasseurs et bien loin de Clotilde. Cependant il se trouvait si fatalement placé, que des fenêtres on ne pouvait tirer un seul coup d'arquebuse sans risquer de l'atteindre.

La bête, exaspérée de l'insuccès de ses attaques, se rua une dernière fois sur Didier, et le frappant au-dessous du genou d'un coup de son boutoir, plus dur que la corne, elle le renversa sous elle et le foula sous ses pieds.

La comtesse, qui, du balcon des dames, assistait à ce combat, jeta un cri déchirant, et M. de Montchenu oubliant, devant le danger que courait son neveu, les règles de la chasse, cria d'une voix retentissante :

— Aux dogues! aux dogues!

Aussitôt dix chiens de haute taille et tous bien dressés fondirent sur le sanglier comme une avalanche, et l'entourèrent avec des abois furieux, espérant le coiffer aisément; mais tous les dix furent éventrés et reculèrent en traînant après eux leurs entrailles sanglantes.

Didier s'était soulevé à demi.

— Monsieur le comte, par pitié, s'écria-t-il en regardant Montchenu, sauvez Clotilde !

— Clotilde ! répéta le roi en tressaillant.

— Captivé par l'intérêt du spectacle, il avait oublié sa colère ; mais le souvenir de la belle étrangère remua son cœur, et il reprit vivement :

— Que voulez-vous dire, monsieur. L'hôtesse de votre oncle est-elle en danger ? Pourquoi mêler son nom à cette bagarre ? Répondez, monsieur.

Didier se traîna sur ses mains tremblantes, et, fixant sur le roi des yeux secs et ardents de fièvre, il répliqua d'une voix creuse :

— Ne m'aviez-vous donc pas compris, sire ? Elle est dans la grotte, et je ne puis la défendre.

— Dans la grotte ! répéta François étonné. Foi de gentilhomme ! nul autre que moi ne la sauvera. Haut les arquebuses, messieurs, et que personne ne bouge !

Aussitôt, escaladant le balcon, à la grande terreur de tous ses courtisans, il sauta dans la cour avec une agilité extraordinaire, courut vers la grotte, écarta l'une des caisses qui en défendaient l'entrée et se trouva face à face avec la jeune fille.

Clotilde, pâle, échevelée, le sein palpitant, les yeux dilatés par l'épouvante, s'était laissée glisser sur les genoux et attendait la mort, tandis que ses lèvres murmuraient machinalement une prière suprême.

Le roi se pencha vers elle, l'enveloppa dans ses bras, et s'empressant de la relever :

— Cessez de trembler, ma mie, lui dit-il avec un sourire de lion, car vous avez désormais pour champion le premier gentilhomme de France.

La jeune fille semblait ne pas l'entendre, ne pas le reconnaître, ne pas se sentir fière d'une si noble protection.

— C'est lui, murmura-t-elle d'une voix suppliante, comme si elle continuait un rêve ; c'est lui qu'il faut sauver !

— De qui parlez-vous, ma mie ! demanda François en fronçant le sourcil.

— De celui qui a risqué sa vie pour moi et qui se meurt ! répondit-elle à voix basse.

De sa main frissonnante, elle montrait Didier, qui, étendu sur le sol à quelques pas seulement du sanglier faisait pour se relever d'inutiles efforts.

Le roi haussa les épaules.

— Lui ! non pas, ma belle enfant, dit-il avec froideur. Mon devoir de chevalier est de me dévouer au salut des dames, mais je ne ferai pas la folie de secourir un étourdi qui a osé pénétrer dans cette enceinte au mépris de mes ordres.

— Il a eu tort de désobéir au roi pour sauver une pauvre fille inconnue, interrompit Clotilde en sanglotant, il devait m'abandonner... Il est coupable, sire, mais soyez miséricordieux.

— Il est coupable, dit durement François, d'avoir voulu me voler la joie de vous protéger moi-même.

En ce moment le solitaire, quoique aveuglé par le sang des dogues dont sa large tête était inondée, labourait le pavé de ses dents puissantes et promenait de tous côtés ses petits yeux étincelants cherchant

sur quelle nouvelle victime il pourrait assouvir sa rage.

La jeune fille saisit la main du roi et s'écria les yeux baignés de larmes :

— Sire, pitié pour Didier !

Pour toute réponse, le roi tira son épée.

Le sanglier, qui avait tourné un instant autour de son adversaire gisant, s'était tout à coup arrêté. Semblant se ressouvenir de la grotte, il avait fait sur lui-même un brusque demi-tour et s'élançait tête baissée dans cette direction.

François Ier le regardait venir ; pour le provoquer, il effleurait le pavé de la pointe de son épée et en faisait jaillir des gerbes d'étincelles. Puis, quand l'animal fut à portée :

— A nous deux, mon maître, dit-il en s'arc-boutant sur ses robustes jambes, le bras tendu en avant et la pointe de son arme à six pouces de la gorge du sanglier.

Ce dernier s'arrêta court et poussa un grognement prolongé ; les soies de son dos se hérissèrent, ses dents s'entre-choquèrent bruyamment, puis il recula d'un pas.

Le roi s'avança, et, sans le quitter des yeux, pas à pas, lentement, il le conduisit jusqu'au perron qui faisait face à la grotte.

Tous les regards étaient attachés, avec une attention anxieuse, sur cette scène terrible, et Clotilde, agenouillée, priait pour son défenseur, mais le nom de Didier se mêlait à sa prière.

Lorsque le sanglier se sentit acculé, ses pieds frémirent convulsivement, il se ramassa sur lui-même et prit son élan ; le bras du roi se tendit comme un ressort d'acier, et la lame disparut tout entière dans la poitrine de la bête, sans que François fût ébranlé du choc.

Lâchant alors son épée, il saisit son féroce adversaire par la tête et le renversa sur le dos.

Cet acte de folle audace, que nous n'oserions consigner dans cette chronique si l'histoire ne nous l'avait transmis, peut servir à peindre le caractère aventureux et chevaleresque de ce roi, qui ne rêvait que fêtes et combats.

Les courtisans témoignèrent leur enthousiasme par des clameurs et des applaudissements frénétiques. Cependant le roi courut vers la grotte, et, trouvant Clotilde évanouie, il la confia aux soins des dames de la petite bande, qui arrivaient en foule pour le complimenter.

En même temps, madame de Montchenu, aidée de quelques serviteurs, relevait Didier, dont la blessure, quoique douloureuse, n'avait aucun caractère alarmant, et le faisait transporter dans sa chambre.

Quant à Moucheron et à Chevrette, grâce à leur petite taille, ils avaient pu se glisser facilement jusque dans la salle où les dames avaient conduit leur compagne d'infortune ; ils pressentaient qu'elle aurait bientôt besoin d'eux.

La cour était encombrée de seigneurs, qui exaltaient à l'envi la prouesse du roi.

— Sire, dit Bonivet, voilà un coup d'épée digne de Roland ! Je ne conseille pas à votre frère, l'empereur Charles-Quint, de jamais vider ses querelles avec vous en champ clos.

Si vous saviez, mon ami, combien de larmes j'ai déjà versées... (Page 72.)

François Ier sourit.

Sais-tu bien, répondit-il, que si je n'avais pas marqué quarte en levant légèrement le poignet, le drôle faussait ma lame et arrivait jusqu'à moi ?

— Maintenant, Sire, continua l'amiral, je crois à tous les contes bleus, depuis les quatre fils Aymon jusqu'aux pourfendeurs de géants dont parlent les Amadis. Vous avez bien justifié le vieux proverbe,

— Et que chante ce dicton? demanda le roi.

— Que si le diable sortait de l'enfer pour se battre, il se présenterait aussitôt un Français pour accepter le défi.

François éclata de rire.

— J'ignore si c'est le diable que j'ai combattu sous la forme d'un sanglier; tout ce que je sais, Bonivet, c'est que je suis possédé d'une soif d'enfer.

— Si le sanglier est éventré, Sire, répliqua l'amiral, nos flacons et nos bouteilles ne le sont pas encore.

Il se tourna vers ses compagnons.

— Messieurs, allons vider une dernière coupe en l'honneur de la chasse !

Et tous, François Ier en tête, rentrèrent tumultueusement dans la salle du festin.

X

LA CHEMINÉE

Clotilde évanouie avait été transportée dans l'intérieur du château. La salle dans laquelle reposait la jeune huguenote était une grande pièce octogone aux panneaux richement sculptés, s'enchâssant dans des chaînes de porphyres. Des cariatides nues jusqu'à la ceinture, pures et gracieuses de forme, se détachaient en relief sur les boiseries : des feuilles d'acanthe couraient dans les frises dorées ; des vases d'agate et des coupes d'onyx étincelaient aux jets des lumières ; des tapis d'Orient reflétaient leurs vives couleurs dans les miroirs à biseaux de Venise et se déroulaient sous les pieds comme une mousse épaisse, et des tentures de brocard isolaient, de la blanche clarté des étoiles, cette luxueuse retraite.

Une cheminée de marbre, superbe et monumentale, occupait un des côtés de la salle ; des orangers, des myrtes, des lauriers roses remplissaient son vaste foyer, encadré d'un luxuriant buisson de bruyère, de clématites et de lichens veloutés.

Au fond, dans la partie la moins éclairée, la tête appuyée sur des coussins de velours incarnat à franges d'or recouverts de dentelles, sur un lit de repos, sommeillait Clotilde dont la respiration agitée dénonçait de récentes angoisses.

Autour d'elle étaient groupées les dames de la petite bande qui semblaient faire assaut de zèle pour prodiguer des soins imaginaires à la jeune inconnue.

Mademoiselle Cécile de Fiefville était le capitaine de ce charmant escadron.

— Mesdemoiselles, n'oublions pas que nous avons charge d'âme, disait-elle à ses compagnes ; c'est à nous que Sa Majesté a confié le soin de veiller sur sa protégée.

Clotilde ouvrit les yeux et souleva ses longues paupières ; surprise elle voulut interroger les jeunes femmes qui l'entouraient.

Mademoiselle de Fiefville s'approcha d'elle et, courbant sa taille gracieuse, lui mit avec un geste mutin un doigt sur les lèvres :

— Taisez-vous, fit-elle avec son plus joli sourire. Esculape vous défend la parole.

— Mais où suis-je ? demanda Clotilde de plus en plus étonnée.

— Au château de Montchenu, hors de tout danger et entourée de vos meilleures amies.

La jeune fille regarda les dames de la petite bande et les salua d'un gracieux sourire :

— Oui, je vous reconnais en effet, mesdames ; vous êtes mes compagnes d'une heure ; la même table nous a réunies...

— La table du roi, interrompit Cécile.

— Oui, oui, je me souviens, reprit Clotilde en pressant son front de sa main brûlante... mais après ce bruyant repas... qu'est-il arrivé ?...

— Avez-vous donc oublié la grotte, cet asile si charmant, mais si dangereux ?

— La grotte ! répéta l'étrangère.

— Oui, la grotte pour laquelle vous nous avez faussé compagnie et où probablement devait vous rejoindre quelque ami discret.

— Je ne sais vraiment ce que vous voulez dire.

Et la belle huguenote regarda Cécile avec étonnement.

— Il est vrai, dit méchamment mademoiselle d'Antraguet, que l'ami discret est venu trop tard ou que le sanglier est venu trop vite.

— Vilaine visite ! ajouta mademoiselle de Tessé.

Clotilde tressaillit à ce souvenir :

— Oh ! l'horrible bête ! murmura-t-elle.

— Vous étiez perdue, ma chère, dit avec aigreur mademoiselle d'Antraguet.

— Oui, je me souviens de tout à présent, s'écria Clotilde, la grotte... le sanglier, la mort... ah ! je frissonne à cette pensée...

— Un beau gentilhomme est heureusement accouru

à votre défense, dit mademoiselle de Fiefville avec un malicieux sourire. Ce gentilhomme le connaissez-vous ? belle oublieuse.

— Sans doute ; c'est le roi nôtre sire.

— Oui, le roi chevalier ; vous avez dû avoir terriblement peur, mademoiselle, mais vous êtes sans doute bien heureuse maintenant de devoir la vie à votre souverain.

— Je ne l'oublierai jamais, dit simplement Clotilde.

— Espérons, fit tout bas la d'Antraguet, que le roi ne pensera plus dans quelques heures à cette héroïne de campagne.

— J'en doute, répliqua mademoiselle de Tessé ; voyez comme cette petite sauvage est jolie !

— Faisons donc notre cour à la favorite de demain.

Toutes alors empressées autour de Clotilde la regardaient avec envie.

— Vous paraissez inquiète, dit mademoiselle de Fiefville ; mais rassurez-vous, le roi n'a pas reçu la moindre égratignure.

La jeune fille soupira :

— C'est un grand bonheur, mais monsieur Didier a été blessé.

Cécile sourit :

— Vous vous intéressez beaucoup à ce jeune homme, ma belle ?

— Oh ! je vous assure, s'écria naïvement Clotilde, que je tremblais pour lui beaucoup plus que pour moi.

Les jeunes femmes échangèrent entre elles un regard moqueur.

— Vous aimez sérieusement vos amis, mademoiselle !

— Ah ! monsieur Didier est si loyal, si bon et si brave.

— Et puis, c'est un beau et charmant gentilhomme, ajouta mademoiselle d'Antraguet.

— Quoiqu'il paraisse un peu triste, dit mademoiselle de Tessé.

— Fier ! hasarda une troisième.

— Sauvage ! dit une quatrième.

Clotilde n'entendait rien et pensait à Didier :

— A-t-il été dangereusement blessé ? demanda-t-elle sans comprendre les insinuations perfides des femmes qui l'entouraient et en relevant ses beaux yeux noyés de larmes.

— Rassurez-vous, belle éplorée, répondit mademoiselle de Fiefville avec un fier regard, votre preux chevalier n'a reçu que des contusions sans gravité et madame Diane prend en ce moment grand soin de lui.

— Madame Diane ?

— Oui ! sachez que la comtesse de Montchenu, dont la bonté égale la beauté, veille au chevet du blessé.

— Ah ! la bonne et charitable dame !

— Et dans quelques jours monsieur Didier, hors de tout danger, pourra vous remercier de l'intérêt si vif que vous lui témoignez.

— Dans quelques jours, s'écria Clotilde pâlissant : d'ici-là... mon Dieu ? que vais-je devenir ?

— Cette séparation vous touche-t-elle donc le cœur à ce point ? dit mademoiselle de Fiefville, qui prêtait à ses paroles un tout autre sens que le véritable.

— Hélas ! je ne compte que sur monsieur Didier

pour me présenter au roi, auquel je veux sans retard adresser une requête.

— Enfant! dit Cécile, mais vous êtes dès maintenant la protégée et la débitrice de Sa Majesté.

— Ne me raillez pas, fit tristement Clotilde.

— Elle ne saurait rien vous refuser et votre requête est d'avance accordée.

— Je n'ose espérer un succès aussi prompt.

— Demandez hardiment.

— On dit le roi si sévère.

— Il ne le sera pas avec vous, ma mie.

Clotilde regardait les dames de la petite bande avec étonnement.

— Alors dites-moi comment je dois m'y prendre pour parler au roi.

Toutes les femmes se regardèrent entre elles et un méchant sourire courut sur leurs lèvres.

— Elle ne manque pas de présence d'esprit, fit observer Cécile à mademoiselle d'Antraguet. Ma belle fille, reprit-elle en s'adressant à Clotilde, je connais les usages de la cour et personne ne peut mieux que moi vous servir en cette occasion.

— Ainsi vous consentiriez?...

— Je m'engage à vous faire donner audience par Sa Majesté.

— Oh! que vous êtes bonne, madame!

— Aujourd'hui même... tout à l'heure.

— Comment m'acquitterai-je jamais envers vous?

— D'une manière bien simple, en souscrivant à la condition que je mets à mon service.

— J'accepte d'avance.

— Si vous devenez un jour une toute-puissante dame, vous vous souviendrez de ce que j'aurai fait pour vous.

— Ai-je besoin que vous m'imposiez le souvenir, et me croyez-vous assez ingrate?...

— C'est qu'ordinairement les femmes ne se rendent pas de services de ce genre, surtout, ajouta Cécile en relevant orgueilleusement la tête, quand elles sont égales en jeunesse et surtout en beauté.

La huguenote fixa avec un étonnement croissant ses yeux interrogateurs sur mademoiselle de Fiefville :

— Est-ce convenu? dit celle-ci.

— Hélas, madame, répondit Clotilde avec un triste et pâle sourire, je ne serai jamais ni puissante ni riche.

— Qui sait? ma belle!

— La vie a toujours été pour moi rigide et cruelle! Dieu seul a soutenu mon courage dans ces épreuves sous lesquelles mon âme a failli s'affaisser et se flétrir.

Mademoiselle de Fiefville haussa imperceptiblement les épaules :

— Vous refusez?

— J'accepte de grand cœur, madame, croyez bien que, quoi qu'il advienne, je garderai religieusement la mémoire de la grâce que vous m'aurez faite.

— C'est entre nous marché conclu, dit Cécile, et je vais, si vous le désirez, m'acquitter immédiatement de mon message.

— A l'instant!

— Pourquoi tarder? me présentant comme votre ambassadrice, le roi, j'en suis sûre, me recevra aussitôt.

— Et il pardonnera mon impunité?

— Et il vous en saura gré.

— Faites donc, puisque vous l'osez!

Mademoiselle de Fiefville sortit aussitôt en laissant échapper un petit éclat de rire.

Clotilde la suivit des yeux avec une vague inquiétude et éprouvait, sans s'en rendre compte, un sentiment de contrariété intérieure.

Si elle eût levé les yeux en ce moment, elle eût surpris les regards hostiles de la cohorte féminine qui l'entourait et deviné qu'elle était devenue l'ennemie intime de toutes les dames de la petite bande ; mais celles-ci se retirèrent dans l'embrasure d'une fenêtre et se mirent à chuchoter entre elles, tirant chacune à sa façon l'horoscope de la pauvre fille qui s'abandonnait à la pente de ses rêveries.

Affaiblie par la fièvre et brisée par l'émotion, sa tête se renversait sur les coussins, et sa main inerte retombait le long de son corps. Tout à coup le hasard fit glisser entre ses doigts un parchemin plié, tombé entre les carreaux de velours, et oublié par la complaisante messagère.

Clotilde le prit, l'ouvrit machinalement et lut :

« François, par la grâce de Dieu roi de France, à notre amé et féal trésorier de notre épargne Jehan Duval, salut et dilection.

« Nous voulons et nous vous mandons que des deniers de notredite épargne vous payiez, bailliez et délivriez comptant à Cécile de Fiefville, dame des filles suivant notre cour, la somme de quarante-cinq livres tournois, faisant la valeur de vingt écus d'or, dont nous lui avons fait et faisons don par les présentes, tant pour elle que pour les autres filles et femmes de sa vacation, à répartir entre elles ainsi qu'elles aviseront. Et ce pour leur mois d'août passé, ainsi qu'il est accoutumé de faire de toute ancienneté. Donné à Paris le dernier jour de juillet 15... »

Elle relut à plusieurs reprises cet acte étrange, et quoiqu'il fût plus obscur pour elle que ne l'eût été un des passages de l'Apocalypse, instinctivement elle regretta d'avoir eu recours à cette femme.

Cependant la porte s'ouvrit, et mademoiselle de Fiefville parut sur le seuil, un malicieux sourire aux lèvres.

Clotilde se leva et courut vers elle.

— Tout va bien, ma chère enfant, dit Cécile.

— Merci, madame; mais tout à l'heure j'ai été indiscrète et s'il est temps encore...

— D'empêcher le roi de venir vous rendre visite?...

— Oui, madame.

— Hélas! il est trop tard, dit la messagère, qui interprétait encore à faux la pensée de Clotilde et qui s'effaça dans l'ombre projetée par les hautes tentures.

Derrière elle apparaissait François Ier, accompagné de M. de Montchenu.

Clotilde recula comme effrayée, sentant ses forces l'abandonner et son courage s'évanouir.

Toutes les dames de la petite bande s'inclinèrent respectueusement devant le roi ; mais lui, sans paraître les voir, s'avança jusqu'à la jeune fille immobile et pâle comme une statue ; il lui prit la main...

— Eh quoi ! déjà debout, ma mie ! s'écria-t-il joyeusement.

Clotilde baissait les yeux et ne trouvait pas un mot de réponse.

Le comte Aurélien essaya de lui venir en aide :

— Allons, grâce à vous, Sire, cette chère enfant en aura été quitte pour la peur !

Et par un geste tout paternel, il saisit dans ses mains la main glacée de la jeune fille : celle-ci se dégagea brusquement de cette étreinte et, jetant sur son hôte un regard chargé de mépris, elle se laissa glisser aux pieds du roi.

— Justice, Sire ! protégez-moi, murmura-t-elle d'une voix entrecoupée de sanglots.

François Ier et le courtisan échangèrent un coup d'œil rapide ; puis ce dernier congédia les dames de la petite bande, et, fermant les portes derrière elles, vint reprendre sa place aux côtés de son maître.

Le roi regarda autour de lui, et certain de n'avoir plus pour témoin que son dévoué maître d'hôtel, il dit doucement à Clotilde :

— Relevez-vous, mademoiselle.

— Majesté, répliqua-t-elle, je resterai dans cette attitude de suppliante tant que vous n'aurez pas exaucé ma prière.

François fronça le sourcil :

— Contre qui me demandez-vous justice et protection ?

— Contre monsieur de Montchenu, mon hôte.

Le roi parut surpris :

— Le comte Aurélien vous aurait-il donc fait offense ?

Elle baissa la tête.

— Parlez sans crainte, ma mie.

— Sire, après m'avoir accordé l'hospitalité, monsieur de Montchenu me retient ici prisonnière.

— N'est-ce pas là un rêve de votre imagination troublée ?

— Sire, interrogez monsieur le comte lui-même.

François regarda son serviteur :

— Vous entendez, monsieur ?

M. de Montchenu répondit avec un sourire dédaigneux :

— C'est un véritable enfantillage. Votre Majesté me permettra de ne pas me défendre.

Le roi revint à Clotilde :

— Et sous quel prétexte cet honnête gentilhomme abusait-il ainsi de son autorité ?

— Il pretend, Sire, que je suis sa vassale. Sa vassale ! moi qui viens du fond des Cévennes. Je ne sais quels sont les desseins de monsieur de Montchenu, mais en le voyant me retenir malgré moi, en l'entendant m'outrager par un indigne langage, je me sens prise d'épouvante.

François Ier parut réfléchir et jeta ensuite sur le courtisan un regard de colère.

Celui-ci feignit d'être ému du changement qui s'était opéré dans les dispositions du roi et dit avec un empressement bien joué :

— Sire, demandez à mademoiselle ce qu'elle attend de Votre Majesté.

— La justice que j'implore, s'écria Clotilde, c'est que les portes de ce château me soient ouvertes comme à la plus humble mendiante. Sire, vous m'avez généreusement secourue tout a l'heure, c'est à mon sauveur que je m'adresse. Je mets mon honneur sous la garde du plus grand roi du monde.

François Ier parut touché de la supplique et répondit sans hésitation :

— A partir de cette heure, vous êtes libre, mademoiselle. Où voulez-vous qu'on vous conduise ?

Clotilde se leva, mais un frisson agitait tous ses membres.

— Vous irez rejoindre votre famille, ajouta le roi.

La jeune fille le regarda avec des yeux pleins de larmes :

— Sire, dit-elle, je n'ai plus d'asile ; je n'ai plus de famille. Il y a deux mois on a brûlé notre maison et ma mère est morte hier, assassinée dans mes bras.

François Ier se sentit pénétré d'une tendre compassion :

— Foi de gentilhomme, dit-il, je vous vengerai : mais qui donc vous a réduite à tant de misère ?

Clotilde tressaillit, mais elle eut le courage de répondre d'une voix ferme :

— Sire, ce sont vos soldats.

Le front du roi se couvrit d'un nuage sombre et ses yeux lancèrent des éclairs. Il se contint cependant et reprit avec une sorte de douceur :

— Expliquez-vous, mon enfant. Vous avez accusé d'abord M. de Montchenu de violer les lois de l'hospitalité. Maintenant vous accusez les solats du roi de France de brûler les maisons de ses sujets et de tuer les femmes. Le roi veut tout savoir.

Clotilde sentait son cœur battre avec violence et ses lèvres se sécher de terreur, mais elle pensa a sa mère, à Dieu qui veillait sur elle, à ses parents et à ses amis lâchement égorgés, et elle répliqua courageusement :

— Eh bien, je vais tout vous avouer, sire, dussé-je être victime de ma sincérité. Je sais que les rois vivent dans un nuage qui leur cache les iniquités commises en leur nom. Le sang des victimes ne jaillit pas jusqu'à eux, et pourtant il souillera leurs mains devant le tribunal du dernier jugement. Je ne puis croire que le noble chevalier qui a eu pitié d'une fille inconnue se soit transformé en Achab pour mutiler son peuple obéissant et fidèle. Que Dieu me protège, si ma libre parole attire sur ma tête votre indignation royale. Je vais perdre peut-être tout droit à votre commisération. Vous, mon juge, mon sauveur, mon roi, vous allez me haïr et me mépriser comme l'insecte qui rampe dans l'herbe et qu'on écrase du pied. Mais Dieu me voit et m'ordonne de confesser la vérité aussi bien devant les puissants de la terre que devant le glaive du bourreau et la torche du bûcher.

François admirait le charmant visage de Clotilde que l'exaltation empourprait de vives couleurs, et pensait que les sermons avaient du bon quand ils passaient par une aussi jolie bouche.

— Quel est donc ce grand crime dont vous vous accusez, reprit-il enfin, ce crime qui doit me forcer à détourner les yeux de vous avec horreur?

— Ce crime est celui d'un grand nombre de vos sujets et de ma famille.

— Je ne vous comprends pas, Clotilde.

— Sire, je suis de la religion réformée.

Et elle fixa sur le roi ses grands yeux purs et candides.

François Ier ne put cacher tout à fait un mouvement de surprise et de mécontentement, mais la beauté de la jeune huguenote avait fait sur lui une trop vive impression pour que sa galanterie battît en retraite devant cet aveu.

— Bah ! dit-il en essayant de plaisanter, je n'aime pas les huguenots aux prêches ou auxcréneaux d'une forteresse, sous la laide figure parcheminée d'un ministre en robe noire, d'un gentilhomme rebelle ou d'un paysan qui change son hoyau en estoc, mais je préfère, pâques-Dieu! le sourire d'une jeune et belle huguenote à la grimace d'une vieille catholique édentée.

Clotilde, peu rassurée par ce langage frivole et galant, rougit légèrement; le roi, qui s'en aperçut, prit aussitôt un air sérieux :

— Rassurez-vous, mon enfant, ajouta-t-il vous êtes sous ma protection, et nul ne sera désormais assez téméraire pour encourir votre disgrâce.

— Seulement, il faudra consentir à ne pas quitter le château, dit le comte Aurélien d'une voix doucereuse, en s'avançant vers elle.

La jeune fille le repoussa du geste et s'écria :

— Je ne veux rien devoir à M. de Montchenu, fût-ce un verre d eau, fût-ce un grabat de paille ; j'aimerais mieux m'en aller pieds nus par les chemins et demander mon pain au seuil des fermes et des chaumières.

— Je ne parle que dans votre intérêt, mademoiselle, reprit le comte toujours souriant; les chemins, les auberges et les maisons sont encombrés de soldats, de lansquenets allemands, de goujats d'armée qui vont à la maraude et vivent sur le paysan comme en pays conquis. Que feriez-vous seule au milieu de ces bandes de guerre qui se soucient peu de la pudeur d'une femme ?

— Sortez, monsieur le comte, dit sévèrement François Ier, qui remarqua l'agitation de Clotilde.

Le courtisan obéit aussitôt. Mais, dès que le roi se trouva seul avec la jeune huguenote, il lui dit :

— Je vous ai délivrée, mademoiselle, de ce déplaisant personnage, mais entre nous, convenons qu'il n'a pas tout à fait tort.

Elle avait essuyé ses pleurs et son visage resplendissait comme les fleurs que le soleil diamante d'étincelle après l'orage.

— Sire, répondit-elle, j'ai mis mon honneur sous votre garde et j'attends que vous décidiez de mon sort.

— S'il en est ainsi, Clotide, vous ne nous quitterez plus.

— Que votre Majesté réserve ses bontés pour de plus dignes !

— Dans quelques jours, je vous présenterai à madame la duchesse d'Angoulême, ma chère et honorée mère, et, sur ma demande, elle vous fera prendre rang parmi ses demoiselles d'honneur...

— Sire, je n'ai pas mérité tant de grâces, je ne suis pas de race noble, j'appartiens à la religion réformée, je serais aux yeux des dames de la cour une pierre d'achoppement et de scandale...

François Ier l'interrompit :

— Ainsi donc, Clotilde, plus de chagrins, plus de craintes, mais des journées de fête et de plaisirs. Vous avez vécu dans l'ombre, vous allez briller au grand soleil. Je veux, ajouta-t-il à voix basse, que toutes les déesses de la cour soient jalouses de votre bonheur comme elle le seront de votre beauté triomphante. Je veux, ajouta-t-il plus bas encore, que les plus grands, les plus nobles, les plus illustres fléchissent le genou devant votre puissance, que la cour du roi de France soit votre maison et qu'il n'y ait pas sous le ciel une voix assez hardie pour oser se plaindre de votre élévation.

— Sire, vous me confondez, vous m'accablez, vous m'effrayez, je ne vous comprends plus ! s'écria Clotilde pâle, émue, consternée.

— *Fuis la cour*, tinta tout à coup une voix grêle, comme un écho plaintif et lointain.

La jeune fille recula muette de surprise et d'effroi ; il lui semblait reconnaître la voix du nain Moucheron. Cet ami mystérieux veillait-il donc sur elle, et s'il veillait, au risque d'offenser le roi, courait-elle donc un si grand danger? Elle se rappela les paroles équivoques de mademoiselle de Fiefville et comprit le sens ironique des flatteries des dames de la petite bande.

Le roi, de son côté, avait retourné la tête d'un air d'inquiétude et de menace ; mais, ne voyant personne dans la salle et ne supposant pas que personne eût la hardiesse de l'espionner, il pensa s'être trompé et se rapprocha de Clotilde.

— Laissez-moi, ma mignonne, reprit-il, vous faire oublier vos heures de deuil et de sermons ; que votre triste passé s'efface comme un mauvais songe devant un éblouissant avenir. Je veux sécher d'un baiser ces pleurs qui tremblent encore au bord de vos cils.

Mais le visage de la huguenote était sérieux.

— Sire, je vous avais demandé justice, dit-elle avec un geste plein de fierté, mais je refuse des faveurs que je ne saurais mériter ; vous n'obligeriez qu'une ingrate.

— Ingrate? non, c'est impossible. Je suis sûr que vous m'aimez déjà.

— Sire, vous pouvez être assuré de toute ma reconnaissance.

— Clotilde, ce mot-là est bien froid, dit-il en souriant.

— Et de tout mon dévouement.

Le roi poète crut le moment venu de s'élever jusqu'au madrigal.

— Du dévouement ? répéta-t-il ; c'est ce que François Ier demande à ses grands vassaux et à ses compagnons d'armes, mais à ses belles vassales, il requiert licence d'incendier leur cœur à un rayon d'amour.

De sérieux, le visage de Clotilde devenait sévère.

— Sire, une orpheline ne se plaît point aux fêtes ; je vous supplie de me permettre de m'éloigner de la cour.

Le roi se mordit la lèvre avec impatience :

— Les prêches de vos ministres a voix nasillarde vous ont-ils donc gâté l'esprit et le cœur, ma mie ! laissez-vous aimer et vous serez plus que reine en notre palais.

— *Crains la disgrâce et l'exil*, tinta la même voix stridente avec une sorte de rire moqueur comme un grelot.

François Ier laissa échapper un geste de colère :

— Foi de gentilhomme ! s'écria-t-il, je voudrais bien connaître le mauvais plaisant qui met en doute ma parole royale ; mais ne croyez pas au moins cette voix infernale, ma mignonne ; quoique prodigue de grâces, mes promesses n'ont jamais été vaines, et je n'oublie jamais les gens que j'aime.

En même temps il avait saisi un flambeau sur la haute cheminée et en promenait lentement la lumière le long des tentures.

— Il y a sortilège et magie dans ce château, ma mie, je regrette de ne pas avoir amené Cornélius Agrippa, mon astrologue, qui aurait pu conjurer le maléfice ; mais j'ai su défendre l'entrée de la grotte où vous étiez cachée. Et maintenant que vous êtes sous ma sauvegarde...

— *Prends garde !* répéta la même voix plus stridente encore.

Clotilde remerciait en son cœur le nain Moucheron de son opportune intervention, mais elle commençait à en redouter pour lui les terribles conséquences s'il était découvert.

François Ier avait cru remarquer que la voix mystérieuse sortait de la monumentale cheminée garnie d'arbustes, de fleurs et de mousses ; il s'avança de ce côté, tenant le flambeau d'une main et de l'autre levant son épée :

— Sire, qu'allez-vous faire ? s'écria Clotilde épouvantée.

— Châtier un insolent, coupable de lèse-majesté !

En même temps le roi plongea par trois fois son épée à travers les branchages qui obstruaient le vaste foyer de la cheminée.

La lame atteignit-elle un être humain ou frappa-t-elle dans le vide ? La question resta indécise. Aucune plainte, aucun cri ne répondit à la singulière attaque du roi ; mais quand il voulut s'approcher de nouveau et se pencher pour écarter les branchages, tout le buisson fleuri s'agita violemment et la bougie du flambeau qu'il tenait à la main s'éteignit.

Oppressée et muette de saisissement, Clotilde se sentait défaillir. Quant à François Ier, exaspéré d'être ainsi troublé et bravé dans sa galante équipée, il gagna la porte au milieu de l'obscurité, et d'une voix impérative il appela à l'aide ; mais avant que les valets

eussent eu le temps d'accourir, la jeune fille avait disparu.

Moucheron et Chevrette, ces deux protecteurs invisibles qui veillaient sur elle, s'étaient élancés de la cheminée où ils étaient blottis derrière les feuillages ; ils étaient tout sanglants des blessures que leur avait faite l'épée du roi, mais l'énergie de la volonté avait supprimé la douleur chez ces débiles créatures ; ils saisirent la jeune fille par la main, puis, poussant le ressort d'un panneau mobile dont ils avaient découvert le secret, ils l'entraînèrent rapidement.

Quand le roi rentra dans la chambre, suivi de ses gens qui portaient des torches, elle était vide. Sur le tapis s'accrochait à une branche d'oranger brisée le voile de la huguenote marqué de taches de sang.

— Messieurs, dit François, qu'on fouille tout le corps de logis et qu'on prépare des cordes ! notre prévôt aura sans doute de la besogne cette nuit.

XI

MADAME DIANE

Conformément aux ordres donnés par la comtesse, les serviteurs de M. de Montchenu avaient transporté Didier dans sa chambre.

Pendant que les uns le dépouillaient de son costume de chasse et l'enveloppaient dans une ample robe de velours noir, les autres, entassant à la hâte de moelleux coussins, lui improvisaient un lit large et commode.

Sur une petite table découpée à jour, selon la mode d'Orient et tout encombrée de fioles et de flacons, brûlait une grande lampe, dont les deux becs de flamme inondait la chambre de lumière et faisaient étinceler l'or des cuirs de Cordoue qui tapissaient les murailles et l'acier des armures disposées en trophées.

Debout devant la table, le majordome préparait au feu de la lampe, avec une sage lenteur, un cordial qui devait faire cesser l'évanouissement du blessé et lui procurer un sommeil réparateur. Les serviteurs attendaient avec confiance que l'effet annoncé se produisît, car le digne homme passait dans la province pour aussi savant dans l'art de guérir qu'un juif pur de tout mélange de sang more ou chrétien.

En effet, à peine Didier eut-il senti glisser à travers ses dents serrées quelques gouttes du précieux breuvage, qu'il poussa un léger soupir, souleva ses paupières alourdies et promena autour de lui ses regards étonnés ; puis refermant bientôt les yeux, il parut céder involontairement au sommeil.

Tandis que les valets ébahis accueillaient avec un murmure approbateur le résultat de cette cure merveilleuse, une petite porte s'ouvrit doucement et une jeune femme, vêtue de blanc, apparut sur le seuil.

C'était madame Diane !

Elle avait suivi, pour venir chez Didier, un long couloir pratiqué dans l'épaisseur des murs et qui conduisait de son appartement à celui du jeune homme.

Arrivée là, elle s'était arrêtée pleine d'incertitude et de doute, tourmentant de ses doigts effilés l'épais bandeau de ses cheveux. Elle semblait lutter contre une pensée qui la poussait fatalement comme une vision magique ; ses yeux brillaient d'un feu étrange et presque sinistre ; son visage pâlissait comme si tout son sang se fût porté au cœur et tous ses membres tremblaient. Elle eut sans doute envie de se retirer ; mais, en voyant les regards des assistants se fixer sur elle avec surprise, elle eut honte de cet instant d'hésitation et de faiblesse ; l'orgueil lui rendit toute l'audace de sa volonté. Elle s'approcha rapidement du lit où reposait Didier, et sans proférer une parole, d'un geste impérieux, elle ordonna aux valets de s'éloigner.

Ceux-ci s'empressèrent d'obéir, et le majordome qui fermait la marche tira la porte après lui.

La comtesse, debout devant Didier, le contempla longtemps en silence :

— Que suis-je venue chercher ici ? murmurait-elle ; de nouvelles humiliations, une dernière torture. Il me semble qu'un brasier me consume lentement le cœur. Pourquoi ne puis-je bannir de mon esprit cette image qui trouble ma vie ? Pourquoi suis-je sortie du devoir ? Pourquoi n'ai-je plus d'espérance que dans un amour qui me vaudrait le mépris du dernier des hommes ?

Mais pendant qu'elle s'adressait ces paroles amères, la malheureuse femme se laissait lentement glisser sur les genoux ; elle se penchait vers le blessé, essuyait la sueur qui perlait à son front, et, dans un transport involontaire, elle effleurait la bouche décolorée de Didier de ses lèvres frémissantes. Au même instant elle ressentit comme un mouvement d'horreur et se leva toute droite comme si des témoins indignés eussent apparu tout à coup.

Cependant Didier s'était senti frissonner ; il lui semblait voir à travers le délire de la fièvre qui obscurcissait sa pensée, la chaste image de Clotilde.

Mais bientôt une voix tremblante qui murmurait son nom fit évanouir le rêve qu'il caressait.

Il ouvrit les yeux et les leva lentement.

La comtesse Diane de Montchenu était devant lui.

— Vous ici, madame ? s'écria-t-il heureux et troublé à la fois.

— Oui, moi ! dit-elle, s'avançant d'un pas timide, vers le lit du blessé, moi, que votre malheur inquiète.

— Merci d'avoir songé à moi, madame, quand vous êtes l'hôtesse du roi de France.

— Puis-je vous abandonner aux soins des valets ?

Et elle tendit une main brûlante à Didier qui y posa respectueusement ses lèvres.

— Que vous êtes bonne !

— Toutes les femmes sont bonnes quand elles aiment, dit-elle en souriant.

— Et vous m'aimez, n'est-ce pas ?

Madame Diane fixa sur le blessé ses beaux yeux avec une expression de surprise :

— Oui répondit-elle d'une voix pénétrante, comme si son cœur s'épanouissait au premier mot d'une soudaine révélation. Ne le saviez-vous pas ?

Didier se sentit profondément ému.

— Vous m'aimez comme les anges aiment sur la terre, comme la sœur aime son frère ; vous m'aimez de cette affection douce et sainte que les âmes nobles vouent aux déshérités. Il est généreux à vous, jeune, belle et riche, de descendre de votre piédestal et de venir vous asseoir au chevet de votre pauvre neveu.

Un voile de pâleur s'étendit sur le front de la comtesse.

— C'est donc là le seul amour dont vous me croyiez capable ?

— Vous n'avez jamais habité que le ciel, madame, et vous ne connaissez pas les passions ardentes et égoïstes de la terre.

— Qui sait ! murmura Diane d'une voix brève. Je suis jeune et belle, avez-vous dit ; je suis bonne et dévouée... et pourtant je ne suis pas aimée.

Didier la regarda avec étonnement :

— Pas aimée ! mais si l'affection d'un simple gentilhomme comme moi pouvait être comptée dans votre vie, je vous dirais, madame, que vous me calomniez.

Un froid sourire erra sur les lèvres de la comtesse. Didier reprit vivement :

— Monsieur de Montchenu, mon honoré oncle, ne vous aime-t-il donc pas ?

— Mon mari ! fit Diane avec un geste de dédain qui surprit le jeune homme. Il s'occupe beaucoup plus de se ménager les bonnes grâces du roi et de lutter contre les autres favoris que de plaire à sa femme. Que mon cœur saigne, que les heures me pèsent dans la solitude, peu lui importe ! Je suis pour lui comme un joyau enfermé dans un écrin et qu'il garde avec un soin avare.

— Mon oncle vous aime, madame ; il souffre quand il est forcé de s'éloigner de vous. Il vous sait si belle qu'il craint toujours qu'on ne lui dérobe son trésor. Il voudrait vous cacher dans l'ombre, car au soleil de la cour vous éclipseriez toutes les autres femmes.

— C'est-à-dire que le comte Aurélien est jaloux de moi ; mais est-ce là ce que vous appelez aimer ? demanda Diane d'un ton languissant.

— Je sais, répliqua le jeune homme avec embarras, que mon oncle a le caractère violent et irascible ; je sais qu'il est doué d'une volonté de fer, d'une de ces volontés malheureuses qui ne savent point plier devant la douceur ni parfois même devant la raison. Mais il vous aime, madame, et un de vos regards dompterait sa plus furieuse colère.

— Non, dit la comtesse, monsieur de Montchenu ne m'aime pas de cet amour naïf, sincère, absolu, que jeune fille j'ai rêvé. Mais si par hasard j'étais dans l'erreur, ajouta-t-elle en laissant lentement tomber sa main dans celle du blessé qui, cette fois, n'osa la serrer, respectez cette erreur qui m'est douce ; sachez, Didier, que je préférerais sa haine à son amour égoïste et que je n'ambitionne que son indifférence.

— Indulgente pour tous, pourquoi ne l'êtes-vous pas pour lui?

— Si vous saviez, mon ami, combien de larmes il m'a fait verser !

— J'ignorais que vous eussiez jamais pleuré, madame; vos yeux me semblaient faits seulement pour charmer comme votre bouche pour sourire.

— J'ai pleuré parce qu'il s'agissait de vous, Didier.

— De moi ! dit le blessé en regardant la comtesse avec l'expression de la plus vive surprise.

— Votre oncle cherchait à vous humilier dans ce château qui porte votre nom. Si vous vous amusiez à déchiffrer les vieux manuscrits, il prétendait que vous deviez vous faire tondre et que vous n'étiez bon qu'à devenir moine. Si vous alliez chasser, vous étiez un oisif, amoureux des plaisirs de grand seigneur, et vous ruineriez votre oncle à entretenir des meutes comme un prince. Quant à votre bourse, il évitait soigneusement de la remplir, crainte de vous induire en péché, sans doute. Et vous ne vous plaigniez jamais, Didier. Ah ! vous croyez que je n'ai pas souffert ! Mais avez-vous donc oublié qu'un soir monsieur de Montchenu voulut vous forcer à faire d'humbles excuses au majordome Bernard qui vous avait offensé et que vous aviez de vos robustes mains couché sur la table, malgré sa force d'athlète ? Je fus indignée de cette abominable iniquité, je pris hautement votre défense, et je fis honte au comte Aurélien de sa tyrannie.

— Je m'en souviens, répondit le blessé; c'est surtout depuis ce moment que vous avez eu le droit de compter sur ma reconnaissance et mon attachement sans bornes.

— Eh bien, c'est depuis cette triste soirée, Didier, que votre oncle, poussé par quelque démon jaloux, me poursuit de ses défiances et de ses colères sans cause. Il me reproche ma faiblesse envers vous; il dit que les femmes ont la tête légère et que leur cœur se prend par les yeux; qu'elles excusent volontiers les torts des jeunes gens aux cheveux noirs et aux propos hardis. Mon affection pour vous est un crime...

— Madame Diane, interrompit vivement Didier, je ne veux pas être une cause de querelle et de lutte entre vous et monsieur de Montchenu. Je quitterai le château. Comment mon oncle ose-t-il toucher ainsi à l'honneur de la femme qui porte son nom, de la femme qui a obéi scrupuleusement à ses volontés, qui a partagé ses ennuis et ses périls et qui partagerait demain sa disgrâce ? Ne vous êtes-vous pas trompée, madame ? Etes-vous sûre ?...

La comtesse baissa la tête en signe d'acquiescement.

— Je le plains, dit-il avec un accent de douleur.

— Ce n'est pas lui qui est le plus à plaindre, murmura Diane d'une voix éteinte. Non, c'est moi qui suis digne de pitié, car je souffre doublement dans mon orgueil et dans mon cœur. Le comte Aurélien, cet adroit courtisan, n'est pas un jaloux chimérique; ses soupçons ne s'égarent pas tout à fait...

— Que voulez-vous dire, madame ?

Diane soupira, et tandis qu'un nuage de pourpre envahissait son visage, que ses yeux étincelaient comme d'humides diamants, que sa poitrine haletait sous une oppression étrange, elle ajouta :

— Monsieur de Montchenu a pu se tromper sur le compte de son neveu; il ne s'est pas trompé sur le compte de sa femme.

Didier, pâle, éperdu, terrifié de cet aveu inattendu qu'il osait à peine comprendre, se souleva sur son séant et se saisit des mains de la comtesse :

— Taisez-vous ! taisez-vous ! s'écria-t-il d'une voix suppliante en jetant un regard d'alarme autour de lui, croyant déjà voir la porte s'ouvrir, les tentures s'agiter sous une main irritée, les portraits des vieux chevaliers descendre de leurs cadres.

Tous deux gardaient le silence, comme effrayés d'eux-mêmes. La comtesse regardait anxieusement Didier, et s'étonnait de ne pas le voir accueillir avec un transport passionné l'aveu suprême qu'elle avait laissé échapper. Le jeune homme, oubliant sa blessure, bouleversé par ces mystérieuses paroles qu'il ne voulait pas comprendre, tressaillait de tous ses membres et baissait les yeux devant Mme Diane.

Celle-ci cependant effleurait presque de son front charmant les lèvres de Didier; son corps souple, se modelant sous le tissu de sa robe, s'imposait par la richesse de ses formes à la vue du blessé; ses cheveux dénoués ruisselaient sur ses épaules nues, éclatantes de blancheur; la lumière, se jouant dans ses tresses dorées, en faisait ressortir la magnificence et colorait d'un ton clair les lignes onduleuses de son cou.

Didier, ému de ce silence et de ces regards plus éloquents que des paroles, sentait le vertige bourdonner dans sa tête; néanmoins, sa volonté dominait le trouble de ses sens et son cœur restait glacé.

— Mon ami, dit enfin la comtesse d'une voix tremblante, j'ai lutté longtemps contre moi-même; j'ai cherché à chasser de mon esprit et de mon âme l'image qui me rendait coupable; je détestais ma folie et j'essayais de me rattacher à mes devoirs. Je voulais aimer M. de Montchenu, mais mon âme me trahissait. Votre destinée était pour moi un incessant supplice. Enfin, je me demandais pourquoi, jeunes tous deux, tous deux avides d'amour, nous étions séparés dans la vie par un homme dont l'ambition, l'orgueil et la cupidité, tout m'était odieux.

Didier devint pâle comme la mort, mais il ne répondit pas. Diane poursuivit avec agitation :

— Me pardonnez-vous mon amour, et si c'est un crime que de vous aimer, en ferez-vous peser sur moi toute la honte ? Mais tu gardes le silence, tu me repousses! Ah! je le vois, c'est à peine de la pitié que je t'inspire. Qui sait ? je te fais horreur peut-être !

— Madame, répliqua froidement le jeune homme, est-ce une comédie que vous jouez, est-ce un piège maladroit qui m'est tendu, je ne sais à quelle intention? Puis-je ajouter foi à vos étranges paroles qui semblent dictées par un ennemi, puisque hier encore vous affectiez de me traiter avec une froideur dédaigneuse.

— Juste ciel ! s'écria la comtesse; il me soupçonne de jouer un rôle; mais cette froideur n'était qu'un mensonge, Didier, l'altération de mon visage ou de ma voix n'a-t-elle pas trahi vingt fois mon secret?

Moucheron se pencha sur le conduit et poussa un cri de chouette... (Page 76)

Le blessé répondit d'un ton grave et triste :

— Oubliez-vous, madame la comtesse, que M. de Montchenu peut entrer à tout instant dans cette chambre et vous entendre !

Diane comprit alors seulement que le cœur du jeune homme lui était resté fermé et que son rêve s'évanouissait ; ses yeux s'ouvrirent avec effroi, comme devant un abîme ; le vide se faisait en elle, mais elle voulut douter de son malheur et ne s'avoua pas vaincue.

— Que m'importe ! reprit-elle avec une expression farouche ; je ne suis pas une de ces jeunes filles timorées qui renferment naïvement dans leur cœur un amour qui les consumera en les jetant pâles et froides sur la dalle du cloître ou sur le marbre de la tombe. Je vous aime, Didier, et, maintenant que j'ai osé vous l'avouer, je ne craindrais pas de le confesser devant tous.

— A quoi bon, madame, vous complaire dans des rêves chimériques qui fatiguent votre cœur et qui sont si fragiles qu'ils n'ont même pas de lendemain ?

La comtesse se pencha vers le blessé :

— Ce ne sont pas des rêves, Didier ; j'ai bien réfléchi à l'avenir qui nous attend ; je ne vous propose pas une trahison lâche et cachée. Pour vous, mon ami, je quitterai M. de Montchenu, je me dépouillerai de mon titre et de ma fortune. Je suis à cette heure une dame puissante et respectée, je deviendrai ta servante. Je suis orgueilleuse et hautaine, pour toi je me ferai douce et humble, si tu m'aimes. J'ai toujours vécu au milieu du luxe ; avec toi je subirai joyeusement la pauvreté, si tu m'aimes. Reine déchue, il me sera poussé des ailes d'ange, mais il faut que tu m'aimes !

Didier la regarda avec un sourire froid :

— C'est là un langage digne d'une bohémienne, madame, et non de la comtesse de Montchenu.

Frappée au cœur, Diane recula et le regarda avec des yeux égarés :

— Ne suis-je donc pas maîtresse de moi-même ? s'écria-t-elle.

— Non, dit durement le jeune homme, car vous avez en garde l'honneur de votre mari et de la loyale race dont vous descendez.

Elle se tordit les bras avec un geste désespéré.

— Ainsi vous me repoussez ?

— Non, madame ; je vous défends contre votre propre folie.

— C'est-à-dire, reprit-elle d'une voix entrecoupée, que tu es bienheureux de faire peser à mon pied la chaîne qui le meurtrit et qu'il traîne ! Tu es libre, toi ; nul serment ne te lie, et tu peux dépenser ton cœur au gré de ton caprice... mais prends garde !

— Je ne vous comprends pas, dit le blessé avec une vague inquiétude.

— Prends garde, si tu dédaignes la comtesse pour la bohémienne, si tu aimes une autre femme jeune et libre comme toi, et si c'est un pareil amour qui me rend odieuse à tes yeux !

Didier essaya de sourire, mais sa pâleur augmenta tandis qu'il répondait :

— De quelle bohémienne parlez-vous, madame?

Diane lui saisit la main :

— Dis-moi donc que tu ne l'aimes pas, dis-moi donc que tu n'es pas fou de cette belle statue, belle comme ces marbres antiques dont elle a la froideur: Ah! tu m'as comprise, car tes yeux se troublent; mais ne sais-tu pas que le cœur de cette enfant déborde de plus d'ambition que le tien ne contiendra jamais d'amour?

Didier la regarda avec indignation.

— Pourquoi calomnier une pauvre fille dont le seul crime envers vous est d'être belle?

— Quand cette innocente sera la maîtresse du roi notre Sire, tu te repentiras peut-être de ton incrédulité.

Le jeune homme répondit simplement :

— Je vous pardonne, madame.

La comtesse fut blessée de ce mot comme d'un coup d'épée. Elle répliqua :

— Merci de ce généreux pardon, monsieur. Pardonnez-vous aussi à monsieur de Montchenu, cet oncle que vous aimez, ce mari que vous respectez, d'avoir fait trafic d'un ange si pur et si chaste ?

Didier tressaillit, mais il parvint à comprimer sa colère et dit avec un accent de dédain suprême :

— Je n'oublierai jamais le respect que tout bon gentilhomme doit à une femme.

Ce fut le dernier coup. La comtesse, brisée par cette indifférence superbe qui l'avilissait à ses propres yeux, dut s'appuyer d'une main défaillante à un des piliers du lit et éclata en sanglots :

— C'est trop me châtier, c'est trop m'humilier, monsieur, dit-elle, la jalousie m'a rendue mauvaise; j'ai voulu vous faire souffrir; j'ai eu tort; mais je vous ai dit la vérité, Didier, je le jure, en vous dévoilant les projets de votre oncle.

L'émotion soudaine et involontaire de la comtesse rendait sa sincérité évidente. Didier eut peur, mais il pensa que le nom de Clotilde n'avait pas encore été prononcé.

— Madame, ne vous jouez pas de ma douleur, dit-il d'une voix altérée. La jeune fille que j'ai amenée ici est-elle sérieusement en danger?

— Ah! vous tremblez pour Clotilde! Je ne l'avais que trop bien ressenti; c'est elle que vous aimez, dit la comtesse avec accablement.

— Je la sauverai ! s'écria le jeune homme.

— Vous la disputerez donc au roi?

— C'est à lui-même que je demanderai justice.

— Malheureux enfant! vous voulez mourir dans quelque bastille.

Il joignit les mains :

— Oh! je vous en supplie, madame Diane, vous qui êtes maîtresse dans ce château, protégez Clotilde, aidez-moi dans mon œuvre de dévouement. Si je vous ai offensée, oubliez-le et pardonnez-moi !

— Vous êtes fou, Didier.

— S'il est vrai que vous m'aimiez, ma prière vous touchera; les femmes qui aiment sont généreuses et se plaisent au pardon. Vous aurez pitié d'une fille innocente; elle ne sait rien de mon amour, mais elle a compté sur ma protection. Mon seul rêve c'est de lui sauver l'honneur et d'assurer son repos.

La comtesse attacha sur lui un regard sombre.

— Si je me laisse attendrir par vos instances, si je parviens à conduire Clotilde en lieu de sûreté, consentez-vous à jurer que vous ne chercherez jamais à la revoir ?

Le jeune homme posa la main sur son cœur pour en comprimer les battements...

— Pourquoi, madame, exiger de moi un serment que je n'aurai pas la force de tenir?

— Tu l'aimes donc bien? Didier.

Il baissa la tête et n'osa répondre.

— Ecoute-moi, reprit Diane dans un transport de colère, malheur à Clotilde, car tu l'aimes! malheur à toi, car tu m'as dédaignée! Tu ne veux pas de moi amour, crains ma haine!

Didier tremblait maintenant pour sa bien-aimée, et il n'hésita pas à s'humilier :

— Soyez clémente, madame, et vous aurez en moi un serviteur dévoué à vos volontés, un esclave soumis à vos caprices.

— Il est encore temps, Didier. Laisse-moi sauver cette malheureuse fille! Ne la condamne pas toi-même! Immole-toi pour elle, jure de ne pas la revoir !

Le blessé sentait la fièvre allumer son sang; il faisait de vains efforts pour répondre; enfin il s'écria d'une voix déchirante :

— Non, non! je ne puis le promettre, car je serais parjure.

Un bruit de pas se fit entendre dans la chambre voisine.

— Ah! s'écria la comtesse un éclair de joie haineuse dans les yeux, le hasard vient à mon aide et va me servir à souhait.

— Que Dieu vous pardonne, madame!...

Elle courut à la porte et l'ouvrit.

— Que Dieu vous pardonne! répéta Didier, car vous allez commettre une lâcheté.

— Non, répliqua madame Diane, je me venge.

En même temps elle déchira le tissu de sa robe.

froissa ses manches et rompit sa ceinture en poussant un cri d angoisse ; puis elle chancela quelques secondes sur elle-même et tomba pâle, froide et comme inanimée dans les bras de l'homme qui était accouru à sa voix.

C'était M. de Montchenu qui venait enfin de rendre visite à son neveu. D'un regard impérieux il lui demanda compte de cette scène étrange ; celui-ci garda le silence, car il ne voulait pas accuser et perdre une femme dont il plaiguait sincerement le délire. Le comte prodigua les soins les plus tendres à madame Diane ; mais dès quelle eut commencé à reprendre ses sens, elle pressa fiévreusement le bras de son mari et l'entraîna avec une force extraordinaire, en disant d'une voix étouffée :

— Sortons de cette chambre, Aurélien ; vous y reviendrez seul.

Le jeune gentilhomme, atterré de ce brusque dénouement, sentait qu'un grand danger le menaçait et qu'il ne devait pas attendre impassible l'éclat de la foudre. D'ailleurs, l'intérêt de Clotilde réclamait toute l'énergie de sa volonté. Il se leva précipitamment, et il allait se rendre auprès de son oncle lorsque la porte se rouvrit.

M. de Montchenu parut sur le seuil, le front sévère et le regard irrité.

— Ah ! monsieur mon neveu, dit-il durement, vous comptiez vous soustraire au châtiment que mérite votre indigne conduite !

— Non, monsieur, j'allais prendre vos ordres.

Le comte sourit d'un air incrédule :

— Diane m'a tout avoué.

— Je ne sais ce que madame de Montchenu a pu vous avouer, mon oncle, mais je sais que le fils de votre frère n'a en rien démérité de sa famille.

— Trêve de mensonge ! s'écria le comte Aurélien ; je n'en serais pas dupe. Tu vois que j'ai comprimé ma colère par respect pour mon hôte, le roi de France, qui ne doit rien connaître de nos querelles domestiques. Mais si je reste calme comme un juge, je ne serai pas moins inflexible.

— Mais un juge ne condamne pas un accusé sans l'entendre, répliqua fièrement Didier, et la vérité finit toujours par triompher dans la bouche d'un honnête homme.

— Malheureux ! tu oses parler d'innocence lorsque je t'ai moi-même surpris... Mais cette vérité que tu invoques, elle te confond et t'accable. Je ne veux pas flétrir notre nom et je ne tirerai de toi aucune vengeance publique, mais ne me crois pas résigné à souffrir que mon honneur soit impunément outragé.

— Votre honneur n'est-il donc pas le mien? répartit Didier en s'avançant vers son oncle, mais ce dernier le repoussa du geste.

— Tu sortiras de ce château.

— A l'instant ! s'écria le gentilhomme indigné.

— Non pas, reprit le châtelain ; je ne veux point que toute la cour apprenne que je t'ai chassé ; on en chercherait la cause, et les favoris qui me jalousent ne tariraient pas de brocards sur mon compte.

— Croyez-vous que je subirai l'aumône d'un parent qui m'accuse ?

— Ne fais pas le rodomont, dit M. de Montchenu avec un méchant sourire ; tu resteras ici tant qu'il me plaira, car tu es mon prisonnier.

Et sans donner le temps à Didier de se justifier davantage, il sortit en rejetant vivement la porte derrière lui ; puis il la ferma à double tour.

Une heure après, le majordome Bernard et deux valets entrèrent dans la chambre du blessé ; ces derniers portaient sur leur tête une longue manne d'osier remplie de linge et de vivres destinés au prisonnier.

Didier, fort étonné, voulut interroger ces serviteurs silencieux ; mais ceux-ci, à qui la leçon avait été faite, s'éloignèrent sans répondre, le laissant en proie à une inquiétude et à une agitation extrêmes. Il repoussa dédaigneusement la manne du pied et se mit à se promener dans sa chambre, malgré la douleur que lui causait sa blessure, pendant que sa pensée en ébullition errait de Diane à Clotilde et qu'il se désespérait de son impuissance.

— Personne, s'écria-t-il enfin, personne ne viendra donc à mon aide !

— Tu te trompes! répliqua une voix stridente qui semblait sortir des entrailles de la terre.

Didier se retourna stupéfait.

Il le fut plus encore quand il aperçut les flacons et les pâtisseries qui remplissaient la manne s'écarter brusquement et le nain bondir sur le plancher avec l'agilité de ces diablotins qui, poussés par un ressort, s'échappent des boîtes à surprises.

— Toi ici ! Moucheron, s'écria-t-il en ouvrant de grands yeux.

— Moi-même, répondit le nain en sautant lestement hors de la manne.

— Ami, c'est le ciel qui t'envoie.

— Dites plutôt que c'est le diable, car je ne dois cette idée qu'à moi seul.

— Que tu tombes du ciel ou que tu montes de l'enfer, tu es le bienvenu.

— Je n'en doute pas, monsieur Didier.

— Mais par quel hasard?...

— J'ai su que vous étiez prisonnier. Comme j'ai toujours l'oreille au guet, je suis facilement au courant de tout ce qui se passe. On vous a déjà accusé d'une douzaine de crimes plus capitaux les uns que les autres. Cela entretient la conversation. Ma foi ! me suis-je dit, un si grand criminel doit avoir besoin des petits de ce monde. Un rat peut rompre les mailles du filet d'un lion. Ma taille m'ayant permis de me glisser dans cette corbeille, je m'en suis servi comme d'une litière pour venir à vous.

— Merci, ingénieux Moucheron, merci; tu es le plus adroit des nains pour commettre des actions héroïques. A cette heure, tu me vois fort en peine, non de mon sort, mais de celui de mademoiselle Clotilde.

La figure du nain s'égaya d'un sourire qui ressemblait beaucoup à une grimace, ou d'une grimace qui avait l'excellente intention d'être un sourire; il prit ensuite un air important :

— Bannissez tout souci, monsieur Didier, dit il, votre protégée n'a, pour le moment, rien à redouter de la malice des hommes.

— Qui donc l'a tirée d'embarras? s'écria le gentilhomme.

— Par Belzébuth ! ne devinez-vous pas, cher seigneur?

— Toi, mon bon Moucheron?

— Et j'en porte pour témoignage cette glorieuse entaille dont le roi de France et seigneur de Gonesse a daigné me gratifier dans sa colère. Etre blessé de la propre main ou plutôt de la propre épée de Sa Majesté, n'est-ce pas un honneur qui me dédommage de toutes les misères que j'ai subies depuis ma fuite de Moulins?

— Tu es digne d'être chevalier, Moucheron, et un jour, nous compterons ensemble.

Moucheron sourit.

— En attendant cet heureux jour, utilisez mon zèle, monsieur Didier; je suis prêt à vous obéir, ordonnez.

— Eh bien, sauvons d'abord les deux reîtres enfermés dans les souterrains du château ; ils ont ma parole et je n'entends pas y manquer.

— D'autant plus que le majordome Bernard pourrait les surprendre en allant visiter la recluse...

— Comment sais-tu ?

— Dans la fameuse cage de fer.

— Comment sais-tu ? répéta Didier.

— Toujours par le même procédé : j'écoute et j'entends. Me doutant du tour que vous vouliez jouer à ces malheureux reîtres, j'ai fait plus, j'ai eu l'ingénieuse idée de vous suivre secrètement. On ne sait pas ce qui peut arriver, et souvent petite aide fait grand bien.

— Alors tu as tout vu ?

— Tout.

— En ce cas, prends ces clefs et aussitôt après le départ du roi, mets ces pauvres diables en liberté.

— Monseigneur, fiez-vous à moi.

— Mais, j'y songe, interrompit Didier, maintenant que tu t'es imprudemment introduit ici, comment vas-tu en sortir?

— C'est bien simple, dit le nain, n'existe-t-il pas du souterrain à votre chambre de secrets conduits par lesquels nous percevons ici le plus léger bruit?

— Oui.

— Or, si le bruit monte jusqu'à nous, par le même chemin, je pourrais, il me semble, descendre jusqu'à lui.

Didier hocha la tête comme un homme fort peu convaincu.

— J'ai précisément apporté par prévision, continua le nain, cette corde qui, si je ne m'abuse, est de longueur suffisante ainsi que nous pouvons nous en assurer.

Didier se dirigea vers l'un des coins de la chambre, soulevant avec précaution une petite dalle à l'aide de anneau d'argent qui s'y trouvait scellé, Idécouvrit un étroit conduit fait en briques, duquel s'échappa par bouffées un air fétide et glacial.

La lumière que Moucheron, tenait fallit s'éteindre.

Alors le nain se pencha sur le conduit souterrain, et se faisant un porte-voix de ses deux mains placées de chaque côté de sa bouche, il poussa un cri de chouette que l'écho lui renvoya après un instant de silence.

— C'est à merveille, dit-il, ma corde a deux bonnes brasses de trop.

— Et tu oseras descendre dans ce gouffre? demanda Didier en regardant le nain d'un air de doute.

— Si je l'oserai? reprit Moucheron, vous allez voir.

Puis attachant solidement sa corde à un escabeau qu'il plaça en travers du trou, il s'engagea dans l'étroit conduit jusqu'aux épaules.

— Courage, mon hardi compagnon, dit le jeune homme, et que Dieu te protège !

— Merci, monsieur Didier, répondit Moucheron, car avec l'aide de Dieu et surtout avec une bonne corde on descendrait jusqu'en enfer.

Et après lui avoir fait un dernier signe d'adieu, le nain disparut, laissant Didier stupéfait de trouver tant d'audace et de résolution sous une si frêle enveloppe.

XII

LE FAUX BATELIER

Le cri de chouette qu'avait poussé Moucheron pour sonder la profondeur du gouffre obscur dans lequel il allait s'engager, avait lugubrement retenti sous la voûte sonore du caveau.

Le connétable, qui depuis deux heures était resté absorbé dans une méditation douloureuse, les yeux fixés sur le corps inanimé de la recluse, fit un soubresaut sur son escabeau de chêne.

— Oh ! oh ! murmura-t-il en se frottant les yeux, voilà un signal qui nous présage quelque événement nouveau... Attention, Pompérant !

Pompérant était déjà debout, dardant sa prunelle de lynx vers la porte du caveau et vers la grille de fer qui donnait sur l'étang.

La torche qu'en partant Didier avait accroché au crampon de fer scellé dans la muraille touchait à sa fin, et ne jetait déjà plus qu'une lueur incertaine et tremblante.

Cependant Pompérant n'en aperçut pas moins dans l'un des coins les plus obscurs du caveau, une espèce d'araignée gigantesque, qui, suspendue à son fil, descendait de la voûte au sol avec toutes sortes de contorisons étranges et fantastiques qui ne sont généralement pas dans les mœurs et coutumes de ce genre d'insecte.

A peine eut-elle touché la terre, qu'en trois enjambées de ses pattes longues et grêles elle atteignit la cage de fer, après les barreaux de laquelle elle grimpa lestement jusqu'à ce qu'elle fût arrivée à la hauteur du visage des deux prisonniers.

C'est alors seulement que le connétable et Pompérant reconnurent en la personne de cette monstrueuse araignée le chétif Moucheron.

— Quoi! c'est toi, mon fidèle serviteur? dit M. de Bourbon.

— Moi-même, monseigneur, répondit tout bas Moucheron, en faisant à son maître un geste qui semblait commander le silence.

— Quelle singulière route as-tu suivie pour venir jusqu'à nous? demanda Pompérant à voix basse.

— Ayant à vous parler confidentiellement, continua le nain en baissant davantage la voix, j'ai dû nécessairement choisir le tuyau de l'oreille.

— Parle vite, Moucheron, interrompit le connétable, es-tu porteur de quelque fâcheuse nouvelle, comme l'est d'ordinaire l'oiseau de mauvais augure dont le cri t'a précédé!

— Je suis d'abord porteur d'un flacon de vieux vin cuit, répondit le nain en tirant triomphalement de son pourpoint une fiole longue et plate.

Les deux prisonniers s'en saisirent et burent fraternellement à la même bouteille, à défaut de gobelets; et dès qu'elle fût vide :

— Enfant, dit le connétable, ton vin m'a réjoui le cœur!

— Voilà qui vous le réjouira bien plus encore, répondit le nain en faisant sonner au-dessus de sa tête deux clefs passées ensemb'e dans un anneau de fer.

— Quelles sont ces clefs, Moucheron! demanda Pompérant.

— La plus petite, répondit le nain, ouvre ce caveau et l'autre ouvre la grille qui donne là... sur l'étang, et à laquelle une barque est amarrée. Avec cette barque et dix coups d'avirons, on peut gagner l'autre rive, et l'autre rive, dame! c'est la liberté, si le cœur vous en dit, messeigneurs.

— François a donc quitté le château? demanda le connétable.

— Non pas, répondit le nain; il vient au contraire d'y établir pour huit jours son quartier général, partageant ses loisirs entre la chasse et l'amour, en attendant que ses gens mis en campagne lui apportent des nouvelles de M. de Bourbon.

— Sainte-Barbe! s'il en est ainsi, s'écria le connétable, je lui cède la place. Ouvre les portes, enfant, et et amène la barque, car avant que François ait quitté ce château, j'aurai quitté la France!

Moucheron se hâta de délivrer les deux prisonniers, puis il courut lestement sauter dans la barque.

Déjà M. de Bourbon se disposait à l'y suivre, lorsque Pompérant l'arrêta.

— Monseigneur, dit-il, ne commettez pas, je vous en conjure, l'imprudence de partir ainsi à l'aventure.

— L'occasion est, au contraire, sagement choisie, mon fidèle compagnon, car reîtres et lansquenets, las d'avoir sans succès exploré la plaine, battu les bois et fouillé les châteaux des environs, rentrent à l'heure

qu'il est, découragés et convaincus qu'ils ont été mal renseignés ou qu'ils ont perdu notre trace.

— Monseigneur, répliqua Pompérant, la main providentielle qui nous a guidés depuis Chantelle jusqu'ici et qui nous a miraculeusement sauvés de toutes les embûches semées sous nos pas, peut nous faire tout à coup défaut. Croyez-moi, ne tentons pas Dieu; ayons foi en la Providence, mais veillons aussi nous-mêmes à notre propre salut.

— Mais, pour y veiller, mon cher Pompérant, dit M. de Bourbon, il me semble qu'il faudrait d'abord commencer par sortir de prison?

— Reposez-vous de ce soin sur moi, répondit le gentilhomme. Quelle heure est-il? Moucheron, continua-t-il en s'adressant au nain, qui, les deux avirons en main, et carrément assis sur son banc, semblait n'attendre qu'un signal pour gagner au large.

— Deux heures vont sonner, messire, répondit Moucheron, car j'entends d'ici le pas des hommes de garde qui viennent relever les sentinelles.

— Trois heures me suffiront, monseigneur, reprit Pompérant, pour aller rejoindre MM. de Varennes et de l'Escure, que j'ai chargé de marcher en avant et de nous frayer la route. Avec leur concours, j'organise et j'échelonne sur votre passage une escorte invisible toujours prête à vous protéger en cas d'attaque. Quand cinq heures sonneront, traversez l'étang et abordez dans les oseraies touffues qui bordent l'autre rive. Vous m'y trouverez avec vingt de vos plus fidèles partisans, tous vaillants de cœur et d'épée, tous disposés à verser pour vous jusqu'à la dernière goutte de leur sang.

— Pompérant, interrompit le connétable, l'entreprise est trop hardie pour que je te la laisse tenter seul. Tu ne me quitteras pas, et nous partirons ensemble.

— Ce serait une imprudence impardonnable, monseigneur, répondit le capitaine, et j'aurai le courage de vous désobéir. Songez que de votre salut dépend la fortune de tous les braves gentilshommes qui se sont si noblement dévoués à votre cause.

— Allons! mon fidèle, dit le connétable avec un soupir, pars donc seul, puisqu'il le faut.

— Merci, monseigneur! Et vous, à cinq heures, dès que vous entendrez sonner à la chapelle du château le premier coup de l'angelus, venez à nous.

— Je serai fidèle au rendez-vous, reprit M. de Bourbon d'une voix grave et presque solennelle. Quoi qu'il arrive, je compte sur vous comme vous pouvez compter sur moi.

Pompérant baisa la main du connétable et descendit dans la barque où l'attendait Moucheron, puis faisant à M. de Bourbon un dernier signe d'adieu :

— A bientôt, monseigneur, dit-il.

— A bientôt, répéta le connétable, et que le ciel te protège, ami.

La barque glissa sans bruit vers l'autre rive, et M. de Bourbon, qui la suivait des yeux, la vit disparaître au milieu de l'épaisse vapeur qui s'élevait de l'étang.

Moucheron revint aussi silencieusement qu'il était

parti, et quand il eut amarré son bateau et refermé la grille :

— Eh bien, maître Moucheron, dit le connétable, la traversée a-t-elle été heureuse ?

— Oui, monseigneur, répliqua le nain, mais grâce au brouillard épais dont nous étions environnés, car, à travers l'obscurité, j'ai vu se dessiner sur le ciel les ombres des sentinelles qui, l'arquebuse au poing semblaient interroger toutes les vagues rumeurs qui montaient de l'étang.

— Les drôles, à ce qu'il paraît, font bonne garde, dit M. de Bourbon.

— Si bonne garde, monseigneur, que je doute fort qu'il vous soit possible, à cinq heures, de passer sans être remarqué.

— Qu'importe ? il n'y a pas si loin d'une rive à l'autre.

— Il n'y a pas loin non plus du rempart à l'étang.

— En dix coups d'avirons, continua le connétable, on peut aisément gagner les oseraies.

— Sans doute, répliqua le nain, mais d'un seul coup d'arquebuse on peut aisément aussi vous envoyer une balle en pleine poitrine.

M. de Bourbon, le sourire aux lèvres, posa sa main sur la tête de Moucheron.

— Mon fou, dit-il, vous raisonnez comme un sage.

Moucheron s'inclina profondément.

— En furetant, hier, pour explorer les êtres, continua-t-il, j'ai découvert par hasard le chenil où perche le batelier du château. Je vais donc aller emprunter au bonhomme, à son insu, un habillement complet, celui qu'il ne met que les jours de fête. Avec ce costume, vous pourrez, si bon vous semble, vous promener pendant une heure sur l'étang sans que personne songe à s'inquiéter de vous.

— De mieux en mieux, maître Moucheron, interrompit gaiement le connétable.

— Je vais le quérir, monseigneur, et je vous l'apporte sur-le-champ.

Puis, faisant jouer le triple tour de la lourde serrure du caveau, le nain partit comme un trait, sans même fermer la porte après lui.

Pendant que s'accomplissaient les événements que nous venons de raconter, les gentilshommes de la suite du roi et les dames de la petite bande, retirés dans les chambres qui leur avaient été préparées, dormaient du plus profond sommeil. Le roi seul, malgré sa puissante nature, n'avait encore pu trouver un seul instant de repos. Il rêvait à Clotilde, qui avait été arrachée de ses bras comme par magie, au moment où il la croyait en son pouvoir, et, dans son agitation, il la voyait, sombre, insaisissable, errer autour de lui.

Vainement il cherchait dans le sommeil un refuge contre cette incessante hallucination ; dès que ses paupières appesanties commençaient à se clore, de bruyants ronflements qui partaient de la chambre voisine le réveillaient en sursaut pour le replonger dans ses folles rêveries.

Celui qui ronflait ainsi à poings fermés, comme le dernier des manants, était le jeune et brillant amiral Bonnivet, ce galant gentilhomme dont raffolaient toutes les dames de la cour.

Vingt fois François s'était retourné dans son lit, vingt fois il avait enfoui sa tête sous son drap pour échapper à ce bruit monotone qui lui crispait les nerfs et cependant il l'entendait toujours gronder à ses oreilles, tantôt lent et prolongé comme le roulement d'un tonnerre lointain, tantôt bruyant et saccadé comme quand la foudre éclate.

A bout de patience, le roi vêtu d'un simple caleçon, se jeta hors de son lit et se précipita dans la chambre de Bonnivet. Appliquant ses deux robustes mains sur les épaules du gentilhomme, il le secoua si furieusement que celui-ci. surpris de cette brusque agression, se laissa glisser instinctivement dans la ruelle, et sauta sur son épée, qu'il tira du fourreau. Mais dès qu'il eut ouvert les yeux :

— Quoi ! sire, c'est vous ? s'écria-t-il stupéfait.

— Rengaîne ton épée, mon brave Bonnivet, dit François en riant de son gros rire, car je ne viens pas comme je le fais envers tout voisin qui me gêne, te déclarer la guerre ; je viens, au contraire, te supplier instamment de m'accorder la paix.

— La paix ? répéta l'amiral encore mal réveillé, et pourquoi cela, sire ?

— Parce que tu m'empêches de dormir, mon ami, et que, sans reproche, tu ronfles de manière à réveiller tout un camp.

— En vérité ! s'écria l'amiral.

— C'est au point, mon cher, continua le roi, que je ne te laisserai pas achever ta nuit.

— Sire, je vous en conjure, dit Bonnivet, grâce pour cette fois,... mes yeux se ferment malgré moi... je tombe de sommeil.

— C'est possible, reprit François, mais comme moi je ne puis pas dormir, je veux que tu me fasses compagnie. — Tiens ! continua-t-il en jetant l'une après l'autre à Bonnivet toutes les parties de son vêtement, voilà tes chausses et tes manchettes ; tiens, voilà ton pourpoint et tes gants, tes bottes, ton toquet et le reste !... Maintenant, habille-toi, si tu ne veux pas que je te déclare félon et traître envers ton souverain.

— Je m'habille, sire, répondit Bonnivet ; mais de par le pape ! ajouta-t-il en allongeant la main vers le ressort d'un timbre d'argent placé sur une petite table qui se trouvait à son chevet, si je ne dors pas, nul ici ne dormira.

— Que vas-tu faire ? demanda le roi en posant sa large main sur l'épaule de l'amiral.

— Réveiller tout le château, Sire. Quand le roi ne dort pas, personne ne doit dormir, répondit-il avec une intention qui n'échappa pas à François.

— Bonnivet, vous n'avez pas le réveil agréable, mon ami ; foi de gentilhomme, je vous aimais mieux tout à l'heure, quand vous ronfliez.

— Ah ! sire...

— Je t'engage donc à continuer ton somme pendant que je vais faire un tour de promenade dans les jardins du château.

L'amiral ne se le fit pas dire deux fois.

— Puisque Votre Majesté l'exige absolument, j'obéis, dit-il en se glissant entre ses deux draps.

— Et surtout, continua François, ne fais pas de mauvais rêves.

— Je tâcherai, Sire, répondit Bonnivet d'une voix qui s'éteignit dans un bâillement étouffé.

François Ier rentra chez lui d'assez mauvaise humeur.

— Voilà bien les courtisans! murmura-t-il; quand nous leur avons tout donné, honneurs, fortune et dignités, nous ne devons plus compter sur leur dévouement. Qu'ai-je, en effet, à attendre de Bonnivet, qui n'a plus rien maintenant à espérer de moi?

Et il appela son valet de chambre, Lazare de Salva, qui veillait dans une salle voisine en compagnie de deux pages.

Comme personne ne répondait, François prit la lampe et ouvrit la porte.

Le valet de chambre, mollement renversé dans un large fauteuil qui lui servait de lit de repos, dormait le sourire épanoui sur les lèvres, et les deux pages, couchés en travers de la porte, imitaient son exemple.

Un sentiment d'amertume et de profond dégoût plissa le front du roi.

— Si Dieu ne m'avait doué d'une santé de fer, je pourrais bien mourir sans que personne me vînt en aide. Valets titrés ou valets d'antichambre, il n'y a pas plus de cœur sous le pourpoint de l'un que sous la livrée de l'autre. Et pourtant je suis roi! M. de Bourbon, proscrit et fugitif, est mieux servi que moi; c'est qu'il a tout promis et que j'ai tout donné.

En se parlant ainsi, François s'était habillé tant bien que mal, sans le secours de ses gens. Prenant alors le trousseau de clefs qui lui avaient été confiées la veille par messire de Montchenu, son hôte, il enjamba par-dessus les deux pages et sortit sans bruit de l'antichambre. Il riait dans sa barbe de la figure qu'allait faire Lazare et Salva en s'apercevant, à son réveil, que la chambre royale était vide.

Arrivé au pied du grand escalier, le roi rencontra deux sentinelles qui allaient et venaient dans le vestibule, l'arquebuse appuyée sur l'épaule, et qui, le reconnaissant, s'arrêtèrent toutes deux pour le saluer au passage.

— Ah! s'écria François en respirant à pleine poitrine, voilà donc enfin des êtres vivants!

Et continuant sa route, il descendit lentement les dix degrés de marbre qui conduisaient à la cour.

L'officier commandant le poste préposé à la garde du pont-levis se promenait de long en large enveloppé dans un ample manteau, car le vent soufflait du nord et la nuit avait été froide.

François, qui avait les cheveux coupés ras, s'aperçut alors seulement qu'il avait oublié son chapeau. L'officier vint à sa rencontre, et, après l'avoir salué, il fit signe à la sentinelle d'appeler aux armes les hommes du poste.

Mais le roi l'arrêtant du geste :

— Puisqu'ils dorment aussi ceux-là, ne les réveillez

pas pour moi, dit-il. Çà, monsieur, continua-t-il, quoi de nouveau cette nuit?

— Rien, sire, si ce n'est un homme qui depuis deux heures demande à grands cris l'entrée du château.

— Que veut-il? reprit le roi.

— Il prétend, comme tous ceux qui veulent entrer dans une place, continua l'officier, qu'il a d'importantes révélations à faire, et pour qu'on lui ouvre plus vite il a prononcé le nom de M. de Bourbon.

— Le nom de M. de Bourbon, dites-vous? s'écria François, et vous n'avez pas fait avertir M. de Montchenu sur-le-champ, ou, en son absence, le majordome du château?

— Sire, répliqua l'officier en manière d'excuse, je savais que, selon l'usage, les clefs avaient été déposées hier en vos mains, et j'attendais votre réveil pour vous les faire demander.

— Faites donc ouvrir sans plus tarder, dit le roi, en tendant à l'officier le trousseau qu'il tenait à la main, et Dieu veuille que cet homme ait eu la patience d'attendre notre bon vouloir !

— Je puis affirmer à Votre Majesté qu'il n'a pas quitté la place, car il appelait encore à tue-tête il n'y a pas cinq minutes.

Et partant au pas de course, l'officier alla réveiller le portier, qui, sans même prendre le temps de se vêtir, s'empressa d'ouvrir la porte et d'abaisser le pont-levis.

Aussitôt un petit homme fort gras, mais dont le pourpoint vert pistache était plus gras encore, se précipita tout grelottant dans la cour.

Il avait de gros yeux à fleur de tête à l'instar des grenouilles, le nez retroussé et les joues rebondies et rouges comme deux petites pommes d'api.

Un bonnet de drap gris et de forme conique surmontait son chef et couronnait une forêt de cheveux d'un blond ardent que la nature seule avait pris soin de friser.

Devant lui se drapait un tablier de toile d'un blanc douteux. A sa gauche pendait une large gaine garnie de trois couteaux, et sous son tablier on voyait grimper en spirale ses chausses autour de ses jambes comme grimpe le lierre après l'ormeau.

— De par saint Laurent et son gril, messieurs ! dit-il en frottant l'une contre l'autre ses petites mains potelées et rougies par le froid, j'aime mieux le feu de mes fourneaux que le vent qui souffle de vos remparts... Brrr! Je ne sais pas si vous êtes de garde, mais vous m'avez fait faire une rude faction.

— Que demandez-vous? dit l'officier.

— Vous me demandez ce que je demande ? s'écria le petit homme, les bras croisés et le haut du corps penché en avant; mais voilà deux heures que je vous le crie par-dessus les murs : je veux parler à messire de Montchenu.

— Vous ne pouvez le voir en ce moment, reprit l'officier; il est à peine cinq heures, et personne n'est encore levé dans le château.

— Allez, je vous prie, monsieur l'officier, lui dire

de ma part que maître Grouillard, hôtelier de l'*Épée luisante*, a des confidences à lui faire à l'endroit de M. de Bourbon, et qu'il vient, par la même occasion chercher la récompense promise à quiconque aura aidé à faire arrêter le connétable.

— Çà! maître Grouillard, interrompit François en intervenant brusquement en tiers dans la conversation, si vous savez quelque chose sur M. de Bourbon, hâtez-vous de le dire, car chaque minute de retard donne au fugitif une avance que nos gens ne rattraperont jamais.

— Pardon! pardon! mon gentilhomme, reprit l'hôtelier en fourrant avec dignité l'un des coins de son tablier dans sa ceinture, avant de répondre, je désirerais savoir à qui j'ai l'avantage de parler. Êtes-vous le majordome du seigneur de Montchenu, ou bien l'un des capitaines du château?

— Précisément, dit François.

— S'il en est ainsi, répondit maître Grouillard en s'inclinant, je vais vous narrer les faits sans détour.

Le roi alla s'asseoir sur un long banc de chêne placé à quelques pas du corps de garde, et après avoir pris entre ses deux mains jointes sa jambe gauche croisée sur la droite.

— Maintenant, maître Grouillard, dit-il, parlez; je vous écoute.

Maître Grouillard alla s'installer sans façon sur le banc, côte à côte avec le roi; puis, enfonçant son bonnet sur ses oreilles:

— Couvrez-vous donc, mon capitaine, dit-il; ne vous gênez pas pour moi; j'ai beau être seul et unique propriétaire de l'*Épée luisante*, je n'en suis pas plus fier, allez!

— Ne faites pas attention à moi, maître Grouillard, reprit François, et dites promptement ce que vous savez.

— Quoique, malgré mon invitation, vous vous obstiniez à faire des façons avec moi, qui suis bonhomme au fond, dit l'hôtelier, je ne vous en narrerai pas moins la chose avec toute la franchise dont je suis capable.

— Vous disiez donc? interrompit François en agitant impatiemment son pied.

— Comme j'avais l'honneur de vous le dire, reprit Grouillard, deux moines montés sur d'assez bons chevaux, ma foi! se sont arrêtés hier soir chez moi, vers l'heure du couvre-feu.

— Deux moines? interrompit François.

— Oui, deux moines descendre à l'hôtellerie de l'*Épée luisante*, ça vous paraît singulier, n'est-ce pas? et à moi çà ne m'a pas paru clair; car, enfin, deux moines ne voyagent pas d'ordinaire à pareille heure.

— Sans doute; après?

— Et puis, au lieu de s'établir tranquillement dans ma cuisine, auprès de l'âtre qui flambait encore, et qui n'est point à dédaigner quand les soirées sont fraîches, ils ont choisi pour souper la salle la plus reculée et la plus sombre; ça ne m'a pas paru clair.

— Et quels étaient ces deux moines? demanda François.

— Ah!... voilà!... bien fin qui l'aurait deviné. Or,

tout en les servant, je m'impose à moi-même l'obligation de les observer attentivement. Je dis à moi-même, parce que, n'ayant chez moi ni femme ni valets, personne n'a le droit de me commander.

— Enfin?

— Enfin, j'ai remarqué qu'ils mangeaient sans seulement faire le signe de la croix, et que, contrairement aux règles d'égalité que leur prescrit leur ordre, c'était toujours le même qui servait respectueusement l'autre et qui mouchait la chandelle. Je me suis dit: voilà encore qui n'est pas clair.

— Maître Grouillard, vous me faites bouillir à petit feu, dit François en regardant l'hôtelier de travers.

Mais celui-ci continua son récit sans même paraître s'apercevoir de l'interruption du roi.

— Et ce qui me parut surtout de moins en moins clair, c'est qu'au lieu d'accepter avec reconnaissance la chambre à deux lits que je leur proposais avec la politesse qu'on ne saurait manquer de rencontrer chez les gens de mon état, ils me répondirent en échangeant un singulier coup d'œil, que leur intention était de se remettre en route après souper. Oh! oh! me dis-je alors à moi-même, des moines n'ont pas l'habitude de refuser un bon lit gracieusement offert pour s'en aller chevaucher nuitamment par le temps qui court. Observons!

François sentit le feu de la colère lui monter au front; il fut tenté d'appeler deux hommes de garde et faire pendre Grouillard; mais comme il n'avait encore rien appris touchant le connétable, il résolut d'attendre, il remit à plus tard l'exécution de ce projet.

— J'observai donc, continua l'hôtelier, comme je m'en étais imposé le devoir, et bien m'en prit, mon capitaine, car à travers l'un de ces petits trous que, nous autres aubergistes, nous avons l'habitude de percer dans nos cloisons, afin de savoir à peu près ce qui se passe chez nous, j'entendis de mes propres oreilles l'un des deux cordeliers qui, se levant pour sortir, disait à l'autre tout en ajustant son costume:

— Que le diable m'emporte s'ils vont jamais chercher le connétable de Bourbon sous cette défroque de moine!

— C'était le connétable? s'écria François.

— Lui-même, mon capitaine. J'avais chez moi M. de Bourbon, que vos vaillants archers poursuivaient en vain depuis la veille... ce fugitif dont la tête est mise à prix.

— Et où est-il? s'écria François en se levant pâle d'émotion.

— Ah! c'est insupportable, s'écria Grouillard avec humeur, vous m'interrompez toujours. Voyant, continua-t-il, que je tenais en mon pouvoir Bourbon sans défiance, je ne songe plus qu'à la récompense promise et au salut de mon pays, et tirant mon couteau, je m'élance vers l'écurie, prompt comme une soupe au lait, dans l'intention de couper sangles et courroies d'étriers. Mais au moment où je me rue entre les deux chevaux, l'un d'eux me décoche une ruade, si vigoureusement appliquée, que je tombe sans connaissance, la tête enfouie sous la litière. Quand, deux heures après, je recouvre l'usage de mes sens égarés, savez-vous ce que je trouve?

— François ! je jure qu'à notre première rencontre, tu seras mon prisonnier. (Page 85)

— Mais, malheureux ! au lieu d'interroger, parle donc ! s'écria François perdant toute contenance.

— Eh bien ! poursuivit l'hôtelier sans s'émouvoir de la colère du roi, je ne trouve rien !... Hommes et chevaux tout avait disparu.

— Au moins, sais-tu quelle route ils ont suivie ? demanda le roi.

— Voilà la seule chose que j'ignore.

— Ces chevaux, continua François, n'ont pas disparu comme des ombres. Tu as dû retrouver la trace de leurs pieds quelque part ?

— La trace de leurs pieds ? interrompit Grouillard en laissant tomber ses chausses sur ses talons ; la voilà, la trace, mon capitaine, et vous pouvez la voir marquée en noir sur le gras de ma pauvre jambe. Aussi je viens réclamer la récompense promise. Cette consolation là m'est bien due !

Pendant que parlait Grouillard, François avait fait signe à l'officier d'approch

Celui-ci s'était empressé d'obéir.

— Sire ? demanda-t-il en s'arrêtant respectueuse- à quelques pas du roi.

— Monsieur, dit François, prévenez vos hommes que je les autorise, pour se distraire un instant, à pendre cet effronté coquin, qui, tenant le connétable en son pouvoir, a eu la sottise de le laisser échapper, et joint à sa maladresse l'audace de venir chercher sa récompense.

— Trois brasses de corde pour un homme à pendre ! cria l'officier en s'adressant à la sentinelle.

— Une corde ! une corde ! répéta celle-ci en passant la tête par un petit guichet qui donnait dans le poste.

A ce cri, on entendit une grande rumeur s'élever du corps de garde.

Grouillard épouvanté gagna le pont-levis en trois bonds, et quand il vit le champ libre devant lui, retrouvant tout son courage :

— Ne vous dérangez pas pour moi, braves gens, s'écria-t-il ; ma mauvaise jambe est encore bonne, et je veux, en effet, être pendu, si l'un de vous met la main sur moi.

En ce moment un paysan posait le pied sur l'autre extrémité du pont.

C'était Marcel.

— Arrête! arrête là-bas! lui cria l'officier.

Celui-ci, voyant un homme qui s'enfuyait, essaya de lui barrer le passage; mais maître Grouillard, se ramassant sur lui-même, roula comme une boule entre ses jambes; puis, gagnant au pas de course un petit taillis voisin, il disparut bientôt à tous les regards.

— Comment, rustre, dit François en allant au-devant de Marcel qui entrait dans la cour du château, tu vois un homme qui se sauve, on te crie de l'arrêter, et tu le laisses aller?

— Tiens, reprit celui-ci ne sachant pas qu'il parlait au roi, que j'arrête à moi tout seul un homme qui a un tas de couteaux pendus à sa ceinture!... Merci, mon gentilhomme! c'est le métier de vos gens d'armes et non pas le mien. C'est assez des impôts et des corvées. D'ailleurs, j'ai charge de femme et d'enfants et quand je serai mort, ce n'est pas le roi qui les nourrira pour moi.

— Qui t'amène? interrompit brusquement François. Viens-tu nous apporter aussi quelques nouvelles?

— Oui, mon gentilhomme, j'en apporte, et de bien tristes encore.

— Allons! parle... que s'est-il passé? Qu'as-tu découvert à ton tour?

— J'ai découvert que tous mes pauvres foins sont versés... des foins qui étaient si drus!

— Comment! c'est de ton foin qu'ils'agit! dit François en haussant les épaules avec humeur.

— Dame, notre foin à nous autres c'est notre pain, et les miens sont foulés aux pieds d'un bout et de l'autre rasés de fond en comble... c'est une vraie désolation; rien que de les voir ça fend le cœur.

Et Marcel, du revers de sa main calleuse, essuya une larme qui errait sur sa joue.

— Sais-tu au moins, reprit le roi désarmé devant la douleur de ce pauvre homme, qui a pu dévaster ainsi ton champ?

— Pardine, si je le sais; ce sont des chevaux, mon gentilhomme.

— Tu en es sûr? tu les a vus?

— Comme je vous vois.

— Il fallait t'en emparer... les amener ici.

— Les amener, c'est facile à dire... Vous devez bien penser qu'elles n'étaient pas seules, ces bêtes.

— Il fallait alors t'en prendre à celui qui les gardait.

— Allez vous frotter à des hommes qui sont armés jusqu'aux dents!

— Ce sont donc des soldats?

— Et des compagnons qui n'ont pas l'air d'avoir peur, je vous en réponds; rien que de les entendre causer, comme je les entendais des oseraies, où j'étais caché, ça me faisait dresser les cheveux sur la tête.

— Est-ce qu'ils sont nombreux?

— J'en ai bien compté une vingtaine, à peu près.

— Tout à l'heure on te donnera quelques hommes de garde qui iront faire une reconnaissance avec toi et nous diront à quelle compagnie ces soldats appartiennent.

— Tout à l'heure il sera trop tard; ils n'attendent pour se mettre en route que le premier coup de l'*Angelus*, et voilà cinq heures qui vont sonner.

— Oh! nous les retrouverons toujours bien; sois tranquille.

— Oui! oui! je vous conseille d'aller les chercher chez eux, ils vous recevront bien.

— La justice du roi saura les atteindre partout.

— En France, je ne dis pas... mais en pays étranger, c'est autre chose.

— Comment! en pays étranger?

— Sans doute, puisqu'ils partent pour l'Espagne.

— Pour l'Espagne, dis-tu?

— Pour l'Espagne ou pour l'Italie... je ne sais pas au juste... tout ce que je sais, c'est que mes foins sont foulés.

— Quels sont donc ces hommes? demanda François que le sang-froid de Marcel exaspérait.

— Ces hommes? répéta le paysan d'un air étonné, eh bien! mais, c'est l'escorte...

— L'escorte de qui? continua le roi.

— L'escorte qui doit accompagner le connétable.

— Comment, misérable! s'écria François, tu tiens entre tes mains ce scélérat important, et tu ne nous l'as pas encore révélé? Et il faut pour le pénétrer que je t'arrache les paroles du ventre une à une!

— Je savais bien, reprit tristement Marcel, qu'en venant me plaindre, je perdrais mon temps... Je vous vois venir. Vous allez vous occuper d'abord des affaires du roi... courir après M. de Bourbon, et moi j'en serai pour mon foin!

— Pas un mot, de plus, interrompit François en embrassant la cour d'un coup d'œil rapide. Elle était encore silencieuse et déserte. Ainsi, à cette heure solennelle, dit-il avec un sentiment de profonde amertume, au moment d'une lutte de laquelle vont dépendre, peut-être, les destinées d'un royaume, pas un serviteur n'est à mes côtés! Pourquoi ne dormiraient-ils pas, ces braves gentilshommes; le roi n'est-il pas là qui veille?... Advienne que pourra, continua-t-il avec un geste de suprême résolution, je m'abandonne à ma fortune; et, s'adressant à Marcel :

— Où est situé ton champ? dit-il.

— Derrière les oseraies qui bordent l'étang du château, répondit celui-ci.

— Quel chemin faut-il prendre pour y arriver sans perdre une seconde?

— Traversez les jardins, prenez la barque et passez l'eau, c'est le chemin le plus court.

— Marche devant, je te suis, repartit le roi, qui brave jusqu'à la folie, venant de concevoir l'audacieux projet de s'emparer du connétable.

— Encore une corvée, murmura Marcel!... En que temps vivons nous, sainte Vierge!

Et tous deux marchèrent pendant cinq minutes sans échanger une parole.

Au moment où ils arrivaient au bord de l'étang

M. de Bourbon, vêtu d'une cape de laine brune à large capuchon, mettait le pied dans la barque.

— Voilà le batelier qui démarre, dit Marcel, hélez-le, mon gentilhomme, si vous ne voulez pas qu'il parte sans vous.

— Holà ! batelier ! cria François.

Le faux batelier releva brusquement la tête et, reconnaissant le roi :

— Lui ici ! murmura-t-il ; est-ce hasard ou trahison ?

— Monseigneur, dit Moucheron, qui, déjà dans l'eau jusqu'à la ceinture, se tenait prudemment blotti derrière la barque, puisqu'il vous appelle, allez franchement à lui, de crainte d'éveiller ses soupçons. Que nous traversions seuls, ou qu'il nous accompagne, nous n'en aborderons pas moins aux oseraies, je vous en réponds. Mettez seulement un caillou dans votre bouche pour changer le son de votre voix, s'il vous faut parler.

Puis cueillant à la hâte quelques larges feuilles de nénufar qu'il posa sur sa tête, il prit d'une main le bout d'une longue corde attachée d'avance au gouvernail et se laissa doucement glisser à la dérive, le corps immobile, la tête un peu renversée en arrière, et n'ayant hors de l'eau que la bouche et le nez, mais si bien dissimulés qu'il était impossible de deviner que ce feuillage flottant cachait un être humain.

Pendant ce temps, François avait pris quelques pièces d'or dans son escarcelle, et, les donnant à Marcel :

— Tiens ! dit-il, voilà le prix de tes foins et de ta peine. Maintenant, tu peux t'en aller.

— Merci, mon gentilhomme, répondit le paysan, et si jamais vous avez besoin de moi, à ce prix-là vous me trouverez toujours.

Puis il s'éloigna rapidement.

Au même instant on entendit sonner cinq heures et tinter la cloche de l'*Angelus*.

— Allons, batelier ! cria François ; hâtons-nous, l'heure me presse.

— Je défile mon amarre, répondit M. de Bourbon d'une voix parfaitement déguisée, et je suis à vos ordres, sire !

Virant aussitôt de bord, il se dirigea si vigoureusement vers la rive, que le bateau alla s'ensabler à deux pas du roi.

François mit un pied dans la barque, et de l'autre la repoussa au large sans remarquer la touffe d'herbes qu'elle semblait entraîner dans son sillage, et sous laquelle flottait Moucheron.

— Rame vers les oseraies que tu vois là-bas, dit-il, et si l'entreprise dans laquelle tu vas me seconder, réussit, foi de gentilhomme, ta fortune est faite.

— Hélas ! sire, je ne vois guère de place à la cour pour un pauvre diable comme moi

— Et ma marine ? Comptes-tu pour rien les cinquante galères que j'entretiens à grands frais sur la Méditerranée ?

— J'aime mieux mon indépendance, sire ! Le loup a sa tannière, l'oiseau a son nid ; moins heureux, M. de Bourbon, un connétable de France, n'avait peut-être pas cette nuit un abri pour reposer sa tête.

— Tu dis plus vrai que tu ne crois.

— Où allons-nous, sire ?

— Rame toujours, mais rame lentement et sans bruit

— Est-ce que vous avez quelque filet tendu de ce côté.

— Oui, un filet dans lequel j'espère prendre un gibier que je guette depuis hier.

— Ramons alors avec prudence, car moi qui suis du métier, j'ai vu plus d'un pêcheur s'empêtrer dans ses propres nasses.

— Va ! puisque tu es pêcheur, tu sais aussi que le filet ne garde pas tout ce qu'il prend... si le petit poisson passe à travers la maille, le gros la rompt

— Peut-être bien alors que vous allez trouver votre filet crevé... Je dis peut-être, car enfin je ne sais pas au juste ce que vous comptez prendre.

— Il faut bien que je te le dise alors, pour que tout à l'heure tu ne sois pas surpris... Celui que je compte prendre, continua François en baissant mystérieusement la voix, c'est M. de Bourbon.

— Oh ! oh ! fit le batelier.

— Et si tu me secondes avec intelligence et courage, si tu m'aides à réussir dans cette entreprise presque insensée, je le répète... ta fortune est faite !

— Par saint Pierre, patron des pêcheurs, sire, vous me mettez en appétit ; et puisque vous cherchez M. de Bourbon, je veux, quoi qu'il arrive, vous le faire voir en face.

— Soit, dit François ; tiens ta parole, et moi je tiendrai la mienne.

— Et peut-être bien qu'alors tout s'arrangera selon le désir de Votre Majesté. M. de Bourbon est bon diable au fond... le tout est de savoir le prendre.

— Et c'est là le difficile, reprit François. Aussi pour ne pas éveiller l'attention des gens que je guette, remise un instant ta barque sous ces joncs qui forment comme une île au milieu de l'étang ; de là nous pourrons, sans être vus, tout voir et tout entendre.

Le batelier, selon l'ordre du roi, passa doucement avec sa barque à travers les roseaux.

— Et êtes-vous bien sûr, au moins, que M. de Bourbon est dans ces parages ? demanda-t-il.

— Sois tranquille, je suis bien renseigné.

— Je vous dis ça, sire, parce que quelquefois, vous savez, on croit les gens bien près quand ils sont bien loin, comme aussi souvent, on croit bien loin ceux qui sont bien près.

— Il sera tout à l'heure derrière ces oseraies, où l'attend l'escorte qui doit l'accompagner.

— Malgré sa disgrâce, il a donc encore de nombreux partisans, monsieur le connétable ?

— Connétable ! interrompit le roi, il ne l'est plus. Je veux qu'il ne conserve de ses titres et dignités que son nom, que je le condamne à porter comme châtiment de sa trahison. Je veux que ce nom flétri serve à éterniser sa honte.

— Mais s'il refuse de vous obéir ? reprit le batelier, qui peut l'empêcher hors de France de porter à son cou le collier de Saint-Michel, et à son côté l'épée de connétable, qu'il ne doit pas à la faveur du roi, mais qu'il a vaillamment conquise sur les champs de bataille?

— Dussé-je aller lui redemander ces deux insignes en personne, foi de gentilhomme, je saurai bien le contraindre à se courber sons ma volonté.

Le batelier hocha la tête d'un air de doute.

— Les Suisses, continua le roi, se décoraient autrefois du titre de dompteurs de princes. J'ai vaincu les Suisses à Marignan et j'ai fait rayer de leurs armes ce titre insolent.

— Moi aussi j'y étais, sire, et, pour ma part, je vous ai donné un fameux coup de main ce jour-là.

— Tu étais à Marignan? Sous qui servais-tu?

— Sous M. de Bourbon, répondit le batelier. Je le vois encore après le combat : il était couvert de sang, et son armure était faussée en vingt endroits. Alors, vous vous êtes approché de lui, et l'embrassant devant nos compagnies, vous avez dit : « Charles, je te fais connétable de France. »

— C'est vrai, murmura le roi.

— Les temps sont bien changés! Il rentrait en vainqueur, marchant à votre droite. Je ne me doutais pas alors que, vous passant dans ma barque, nous irions un jour ensemble à la poursuite de M. de Bourbon fugitif et proscrit.

François resta un instant pensif.

— C'est son orgueil qui l'a perdu, reprit-il; jamais il ne m'a pardonné d'être le premier gentilhomme de France. Espérant que mon cœur rapprocherait de moi celui que ma fortune en éloignait, je l'ai comblé de faveurs et de dignités... il ne s'en est pas montré moins ingrat. Et pourtant, continua François après une nouvelle pause, à Moulins tout était oublié... Je l'attendais à Lyon... quand, violant sa promesse, il a pris tout à coup la fuite. Certes, tout homme peut se tromper, mais il n'y a que l'insensé qui persiste dans son erreur. Il est plus aisé d'être sage pour les autres que de l'être pour soi-même. Bourbon, j'en suis sûr, bâtit en ce moment bien des châteaux en Espagne!

— Où voulez-vous qu'il en bâtisse, sire, puisque vous lui avez pris toutes ses terres en France?

— Mais que peut-il espérer? reprit François Ier. Renier sa patrie quand on est connétable, quand on est le premier du royaume après le roi! ce serait une folie, si ce n'était un crime!

— Je crois, Sire, que si en ce moment vous teniez M. de Bourbon, il passerait un mauvais quart d'heure.

— Pour mille écus d'or! s'écria François dont l'œil flamboya, je voudrais le tenir comme je te tiens là, sous ma main.

— Mille écus d'or! interrompit le batelier. Par mon salut! voilà un prix qui fait honneur à M. de Bourbon.

— Foi de gentilhomme! je les donne à celui qui me l'amènera pieds et poings liés... quitte à le faire pendre après.

— Qui? le connétable?

— Eh! non !... le traître qui me l'aurait livré, car,

après tout, je l'aime, quoiqu'il veuille m'abandonner, l'ingrat!

Et François prononça ces simples paroles qui partaient de l'âme avec un accent de sincérité si profonde que le batelier s'en sentit ému.

— J'ai beau chercher à me cuirasser le cœur d'une triple écaille, continua le roi, je ne puis oublier qu'il fut mon ami, mon compagnon d'armes, presque mon frère, enfin !

Le batelier se leva debout dans sa barque et passa la main sur son front, comme un homme qui lutte contre une tentation qui l'obsède.

— Le croirais-tu? continua François se laissant aller à l'émotion qui montait de son cœur à son cerveau, quand tous mes courtisans s'acharnent à sa perte et le maudissent, eux qui ne le valent pas, je serais heureux d'entendre une voix s'élever en sa faveur : je saurai bon gré au hardi gentilhomme qui, seul, contre tous, aurait le courage de prendre devant moi sa défense.

Le batelier, qui promenait du côté des oseraies son regard humide de larmes, détourna douloureusement la tête.

— Et si, en ce moment, continua François, je le voyais là, devant moi, sincère et repentant... eh bien, foi de gentilhomme ! je crois que, lui tendant la main, je lui dirais : Bourbon, soyons amis !

Le connétable rejeta brusquement en arrière le capuchon qui lui couvrait le visage, et, s'élançant au-devant du roi :

— Sire ! dit-il, vous m'avez vaincu. Je me rends.

— Comment ! c'est vous, monsieur ! s'écria le roi stupéfait et reculant d'un pas.

— Vous m'avez tendu les bras, continua Bourbon, je m'y jette plein de confiance... Que ceux qui me cherchent viennent m'y prendre !

— Bien Bourbon ! reprit François en l'embrassant avec effusion, tu viens de choisir pour refuge un asile que l'homme le plus fort n'oserait pas violer.

— Je l'avais choisi depuis longtemps déjà, sire, m'y croyant en sûreté, reprit tristement le connétable, et pourtant ils m'en ont délogé, non par force, il est vrai, mais par ruse.

— Rassure-toi, dit François, il n'en sera plus de même à l'avenir, le renard ne se laisse pas prendre deux fois au même piège. Oublions le passé pour ne plus songer qu'au présent.

— Soit, sire !

— Bourbon, interrompit le roi en serrant entre ses deux mains la main du connétable, il est impossible que tu puisses t'imaginer ma joie d'avoir accompli seul en un instant ce que deux mille hommes mis en campagne depuis hier n'ont encore pu réussir à faire; et dire que c'est moi, le roi, qui te ramène au château prisonnier; car enfin.. tu es mon prisonnier, continua François en riant de tout son cœur.

— Ordonnez, sire, et j'obéis... d'avance je me soumets à la loi du vainqueur.

— Eh bien ! comme châtiment, je te condamne à ramer, pour le service du roi, depuis ces joncs jusqu'à la rive.

— Qu'il soit fait selon votre volonté, sire, dit le connétable en poussant sa barque au large.

— Rame vite, dit François : car, foi de gentilhomme ! j'ai hâte de voir la figure que vont faire tes amis en nous voyant revenir ensemble, mon bras appuyé sur le tien.. Je suis sûr qu'ils en crèveront de dépit ! Mais rame donc ! s'écria le roi, ta barque semble s'en aller à la dérive.

— J'ai beau ramer, sire, je sens que, malgré moi, le courant m'entraîne.

— Cede-moi ta place et tu vas voir.

Et prenant en mains les avirons, le roi se mit à ramer à son tour, mais sans plus de succès. Tandis qu'il cherchait à gagner une rive, une main invisible semblait l'attirer vers l'autre.

Et avant qu'il eût eu le temps de s'expliquer ce phénomène étrange, la barque alla échouer au milieu d'un bouquet d'osiers touffus qui baignaient leurs pieds dans l'eau.

François, blessé dans son orgueil de batelier, voulut se remettre à flot, et abandonnant ses rames, il sauta lestement à terre pour réparer sa fausse manœuvre. Mais au même instant, vingt arquebuses s'abaissèrent vers lui.

— Sire ! s'écria M. de Pompérant, qui commandait l'escorte pas de résistance, ou vous êtes mort !

— Que signifie cette plaisanterie ? demanda François s'en s'émouvoir.

— Sans vouloir attenter à vos jours, sire, nous vous déclarons prisonnier jusqu'à ce que monsieur le connétable ait gagné la frontière.

— Messieurs, dit M. de Bourbon en se posant résolument devant le roi, cette précaution est inutile, car je ne partirai pas.

— Bien, Bourbon ! dit François.

— Cependant, monsieur, interrompit le comte de Rœulx, Adrien de Croy, l'envoyé de Charles-Quint, nous avons votre parole.

— Eh bien ! messieurs, je la dégage, dit M. de Bourbon ; vous direz à votre maître que j'aime mieux manquer de parole au roi d'Espagne qu'au roi de France.

Tous les gentilshommes qui composaient l'escorte tournèrent vers Pompérant des regards étonnés.

Celui-ci les rassura du geste.

— Monsieur de Bourbon, continua Adrien de Croy, pour sauvegarder ma responsabilité personnelle, exprimez au moins les motifs de votre refus au bas du traité que vous avez signé de votre main ?

— Quoi ! tu avais signé ? s'écria le roi.

Le connétable courba la tête, et une vive rougeur colora son front.

— Signé de cette main que j'ai pressée dans les miennes ? continua le roi.

Et trempant avec un geste de dégoût ses deux mains dans l'eau :

— Je ne garderai pas plus longtemps cette souillure, dit-il

Le connétable, devant cette insulte, releva la tête. La rougeur qu'un noble sentiment avait fait monter

à son front s'éteignit, et ses lèvres blêmirent de rage.

— François ! s'écria-t-il, tu as lavé la souillure que je t'ai faite, à moi de laver ton insulte ! J'étais ton prisonnier tout à l'heure, mais, sainte Barbe ! je jure qu'à notre première rencontre, c'est toi qui seras le mien !

Et sautant sur le cheval que Pompérant lui tenait en bride, il partit au galop à la tête de son escorte, laissant François stupéfait de ce dénouement imprévu.

XIII

LA CRYPTE

Pendant que M. le connétable s'eloignait triomphant du château de Montchenu, et que le roi y rentrait, furieux d'avoir été joué en même temps par l'ami de la veille et par la jeune fille qu'on nommait déjà la favorite du lendemain, une scène assez singulière se passait dans la chambre de Mme Diane. Inquiète de la disparition de Clotilde, et obsédée du plaisir de se venger, elle avait inutilement fait chercher sa rivale. Soupçonnant les nains de complicité dans cette fuite inexplicable, elle avait ordonné de les arrêter et de les conduire en sa présence.

Bernard le majordome, n'avait pu mettre la main que sur l'imprudente Chevrette, qui s'occupait à remplir ses poches des sucreries, des fruits et des gâteaux oubliés sur la table royale.

La naine parut toute tremblante devant la comtesse ; elle s'attendait à une sévère correction pour cet abus flagrant de l'hospitalité. Dès quelle l'aperçut, soit frayeur, soit légèreté, elle faillit trahir le secret de Clotilde, car elle se prosterna à genoux et dit d'une voix criarde :

— Ne me faites point châtier, madame ; ce n'est point par gourmandise que je grignotais quelques massepains et buvais quelques gouttes de vin de Chypre.

— Rassure-toi, pauvre folle, répliqua madame de Montchenu ; ce n'est point pour ce grand crime que tu comparais ici.

— Je vous assure, madame, que le pannetier et le sommeiller nous avaient oubliés dans ce grand tumulte de fête. J'étais restée seule devant cette table chargée de fruits, de dragées et de gâteaux, et je n'ai pu résister à la tentation de faire quelques provisions pour mon frère...

La comtesse l'interrompit sévèrement :

— Ton frère mériterait d'être mis au pain et à l'eau ; il s'est conduit comme un déloyal ; il a enlevé cette belle Clotilde, qui était placée sous ma protection.

Chevrette sourit et cligna des yeux :

— Oh ! vous avez tort de l'accuser, madame ; s'il a enlevé la belle demoiselle, ce n'est qu'avec son consentement.

— Tu avoues donc que j'ai deviné juste ? dit vivement madame de Montchenu.

Chevrette se mordit les lèvres ; son imprudence avait confirmé les soupçons de madame Diane.

— Tu sais donc où il est, continua celle-ci, puisque tu faisais collection de gâteaux pour lui ?

— Je vous assure que non, madame.

La comtesse frappa du pied avec impatience et ajouta :

— Tu sais certainement où Moucheron a conduit cette ingrate fille?

La naine, de plus en plus effrayée, se traîna vers elle, et baisant humblement le bord de sa robe :

— Je vous assure, madame, que si Moucheron a commis cette vilaine action, ce que je ne puis supposer, il s'est bien gardé de me confier son projet. Il sait, poursuivit-elle avec une ridicule emphase, que je suis une honnête et vertueuse dame, et que je l'aurais empêché de fuir avec cette étrangère.

Puis, baissant les yeux sous le regard fixe et ironique de Mme Diane, elle dit avec des sanglots et des larmes :

— Non, je ne croirai jamais qu'il ait eu la folie et la cruauté d'abandonner sa pauvre sœur pour courir les champs avec une inconnue.

La comtesse comprit bien qu'elle ne parviendrait pas à tirer la vérité de la bouche de la naine en procédant comme un juge par un sévère interrogatoire ; elle changea aussitôt de batterie, et lui caressant le menton :

— Au fait, tu as raison, mignonne, dit-elle, je crois ton frère incapable d'un si noir abandon ; il ne te laisserait pas exposée à la colère du roi pour l'amour de cette péronnelle ; il n'est pas assez fou pour nuire ainsi à ses intérêts. Laissons là notre débat. Mais tu es une fille d'esprit et de goût, Chevrette, et je veux te demander conseil.

La naine suivait tous les mouvements de la comtesse avec une agitation et une inquiétude singulière. Diane feignit de n'y pas prendre garde, et, s'avançant avec insouciance vers une crédence où des écrins à demi ouverts laissaient étinceler des pierres précieuses, colliers, bagues et bracelets, elle ajouta :

— Je veux essayer l'effet de ces bijoux, que j'ai tirés de leurs coffrets pour me parer, suivant le désir de mon mari, en présence du roi et de la cour. Comment trouves-tu ces rubis ?

Les yeux de Chevrette brillèrent en regardant ces merveilleux joyaux ; elle pensait :

Sont-elles heureuses, ces nobles dames ! Et comment ne seraient-elles pas belles avec ces splendides ornements ?

— Ces rubis sont admirables, répondit-elle à voix haute, et s'ils étoilaient mes cheveux, Moucheron lui-même ne me reconnaîtrait pas, tant je serais éblouissante.

La comtesse sourit :

— Eh bien, je veux te voir transformée en dame de la cour, ma fille.

Elle lui attacha au cou le collier de rubis. La naine feignit de lui opposer une résistance qui ne fut nullement désespérée, mais elle se gonflait de joie.

— C'est vrai, dit Mme Diane en la contemplant avec une sorte d'extase, ce collier t'embellit extraordinairement, mais il jure avec le reste de ton équipage. Voyons, essaye ces bagues d'améthyste et ce bracelet d'émeraude.

— Oh ! madame, vous me rendez confuse, murmura la naine en essayant de rougir, mais le cœur débordant d'orgueil.

— Je suis sûre, dit la comtesse avec une admiration parfaitement jouée, que si nos gentilshommes te voyaient, ils te trouveraient plus jolie que cette maussade et revêche Clotilde.

— Croyez-vous, madame ?

— Tiens, laisse-moi accrocher à tes oreilles ces pendants de topaze, couronner ton front virginal de ce diadème d'aigues-marines et piquer ces épingles de diamants dans tes cheveux. C'est cela. Et maintenant, j'affirme que le roi lui-même ne saurait te regarder sans oublier cette fille pâle qui te reléguait dans l'ombre.

La naine souriait d'un air modeste ; elle jouait la pudeur, mais ne se sentait pas d'aise, tandis que Mme Diane l'attifait et la faisait marcher, virer, tourner comme un enfant qui joue avec sa poupée.

— Oh ! madame, vous êtes mille fois trop indulgente. Certes, je vous dois d'être embellie, mais Sa Majesté François Ier ne daignerait pas abaisser ses yeux jusqu'à sa chétive servante. Je suis vraiment trop petite.

— Tout ce qui est petit est joli, répliqua gravement la comtesse, et je suis bien convaincue que le seigneur Moucheron n'a pas eu le mauvais goût de fuir avec Mlle Clotilde, quand il peut donner le bras à une sœur si charmante, si triomphante, si rayonnante... car ces parures te donnent l'air d'une véritable reine...

— Oh ! madame, vous me flattez ! dit Chevrette en adressant une grotesque révérence.

Diane gardait avec peine son sérieux, car la naine, ornée de tous ces bijoux disparates, offrait un spectacle d'une irrésistible gaieté ; ce bariolage extravagant de pierreries la faisait ressembler à une de ces idoles chinoises ou hindoues, à un de ces fétiches informes et monstrueux qui excitent l'admiration ou la terreur chez les peuples enfants.

— Maintenant je vais poser mon manteau de velours sur tes blanches épaules, reprit la comtesse, et tu ressembleras à Mme Junon présidant le conseil des déesses.

Elle la couvrit aussitôt d'un manteau traînant jusqu'à terre, et dont les plis accumulés l'empêchaient presque de respirer.

— Ta toilette est achevée, mignonne, et tu peux t'en assurer, ajouta-t-elle en lui faisant signe de consulter le miroir.

La naine obéit, et poussa un cri de surprise et de joie.

— Eh bien, demanda Diane, envieras-tu encore la beauté de ton amie Clotilde ! Je voudrais la voir là à côté de toi, avec son air froid et hautain, pour juger si elle l'emporterait sur cette face souriante et épanouie.

Chevrette hocha la tête :

— Oh! oui, je voudrais paraître ainsi attifée devant Moucheron, qui me traite toujours de coquette !

— C'est impossible, soupira madame de Monchenu; ton frère a sans doute accompagné cette belle, et ils sont malheureusement déjà bien loin du château.

— Qui sait? dit involontairement la naine en se mirant toujours avec complaisance de la tête aux pieds Peut-être ne sont-ils pas encore bien loin.

A ces mots, la comtesse se laissa emporter par son impatience; elle oublia sa comédie, le sang monta à ses joues, elle saisit le bras de Chevrette et lui dit avec une vivacité fébrile :

— En est-tu sûre? tu connais donc leur refuge? tu sais la route qu'ils ont suivie?. .

La naine, brusquement tirée de son rêve, tressaillit, regarda avec étonnement madame Diane, et la mémoire lui revint.

— Mon Dieu! mon Dieu! quelle billevesée est donc sortie de ma bouche! s'écria-t-elle avec une expression de douleur. Moucheron me grondera; mais je n'ai rien dit de mal, n'est-ce pas? madame, rien qui puisse nuire à mon pauvre frère?

La comtesse comprit son imprudence et voulut reprendre son rôle de séduction; mais il était trop tard. Elle ne put tromper Chevrette, qu'un geste avait éclairée.

— Tous ces bijoux sont à toi, mignonne, reprit-elle en frémissant.

— Ces bagues, ce bracet, ce collier? demanda la naine stupéfaite et émerveillée.

— Tout, mais à une condition.

— Le manteau de velours aussi? ajouta Chevrette en balayant majestueusement le plancher de ses longs plis.

— Le manteau aussi, et les pendants d'oreille, et les diamants qui brillent comme des étoiles dans tes cheveux.

La naine essaya de sauter de joie et battit des mains.

Mᵐᵉ Diane reprit :

— Tout cela te va trop bien pour que je t'en dépouille, mais il faut que ta beauté fasse pâlir de jalousie cette Clotilde.

Chevrette écoutait en souriant.

— Il faut qu'elle te voie dans toute ta splendeur...

Chevrette pâlit.

— Il faut que tu ailles la chercher et que tu me l'amènes.

Chevrette regarda tristement la comtesse.

— Et si je n'obéis pas, vous me reprendrez les bijoux, madame?

— Oui, dit froidement Diane.

— O mon Dieu! soupira Chevrette en regardant les joyaux, ils me faisaient si belle!

Puis elle défit l'agrafe du manteau et le jeta péniblement sur une chaise à haut dossier sculpté. Diane la regardait. Elle détacha les bagues, les bracelets; elle arracha les épingles de diamants en étouffant des sanglots.

— Que fais-tu, sotte créature? lui dit la comtesse.

— Je vous rends vos joyaux, madame; je ne puis pas les gagner, puisque vous voulez que je vous amène Clotilde et que je ne sais pas sa retraite.

La jeune femme sourit.

— Chevrette, assez de comédie, répliqua-t-elle; garde ces babioles. Tu as laissé échapper ton secret tout à l'heure; si tu refuses d'en dire plus long, ce sera mauvaise volonté et péché d'ingratitude; sais-tu bien comment on châtie les chiens rebelles?

La naine commença à trembler. Diane s'en aperçut et continua d'une voix dure :

— Si tu parles, je te laisse les bijoux. Si tu te tais, tu seras enfermée pendant trois mois, au pain et à l'eau; de plus, fustigée matin et soir par les pages, qui s'amuseront de tes cris, de tes contorsions et de tes grimaces.

La pauvre Chevrette pâlit affreusement et se mit à pousser de petits cris plaintifs comme si elle eût déjà senti les verges redoutables cingler ses épaules nues.

La comtesse restait impassible, sans prendre garde aux regards furtifs et éplorés de la naine; celle-ci savait que la dame était femme à tenir sa promesse; elle jeta un dernier coup d'œil à ces pierreries qui tout à l'heure la faisaient miroiter comme une onde pailletée par le soleil, et ne se sentit pas la force de renoncer à ces présents d'un Artaxerce irrité...

Elle cessa de résister à la volonté de Mᵐᵉ Diane, et vint s'agenouiller devant elle.

— Madame la comtesse, dit-elle, je suis bien lâche et bien cupide. Moucheron ne me pardonnera pas, il me battra peut-être; mais, après tout, cette Clotilde, qui l'a ensorcelé, est une inconnue pour moi. Quel bien m'a-t-elle fait? Vous me prodiguez, vous, madame, vos colliers, vos bagues et vos bracelets.

Elle s'arrêta au moment d'ajouter :

— Il ne s'agit pas cette fois de notre maître chéri, de ce grand prince, M. de Bourbon.

— Allons, tu es devenue raisonnable, mignonne dit Mᵐᵉ de Moutchenu. Ainsi Clotilde n'est pas sortie du château ?

— Non, madame; elle attend une occasion favorable pour s'enfuir.

— Et où l'adroit Moucheron lui a-t-il trouvé un asile ?

Chevrette hésita encore. Elle voyait son frère menaçant la maudire; mais le regard de la comtesse la terrifiait. Elle répondit :

— Dans la chapelle souterraine.

— Comment! dans cette ruine abandonnée aux hiboux et aux orfraies? Mais ils mourront de froid et de peur au milieu des tombes ! La cache était bien choisie! Notre chapelain lui-même n'oserait pas y descendre. Il y a cinquante ans, des Vaudois sacrilèges y ont mutilé les images des saints et les statues des chevaliers. Allons, il ne faut pas laisser des chrétiens s'exténuer dans cette catacombe, ajouta Mᵐᵉ Diane avec un sourire cruel.

Cependant elle était fort indécise. Devait-elle révéler la retraite de Clotilde à son mari ou favoriser le départ de la jeune fille, fût-ce passivement par la protection de son silence ? Didier restait prisonnier. C'était peut-être un moyen de les séparer à jamais. Toutefois la jalousie enfonçait ses griffes d'acier dans son sein ; obsédée par cette passion aveugle, elle résolut d'aller à la recherche de sa rivale et de lui arracher son secret. Elle voulait savoir si cette enfant connaissait l'amour de Didier et si elle le partageait ; dans ce dernier cas, elle était décidée à la perdre. Le déshonneur de Clotilde pouvait seul forcer Didier à répudier son amour.

Un quart d'heure après, elle se rendait à la vieille chapelle, escortée de Bernard le majordome, et de deux frères jumeaux, Urbain et Honoré Pirou, vassaux de son père, qui lui étaient devoués jusqu'au crime. Quand elle fut arrivée à une sorte de plate forme où quelques arbustes chétifs essayaient de représenter un jardin, et dans le mur de laquelle s'encastrait un portail à plein cintre qui s'ouvrait sur l'escalier de la crypte, Diane s'arrêta.

— Vous m'attendrez ici, Bernard, dit-elle en se tournant vers ses compagnons armés de torches ; je descendrai seule avec la naine dans la chapelle !

Le majordome s'inclina respectueusement.

— Madame la comtesse sait-elle qu'il y va de sa vie ? Qu'elle me permette de lui donner un humble avis. Le vieil escalier est à moitié rompu ; les marches vacillent sous le pied ; la balustrade de pierre peut s'écrouler sous la main qui s'y appuie.

— Je serai prudente repartit M^{mt} de Montchenu ; donnez une torche à ma camériste Chevrette. Vous ne laisserez pénétrer personne dans la chapelle. De plus, quelque bruit que vous entendiez, vous ne quitterez pas votre poste.

— Cependant, balbutia Bernard, inquiet de sa responsabilité, si Mme la comtesse se trouvait en danger.

Urbain et Honoré Pirou s'écrièrent en même temps:

— Maître Bernard a raison.

Diane tira de sa ceinture son sifflet d'argent et sourit :

— Vous ne viendrez à mon aide que si je vous en donne le signal en sifflant trois fois avec ceci, comme Roland avec son cor à Roncevaux.

Le majordome s'inclina de nouveau, les deux frères étouffèrent chacun un gros soupir, et tous promirent de veiller fidèlement à l'extérieur de la chapelle.

Mme de Montchenu voulait parler à Clotilde sans autre témoin que Chevrette ; celle-ci s'arma de la torche en frissonnant de tous ses membres ; car elle sentait une vapeur humide, une buée glaciale s'élever du fond de cet escalier grandiose et ruiné qu'il fallait descendre. Les deux femmes s'y engagèrent, et dès que la porte se fut refermée derrière elles, elles se sentirent envahies par une impression de terreur religieuse.

Les marches verdâtres et moussues de l'escalier tremblaient, brisées, fendillées, lézardées rongées par des végétations parasites. On eût dit que ces hauts degrés taillés dans la pierre pour le pied des géants ne tenaient que par miracle à la balustrade assise sur ses piliers trapus.

Diane cherchait à rassurer la naine, mais elle était elle-même singulièrement remuée par l'obscurité profonde, le silence et la grande architecture de la crypte. Les vitraux coloriés des fenêtres étaient troués, et par leurs balafres, les pâles rayons de la lune venaient argenter çà et là l'intérieur désolé de la chapelle.

Deux piliers dont les chapiteaux étaient d'un style antérieur au gothique joignaient le chœur et la nef avec deux absides.

Ses arcs en plein cintre, ses chapiteaux cubiques et la forme des piliers attestaient une construction du XIe siècle. Une vieille peinture à fresque, presque effacée, avait dû représenter la danse des morts. Le long des murs les sires de Montchenu, taillés dans le marbre, dormaient couchés sur les pierres tumulaires dégradées. Ces statues, décorées de panoplies antiques, où figuraient la francisque et la framée, ainsi que le *pilum* romain, semblaient bien près de se mouvoir dans le clair-obscur. Les dames châtelaines priaient les mains jointes, comme si elles eussent voulu expier les exploits barbares ou chevaleresques symbolisés par ces trophées de guerre, et l'orgueil féodal attesté par tant d'écussons et de bannières flétries.

Mme de Montchenu n'avait jamais visité cette crypte, où nul ne pénétrait depuis longtemps et où les prières se figeaient sur des lèvres de marbre. Il lui semblait que ces statues mutilées allaient s'avancer vers elle comme un cortège de fantômes, et lui demander compte de son audace. De quel droit troublait-elle leur sommeil séculaire ? Un instant, des formes étranges s'agitèrent devant ses yeux effarés ; elle se crut sacrilège et eut l'idée de remonter, mais elle entendit claquer les dents de Chevrette, et eut honte d'une faiblesse qui l'assimilait à cette créature inférieure.

S'appuyant donc d'une main légère à la balustrade, ne songeant plus aux marches rompues, servie par ce bonheur qui accompagne les volontés hardies, elle franchit sans encombre l'escalier, dont quelques pierres se détachaient bruyamment sous son pas d'oiseau, et se trouva enfin dans la crypte ; elle avait entraîné la naine avec elle.

D'un coup d'œil rapide, elle sonda les profondeurs de la chapelle, tandis que Chevrette tenait la torche d'une main vacillante.

— Maladroite ! s'écria t-elle en la lui arrachant et s'avançant avec précipitation ; mais le lieu saint était désert.

La comtesse se tourna vers Chevrette et lui dit avec un accent de colère :

— Misérable, tu m'as trompée !

La naine confuse et effrayée balbutia :

— Pardonnez-moi, madame ; si Clotilde n'est pas dans la chapelle, c'est que Moucheron s'est défié de ma maudite langue et m'a trompée moi-même.

Diane haussa les épaules :

— Ne te joue pas plus longtemps de la comtesse de Montchenu, avorton de femme ! Je tiendrai ma promesse, et le fouet des pages...

Chevrette poussa un cri de détresse et joignit les mains.

La naine, brusquement tirée de son rêve, tressaillit .. (Page 87)

— Grâce, madame, grâce ! je vous jure, sur le salut de mon âme, que je vous ai confessé toute la vérité...

— Tu crois avoir une âme, pauvre folle? interrompit sèchement Diane.

Au même instant, un bruit léger s'éleva de la grande chaire de chêne sculpté, sur laquelle la comtesse fixa avidement ses yeux. Cette chaire était magnifique; des artistes fervents avaient taillé dans son bois robuste le poème biblique de l'exil d'Adam et Ève chassés du paradis terrestre. L'ange agitait son épée flamboyante sur le seuil encadré de feuillages et de fleurs merveilleuses. Tous les vices symbolisés par des dragons et des monstres chimériques, accroupis sous les fougères gigantesques, guettaient la fuite des exilés.

Une forme blanche, qui se détachait des ténèbres, descendait lentement les degrés de la chaire.

— C'est Clotilde ! murmura la naine ; ah ! les pages ne me battront pas.

— C'est Clotilde ! murmura la comtesse ; je vais savoir si elle aime Didier.

La jeune fille, émue des larmes et des sanglots de Chevrette, venait, en effet, se livrer elle-même.

Clotilde s'arrêta à deux pas de sa rivale, et lui dit d'une voix douce :

— La sœur de Moucheron ne mérite pas d être châtiée, madame.

Diane la regarda dédaigneusement :

— Avant de prier pour une autre, priez pour vous, jeune fille.

— Quelle faute ai-je donc commise envers vous, madame? demanda Clotilde.

— Quelle faute ? n'est-ce donc rien de déserter notre hospitalité, de fuir de notre château comme d'une prison, de vous défier de la protection du roi ? Etes-vous donc une héritière dont on convoite les grands biens, une princesse déguisée qu'un géant féroce veut épouser, une novice récalcitrante que sa famille veut forcer à prendre le voile? Non, vous êtes tout simplement une demoiselle errante, ramassée sur le grand chemin. Mais vous êtes fière de votre beauté, et vous croyez votre honneur plus en danger au milieu de la cour du roi de France que sur les routes infestées de maraudeurs.

Et comme la jeune fille la regardait avec stupeur, elle reprit, sans pouvoir cacher son irritation :

— Allons, parlez ! avouez vos injurieux soupçons ! faites parade de tous ces beaux sentiments qui inspirent le respect et l'admiration à des bacheliers crédules !

— Je n'accuse personne, madame, répondit Clotilde avec calme, mais je veux être libre.

— Vous êtes bien jeune, ma mie, pour réclamer si hardiment votre liberté. Croyez-vous donc que je ne lise pas au fond de votre cœur ? Ah ! vous voulez être libre, libre de courir les aventures ! Si on ne vous ouvre pas les portes toutes grandes, vous userez de stratagème, et vous disparaîtrez comme ces bohémiennes, vos sœurs, qui s'évadent de la grange hospitalière avant le réveil du maître. Mais vous ne fuirez pas seule, n'est-ce pas, timide jouvencelle ? Vous espérez bien attendre au prochain carrefour un chevalier qui vous protégera de sa bourse et de son épée, comme il est d'usage dans tous les bons romans de la Table-Ronde. Non, vous ne comptez pas errer seule, comme une pèlerine, dans la poussière des chemins et chercher des gîtes hasardeux. La solitude est triste en voyage, et l'on peut faire de fâcheuses rencontres. Une jeune fille vertueuse et bien avisée doit s'assurer une compagnie fidèle. Ah ! votre toile est bien ourdie !

Des larmes roulaient dans les beaux yeux de Clotilde.

— Je ne comprends rien à votre indignation, madame, rien à vos reproches, rien à ces allusions étranges que vous me jetez comme des insultes ! Pourquoi donc une noble dame comme la comtesse de Montchenu se plaît-elle à arrêter dans son chemin une fille inconnue qui passe, qui ne l'a pas offensée et qui ne lui demande ni aide ni pitié ?

Diane, de plus en plus irritée, poursuivit :

— Faites donc l'ignorante ! Faites donc l'innocente, naïve pastourelle ! Je lis sous ce masque d'humilité et de douceur la joie secrète du triomphe.

— Du triomphe ? répéta Clotide etonnée.

— Oui, vous êtes glorieuse d'avoir troublé le cœur d'un jeune homme sans expérience, enthousiaste et ardent. Il était heureux avant de vous avoir vue ; le joug de la famille ne lui pesait pas ; la chasse suffisait à tous ses désirs. Aujourd'hui il est devenu fou. Quel philtre lui avez-vous versé, dangereuse charmeresse ? Oh ! vous me le direz, n'est-ce pas ? Car il faut que vous vous soyez servie d'un puissant sortilège pour le rendre amoureux d'une étrangère, d'une vagabonde, d'une mendiante...

Clotide la regarda avec une froide indignation :

— Vous m'outragez, madame, et je me laisse outrager sans me défendre. Vous n'avez aucun droit sur moi, et j'ignore comment j'ai pu mériter tant de fureurs. Je ne fais pas métier de troubler les cœurs comme ces dames de la petite bande.

— Fille hypocrite ! s'écria la comtesse, n'as-tu pas compris que je parlais de notre neveu Didier ?

— Monsieur Didier ! ce généreux gentilhomme ! dit Clotide en pâlissant.

— Son oncle l'aimait, continua Diane, et il a attiré sur lui la colère de son oncle. Le roi avait consenti à le prendre dans sa maison, et il a bravé le mécontentement du roi. Je le protégeais, je le conseillais, je l'aimais, et il m'a presque insultée. Tout cela pour vous, ma mie. Pour vous, il renie sa famille, il ruine sa destinée, il se voue à la misère et au malheur. Un seul regard a tout fait. Didier vous aime, ajouta-t-elle, emportée par un transport de colère.

— Il m'aime ! lui, monsieur Didier ! murmura Clotilde.

Elle baissa la tête, absorbée dans une sorte d'extase, et une légère rougeur colora son visage. La comtesse vit luire un rayon dans ses yeux et entendit les battements précipités de son cœur. Elle s'aperçut alors qu'elle avait révélé elle-même à la jeune fille l'amour de son sauveur.

— Il m'aime ! répéta l'enfant d'une voix altérée. Ah ! je l'ignorais, madame. Mon cœur allait vers lui sans résistance, comme la prière va vers Dieu. Je croyais être reconnaissante et lui devoir une amitié sans réserve. Je ne me défiais pas de monsieur Didier comme des autres hommes. Pour moi son bras et sa parole étaient le bras et le parole d'un frère. Je ne me sentais plus seule sous le ciel. J'avais un appui. Et c'est moi qui serais la cause de sa perte, à ce noble jeune homme ! Ah ! vous avez raison, madame, je porte malheur à tous ceux qui me protègent et qui m'aiment.

Madame fut surprise de cette douleur ingénue.

— Ainsi, reprit-elle, Didier ne vous a pas avoué qu'il vous aimait ? il ne vous a pas proposé de fuir du château avec lui ? il ne vous a pas promis tout au moins de vous rejoindre ?

— Votre neveu est un honnête gentilhomme, madame, répondit Clotide ; il a pu avoir pitié d'une humble fille comme moi, mais non pas abuser du service rendu pour m'imposer la honte.

— Ainsi, vous n'avez pas deviné son amour au trouble de son regard et de sa voix, à son aveugle dévouement, à sa résistance contre les ordres du roi ?...

— Non madame ; je savais monsieur Didier brave et résolu jusqu'à la témérité, généreux jusqu'à l'imprudence, et je croyais qu'il eût fait pour toute autre femme en danger ce qu'il a fait pour moi.

Diane, de plus en plus embarrassée par ces réponses loyales, ne voulait pas abandonner la lutte avant d'avoir surpris le secret de la jeune fille. Elle lui saisit tout à coup la main, et, fixant ses yeux perçants sur les yeux candides de sa rivale :

— Soit ! dit-elle vous avez été aveugle, quoique femme ; vous n'avez pas deviné que vous étiez passionnément aimée ; mais nierez-vous que vous aimez Didier ?

— Moi, madame ! s'écria Clotilde en tressaillant comme si la morsure d'une vipère l'eût piquée au cœur.

— Répondez ! répondez ! ne cherchez pas à m'abuser par un mensonge qui me trouverait incrédule. Cet amour caché au fond de votre cœur, je l'ai deviné. J'ai voulu que vous cessiez de vous tromper vous-même et de laisser grandir ce dangereux amour, sous prétexte de reconnaissance. Et maintenant que la vérité a éclaté malgré vous, si vous êtes une honnête fille, vous comprenez qu'il est de votre devoir de ne jamais vous rapprocher de Didier.

Les larmes inondaient le visage de Clotide; elle était honteuse de voir le secret innocent de son cœur profané par cette femme orgueilleuse et menaçante; elle souffrait dans sa pudeur comme si une main brutale d'un soldat eût déchiré sa robe. Sa poitrine était oppressée, ses lèvres s'agitaient convulsivement, et lorsqu'elle trouva la force de répondre, ce fut d'une voix brisée.

— Vous avez eu tort, madame, de me soupçonner de ruse et de mensonge. Je n'avais pas vu clair dans mon âme. Je vous remercie de m'avoir dessillé les yeux. Puisque j'ai involontairement porté le trouble dans votre noble maison, vous devez m'approuver quand je la quitte à jamais. J'aurais pu accepter la protection de monsieur Didier avant que vous m'en ayez fait connaître le danger pour lui et pour moi; j'y renonce, et je me mets sous votre sauvegarde, madame.

Un éclair de joie illumina les yeux de la comtesse Diane; elle était parvenue à son but; elle avait vaincu l'amour de Clotilde en lui opposant l'honneur même de la jeune fille; elle avait séparé les deux amants et n'aurait plus de rivale à redouter.

En ce moment, dans le fond obscur de la chapelle, les deux femmes entendirent un bruit semblable à celui d'une pierre qu'on déplace avec effort, des pas sourds glissèrent sur les vieilles dalles, et une voix douce, mais ferme, cria :

— Clotide, ne suivez pas madame de Montchenu; elle vous trompe !

Diane et la jeune fille restaient muettes de surprise.

Au même instant, le nain sauta en gambadant au milieu du cercle de lumière projeté par la torche ; un jeune homme le suivait; c'était Didier, que Moucheron était parvenu à tirer de sa prison momentanée, comme il le lui avait promis, grâce au conduit qui serpentait dans les murs du château et descendait jusqu'aux souterrains.

Le gentilhomme s'avança en souriant vers Clotilde interdite :

— Madame de Montchenu est tout à coup devenue pour vous une vigilante amie, mademoiselle, elle veut vous aider à déjouer les pièges tendus à votre cœur; elle se déclare la championne et la gardienne de votre bonne renommée. Elle vous aura dit que j'étais un enfant capricieux et léger, dont la protection vous serait nuisible et offensante ?

La jeune fille baissait les yeux et n'osait répondre.

— Eh bien, je vous affirme, moi, neveu de madame Diane, que vous ne devez pas avoir confiance en ses paroles; si elle vous tend la main, c'est la main d'une ennemie; elle n'osera pas me dire ici, hautement, que vous seriez en péril en ma compagnie. Elle a hâte de vous voir partir de ce château, mais seule et sans défenseur. Que lui importe le sort d'une inconnue? Mais moi, il me plaît d'achever mon œuvre. Je ne veux pas abandonner celle que j'ai sauvée. Clotilde, dites-

moi si vous ne lisez pas dans mes yeux la foi d'un cœur honnête?

La jeune fille s'éloigna instinctivement de la comtesse et mit sa main dans celle de Didier.

Diane, pâle de fureur, répliqua :

— Vous oubliez que je suis maîtresse du château de Montchenu ; vous n'en sortirez pas, vous y serez arrêtés ensemble.

Didier s'avança vers elle avec un air de sombre résolution; elle le brava d'un regard dédaigneux :

— Fier et loyal jentilhomme, osez donc porter une main violente sur une femme ?

— Une femme! répéta le jeune homme d'un ton glacial. Vous n'êtes qu'une ennemie. On a toujours le droit de bâillonner ses ennemis pour les empêcher de nuire.

Moucheron tirait sournoisement une longue cordelette de sa poche.

— Soit! beau neveu, repartit Diane, abusez de votre force, si vous l'osez ! mais vous ne franchirez pas la porte de la chapelle. Mon majordonne Bernard la garde avec Urbain et Honoré Pirou, et ces braves gens n'obéissent qu'à moi. Seule, je puis délivrer votre protégée.

Didier, désespéré et sentant son impuissance, comprimait de ses mains son front brûlant, tandis que Moucheron, toujours souriant, se glissait vers l'escalier, dont les marches branlantes reposaient sur des étais de bois rongés par l'humidité et sur des pierres posées dans les fissures des degrés.

— Eh bien, monsieur, dit la comtesse, vous contentez-vous de menacer? Etouffez ma voix avec un bâillon ! vengez vous ! j'attends !

Clotilde jeta sur Didier un regard suppliant, qui lui rappelait le respect dû à la femme du comte de Montchenu, son oncle.

— Madame, dit avec accablement le malheureux jeune homme, nous sommes à votre merci. Toute autre femme aurait pitié de deux cœurs innocents qui s'aiment et qui ne demandent que la liberté. Il y a donc une joie odieuse pour certaines âmes à voir souffrir ; j'ai connu des enfants qui coupaient les ailes d'un oiseau et lui arrachaient ses plumes. Ça les amusait. Pourtant vous êtes une femme jeune et belle ! Le visage est d'un ange, le cœur serait-il d'un démon? Vos grands yeux sont ternis par les venin de la haine. Cette haine, je la comprends. Allez donc nous dénoncer, madame! nous sommes résignés à notre sort.

Diane ne répondit que par un regard superbe et radieux; elle se dirigea lentement vers le grand escalier. Le jeune homme, dont un frisson fébrile agitait le corps et la pensée, ne put s'empêcher de s'élancer sur ses pas, et, lui saisissant le bras par un geste impérieux :

— Madame, s'écria-t-il, avant de commettre cette lâcheté, regardez les statues de tous ces braves chevaliers et de ces nobles châtelaines qui dorment sur leurs tombeaux. Tous ces capitaines ont été les servants de la faiblesse et de l'honneur; toutes ces femmes ont été aumônières, pieuses et fidèles, aucun n'a failli à la chevalerie, aucune n'a failli à la charité. Celle-ci,

Jehanne aux yeux purs, soutint un siège pendant que le sire Gontran de Montchenu se battait en terre sainte. Celle-là, Gertrude la Rousse, vendit les biens de son héritage paternel pour payer à l'émir Nour-Eddin la rançon de son mari Humbert. Cette autre, qui prie à mains jointes et que frôle votre manteau, c'est Marie à l'escarcelle, qui fonda le couvent de Saint André et y soigna pendant six mois les pestiférés, prodiguant ses angelots d'or aux convalescents et ses larmes à tous. Ces nobles images, je puis les regarder en face. Vous, madame, vous baissez les yeux en passant devant elles.

Diane, quoique troublée par cette évocation solennelle, se dégagea brusquement de l'étreinte de Didier, et, poursuivant sa route, monta les premières marches de l'escalier sur la cage duquel Moucheron s'était blotti. Chevrette la suivait en tremblant.

Cependant la comtesse sentait les degrés vaciller sous ses pieds ; elle s'arrêta un instant irrésolue : une marche s'était écroulée derrière elle, et trois autres effrondées un peu plus haut lui opposaient un vide assez périlleux. Elle se retourna vers Didier et lui dit d'une voix stridente :

— Beau neveu tu ne sauveras pas cette fille du bûcher qui l'attend et tu te seras perdu avec elle. Ne m'accuse donc jamais de ta mauvaise destinée. Pour l'honneur de la famille, je t'ai averti.

— Clotilde monter sur un bûcher ! et pourquoi ? s'écria le jeune homme indigné.

— Didier, si tu n'as pas foulé aux pieds l'amour de ton Dieu pour l'amour d'une femme, si tu respectes cette noble race au nom de laquelle tu m'imposais tout à l'heure, tu t'écarteras avec horreur de cette malheureuse hérétique, et nous te pardonnerons ta folie.

Didier interrogea Clotilde du regard.

La jeune fille répondit :

— Je suis de la religion.

Elle offrait d'avance comme un sacrifice à la foi de sa mère l'amour de celui qu'elle aimait déjà.

— Didier, reprit la comtesse, il en est temps encore. Chasse-la de ton cœur, abandonne-la !

— Jamais ! dit le gentilhomme ; plus elle est malheureuse, plus elle est proscrite, plus elle est en danger, plus je l'aime !

— Tu t'es condamné toi-même ! répliqua Diane implacable.

— Bah ! ne craignez rien, monsieur Didier, glapit la voix de Moucheron ; la bonne dame ne peut monter ni descendre maintenant. Quand à ses serviteurs, ils n'entendraient pas sa voix. Or, je me suis ménagé une autre issue que cette porte si bien gardée par le majordome Bernard. La dernière inondation a fait une brèche au mur de la nef, et nous pourrons fuir par cette lézarde.

— Une autre issue ! murmura la comtesse terrifiée, tandis que la tête grotesque du nain apparaissait au bas de l'escalier, dont les pierres se détachaient une à une, grâce au travail souterrain de l'endiablée créature.

Diane ne pensait pas au danger ; elle ne songeait qu'à empêcher Didier et Clotilde de fuir ensemble du château.

Elle essaya d'appeler à l'aide, mais sa voix se séchait dans son gosier.

— Pourquoi vous fatiguer ainsi, madame ? dit ironiquement Moucheron. Vos cris ne peuvent arriver jusqu'à vos serviteurs.

— D'ailleurs, observa Chevrette, n'avez-vous pas ordonné à ce bon Bernard et à ses dignes compagnons Urbain et Honoré Pirou de ne pas descendre dans la chapelle, quelque bruit qu'ils entendissent ?...

— C'est vrai ! murmura la comtesse désespérée.

— A moins, ajouta la naine assez maladroitement, que vous ne vous serviez trois fois de votre beau sifflet d'argent.

— Sotte créature ! dit Moucheron en lançant un regard terrible à sa sœur.

Ce fut un éclair pour madame Diane ; son front rayonna ; elle saisit son sifflet et en tira trois sons prolongés et retentissants.

— Je ne serai pas vaincue par eux, pensa-t-elle, ils n'auront pas le temps de m'échapper.

La porte de la chappelle s'ouvrit et les trois hommes armés parurent au haut du grand escalier. La comtesse leur ordonna de descendre et d'arrêter les gens qui se trouvaient dans la crypte. Le majordome se disposait à obéir, lorsque Moucheron lui cria :

— Prenez garde, mon ami Bernard, l'escalier va crouler. Monsieur Didier, sauvez-vous !

Le gentilhomme saisit la main de Clotilde et l'entraîna dans la direction de la brèche indiquée par le nain, qui répétait :

— Sauvez vous ! ne perdez pas de temps !

— Mais toi, Moucheron ? dit Chevrette indécise.

— Ne vous inquiétez pas de moi, je vous rejoindrai bientôt, s'il plaît à Dieu.

Et le damné nain, tout haletant, acheva, à l'aide de sa petite dague, de desceller de sa gaîne de mortier un vieux pilier de bois qui soutenait en guise d'étai, les marches du milieu de l'escalier. Aussitôt elles oscillèrent comme dans un tremblement de terre et l'abîmèrent dans le vide avec un horrible fracas. Un gouffre s'ouvrait entre la comtesse et ses serviteurs épouvantés. Une trombe de débris et un nuage opaque de poussière enveloppèrent l'héroïque Moucheron ; mais au moment où sa sœur et ses amis le croyaient perdu, ils le virent ramper sur les dalles, le visage rayonnant, et il agita sa toque d'un air de triomphe en se relevant pour leur montrer qu'il s'était tiré d'affaire sain et sauf.

Puis il rejoignit Chevrette, qui suivait le plus agilement possible Didier et Clotilde disparaissant dans l'ombre de la nef.

Le majordome et ses aides étaient restés immobiles et comme pétrifiés. La comtesse s'était cramponnée à la balustrade, qui fléchissait, et oubliait son péril pour suivre des yeux les fugitifs.

— Bernard ! s'écriait-elle, ne vous occupez pas de moi ; poursuivez ces misérables qui se sont joués de nous ; rejoignez-les ! arrêtez-les !

— Madame ! répliquait le majordome très embarrassé, nous ne pouvons vous abandonner lorsque votre vie est en danger. Que dirait monsieur le comte?

— Qu'importe ma vie, Bernard! obéis, te dis-je, je ne veux pas qu'ils s'échappent!

Ses yeux étincelaient; ses mains crispées s'accrochaient à la balustrade avec une sauvage énergie.

— Je suis forte! j'ai du courage! je puis me maintenir en embrassant ces piliers pendant que tu les poursuivras!

Le majordome ne l'écoute pas, il redoute la colère de M. de Montchenu, et veut avant tout sauver sa maîtresse; il se glisse avec précaution le long de la balustrade, qui fléchit de plus en plus, il ferme les yeux pour ne pas être saisi de vertige, enfin il parvient à atteindre la jeune femme et veut la prendre dans ses bras.

Elle le repousse, et d'une voix frémissante de colère :

— Me trahis-tu aussi, vieux Bernard? Il ne s'agit pas de moi! Rejoins Didier et cette hérétique; ramène-les dans la chapelle, je le veux, je le veux!

— Mais, madame, je suis seul et trop faible pour lutter contre monsieur Didier. Urbain et Honoré n'ont pu descendre. A cette heure votre neveu a déjà franchi la brèche. D'ailleurs, la balustrade s'affaise de plus en plus et va nous entraîner dans le vide.

Deux autres marches se détachèrent.

— Tirez sur eux! tirez sur cet infernal nain! s'écria Diane. Oh! si vous n'êtes pas des lâches, franchissez ce gouffre! Urbain, Honoré, si vous atteignez Didier, si vous le ramenez, je vous donne cent pièces d'or!

Les deux serviteurs se regardèrent; mais le gouffre était béant devant eux et ils ne bougèrent pas. Leurs torches jetaient sur cette scène des clartés sinistres.

— Cent pièces d'or pour chacun de vous! répétait Diane; cent pièces d'or pour chaque fugitif que vous me ramènerez. Oh! les lâches! les lâches!

Le majordome, croyant que sa maîtresse était en proie à un accès de délire, s'efforçait en vain de l'arracher au péril.

Elle se débattait contre ses efforts, les yeux toujours tournés dans la direction de la brèche. Tout à coup ses mains ensanglantées se détachèrent de la balustrade, ses pieds battirent le vide. Elle poussa un grand cri en se renversant en arrière.

Maître Bernard n'eut que le temps de la saisir par le milieu du corps; en ployant sous son fardeau, il regagna, non sans courir plusieurs fois risque d'une chute mortelle, le haut de l'escalier, où l'attendaient ses compagnons.

Madame Diane fut transportée évanouie dans sa chambre, pendant que son neveu s'éloignait rapidement du château avec la jeune fille et les nains. L'audace de Moucheron avait si fort émerveillé Urbain et Honoré Pirou, qu'ils disaient le lendemain à tous leurs camarades qu'ils avaient vu le diable.

<h2 style="text-align:center">XIV</h2>

VAUDOIS ET HUGUENOTS

Le vieux cimetière du Mas de Garrigues, encadré de forêts épaisses et de collines, s'étendait au pied d'un torrent dont le lit desséché traçait un sentier périlleux sur le revers des roches d'Apremont. Au nord et à l'ouest, de noirs mélèzes, de hauts châtaigniers et des chênes séculaires bornaient la vue comme un sombre rideau; mais ces bois, sinistres et sauvages comme aux temps druidiques, étaient traversés par une rivière sinueuse, étroite, peu profonde, qui contournait le mur ruiné et moussu du cimetière et allait se jeter en bouillonnant dans un ravin escarpé.

Quelques croix noires, tristement penchées sur des monticules de terre, quelques dalles tumulaires trouant un tapis d'herbe verte, désignaient seules à l'attention du voyageur ce champ isolé de sépulture que visitaient rarement les vivants.

C'est là que les vaudois et les huguenots, échappés au massacre du château de Montglat s'étaient réfugiés depuis la veille, ayant pour guide un habitant du pays.

Les malheureux, après avoir vu leurs troupeaux saisis, leurs granges dévastées, leurs villages brûlés, avaient appris le martyre de leurs sœurs et de leurs femmes condamnées au fouet ou au gibet; leurs enfants avaient été emmenés en otage, et ils n'avaient dû eux-mêmes leur salut qu'à la fuite.

Le lendemain de l'arrivée du roi au château de Montchenu, de gros nuages noirs éteignaient les dernières bandes d'or et de pourpre du soleil. Les vaudois, épuisés de fatigue à la suite d'une longue marche dans les montagnes, et comptant sur l'obscurité qui allait bientôt les envelopper, placèrent des sentinelles à l'entrée du cimetière, et se disposèrent à se livrer au repos.

L'un d'eux, Abdias Morel, qui s'était avancé en éclaireur vers la forêt de mélèzes, le long de la berge, vit tout à coup paraître sur la lisière une petite troupe composée de quatre personnes qui semblaient exténuées de lassitude, et qui s'arrêtèrent à sa vue.

Il allait donner l'alarme à ses frères, lorsqu'un jeune homme se détacha vivement du groupe, vint à lui et dit hardiment :

— Ami ou ennemi, je vous requiers de nous indiquer la route de Savoie, car nous sommes égarés.

Abdias secoua la tête, et répliqua gravement :

— Je ne suis pas du pays, compagnon; mais suivez-moi et je vous conduirai au berger du troupeau, qui vous renseignera ainsi que vous le désirez.

Trompé par ces paroles mystiques, dont il ne comprit pas le sens, Didier, car c'était lui, fit signe de la main à Clotilde et aux nains de s'avancer, et se dirigea vers le campement des vaudois et des huguenots, sous la conduite d'Abdias.

Les réfugiés les regardèrent passer sans manifester ni curiosité ni crainte. La plupart priaient à genoux sur les tombes ou dans l'herbe; quelques-uns finissaient un maigre souper; les plus robustes aiguisaient des faux et des épieux. Didier s'étonnait de voir cette multitude silencieuse rassemblée dans ce lieu étrange; il regrettait d'y avoir amené Clotilde et les nains; mais si ces derniers tremblaient de tous leurs membres, la jeune fille marchait d'un pas assuré, sans laisser échapper un geste d'inquiétude ou d'effroi.

Abdias s'arrêta au milieu du cimetière devant une

tombe abritée par un cyprès. Un homme de haute taille, vêtu d'une robe noire tout usée, s'appuyait sur une longue fourche en regardant la tombe et semblait plongé dans une sombre méditation.

— Ami, dit le gentilhomme à Abdias, est-ce là le berger de votre troupeau?

— Oui, répondit le huguenot, c'est notre prophète, le *barbe* des Vaudois, Éphraïm Leblanc, l'héroïque pasteur qui a résisté à la persécution et qui a soufflé son courage dans le cœur des plus débiles et des plus lâches.

— Puis-je l'interroger? demanda Didier en regardant avec intérêt le célèbre vaudois, dont il connaissait la vie de tortures et de martyres surhumains.

— Attendez qu'Éphraïm vous parle, dit Abdias. Ne voyez-vous pas que l'Esprit-Saint vient de descendre sur lui? Ne troublez pas son *inspiration.*

Le barbe ne relevait pas la tête et paraissait abîmé dans l'extase; c'était un homme de constitution nerveuse et robuste, la face basanée et farouche, gravée de petite vérole; les yeux grands, le regard plein de feu, mais voilé; les cheveux longs et d'un blond obscur. Avec cela, doux comme une brebis, grave, silencieux, de parole brève, d'une volonté impassible. Quant au courage, celui d'un martyr.

Didier commençait à s'impatienter, et, au risque de mécontenter son guide, il allait tirer le pasteur par la manche de sa robe, lorsque ce dernier parut se réveiller en sursaut, secoua sa blonde crinière, essuya du revers de sa main son front baigné de sueur et jeta un regard incertain sur le jeune homme.

— Qui êtes-vous, mon ami? demanda-t-il.

— Un gentilhomme qui a encouru la haine d'un seigneur de la cour, très puissant et très en faveur. Cependant je vous demande asile ou passage.

Éphraïm posa sur l'épaule de Didier sa main droite :

— Tous les persécutés sont frères, mon ami; je ne veux pas savoir votre nom ni celui de votre ennemi; vous avez droit à partager notre refuge; mais ne vous offensez pas si vous et vos compagnons être gardés à vue jusqu'au jour; la sûreté du troupeau l'exige, car nous sommes à chaque pas, à chaque halte, menacés par les traîtres et les espions. J'ai charge d'âmes chrétiennes, et l'Esprit m'a ordonné d'être défiant. Abdias, retournez à votre poste.

Le guide obéit. Au même instant, une voix douce murmura :

— Éphraïm Leblanc, l'Esprit vous a-t-il ordonné de vous défier de moi?

Le barbe regarda avec surprise la jeune fille, qui leva son voile en souriant; mais ses lèvres devinrent blanches, il murmura avec effroi :

— Clotilde vivante! c'est bien toi, mon enfant? ce n'est pas ton fantôme?

Et deux grosses larmes glissèrent le long de ses joues. Puis ce fut tout. Il reprit son sang-froid, et, se tournant vers ses frères :

— Rendons grâces au Seigneur! dit-il d'une voix forte. Accourez tous! La fille de votre sœur, la pieuse Sarah Delorme, est retrouvé!

Les vaudois s'approchèrent; presque tous avaient des physionomies douces et pacifiques, quoique des rides attestassent même chez des hommes de trente ans les alarmes, les fatigues et les périls incessants.

Le barbe récita alors à demi-voix les versets d'un psaume qui s'appliquait à la délivrance de Clotilde :

« Béni soit le Seigneur, qui ne nous a pas livrés en proie aux dents de nos ennemis !

« Notre âme, comme le passereau, s'est arrachée du filet de l'oiseleur. Le filet a été rompu, et nous avons été sauvés.

« Notre secours est dans le nom du Seigneur, qui a fait le ciel et la terre ! »

La jeune fille et ses frères, humblement agenouillés, répétèrent les versets avec ferveur.

Éphraïm se tourna ensuite vers Didier :

— Vous êtes libre, mon jeune maître, lui dit-il, de continuer votre route; mais, si vous m'en croyez, vous resterez en notre compagnie jusqu'au jour. Vous reprendriez force et courage en dormant quelques heures.

Didier s'inclina et répondit d'une voix ferme :

— Digne barbe, je ne veux point quitter mademoiselle Clotilde que je ne la sache tout à fait en sûreté. Avec l'aide de ces pauvres créatures, qui se sont attachées à notre destinée, ajouta-t-il en montrant les nains, je suis parvenu à préserver sa vie et son honneur. Je vous accompagnerai, si elle y consent, dans votre fuite, et je ne vous serai pas inutile. Je vais me mettre sans tarder à votre service. Comme la chasse m'a endurci depuis longtemps à la fatigue et que je sais veiller une nuit au besoin, eussé-je le corps à moitié plongé dans un marais, je vais rôder autour de votre campement. Vos sentinelles peuvent se laisser surprendre par le sommeil. Je guetterai l'ennemi à leur place.

— Bien, mon jeune maître, dit Éphraïm, touché de l'énergique simplicité avec laquelle le gentilhomme avait offert son dévouement; vous êtes un de ces cœurs purs que le Seigneur a choisis pour ses vases d'élection. Au jour du jugement, vos actions parleront haut. J'accepte votre proposition, car nos frères sont harassés. Veillez du côté de la rivière, tandis que je garderai le sentier des roches d'Apremont.

Le barbe attira doucement Clotilde sur sa poitrine; et, après l'avoir baisée au front, s'éloigna portant sa fourche sur son épaule.

Didier et la jeune fille sortirent alors du cimetière, passèrent devant Abdias Morel, qui s'endormait adossé au vieux mur, dirent aux nains de suivre l'exemple de cette sentinelle peu vigilante, et se dirigèrent vers la lisière du bois de mélèzes, tandis qu'un profond silence envahissait peu à peu le campement. Les vaudois n'avaient pu résister plus longtemps au sommeil et s'étaient couchés au hasard sur les tombes ou dans les hautes herbes.

Les deux jeunes gens marchaient dans un rêve enchanté; l'exil et le danger, en servant à les rapprocher l'un de l'autre, devenaient pour eux du bonheur. Cette nuit profonde, ce silence des hommes, leur permettaient d'oublier les réalités de la vie pour s'écouter vivre et se sentir aimer. Une joie radieuse, immense, infinie, remplissait leurs cœurs. Ils s'assirent sur la mousse au pied d'un arbre, la main dans la main, heureux d'un soupir et ne cherchant pas de vaines paroles ; car ils devinaient que pour eux l'amour peuplerait le désert, fleurirait de roses les sentiers de ronces, et illuminerait d'étoiles d'or les ténèbres orageuses.

Cependant, au bout d'un quart d'heure, Clotilde éprouva quelque embarras de ce silence prolongé :

— Vous vous engagez à accompagner mes frères, monsieur Didier, dit-elle ; mais votre place est-elle bien au milieu des vaudois et des huguenots fugitifs ?

— Les huguenots sont d'honnêtes gens, répliqua doucement le neveu de M. de Montchenu : quant aux vaudois, je croyais que ces sectaires avaient été exterminés ou dispersés, et j'ignorais que le barbe Ephraïm eût échappé au supplice auquel le parlement d'Aix l'avait condamné.

— Il faut que vous connaissiez l'histoire de nos frères, reprit Clotilde devenue de plus en plus sérieuse ; leur secte a été formée en 1160 par un marchand de Lyon, Pierre Valdo, qui lui a donné son nom. Cet homme dînant avec de riches négociants, l'un d'eux mourut subitement sous ses yeux. Ce coup le frappa. Valdo ne se fit pas moine ; il étudia l'Evangile ; il y vit partout l'éloge de la pauvreté ; il jugea que la vie apostolique avait disparu de la terre, et voulut la renouveler. Il vendit tout son bien, en donna l'argent aux pauvres, se fit pauvre lui-même, et prit des sandales. Plusieurs Lyonnais s'unirent à lui, et on les appela d'abord les *pauvres de Lyon*.

— Ah ! les braves gens ! interrompit le gentilhomme. C'étaient là de vrais successeurs des apôtres.

Clotilde poursuivit.

— Les apôtres n'étaient pas seulement pauvres, ils étaient prédicateurs. Les vaudois voulurent prêcher. Le pape Luce III les condamna. Ils restèrent soumis au saint-siège, et sollicitèrent en 1212 l'approbation d'Innocent III.

— Et quelle fut la réponse du pape ? demanda Didier.

— Contre les pauvres volontaires, dont il crut devoir humilier l'humilité, Innocent III approuva l'institut des frères mineurs ou cordeliers. Contre les prédicateurs sans mission, il approuva l'ordre des frères prêcheurs ou Dominicains au concile de Latran. Ces ordres rivaux trônèrent dans les chaires de l'Église, présidèrent aux tribunaux de l'inquisition, et dirigèrent la conscience des rois...

— Et que devinrent les disciples de Pierre Valdo ? Résistèrent-ils à l'autorité du saint-siège ?

— Ils restèrent ignorants et ignorés dans leurs erreurs paisibles. Cachés au fond des vallées, couverts de l'ombre des bois, pauvres et laborieux, pasteurs et défricheurs de terres abandonnées, lisant l'Évangile aux heures de repos, ils s'éloignaient d'un monde livré aux disputes religieuses. L'Église les oublia longtemps.

— Les seigneurs et les rois imitèrent-ils l'Église ?

— Oui, répliqua Clotilde en souriant, car les vaudois enrichissaient leurs seigneurs dont ils prenaient les landes à cens, et procuraient aux rois, par leur travail, de nouveaux impôts exactements payés.

— Quelles sont donc les hérésies qui les séparent de la foi catholique ? insista Didier avec un intérêt dont il était surpris lui-même, mais qu'il attribuait au langage simple et ému de la jeune huguenote.

— Suivant eux, dit elle, un mauvais prêtre n'est point un prêtre et ne peut ni absoudre ni consacrer. En revanche, tout laïque vertueux est prêtre essentiellement ; mais pour être vertueux, il faut être pauvre. Tout prêtre qui conserve une propriété est déchu du sacerdoce.

— Voilà des maximes par trop évangéliques, interrompit encore Didier, et je comprends la fureur dont le cardinal de Tournon est animé contre ces pauvres gens. Nos prélats de cour ne pouvaient s'accommoder d'une si pernicieuse doctrine.

— Les vaudois sont encore infestés d'une autre erreur que les esprits étroits doivent rejeter avec abomination, monsieur Didier. Ils ne croient pas qu'il soit permis par Dieu de punir de mort les criminels, et ils fondent cette hérésie sur l'Évangile. Le Seigneur dit : *Je ne veux point la mort du pécheur*. Il faut donc le laisser vivre. *La vengeance m'appartient*. Il faut donc la lui réserver. *Laissez croître l'ivraie jusqu'à la moisson*. Il ne faut donc pas prévenir ce temps. Je dois avouer que pour éviter la persécution, les disciples de Valdo recevaient les sacrements de la main des prêtres, mais les *barbes* les obligeaient à demander pardon à Dieu de cette faiblesse.

— N'ont-ils pas consulté Genève ? demanda Didier.

— Oui, ils ont conféré avec Bucer et Œcolampade ; il leur restait de leurs premières opinions beaucoup d'éloignement pour l'Église romaine ; Farel se chargea de les instruire et depuis la Réforme les adopta.

Clotilde dégagea sa main de celle du jeune homme et reprit d'une voix grave et triste :

— Avant de prendre un parti décisif, monsieur Didier, il faut que vous sachiez toute la vérité. Ma mère était une vaudoise, et elle a payé de sa vie son attachement à la foi de ses parents.

La voix de Clotilde s'éteignit dans les larmes, et le jeune homme se reprocha d'avoir provoqué ce souvenir navrant, qui saignait comme une plaie dans le cœur de la pauvre fille. Il s'agenouilla devant elle, saisit sa main, et, la portant à ses lèvres avec transport :

— Pardonnez-moi, murmura-t-il, pardonnez-moi ! Je veux vous faire oublier les misères de votre vie passée ! Oh ! que ne puis-je, au prix de tout mon sang, ressusciter cette chère morte, que nous aurions aimée ensemble ! Mais je prends son âme à témoin, Clotilde, que si vous l'avez perdue, vous retrouverez en moi une affection qui ne s'éteindra pas. Je ne vous laisserai pas vous isoler et vous consumer lentement dans votre douleur. Votre mère elle-même vous ordonne de vivre et d'être heureuse, Clotilde.

— Heureuse ! soupira-t-elle amèrement ; oui, je serai heureuse quand j'irai la rejoindre. Vous êtes bon, monsieur Didier, mais la vie a des exigences terribles ; vous serez bientôt forcé de me quitter, et vous oublierez la pauvre huguenote qui aura traversée une journée de votre jeunesse.

Didier se pencha vers elle; leurs cheveux se frôlaient, leurs souffles se confondaient.

— Ah! vous êtes ingrate envers Dieu qui nous a donné cette heure de félicité, Clotilde. Je vous aime, et tant que je vivrai, mon amour vous couvrira comme un bouclier. Cette nuit paisible où nos regards ne voient que la terre, asile suprême de nos corps, ne vaut-elle pas des années entières d'existence morne, dévorée par des soucis misérables ou des ambitions sordides? Ne sentez-vous pas que nous ne devons jamais être séparés et que la mort même nous réunira? car, si nos membres se dessèchent en poussière, nos âmes immortelles se reconnaîtront.

Confuse et frissonnante, la jeune fille serra affectueusement la main de Didier, puis elle répliqua :

— J'ai foi en vos paroles, mon ami, mais je ne puis oublier que notre avenir est sombre comme une tempête, que mes freres sont en danger, et qu'il serait lâche de les abandonner.

— Ce sont des hommes, Clotilde ; ils ont pour eux le courage et la force : vous n'avez, vous, que votre faiblesse pour défense.

— Vous oubliez monsieur de Montchenu, mon ami; lui, ne nous oubliera pas; il saura bien nous séparer par ruse ou par violence. Qu'oserai-je lui répondre d'ailleurs lorsqu'il m'accusera d'avoir perdu votre destinée, d'avoir condamné à une vie d'aventures un gentilhomme que son nom appelait à prendre rang parmi les officiers et les capitaines du roi de France? Vous êtes jeune, monsieur Didier, vous n'écoutez que les élans de votre cœur et vous méprisez les ambitieux; mais un jour viendra où ce cœur battra plus lentement, où vous rougirez de marcher derrière des hommes qui ne vous valent pas et qui sont à peine vos égaux aujourd'hui, un jour où ce ne sera plus monsieur de Montchenu, mais vous-même, monsieur Didier, qui m'accuserez d'avoir perdu votre destinée!

— Vous blasphèmez l'amour et vous me calomniez, Clotilde! s'écria le gentilhomme d'une voix altérée.

— Hélas! dit-elle en étouffant un dernier sanglot. ma pauvre mère avait le don d'inspiration et de prophétie, et nos frères assuraient qu'elle m'avait transmis ce pouvoir funeste.

— Chassez ces rêves et ces fantômes, reprit Didier avec tendresse. Quant à nos persécuteurs, je les défierais bien de vous arracher de mes bras.

— Que voulez-vous faire? demanda Clotilde.

— Oh! le moyen est simple et facile, ma chère amie, dit-il en l'étreignant sur son cœur, comme s'il eût voulu la défendre contre un ennemi invisible. Ecoutez : le daim inquiet qui court légèrement dans la forêt et va s'abreuver le soir à l'étang solitaire, le sanglier farouche qui brise les broussailles sous sa course furieuse, le loup affamé qui brave les bergers et les chiens, tous sont destinés à tomber sous la balle ou sous le couteau du chasseur, n'est-ce pas? Mais l'insecte qui rampe dans l'herbe ou dans le sable vierge des pas de l'homme, mais la fleur qui s'épanouit et se fane sur la cime d'une montagne inaccessible, qu'ont-ils à craindre? L'orage du ciel même les respecte. Eh bien! faisons-nous donc si humbles, si petits, que nul œil envieux ne nous aperçoive, que notre vie soit cachée comme un crime, Passer inaperçu au milieu des hommes, c'est éviter le malheur.

— C'est un rêve, monsieur Didier; vous êtes le fils d'un brave et glorieux gentilhomme, et vous ne pouvez vous emprisonner dans une vie si humble et si obscure.

Le jeune homme lui jeta un regard passionné, et reprit avec exaltation :

— Je ne déserterai pas la mémoire de mon père, Clotilde. Je serai un soldat. Je vivrai de mon épée, en jetant un voile sur mes ancêtres et sur ma patrie, mais je ne serai pas indigne d'eux. Craindriez-vous de dormir sous la tente, sous la protection d'un condottière qui choisira librement son drapeau et son général?

— Je suis condamnée à une destinée errante, répondit-elle doucement, mais je dois vous défendre contre vous-même; c'est une étrange folie que celle de l'amour, et je veux vous guérir de cette folie. Sachez, monsieur Didier, que j'aurais honte de m'attacher comme une chaîne, aujourd'hui légère, demain lourde et importune, à votre vie tout entière. Cependant si j'acceptais votre dévouement et qu'il vînt à me manquer, je sens bien que j'en mourrai. Ma jeunesse a été triste et austère, j'ai connu les prières et le deuil, et je n'ai pas connu les sourires et la joie. Pourquoi chercherais-je à réchauffer mon cœur aux rayons d'un soleil qui doit s'éteindre? Pourquoi vous apporterais-je, en échange de votre tendresse généreuse, la persécution, la misère, et peut-être le martyre? Non; mieux vaut nous séparer. Votre souvenir restera pur et sacré dans mon âme.

— Ah! vous ne me comprenez pas, Clotilde! s'écria douloureusement le jeune homme, vous n'entendez pas les palpitations de mon cœur, vous ne m'aimez pas! Sans cela, vous ne me repousseriez pas ainsi avec ces froides et cruelles paroles. Sachez donc qu'il n'est pas de douleur possible pour celui qui puisera sa force dans votre amour, que je serais heureux d'être attaché au même bûcher que vous, et que si j'étais exilé de votre présence je marcherais dans une nuit profonde et dans un désert glacé. Si c'est là ce que vous appelez folie, Clotilde, je suis fou en effet, mais c'est une folie inguérissable. Vous voir, vous entendre, tenir votre main, voilà ma vie désormais. M'éloigner de vous, ce serait souffrir. Vous quitter tout à fait ce serait la mort. Et à quels dieux inhumains devrais-je faire cet horrible sacrifice? A ces mornes idoles qu'on nomme orgueil et ambition et qui exigent en échange de quelques hochets puérils, une rançon toujours nouvelle : aujourd'hui votre amour, demain votre honneur, plus tard votre probité.

Non Clotilde, vous ne pouvez désirer que je devienne semblable à ces hommes qui font de leur cœur l'hôtellerie banale de tous les vices. Vous seule pouvez me sauver du mal et me garder à la vertu. Vous seule pouvez remplir cette tâche d'ange gardien et y trouver le bonheur. Car vous serez heureuse, je vous le jure! Chaque nuage de votre front, je l'effacerai avec un sourire. Chaque larme de vos yeux, je la sécherai avec mes lèvres. Si les hommes vous poursuivent, je vous emporterai au delà des monts. Si Dieu vous frappe, il me frappera avec vous!

Clotilde vivante ! exclama le barbe... (Page 94.)

La jeune fille, troublée par cet ardent transport, frissonnait de tout son corps ; ses membres s'alanguissaient énervés par une lassitude inconnue ; sa tête, engourdie, retombait sur son épaule, et ses lèvres, à demi closes par un indéfinissable sentiment de pudeur, semblaient crier grâce dans un dernier aveu.

La lune venait de percer les nuages, qui s'écartaient comme des troupeaux effarés.

Tout à coup Clotilde fut brusquement tirée de sa rêverie par un bruit étrange et saisit la main de Didier.

— Mon ami, entendez-vous ? dit-elle.

Le jeune homme prêta l'oreille et retint son souffle.

— Le refuge de nos compagnons est découvert, reprit-il au bout d'un instant ; ce sont des chevaux qui marchent dans la rivière ; il n'y a pas un instant à perdre si nous voulons empêcher vos frères d'être surpris. Leurs sentinelles se sont endormies ; notre amour leur a porté bonheur et a veillé sur eux.

Il entraîna la jeune fille et se replia vers l'entrée du cimetière en criant d'une voix éclatante :

— Aux armes ! aux armes, bonnes gens !

Les Vaudois étaient à peine sur pied que déjà les cavaliers sortaient du ruisseau et s'éparpillaient autour du cimetière. C'était la compagnie d'archers du capitaine Jonas, renforcée des soldats du fameux Paulin, baron de la Garde, qui avait fait la guerre avec le corsaire Barberousse et ses Turcs, contre les chrétiens catholiques.

— Nous sommes perdus ! murmura la jeune fille.

— Rassurez-vous, mademoiselle, dit froidement le gentilhomme. Si les archers et les reîtres l'emportent par le nombre nous l'emporterons par le courage.

— Hélas ! reprit-elle avec accablement, vous croyez avoir affaire à des soldats qui ne font que leur devoir ; mais je les connais, moi ; ce sont des égorgeurs ivres de vin, de sang et de pillage ; ils croient mériter le ciel en tuant froidement des enfants et des innocents, comme le tétrarque Hérode. Ce sont des bourreaux ; ils ont tué ma mère !

7

Les Vaudois et les huguenots s'étaient silencieusement groupés aux angles du vieux mur, tandis que le Gascon Jonas et le capitaine Paulin cernaient peu à peu le cimetière. La lune jetait une lueur sinistre sur les armures de ces cavaliers, qui semblaient glisser comme des fantômes; les écuyers des chefs avaient allumé des torches. Clotilde poussa un cri d'horreur, et montrant à Didier un homme long et sec, au teint blême, qui suivait Jonas :

— Vous voyez ce misérable? dit-elle d'une voix sourde, c'est l'avocat général Guérin, un bourreau déguisé en magistrat, un justicier toujours altéré de sang; il a fait passer soixante hommes et trente femmes au fil de l'épée dans le bourg de Cabières.

Didier tressaillit. Du geste elle lui désigna ensuite un gros homme au teint frais, à mine réjouie, qui parlait à voix basse au capitaine Paulin.

— Quant à celui-ci, ajouta-t-elle en baissant involontairement les yeux, c'est le célèbre Jean Meynier, baron d'Oppède, premier président; un homme, convaincu de son bon droit et de ses bonnes intentions; il a toujours à la bouche la chanson et le mot pour rire. Il ne dîne jamais mieux que quand il a fait brûler quelques enfants hérétiques dans leurs berceaux. C'est sa façon de les convertir. A Mérindol, il a incendié les granges, coupé les vignes, rasé les châteaux et les maisons.

En ce moment, le barbe Ephraïm les rejoignit et dit doucement à la jeune fille :

— Modérez votre indignation, mon enfant, nos ennemis sont aveugles de cœur et d'esprit, et ne savent ce qu'ils font. Retirez-vous avec les femmes, et laissez agir les hommes. Allez prier pour le salut de tous !

Clotilde regarda Didier, mais comme le jeune homme semblait approuver par son silence l'ordre du pasteur, elle s'éloigna lentement et se dirigea vers le groupe des femmes agenouillées.

Cependant les archers venaient d'allumer des feux au pied des arbres, sur l'ordre des capitaines Jonas et Paulin, tandis que le jovial baron d'Oppède s'avançait jusqu'à l'entrée du cimetière, escorté de ses trois commissaires, François de la Font, président, Honoré de Tributils et Bernard Badet, conseillers. Il était essoufflé et s'essuyait le front avec un mouchoir armorié.

— Si je ne me trompe, s'écria-t-il d'une voix perçante en regardant le barbe, je reconnais mon ancien compagnon d'études, Maurice Leblanc, aujourd'hui assez mal famé sous le nom d'Ephraïm; mais je ne suis pas fier, et je ne te renierai pas, mon pauvre ami. Quant à toi, tu ne m'as pas oublié, j'espère ?

— Qui de nous pourrait jamais oublier le premier président Jean Meynier, baron d'Oppède? répondit Ephraïm avec son inaltérable sérénité. Il n'a pas laissé dans nos rochers et dans nos montagnes une créature vivante pour maudire son nom, mais les décombres fumants de nos maisons resteront comme un souvenir impérissable de sa justice.

— Oui, je crois avoir assez bien arraché l'ivraie qui étouffait le froment, reprit d'Oppède; seulement, mon brave Ephraïm, tu nous donnes une rude beso-

gne pour t'atteindre. J'espère que tu ne voudras pas mettre dans l'embarras un vieil ami, et que tu engageras tous tes compagnons, fauteurs d'hérésie et de rébellion, à se rendre à discrétion.

Le barbe resta impassible.

— Nous n'avons commis aucun crime, baron d'Oppède, nous n'avons jamais été rebelles envers le roi, notre sire.

— Tu crois donc que je veux te tromper, mon bon Ephraïm? dit en riant le premier président. Je te ferai observer que ce serait de l'enfantillage, puisque je suis accompagné d'une troupe suffisante pour vous soumettre de vive force; mais je veux te convaincre que tu es dans ton tort. Si tu résistes à ma harangue, notre cher conseiller Honoré de Tributils va te lire l'arrêt du parlement d'Aix, qui a proscrit comme traîtres et rebelles les vaudois et tous autres hérétiques.

Le conseiller tira d'une poche de sa robe une grande feuille de parchemin et allait commencer sa lecture, lorsque le barbe dit de sa voix douce, mais claire et ferme :

— Nous savons que le parlement d'Aix nous a condamnés à l'extermination, mais nous en appelons à la justice du roi François Ier et à celle de Dieu.

— Le roi est trop loin et Dieu est trop haut, répliqua le baron d'Oppède. Allons ! mon vieil ami, je sais que tes compagnons t'écoutent comme un oracle, engage-les à se résigner à leur mauvais sort et à se rendre. C'est le meilleur parti à prendre.

Sur un signe d'Ephraïm Leblanc, les Vaudois et les huguenots s'agenouillèrent et entonnèrent le psaume :

« J'ai aimé le Seigneur, car il exaucera la voix de ma prière.

« Il a incliné vers moi son oreille, je l'invoquerai tous les jours de ma vie.

« Les douleurs de la mort m'ont environné, les périls de l'enfer m'ont surpris. »

. . . .

Ce chant qui retentissait dans la nuit, produisait une impression profonde, même sur les âmes endurcies des archers et des reîtres. L'avocat général Guérin s'en aperçut, et, furieux de cette résistance passive qui retardait le massacre, il pressa le premier président de donner le signal de l'attaque sans perdre plus de temps à des diplomaties inutiles.

D'Oppède sourit.

— Mes intentions sont méconnues, dit-il d'une voix forte. Vous avez toujours été entêté, Éphraïm; mais vous ne m'accuserez point de ne pas avoir agi envers vous avec toute la courtoisie d'un gentilhomme. J'aurais voulu vous éviter les horreurs d'une lutte sanglante. Les arrêts d'un parlement devraient toujours s'exécuter sans bruit et sans résistance. Enfin, vous le voulez! je m'en lave les mains comme Ponce-Pilate. Baron de la Garde, faites votre devoir.

Les Vaudois restaient agenouillés et chantaient pieusement.

. . . .

« Avec les ennemis de la paix, j'ai été pacifique quand je leur parlais, ils m'attaquaient sans motifs ! »

— Sang-diou! dit le capitaine Jonas, je crois que les manants se moquent de nous; mais il est dur de frapper des gens qui ne se défendent pas.

Tout à coup il reconnut Didier, qui étendait sa main vers lui comme pour le repousser, et il laissa échapper un cri de surprise :

— Cap-de-bious! mon gentilhomme, n'ai-je pas les yeux brouillés par quelque maléfice? Est-ce bien vous qui servez de capitaine à ces misérables fous, qui ne savent que chanter quand il s'agit de se battre? Tant mieux; je pourrai du moins me dégourdir la main sans scrupule. Vous avez cinq minutes de trève.

— Si ma voix est écoutée, répliqua Didier, soyez sûr, brave Jonas, qu'il y aura plus d'une côte rompue avant que vous n'attachiez aux arbres et que vous ne fassiez flamber comme des poulets tous ces pauvres diables dont je partage l'asile.

Puis se tournant vers le barbe Ephraïm, dont la douceur et le calme commençaient à l'impatienter :

— Qu'attendez-vous? lui dit-il d'une voix sourde. Hésitez-vous à vous défendre?

— Je n'hésite pas, répondit tranquillement le pasteur; nous ne nous défendrons pas.

Didier le regarda avec stupeur, puis il s'écria avec une sorte de rage en lui saisissant le bras :

— Oseriez-vous bien répéter cette lâche parole? Ah! vous ne vous défendriez pas! Est-ce un cœur de lièvre ou de femme malade qui bat sous votre robe de pasteur? Vous ne vous défendriez pas! mais avez-vous compté vos ennemis, et ne savez-vous pas que vos frères sont plus nombreux que les archers du capitaine Jonas et du baron de la Garde! Vous ne vous défendrez pas! mais ces bourreaux ne sont-ils pas les mêmes qui vous ont donné la chasse dans votre province, qui ont écrasé les enfants sous les pieds de leurs chevaux, outragé et noyé les femmes? Avez-vous le droit de fermer vos oreilles aux gémissements des victimes? Avez-vous le droit de ne pas les venger? Avez-vous le droit de livrer, comme des martyrs aux persécuteurs, tout ce troupeau obéissant que Dieu vous a confié?

— Ce Dieu dont vous parlez, jeune homme, et que vous ne connaissez pas, interrompit Ephraïm Leblanc avec gravité, nous a interdit de répandre le sang et de résister à César.

Clotilde s'était peu à peu rapprochée et levait ses yeux suppliants sur Didier; mais sa vue produisit sur le neveu de M. de Montchenu un effet terrible; elle lui semblait revêtue d'une beauté surnaturelle, pâle et triste, comme si les ombres de la mort allaient l'envelopper et la cacher aux regards des humains; il songea qu'elle allait lui être arrachée et qu'elle serait disputée comme un butin par une soldatesque effrénée; il la vit se débattant avec des larmes stériles et d'inutiles sanglots dans les bras des archers et des reîtres ivres, et cette vision exalta son indignation jusqu'au délire.

Il serra plus violemment le bras de l'impassible Ephraïm, et d'une voix presque menaçante il lui dit :

— Ce n'est pas obéir à Dieu que de ne pas oser défendre la vie qu'il vous a donnée! Le reptile lui-même se redresse sous le pied qui l'écrase! Ephraïm Leblanc, si tout votre courage consiste à joindre les mains comme une femme, à chanter et à tendre le cou aux bourreaux, je ne suis pas doué, moi, d'une foi si profonde et d'un si grand détachement des choses de la terre. Non, tant que ma main ne sera point coupée ou paralysée, tant que mes yeux pourront voir mon ennemi, tant que mon cœur battra en entendant les pleurs et les lamentations de ces pauvres créatures que vous abandonnez, je défendrai l'opprimé, et je ne me laisserai pas tuer comme un chien errant.

— Dieu protège les justes, dit le barbe sans s'émouvoir, et si le sang n'est pas versé dans un combat stérile, peut-être la vie des femmes et des enfants sera-t-elle épargnée par le baron d'Oppède.

Didier dédaigna de répondre, mais il arracha des mains d'Ephraïm sa redoutable fourche, et la brandit vigoureusement au-dessus de sa tête.

— A la bonne heure! s'écria le capitaine Jonas en tordant sa moustache rousse, nous allons pouvoir nous escrimer en joyeux soldats, et quoique vous vous serviez d'une arme de paysan, mon gentilhomme, il y aura quelque mérite à vous faire prisonnier ou à vous mettre hors de combat. Quand j'aurai un château comme celui de votre oncle, monsieur Didier, soyez sûr que j'y suspendrai cette fourche comme une curiosité, au mur de la salle d'armes.

— Venez d'abord la prendre, mon cher capitaine, repartit le jeune homme.

Mais au moment où les deux adversaires allaient se rapprocher, le barbe se jeta au-devant de Didier et lui dit avec son étrange douceur :

— Rendez-moi cette arme, monsieur. Vous n'êtes pas des nôtres, et vous ne pouvez comprendre notre conduite. De quel droit voulez-vous nous juger et agir en notre nom? Vous êtes catholique, et vous n'avez rien à craindre de nos ennemis. Séparez-vous donc de ces proscrits, que vous regardez comme des lâches! Méprisez-les! abandonnez-les! Quant à notre destinée laissez-la s'accomplir et ne nous empêchez pas d'obéir à notre foi.

Didier, troublé par cette insistance héroïque, hésitait cependant à rendre la terrible fourche au pasteur; mais Clotilde se penchant vers lui, murmura :

— Ephraïm a raison, mon ami. Nous ne pouvons accepter cet aveugle dévouement, qui vous perdrait sans nous sauver. Partez! quittez-nous! Quant à moi, je suis de la religion et je dois rester au milieu de mes frères, triomphants ou persécutés.

Didier ne put résister à cette touchante supplication; il sentit un frémissement dans son cœur, jeta la fourche aux pieds du cheval de Jonas, et dit d'une voix sombre :

— Ephraïm Leblanc, je tâcherai d'être courageux comme vous.

Le capitaine gascon le regardait avec un étonnement mêlé de compassion; il semblait croire que la raison du jeune homme n'était pas bien saine; mais le premier président Jean Meynier éclata de rire.

— Par tous les saints du paradis! s'écria-t-il avec un mépris affecté, voilà une résignation qui siérait mieux à un clerc qu'à un gentilhomme! C'est là une commode vertu à l'usage des Vaudois et des huguenots, mais indigne d'un bon catholique. Allons, monsieur, s'il vous reste un peu de bon sang dans les veines, laissez ces poltrons braillards à leur sotte besogne, et venez avec nous !

Didier pâlit et regarda Clotilde avec une expression douloureuse, comme pour la prendre à témoin de l'effort qu'il devait s'imposer pour ne pas répondre. La jeune fille lui serra la main et dit à voix basse :

— Celui qui sera humilié sur la terre triomphera dans les cieux.

Le baron d'Oppède se tourna vers les deux capitaines :

— Nous avons déjà perdu trop de temps en paroles : il faut en finir. Faites entourer cette ribaudaille et main basse sur toute la couvée.

Jonas s'avança le premier et dit à son ancien adversaire :

— Laissez-moi passer, monsieur !

Didier ne bougea pas.

Le capitaine Paulin s'avança à son tour, et du bout de sa houssine effleura l'épaule du gentilhomme :

— Écartez-vous de ce vil troupeau, monsieur, ou nous vous écarterons du plat de l'épée.

Didier tressaillit sous l'insulte, et une sueur froide baigna ses cheveux ; mais Clotilde se serrait contre lui, le cœur palpitant, et murmurait :

— Qu'importe que ce soldat grossier vous outrage ? Je vous admire, moi, et je vous aime ! S'il faut mourir, nous ne comparaîtrons pas devant Dieu les mains teintes de sang.

Ils échangèrent alors un pâle sourire, doux comme un baiser, et qui fut pour ainsi dire la sainte fiançaille de leurs cœurs.

Les trompettes sonnèrent, donnant le signal de la boucherie. Au même instant, le baron d'Oppède entendit le galop précipité d'un cheval et vit presque aussitôt apparaître hors du bois un reître couvert de poussière ; son visage était gonflé et marbré par la fatigue. Ses yeux tigrés de sang ne jetait plus qu'une lueur incertaine ; l'air n'arrivait plus à ses poumons oppressés. Brisé par une course à travers les forêts et les montagnes, il sentait la voix se sécher dans son gosier, et quand il arriva près du capitaine, son cheval s'abattit.

Le reître essaya vainement de se relever, ses forces étaient épuisées, mais il reconnut Jonas et lui dit avec effort :

— Capitaine, vous allez avoir le connétable sur les bras d'un instant à l'autre. Prenez garde !

— Sang dieu ! cet homme est fou ! s'écria le Gascon. Le rebelle doit avoir déjà gagné la Savoie et les Alpes.

Le baron d'Oppède s'approcha du messager :

— Il ne faut pas être trop incrédule, capitaine ; monsieur de Bourbon est coutumier de miracles, quand il s'agit de ruses de guerre. Qui t'envoie ? demanda-t-il brusquement au reître.

— Monseigneur le cardinal de Tournon, répondit ce dernier d'une voix brève et sifflante. Prenez garde ! j'ai crevé mon cheval pour vous prévenir à temps.

Monsieur de Bourbon, avec son escorte d'Espagnol, a fait un crochet pour dépister les poursuites, et il revient sur ses pas pour gagner la Franche-Comté. Vous pouvez le prendre ici comme dans une souricière.

Les yeux du reître se fermèrent, sa voix s'éteignit, il était évanoui.

— Ce brave soldat vient de rendre un fier service au royaume, dit le baron d'Oppède. Il faudra qu'à tout prix le rebelle franchisse le cimetière et ce mur vivant de huguenots. Oui, nous le tenons bien. Il va déboucher par la gorge de la montagne. Capitaine, vous allez tirer un fameux coup de filet. Faites taire vos trompettes, et mort au traître !

— Mort au traître ! répétèrent les conseillers, les archers et les reîtres.

Quant aux Vaudois et aux huguenots, ils restèrent immobiles et silencieux, comme s'ils eussent été entièrement détachés des intérêts de ce monde.

XV

LE JUSTICIER.

En ce moment, une petite troupe de cavaliers descendait le long du sentier rocailleux qui serpente sur le revers des rochers d'Apremont.

A leur tête marchait un éclaireur, l'intrépide M. Pompérant. En apercevant, à la clarté des torches des feux allumés au pied des arbres, la foule qui remplissait le cimetière, et les deux compagnies d'archers et de reîtres qui en gardaient les abords, il s'arrêta surpris et alarmé. Mais l'ami de M. le connétable n'était jamais long à prendre son parti à l'heure du danger. Il savait par expérience que la fortune aime les audacieux, et ne consentait à reculer que devant l'impossible.

Il continua donc à avancer, en affectant la sécurité d'un voyageur inoffensif, mais bien armé, qui ne redoutait pas les fâcheuses rencontres de grand chemin.

Le vaudois Abdias Morel s'était dirigé, d'après l'ordre d'Éphraïm, au-devant de ce cavalier téméraire, et lorsqu'ils ne furent qu'à quelques pas l'un de l'autre, il lui ordonna de s'arrêter.

M. de Pompérant ne se hâta pas d'obéir, mais le robuste Vaudois sauta à la bride de son cheval, et lui dit d'une voix rude :

— Êtes-vous sourd, monsieur, ou avez-vous envie de vous faire casser la tête ?

Le cavalier répondit tranquillement :

— De quel droit me barrez-vous le chemin, bonhomme ? Êtes-vous un clerc de saint Nicolas ou gentil mignon de la lune ? Prenez garde ! vous n'avez pas affaire à un colporteur ni à un intendant de couvent ni à un juif, mais à un soldat qui sait jouer du tranchant et de la pointe.

Abdias parut surpris en entendant la voix de son interlocuteur et ne prêta qu'une médiocre attention sens des paroles, tout en répliquant d'un ton bourru :

— Si vous n'êtes pas sourd, vous êtes donc aveugle, puisque vous ne voyez pas cette cohue d'archers qui vous attendent pour vous souhaiter la bienvenue !

Il porta vivement la flamme de sa torche au visage du cavalier, et son impassibilité fit place aussitôt à une singulière agitation.

— N'avancez pas, capitaine! reprit-il, je vous ai reconnu.

— Tant pis pour toi, dit Pompérant en portant la main à la garde de son épée.

— Je ne suis pas votre ennemi, capitaine, et quand vous m'auriez tué, vous n'en auriez pas moins sur les bras les compagnies du baron de la Garde et du Gascon Jonas.

M. de Pompérant jeta sur le Vaudois un regard interrogateur et répliqua :

— Il faut pourtant que je m'ouvre passage au milieu de cette foule armée, coûte que coûte !

— Capitaine, reprit doucement Abdias Morel, souvenez-vous de Mérindol?

L'ami du connétable tressaillit.

Le vaudois continua avec son calme étrange :

— Dix-huit femmes furent menées dans une grange, et d'Oppède y fit mettre le feu. Si ces malheureuses paraissaient à la fenêtre pour se jeter en bas, on les repoussait à coups de fourche, ou on les recevait sur les pointes des hallebardes. Paulin de la Garde, qui avait guerroyé avec le corsaire Barberousse, admirait cette froide rage; il n'avait jamais rien vu de semblable.

— Trêve de verbiage, interrompit rudement le capitaine; mes compagnons vont me rejoindre, et je n'ai pas le temps d'écouter, comme une vieille femme, ces sornettes.

Abdias continua gravement :

— Un gentilhomme catholique ne put assister froidement à cette tuerie : il monta sur la côte la plus élevée, il fit grand bruit, il roula au fond des vallées de grosses pierres pour avertir de l'approche de l'ennemi ceux des Vaudois qui pouvaient y être cachés, il poussa l'imprudence de la compassion jusqu'a leur crier de toute sa force de se sauver au plus tôt.

— Eh bien, ce capitaine a agi en honnête homme, dit avec impatience M. de Pompérant, mais à quel propos viens-tu, l'ami, me conter cette histoire?

Abdias répondit :

— C'est que je suis un des Vaudois sauvés par ce gentilhomme, et que ce gentilhomme, c'est vous, monsieur de Pompérant.

— En même temps, un groupe de femmes entoura le capitaine; l'une d'elles, pâle et maigre, lui montra deux enfants endormis sur son sein tari.

— Ils vous doivent la vie, monsieur, dit-elle, et chaque jour je prie pour vous.

— Je ne suis pas si heureuse que Marianne, dit une autre à l'aspect farouche, en tendant son bras vers l'endroit où le baron d'Oppède haranguait les archers; ce juge a fait pendre mon mari dans une église où il s'était réfugié. J'avais aussi, moi, deux enfants, des chérubins que le bon Dieu m'avait donnés comme une consolation dans nos misères; ils ont été brûlés dans la grange de Mérindol.

M. de Pompérant se pencha sur le cou de son cheval et toucha du doigt l'épaule d'Abdias Morel :

— Ce sont tes frères, lui dit-il à voix basse, qui occupent le cimetière et nous séparent des soldats du roi?

— Ce sont les débris des bandes de Vaudois et de huguenots, poursuivis par le sanguinaire Jean Meynier, baron d'Oppède, répondit Abdias.

Un rayon de joie passa dans les yeux du capitaine.

— Nous ferons cause commune avec tes frères, s'il en est ainsi; ils nous ouvriront un libre passage et se battront à nos côtés contre les archers du roi.

— Vous vous trompez, capitaine, dit Abdias en baissant les yeux; j'ignore ce que décidera notre barbe Ephraïm : mais je doute qu'il veuille répandre le sang. Je vous demande en grâce un peu de patience. Je vais le consulter.

Pompérant fit un geste de colère.

— J'attendrai cinq minutes, répliqua-t-il sèchement, mais n'oublie pas que nous sommes forcés de traverser le cimetière, fût-ce sur le corps de tes compagnons.

Abdias rejoignit le barbe et échangea quelques paroles à voix basse avec lui. D'Oppède et Guérin commençaient à s'inquiéter sérieusement de la résistance que pouvait leur opposer la masse des proscrits, lorsqu'ils lanceraient les archers et les reîtres contre l'escorte du connétable.

Le président s'avança d'un air riant vers Ephraïm.

— J'espère, mon ami Maurice, que tu vas venir nous aider à cerner cette troupe de rebelles?

Ephraïm répondit doucement :

— Est-ce jamais la peur qui nous a fait obéir, monsieur le baron? Nous avons toujours respecté le roi, nos seigneurs et les lois. Cependant nous avons été condamnés, proscrits et exterminés comme rebelles. Certes, nous ne défendrons jamais des sujets révoltés, nous qui savons mourir sans résister à des ordres iniques, dignes des empereurs de Rome.

Le président se mit à rire dédaigneusement.

— Vieux radoteur, tu crois te jouer de moi avec de belles phrases; mais on ne trompe pas le baron d'Oppède. Tu parles d'obéissance à ton roi, et tu protèges à cette heure la fuite du plus grand traître du monde. Tu te fais le complice de Charles de Bourbon.

Le barbe se sentit frissonner de tout son corps et une rougeur subite couvrit son visage. Il baissa la tête et répondit humblement :

— Vous avez tort de m'accuser de mensonge, monsieur, nous sommes prêts à nous opposer au passage du rebelle.

D'Oppède sourit.

— Tu parles d'or, Maurice Leblanc. C'est, du reste, le meilleur moyen d'obtenir quelque indulgence pour tes compagnons et pour toi.

Ephraïm continua :

— Sur l'ordre de notre persécuteur, nous nous dresserons comme une muraille vivante devant cette escorte dont le chef a sauvé nos femmes et nos enfants, à Mérindol.

D'Oppède laissa échapper un geste de colère.

— Trêve à ce jargon biblique, digne Maurice, tu as bien parlé, hâte-toi de bien agir.

— Avant tout, reprit le barbe, il faut que je sois certain que monsieur le connétable fait partie de cette troupe de cavaliers.

— Dois-je interroger à ce sujet monsieur de Pompérant? demanda Abdias Morel.

— Oui bonhomme, répliqua vivement le Gascon Jonas; Pompérant est le conseiller, le favori et le capitaine des gardes du prince, mais nous avons guerroyé ensemble; je le connais bien; il ne reniera pas son maître.

Ephraïm fit signe au Vaudois d'aller remplir cette mission ; Abdias obéit, mais le complice du connétable refusa de répondre à la question qui lui était posée.

— Je ne reconnais à personne le droit de m'interroger ni de barrer mon chemin. Nos épées sortiront du fourreau toutes seules si notre liberté est menacée. Quant à vous, braves gens, joignez-vous à notre petite troupe et nous vous offrons de grand cœur notre aide contre vos ennemis. A mon tour, je vous dirai : Vous souvenez-vous de Mérindol?

— Si nous vous écoutions, capitaine, répondit froidement Abdias, nous serions traîtres au roi notre sire.

Pompérant pâlit et adressant un geste de désespoir aux cavaliers qui l'avaient rejoint. L'un d'eux, le plus grand de tous, se pencha vers lui et dit d'une voix triste, mais ferme :

— C'est ici qu'il faut mourir, mon ami, tant mieux ! nous sommes encore en terre de France et ma mémoire ne sera pas honnie. Je n'aurai pas le temps d'apprendre aux bandes de Castille et aux lansquenets impériaux à vaincre les gentilshommes de François Ier et les soldats de Bayard. Mon sang criera vengeance contre madame la duchesse d'Angoulême, et plus d'une belle dame de la cour pourra plaindre le connétable de Bourbon sans forfaire à l'honneur de son pays.

Cependant Abdias avait rendu compte au barbe du refus de M. de Pompérant.

— Que faire? dit Éphraïm fort embarrassé : nous ne saurions arrêter plus longtemps la marche de ces cavaliers, puisque nous n'avons aucune preuve de la présence du duc rebelle parmi eux.

— Aucune preuve! s'écria d'Oppède. N'as-tu pas ma parole? Ne t'ai-je pas affirmé que cette troupe sert d'escorte au connétable fugitif?

Éphraïm sourit avec une expression d'amère ironie.

— Ta parole, baron d'Oppède! que vaut-elle à nos yeux? Tu nous l'as donnée dix fois, et dix fois tu l'as parjurée.

— Tu mens, Maurice; tu cherches des prétextes pour déguiser ta désobéissance.

— Baron d'Oppède, j'ai meilleure mémoire que toi;

tu nous avais garanti, à Cabrières, la vie sauve pour tous ceux qui se convertiraient; ceux qui ont eu confiance en ta promesse ont été brûlés dans leurs maisons; leurs biens devraient être laissés à leurs enfants, tu les as fait confisquer à ton profit.

— C'était la volonté du parlement d'Aix, Maurice, je ne pouvais m'opposer à son arrêt.

— As-tu oublié mon frère, Étienne Leblanc, que tu as rencontré seul et désarmé dans la campagne, baron d'Oppède? Il était catholique ; tu l'as fait attacher à un olivier, malgré ses supplications, et passer par les armes.

— Ton frère Étienne était mon fermier, Maurice ; il ne m'avait pas payé son fermage, sous prétexte que les récoltes avaient été ruinées par les soldats, et il se réfugiait à Cabrières pour m'y braver insolemment.

— As-tu oublié, baron d'Oppède, continua le barbe, qu'à Mussy tu as ordonné à tous les habitants, Vaudois, huguenots et catholiques, d'abattre eux-mêmes leurs murailles, d'apporter leurs armes au château et de rester paisibles dans leurs maisons. A cette condition, tu jurais de les laisser en repos. Ils ont cru à ta promesse!...

— Eh bien, s'écria le président avec un sourire hypocrite, en reste-t-il un seul aujourd'hui pour m'accuser de parjure?

— Éphraïm Leblanc, stupéfait d'une si audacieuse réponse, jeta un regard de mépris et d'indignation sur son ancien ami et répliqua :

— Baron d'Oppède, tu peux nous faire livrer comme un gibier traqué à tes archers, mais je ne saurais admettre ton témoignage.

— Va pour la bataille ! fit alors Paulin de la Garde.

— Vous voulez dire : Va pour la boucherie ! reprit le capitaine Jonas, mais pendant que nous ferons notre trouée dans ce bétail humain, le rebelle et son escorte gagneront du terrain et disparaîtront comme des étoiles filantes.

Au même instant une voix inconnue s'éleva du milieu des archers du roi.

— Si le Vaudois est sincère, il est facile d'en finir : il croira sans doute au témoignage des gens de sa religion. Qu'il interroge donc cette jeune fille qui est adossée au mur du cimetière et qui nous regarde d'un air si superbe. Elle a vu le connétable au château de Montchenu.

A ces singulières paroles, Clotilde tressaillit, comme si la lame d'une épée eût tournoyé devant ses yeux éblouis; elle fut troublée jusqu'au fond du cœur et par le son de cette voix et par cette dénonciation publique qui la forçait tout à coup à sortir de son obscurité et à jouer un rôle terrible.

Éphraïm se tourna vivement vers elle et lui demanda d'un ton bref :

— Est-ce vrai, mon enfant?

Tous les yeux se fixaient ardemment sur la jeune huguenote et les plus grossiers soldats ne pouvaient s'empêcher d'admirer cette beauté délicate, exquise, souveraine. Le président, les conseillers et les capitaines se sentirent tout à coup désarmés de leur autorité brutale et violente en contemplant cette jeune fille pâle, tremblante, effrayée, qui puisait dans sa faiblesse un charme et un pouvoir surnaturels. Les plus superstitieux étaient tentés d'attribuer à la sorcellerie l'émotion involontaire qu'ils ressentaient : un poète l'eût comparée à ces déesses qui domptent sous leurs pieds d'enfants les monstres de la mer. Les mauvaises passions semblaient s'éteindre à l'aspect de cette beauté séraphique. Nul ne fut tenté de révoquer en doute la sincérité de cette charmante fille et tous attendirent anxieusement sa réponse.

— Je l'ai vu! murmura-t-elle enfin d'une voix si basse et si émue qu'on la devina plutôt qu'on ne l'entendit.

Le silence redoubla parmi les soldats et parmi les proscrits.

— Venez, mon enfant! dit le barbe; suivez-moi!

Et il se dirigea à travers le cimetière, du côté de la petite troupe de M. de Pompérant.

Les visières des casques étaient relevées; les visages pâles et hardis souriaient.

— Clotilde, dit le barbe, regardez bien ces cavaliers et ne me cachez pas la vérité; nous n'avons ni le droit d'être complices d'un rebelle ni le droit de livrer des innocents à une justice barbare et inique.

La jeune fille se sentait envahie par une sorte d'hallucination. Elle croyait marcher dans un rêve. Trop d'émotions l'avaient assiégée coup sur coup. Le paysage prenait à ses yeux des proportions fantastiques et monstrueuses. Ces groupes de soldats habillés de fer, qui paraissaient avides d'accomplir leur besogne de sang; ces Vaudois et ces huguenots, qui paraissaient dévoués à la mort comme des martyrs, ne ressemblaient-ils pas, sous les blafards rayons de la lune, aux lueurs des arbres embrasés, et devant ces vieilles tombes lézardées, aux personnages d'un songe? Elle avait peine à admettre la réalité de cette situation terrible. Elle se demandait s'il était bien vrai et bien possible que la destinée du royaume dépendît de la volonté d'une humble jeune fille comme elle?

Puis, qu'allait-elle décider? Sa conscience était troublée jusque dans ses plus intimes profondeurs. Elle allait être à la fois délateur, juge et bourreau; elle ne pouvait récuser son horrible office. Un seul geste, un seul cri, un seul regard qui lui échapperait allait déchaîner les tempêtes. Il y avait là devant elle un homme héroïque, un grand prince, un grand capitaine, un grand persécuté, il est vrai, mais aussi un grand rebelle, ajoutait une voix secrète à son oreille ; et, derrière, elle se tenait éploré le cortège des mères, qui murmuraient :

— Si Bourbon franchit la frontière de France, il lui faudra un holocauste sanglant, et le sang de nos enfants coulera comme une rivière. Clotilde! ne trahis pas ton pays par un vain orgueil de compassion !

Aussi la huguenote regardait-elle d'un air morne les cavaliers, tandis que son cœur battait avec violence. Didier, qui l'avait suivie, n'osait la conseiller ni d'un mot ni d'un geste. Il comprenait quel poids accablant écrasait ce cœur candide.

Enfin Clotilde, domptant l'agitation de sa pensée, résolut de remplir son devoir. Elle reconnut M. de Pompérant, puis elle frémit, car elle rencontra l'œil clair, calme et doux du connétable, qui restait attaché sur elle.

Elle souhaita follement de devenir muette tout à coup ou d'être changée en marbre; elle eût voulu sortir d'elle-même à tout prix. L'horreur du mensonge lui faisait un devoir de dire la vérité, et un mot, tombé de ses lèvres innocentes, allait devenir l'arrêt de mort d'un homme cher à Didier, d'un prince à qui elle devait de vivre. Sa franchise ne pouvait être qu'une monstrueuse ingratitude.

— Parlez, mon enfant, dit le barbe avec autorité ; ne laissez pas plus longtemps nos cœurs dans l'anxiété

Il fallait se décider. Du regard Clotilde interrogea le ciel; elle se demanda si Dieu absoudrait un mensonge qui sauverait la vie d'un homme, ou s'il lui demanderait un compte sévère de ce même mensonge qui perdrait peut-être tout un peuple. Le ciel s'était voilé; la lune avait sombré sous les nuages. Elle regarda alors le grand prince dont la vie lui appartenait. Aucun trouble n'altérait la sérénité de ce beau visage elle le revit tel qu'il lui avait apparu au château de Montchenu, préférant, avec une générosité toute chevaleresque, risquer sa liberté, son honneur et sa vie, plutôt que de laisser frapper une femme.

Cette confiance absolue toucha son cœur d'une émotion irrésistible, et, entraînée par un instinct de sympathie, de pitié, d'effroi, elle dit d'une voix assez ferme.

— Je ne reconnais pas monsieur le connétable de Bourbon parmi ces cavaliers.

M. de Pompérant respira.

Quant à la pauvre fille, elle n'eut pas plus tôt proféré le mot sauveur, qu'elle inclina la tête comme accablée et foudroyée par le sentiment de son indignité. Ne venait-elle pas de tromper Dieu et les hommes? Sa conscience l'accusait; la voix qui avait prononcé le mensonge tintait à son oreille; il lui semblait que ce n'était pas la sienne et elle ferma involontairement les yeux pour ne pas voir les regards de ceux qu'elle trahissait et de ceux même qu'elle sauvait.

Didier saisit sa main et lui dit :

— C'est bien, Clotilde !

Moucheron et Chevrette s'étaient glissés à ses côtés et murmuraient :

— Si vous aviez dénoncé notre maître, vous ne seriez pas sortie vivante de nos mains.

Cependant les vaudois s'étaient écartés et avaient livré passage à M. de Pompérant et à ses cavaliers qui ne tardèrent pas à s'éloigner au grand trot.

— Baron de la Garde, capitaine Jonas, s'écria le président d'Oppède, qui se crut joué et que la colère exaspéra, laisserons-nous le traître nous narguer et s'échapper sous nos yeux ?

— Non ! répliqua le brave Paulin. Archers et reîtres, suivez-moi, et tâchons de prendre monsieur le duc mort ou vif!

La confusion était terrible dans les rangs des Vaudois et des huguenots ; les uns s'étaient agenouillés de nouveau et chantaient leurs psaumes d'une voix forte ; quelques autres fuyaient ou tombaient sous les pieds des chevaux ; les femmes pleuraient et les enfants criaient, renversés sur le sol. Didier s'était jeté à la bride du cheval de Jonas, et essayait de retarder la poursuite des archers, tandis qu'Éphraïm, immobile et résigné, attendait le coup de la mort, lorsque Clotilde, s'avançant avec une énergie extraordinaire vers le baron d'Oppède, s'écria :

— Arrêtez le massacre, monsieur le président, mes frères ne sont pas coupables. Punissez la femme qui les a trompés, je viens vous la livrer, c'est moi qui ai menti, afin de sauver le connétable, mais soyez miséricordieux pour les innocents.

D'Oppède avait déjà secoué le prestige que la beauté et l'expression enthousiaste de Clotilde avaient exercé sur lui : il haussa les épaules.

— Que signifie, dit il, cette nouvelle jonglerie ? Nous n'avons pas de temps à perdre pour écouter ta chanson, la belle ! Archers, en avant !

Mais Paulin de la Garde, Jonas et leurs soldats s'étaient arrêtés devant cette jeune fille, qui, à genoux et les bras tendus vers le barbe, répétait d'une voix brisée :

— Éphraïm, et vous tous, mes frères, pardonnez-moi !

— Quelle faute as-tu donc commise ? demanda sévèrement le pasteur.

— J'ai menti, Éphraïm, répondit-elle avec un accent déchirant. J'avais reconnu le connétable, et pour le sauver j'ai sacrifié mes frères. J'ai manqué à mon devoir, à ma conscience, à ma foi. Votre sang versé ruissellera sur moi comme une pluie de malédictions. Mon âme est souillée à jamais. Mais que mon péché ne retombe que sur moi. Je m'humilie devant vous, monsieur le baron d'Oppède, devant vous, messieurs les capitaines, devant vous, archers et reîtres. Châtiez-moi ! foulez-moi aux pieds de vos chevaux, mais épargnez mes frères innocents ! Je dois payer pour tous.

Éphraïm Leblanc la regarda avec tristesse :

— Tu t'es jugée toi-même, Clotilde, et je n'ai pas le droit de t'absoudre ; tu es séparée du troupeau par ta faute ; mais comme nous répondons de toi, nous partageons le crime. Baron d'Oppède, nous nous livrons à vos soldats, non seulement comme hérétiques, mais comme complices d'une trahison et coupables de lèse-majesté.

— Les malheureux ! reprit en ce moment la voix de l'archer inconnu, pourquoi n'en aurions-nous pas pitié ?

— Qui a parlé ? dit le président irrité. Que ceux qui veulent demander grâce pour les hérétiques s'avancent hardiment ; je les chargerai de l'exécution de la sentence du parlement.

Personne ne répondit. Il ajouta :

— J'ordonne que le barbe Éphraïm Leblanc et tous les hommes soient attachés, ainsi que cette jeune fanatique, aux arbres enflammés. Quant aux autres femmes, par faveur spéciale, elles seront étranglées.

Les Vaudois et les huguenots n'essayèrent pas la moindre résistance ; ils tendirent leurs mains aux cordes et marchèrent vers les brasiers qui les attendaient : quelques femmes, moins résignées, escaladèrent le petit mur du cimetière, mais elles furent reçues à la pointe des hallebardes que portaient les reîtres de la compagnie du capitaine Paulin.

Didier n'avait pas prononcé une parole ; il suivait des yeux et du cœur la jeune fille que deux reîtres, Goulard et Faucheux, venaient d'arracher de ses bras il n'entendait ni les ordres féroces de d'Oppède, ni les plaisanteries grossières des soldats ; tout en se débattant contre quatre archers que le capitaine Jonas avait chargés de le maintenir, il ne songeait pas à son danger personnel, il n'aspirait qu'à rejoindre Clotilde et à mourir avec elle, puisqu'il ne pouvait la sauver.

Mais quand il vit la pauvre enfant repousser par un geste de pudeur le brutal Faucheux qui déchirait la mante jetée sur ses épaules, il ne put retenir un dernier cri d'indignation et de rage ; il se dégagea par un brusque mouvement des mains de ses gardiens, s'élança sur Faucheux, s'empara de son épée et le força à s'agenouiller devant la jeune huguenote, en disant d'une voix frémissante :

— Demande pardon à cette jeune fille ou c'en est fait de toi !

Le baron d'Oppède stupéfait en voyant l'incroyable témérité du gentilhomme, sentit le feu de la colère empourprer son visage et s'écria aussitôt :

— *Tolle ! tolle !* chargez les arquebuses et tuez ce traître !

Les archers allaient obéir, et déjà Goulard visait froidement le neveu de M. de Montchenu, tandis que les lèvres frissonnantes de Clotilde imploraient Dieu, lorsque la voix de l'archer inconnu se fit entendre au milieu du tumulte.

— Ne tirez pas ! je vous le défends !

Le baron d'Oppède croyait rêver Il était chargé du commandement suprême des troupes dirigées contre les hérétiques. Les vaillants capitaines Jonas et Paulin de la Garde lui devaient obéissance, et un simple archer osait donner un ordre contraire aux siens.

— Qu'on saisisse cet homme ! dit-il enfin, et qu'on l'attache à Éphraïm Leblanc ; ils mourront ensemble.

L'archer s'était avancé, mais la visière de son casque était baissée ; deux de ses camarades voulurent l'entraîner, mais il soutint l'assaut sans broncher et les terrassa chacun d'une main, à l'admiration générale, quoiqu'il ne fît aucun effort apparent.

Il s'approcha ensuite du président, qui eut peur et se recula, le visage blême.

— J'ai le poignet solide, si j'ai l'âme tendre, monsieur le baron, dit-il d'une voix goguenarde, et de plus je suis aussi bon catholique que vous, j'oserai même dire meilleur que vous.

— C'est faux ! c'est faux ! dit le président, tu es un espion ou un partisan du connétable. Faites-le arrêter, capitaine Jonas. Allons, mes braves, ajouta t-il en voyant les archers hésiter, vous laisserez-vous bra-

De quel droit me barrez vous le chemin? bonhomme. (Page 100.)

ver par cet insolent rebelle? reculerez-vous devant un seul homme?

Les soldats allaient s'élancer sur l'archer inconnu, lorsque celui-ci, rejetant en arrière le manteau qui couvrait son armure, haussa la visière de son casque :

— Foi de gentilhomme ! dit il avec un fier sourire, si je ne découvrais mon visage, je crois que monsieur le baron d'Oppède me ferait passer un mauvais quart d'heure.

Le président devint livide et murmura avec angoisse :

— Le roi !

Une clameur immense retentit dans les rangs des soldats, et les proscrits répétèrent comme eux :

— Que Dieu bénisse le roi! Vive François, notre sire !

Le faux archer reprit en regardant sévèrement le baron d'Oppède :

— Monsieur Jean Meynier, j'ai tout vu et tout entendu. Vous faites faire à mes archers une assez laide corvée. Vous avez abusé du pouvoir que je vous ai confié et vous avez surpris ma religion. Vous m'aviez dit que les Vaudois et les huguenots de vos provinces avaient fait alliance avec les Suisses et les réformés d'Allemagne; vous m'aviez dit qu'ils refusaient de payer l'impôt et de se soumettre à l'autorité royale. Tout cela est faux : ce sont des sujets fidèles. Quant à vous, qui étiez le juge de ces pauvres gens, vous serez jugé par moi.

Puis se tournant vers les proscrits qui tendaient vers lui leurs mains suppliantes avec une lueur d'espoir :

— Le roi, ajouta-t-il, est le premier justicier du royaume. Désormais, il fera cette besogne lui-même. Qu'on détache les prisonniers et les condamnés.

Le barbe Éphraïm vint baiser la main de François Ier et lui dit :

— Sire, le sang que vous avez épargné vous appartient; ces cœurs qui battent encore, grâce à vous, ne cesseront de vous aimer !

— Détachez cette jeune fille ! dit le roi en montrant Clotilde à Goulard et à Faucheux.

Les deux archers s'inclinèrent respectueusement et se hâtèrent d'obéir.

D'Oppède n'osait plus parler ; il restait foudroyé par l'apparition de François Ier; mais l'avocat général Guérin hasarda d'une voix aigre une observation :

— Sire, cette huguenote mérite un châtiment ; elle a favorisé par un mensonge solennel et public la fuite de votre plus grand et plus dangereux ennemi.

Le roi resta impassible ; Goulard et Faucheux s'étaient arrêtés à mi-chemin dans leur mission de délivrance ; il leur fit signe de se hâter. Ils coupèrent les cordes avec leurs épées pour aller plus vite.

— Dites un mot, Sire, s'écria le capitaine Paulin de la Garde, et nous poursuivrons le traître. Il est peut-être encore temps de l'attendre.

François Ier reprit son expression souriante :

— Il est trop tard, mon pauvre Paulin. D'ailleurs, je suis aussi coupable envers le roi de France que cette jeune fille. J'ai tout vu et tout entendu. Je savais qu'elle nous trompait, et je n'ai rien dit. Vraiment, baron d'Oppède, je mériterais que vous me fissiez attacher à un arbre enflammé en compagnie de la belle Clotilde.

Le président baissa la tête sous les rires ironiques des soldats.

— Oui, reprit le roi, j'ai laissé fuir le rebelle afin de prendre ma revanche de sa générosité orgueilleuse. François paye toutes ses dettes et doit rester à tout prix le premier gentilhomme de son royaume.

— Cependant, sire, observa le baron Paulin, le connétable hors de France, c'est la guerre.

Le roi éclata de rire ;

— Bourbon vous fait-il donc grand'peur ?

— C'est un grand capitaine et une formidable épée, sire !

— Eh bien ! grand capitaine, soit, mais je ne veux pas qu'on me dise, à moi, qu'il m'a fait grand'peur ; que pour me débarrasser de ce rival redouté je lui ai tendu un guet-apens, et que je l'ai fait tuer d'un coup d'arquebuse comme un voleur de grand chemin. Allons donc ! toute ma noblesse, tout mon peuple plaindraient le connétable décapité. On irait jusqu'à douter de son crime. Laissons le fuir en pays ennemi, mes braves capitaines ; laissons-le se vêtir d'un costume espagnol, s'armer d'une épée étrangère et s'avouer rebelle à la face du monde entier. Alors un jour ou l'autre nous nous retrouverons, monsieur de Bourbon, et c'est en champ clos que nous viderons notre querelle.

L'enthousiasme chevaleresque qui animait les traits du roi se communiqua à tous les assistants, et une acclamation générale applaudit à ces généreuses paroles.

L'avocat général Guérin ne se tenait pas pour battu. Il s'approcha de François et lui dit :

— Vous avez accordé la vie à ces hérétiques entêtés, sire ; mais devons-nous les garder prisonniers ou les laisser vagabonder par bandes sur les grands chemins, car ils n'ont plus ni feu ni lieu ?

Le roi, embarrassé de cette question, hésita un in-stant, mais il vit presque aussitôt la jeune huguenote s'incliner devant lui.

— Ah ! je vous retrouve enfin, ingrate fugitive, dit-il, tandis que son visage s'épanouissait.

— Sire ! dit Clotilde pâle, mais résolue, un roi ne se montre pas clément à demi. Il ne suffit pas d'avoir accordé la vie à mes frères. Il ne suffit pas de leur rendre la liberté ; il faut les renvoyer dans leurs val-lées, rebâtir leurs maisons et replanter leurs vignes ; sans cela vos paroles de paix et de pardon resteront stériles. La misère est de mauvais conseil et monsieur le baron d'Oppède trouverait l'occasion, lui aussi, de prendre sa revanche.

François regardait d'un air indécis l'avocat général Guérin, les conseillers roides et silencieux, et les capi-taines ; mais lorsque ses yeux se fixèrent sur le prési-dent, il lui vit faire une si piteuse grimace qu'il ne put s'empêcher de rire.

— Tant pis pour monsieur Jean Meynier, dit-il, mais un galant gentilhomme ne saurait résister aux prières d'une jeune fille. Assuérus a accordé la grâce des Juifs à Esther, et vous êtes plus belle qu'Esther, mademoiselle. Ces hérétiques retourneront dans leurs vallées et pourront y bénir votre nom.

— Oh ! vous êtes bon et généreux, sire.

— J'y mets cependant une condition, Clotilde, con-tinua-t-il en lui prenant courtoisement la main.

La jeune fille et Didier devinrent pâles comme la mort en échangeant un regard chargé d'angoisse, car ils pressentaient une menace terrible dans les affec-tueuses paroles de François Ier.

Il se pencha à l'oreille de Clotilde, et ajouta :

— Je vous garderai en otage, ma belle, et je vous donnerai pour geôlier monsieur de Montchenu.

XVI

LE COMTE AURELIEN.

Deux jours s'étaient écoulés depuis la délivrance des Vaudois et des huguenots. M. de Montchenu avait été chargé par le roi de veiller sur Clotilde ; il l'avait conduite dans une petite cabane qui avait appartenu à la nourrice de Mme Diane, voulant la soustraire aux regards envieux et aux langues hostiles des gens de la cour.

Ce rustique logis, tout verdoyant de plantes grim-pantes, était caché derrière un rideau de saules, au milieu d'une petite île qui ressemblait à une grande barque échouée dans les sables mouvants qui formaient le lit de la Paillette, à une demi-lieue du château. Jamais prison ne fut plus gaie et plus charmante ; cage d'oiseau et cage de jeune fille qu'enveloppaient à midi, comme une étincelante résille d'or, les rayons du soleil.

Si le cœur de Clotilde restait morne et désespéré dans cet agreste paradis, c'est que le vrai soleil du cœur, pour une jeune fille, c'est l'amour.

Le comte Aurélien tenait à exécuter scrupuleusement les ordres du roi, dont il craignait d'encourir la disgrâce Son maître savait, en effet, que M᷈ᵐᵉ Diane avait été l'hôtesse, involontaire, il est vrai, du connétable rebelle, et il était à craindre que M᷈ᵐᵉ la duchesse d'Angoulême ne fit peser sur le mari la faute de la femme. L'adroit courtisan avait pu apprécier l'influence que l'opiniâtre et orgueilleuse Louise de Savoie exerçait sur son fils, dont l'esprit capricieux se lassait facilement de la lutte. Charles de Bourbon avait été vaincu, renversé, dépouillé par la reine mère; comment un simple favori pourrait-il lui résister? Il ne trouvait qu'un moyen de salut : c'était d'opposer à cette influence redoutable le pouvoir d'une favorite.

Il pensait que, séparée de Didier, Clotilde ne pourrait s'empêcher d'être éblouie par l'élévation soudaine et merveilleuse qui lui était offerte; ne serait-ce pas d'ailleurs pour elle un attrait irrésistible que de pouvoir protéger ses frères de religion, et ne devrait-elle pas se résigner facilement à jouer dans ce noble but le rôle de la Dalilah biblique?

Cependant, sans savoir pourquoi, Montchenu se sentait troublé par la triste et sévère attitude de la jeune fille; il n'osait lui parler du roi; il remettait d'heure en heure cette conversation dangereuse; il doutait parfois du succès de son intrigue, et il ne se reconnaissait plus. Le silence de Clotilde l'humiliait jusqu'au fond du cœur, quoiqu'il ne se l'avouât pas, mais il n'avait point la force d'être irrité contre elle.

Le troisième jour, vers deux heures, Lazare de Salva, valet de chambre du roi, vint secrètement dans l'île et annonça au comte que Sa Majesté avait résolu de se séparer, comme par hasard, de ses compagnons de chasse et de demander audience à la belle huguenote. Montchenu ne pouvait plus reculer; il se décida à la préparer à cette visite.

En ce moment, Clotilde regardait l'horizon, les nuages légers qui voguaient dans le bleu et les oiseaux fanfarons qui rayaient le ciel de leurs ailes rapides; pâle et rêveuse, elle se disait : Ils sont libres !

Elle vivait depuis deux jours dans la terreur de l'inconnu, comptant bien sur elle-même, et néanmoins inquiète, sûre de sa volonté, mais non de sa force, se demandant avec anxiété ce qu'il était advenu de Didier.

Elle laissa le comte Aurélien s'approcher d'elle sans y prendre garde, mais lorsqu'il voulut lui prendre la main, elle se recula avec une sorte de dédain; ses traits si purs et si doux se crispèrent d'une expression altière; on eût dit une reine offensée par un valet.

M. de Montchenu fut confondu. Il y a dans l'extrême innocence une force mystérieuse qui touche et qui trouble. Le comte se sentait intimidé, et ses yeux se baissèrent devant Clotilde; mais tout à coup il sourit de mépris pour lui-même.

— Est ce bien moi, se demandait-il, moi le courtisan vieilli dans les intrigues, le favori de François Iᵉʳ, qui ai peur de cette jeune fille. Je suis fou. Je me suis fait un marchepied des vices de mon maître; j'ai

passé des années à bâtir un édifice de grandeur, et elle le ferait écrouler en un instant ! Non, il faut que je l'emporte sur Brion et Bonnivet, ou bien je mérite de porter la marotte de Triboulet ou les grelots de Caillette.

Il fit donc un effort suprême et dit résolument à Clotilde :

— Mademoiselle, vous me haïssez comme votre geôlier et votre ennemi, n'est ce pas?

Elle garda le silence. Il continua sans se déconcerter :

— Tout cela, parce que j'ai voulu arracher de votre cœur une plante parasite, un amour impossible, un de ces rêves qui enchantent la jeunesse, mais qui s'évanouissent aussi comme un rêve.

Certes, il est doux de regarder à deux les étoiles, de respirer ensemble le parfum des fleurs, d'échanger des serments et des larmes; de se dire: Nous sommes jeunes et beaux tous deux, aimons-nous ! Seulement, celui qui doit protéger l'autre oublie trop souvent qu'il n'a ni fortune ni soutien, et qu'il lui faut lutter pour conquérir sa propre vie; celle qui a promis d'être fidèle à son amour, voit bientôt disparaître son ami emporté par la tourmente, et d'autres galants se penchent à son oreille. Puis vient l'hiver avec ses glaçons; la jeune fille grelotte sous son manteau d'été, sa beauté se fane et se ride...

— Que signifie ce langage par énigmes, monsieur le comte? interrompit Clotilde.

— Enfin on s'aperçoit, mais trop tard, ajouta Montchenu, que le paradis vers lequel on courait est un abîme, et qu'on ne peut pas passer sa vie à chanter la chanson de mai.

— Le roi m'a-t-il donc condamnée à vous entendre? demanda-t-elle d'un ton hautain.

Plus le comte la regardait, plus il l'admirait et se sentait troublé. Elle s'aperçut de son embarras et reprit :

— Ne jouez pas plus longtemps le rôle de tentateur; vous y perdriez votre rhétorique, monsieur. Je ne suis ni vaine ni ambitieuse. Je ne suis pas avide d'oripeaux, envieuse du diadème des duchesses, je ne suis pas honteuse de ma mante usée. Je puis rencontrer le bonheur dans la vie la plus étroite et la plus obscure, pourvu que ma conscience ne me force pas à rougir de moi-même.

— Ce sont là de nobles sentiments, mademoiselle, mais vous ne pouvez marcher seule, sans appui dans ce chemin difficile ?

Clotilde sourit tristement :

— Sachez-le, monsieur le comte, la conscience qui me suit, l'œil qui me voit, la bouche qui me parle, la voix que j'écoute, c'est ma mère; son malheur me servira du moins de leçon; je ne veux pas recommencer sa destinée.

M. de Montchenu pensa que le meilleur moyen de surprendre la confiance de la jeune fille serait de paraître s'intéresser aux souvenirs qu'elle invoquait.

— Quel malheur avait-elle donc subi? demanda-t-il.

— Pauvre mère ! poursuivit Clotilde en se retraçant le passé, comme elle m'aimait ! Elle, triste et sérieuse, elle savait trouver un sourire pour mes jeux d'enfant, pour mes caprices, pour mes désirs. Elle avait été douée d'un don funeste en naissant, elle était belle, d'une beauté à la perdition de son âme ; mais elle était pieuse, et la prière, pendant sa jeunesse, chassait de son cœur ces vagues rêveries, ces dangereuses aspirations de tendresse qui demandent à se répandre sur toutes choses. Hélas ! le démon inventa un piège pour pénétrer dans ce cœur si bien gardé et défendu A dix-sept ans, elle dirigeait déjà la ferme de son père, à Mussy.

Le comte Aurélien tressaillit ; il crut avoir mal entendu, et répéta comme un écho : — à Mussy !

Clotilde continua :

— Un dimanche, elle traversait la prairie qui séparait sa ferme du temple vaudois. Elle entendit des rires et des cris, et ne put s'empêcher de détourner un instant les yeux. C'étaient de jeunes gentilhommes qui jouaient à la paume et qui s'arrêtèrent pour la regarder. Elle devint rouge et confuse : « La jolie fille ! » dit l'un d'eux. Elle marcha plus vite et entendit des pas qui la suivaient. Elle s'arrêta, car elle était fière et courageuse, et ne se serait pas laissé insulter. Mais le jeune homme était plus ému et plus embarrassé qu'elle. Il tenait une écharpe à la main : « Ma belle enfant, lui dit-il d'une voix douce, je viens de gagner cette écharpe au fils de madame de Cental, et j'ai juré de la donner à la plus jolie paysanne de Mussy. » Ma mère voulut se récrier, mais déjà l'écharpe entourait son cou et flottait, agitée par le vent. Le jeune homme s'était enfui.

M. de Montchenu était devenu pâle comme la mort ; ses genoux tremblaient sous lui ; il paraissait bouleversé ; il interrompit la huguenote, et d'une voix sourde, il ajouta :

— Et cette écharpe était rouge, n'est-ce pas ?

Clotilde le regarda avec étonnement. Il ajouta d'un air égaré :

— Un instant après, Sarah Delorme, car votre mère s'appelait Sarah, poussait un cri de détresse. Un de ces taureaux sauvages qui vaguent dans la vallée de Mussy, affolé par cette couleur de sang, s'était élancé sur elle : il allait la broyer lorsque...

Montchenu ne put continuer, sa voix se séchait dans son gosier.

— Lorsque, reprit Clotilde de plus en plus surprise, le jeune gentilhomme accourut au moment où ma mère, les bras étendus, le nom de Dieu sur ses lèvres, attendait la mort. Agile et robuste comme un dompteur, il frappa de sa dague le taureau à la nuque. Mais comment savez-vous cela, monsieur le comte ? ma mère était discrète et ne faisait pas étalage de ses malheurs : moi seule j'ai su...

Le châtelain l'interrompit encore :

— Dites-moi qu'elle s'appelait Sarah Delorme ! répétez-moi ce nom, Clotilde ! Mais non, c'est une illusion ; ma raison s'égare. Achevez, mon enfant, achevez !

— A quoi bon ? répliqua la huguenote avec une va-

gue inquiétude Ne devinez-vous pas que ce vaillant jeune homme aima la pauvre Sarah, qu'elle se laissa aimer et qu'elle fut abandonnée comme tant d'autres ? C'est une vieille histoire, monsieur le comte. Ma mère fut montrée au doigt dans le bourg. Son père fut insulté parce qu'il ne voulut pas la chasser de ses bras et de son logis ; il mourut de désespoir lorsque je vins au monde et que la malheureuse femme dut se cloîtrer dans sa chambre pour ne pas soulever un scandale public. Les pierres mêmes semblaient crier contre elle. Enfin il lui fallut quitter Mussy, en m'emportant comme son unique bien, il lui fallut mendier sur les routes, car la ferme avait été incendiée par les ennemis de sa honte, et elle ne trouva asile et secours que chez Éphraïm Leblanc.

Le comte avait écouté ce récit avec stupeur ; une angoisse indicible oppressait son cœur.

— Et vous a-t-elle appris à maudire votre père, Clotilde ? demanda-t-il d'une voix tremblante.

— Chaque jour nous priions pour lui, répondit-elle doucement. Sans doute l'ambition avait dissipé son rêve. Il avait oublié Sarah Delorme. Pour lui, cette heure d'amour avait glissé comme un rayon de soleil ; pour elle, ce fut une longue nuit de deuil.

La jeune fille ne comprenait rien à l'étrange agitation de M. de Montchenu : il soupirait, il souriait en la regardant, et des larmes troublaient ses yeux.

— Misérable que je suis, murmurait-il si bas qu'elle ne pouvait l'entendre ; et je n'ai rien deviné ! et tout mon sang ne s'est pas révolté quand je cherchais à perdre cette enfant ! Oh ! comme elle ressemble à sa mère ! Quel voile avais-je donc sur les yeux et sur le cœur !

Clotilde paraissait inquiète de la transformation qui s'était opérée chez le comte Aurélien, mais elle ne l'interrogeait plus, car sa défiance n'avait pas cessé. Quant à lui, il n'osait rien lui dire, et pourtant il mourait d'envie de s'écrier :

— C'est moi qui ai abandonné ta mère ! Pardonne-moi comme elle ! Sois clémente comme elle ! laisse-moi t'étreindre sur ma poitrine !

Mais c'était là sa punition ! il ne pouvait réclamer cette affection qu'il avait abdiquée ; la jeune fille ne le croirait pas, elle l'accuserait de mensonge ; dans cette résurrection d'une tendresse profanée, elle ne verrait qu'un piège ; il fallait renfermer dans son âme ce secret qui ébranlait tout son être. Tout à coup il pensa au rôle infâme qu'il avait accepté. N'était-il pas le geôlier de Clotilde, et le roi n'allait-il pas bientôt apparaître ? Oh ! s'il était encore temps de fuir ! Comme une bête fauve traquée, il regardait autour de lui avec des yeux hagards. Le condamné à mort à qui on annonce sa sentence dans le cachot doit regarder ainsi. Le soleil incendiait le ciel, l'île et la rivière ; le vent se taisait et les branches des arbres semblaient dormir.

Clotilde eut presque pitié de lui en voyant ses larmes, et d'ailleurs une curiosité involontaire avait envahi son esprit. Elle lui demanda timidement :

— Avez-vous donc connu ma mère, monsieur le comte ? Et comment se fait-il que vous sachiez son nom ?

— Oui, j'ai connu Sarah Delorme, répondit-il à voix basse ; mais ne perdons pas de temps en vaines paroles, Clotilde. Je veux vous sauver du roi. Il va venir. Ayez confiance en moi. Il ne faut pas rester ici !... Voulez-vous me suivre?

Il lui saisit la main, mais elle se dégagea.

— Vous avez toujours cherché a me tromper. Pourquoi vous croirais-je? répondit-elle.

— Le roi va venir, répétait-il en s'attachant à cette menace avec l'opiniâtreté du désespoir.

La jeune fille lui dit :

— J'ai moins peur du roi que de vous, monsieur de Montchenu.

Le misérable sentit son cœur écrasé par cette dernière parole comme par un marteau vengeur. Il paya en un instant toute sa vie d'intrigues, d'ambitions et de calculs. Il ressentit comme un mouvement de rage et voulut redevenir tout à coup le père, reprendre cette autorité qu'il avait reniée, ces droits que la tendresse et la protection conservent seules ; mais il ne sut que répéter :

— Je le veux ! je vous l'ordonne, Clotilde, suivez-moi !

— De quel droit m'imposez-vous votre volonté? répliqua-t-elle et pourquoi désobéissez - vous à votre maître? Je ne crains rien, monsieur, Dieu me viendra en aide.

Le comte sentait sa raison vaciller dans son cerveau ; il allait peut-être employer la force pour vaincre la résistance de Clotilde, quand tout à coup un son de cor prolongé résonna à travers les arbres. Il resta pétrifié. La jeune fille tressaillit.

— Ah ! s'écria-t-il, il est trop tard ! Je ne puis plus vous soustraire à la galanterie du roi, mais je puis vous défendre.

Son visage était si décomposé et accusait de telles angoisses, que Clotilde se sentit pénétrée d'une sorte de compassion et d'attendrissement ; elle entrevoyait confusément quelque mystère douloureux dans la conduite de M. de Montchenu ; mais sa défiance était encore si forte qu'elle resta silencieuse.

Quelques minutes après, François Iᵉʳ arrivait au galop, en costume de chasse. Le courtisan s'empressa de l'aider à descendre de cheval, après l'avoir respectueusement salué ; mais le roi, ne faisant pas attention à lui, s'avança vivement vers la jeune fille d'un air radieux et lui baisa les mains.

— Salut à ma belle prisonnière, dit-il courtoisement. Pardonnez-moi, ma mie, de vous avoir confinée dans cette rustique solitude , mais je voulais vous visiter en secret, loin de mes gentilshommes indiscrets et de mes jolies dames trop curieuses. Tous les yeux m'épient, car chacun veut avoir en main la clef de mon cœur, depuis la reine mère jusqu'à mes ministres, depuis mes favoris et les gens de mon parlement, jusqu'à mes astrologues et à mes fous. Je ne puis guère avoir confiance qu'en deux hommes, mon valet de chambre Lazare de Salva et mon maître d'hôtel le comte Aurélien. J'ai à vous parler longuement, charmante Esther ; laissez-nous donc, Montchenu, et veille à ce que notre entretien ne soit pas interrompu.

— Sire, reprit Clotilde en rougissant, monsieur le comte peut entendre tout ce que vous avez à me dire.

— Ah ! notre honnête châtelain n'est donc plus si déplaisant à vos yeux, ma mie ? vous lui avez pardonné ses harangues de courtisan?

— Sire, monsieur le comte a compris combien il était vil et lâche de vouloir abuser de la crédulité d'une jeune fille pour perdre son âme, de la détourner de Dieu pour la livrer au démon.

François Iᵉʳ parut frappé d'étonnement et se retourna vers son favori.

— Quelle mouche vertueuse t'a donc piqué, cher comte? Les serments du barbe Éphraïm t'auraient ils converti à la religion nouvelle?

M. de Montchenu reprenait courage ; il résolut de risquer tout son passé, tout son présent, tout son avenir ; il espéra toucher le cœur du roi.

— Sire, dit-il en s'inclinant avec humilité, ai-je toujours bien mérité de vous? Vous ai-je toujours fidèlement servi? N'ai-je pas obéi à tous vos ordres et à tous vos caprices? N'ai-je pas été entre vos mains un instrument docile?

— Oui, répliqua François Iᵉʳ en riant, je te rends cette justice. Tu n'as jamais reculé devant aucun danger, devant aucun scandale, pour me satisfaire. Un crime même ne t'eût pas arrêté, si j'avais été un de ces Héliogabales qui aiment à teindre de sang leur sceptre et leur couronne. Tu as approuvé mes haines et mes injustices, et jamais tu n'as cherché à exciter ma miséricorde envers un opprimé. Tu as été l'ennemi acharné du connétable pour plaire à madame d'Angoulême. Tu ne te doutais guère que ta femme serait, à la dernière heure, l'hôtesse du traître et deviendrait la cause de son salut. Tu vois que je ne marchande pas ma reconnaissance.

Oh ! comme le malheureux souffrait d'être ainsi avili devant Clotilde par ces ironiques éloges ! Cependant il resta impassible et reprit :

— Eh bien, sire, en récompense de mes services, je viens vous demander l'autorisation de ramener cette jeune fille parmi ses frères.

François jeta d'abord sur le comte un regard de colère, puis il éclata de rire.

— As-tu perdu la tête, Montchenu? répliqua-t-il enfin ; laisser la plus belle fille du royaume s'ensevelir dans une caverne de Vaudois ! Mais ces pauvres hérétiques ne savent rien de la vie ; ils ignorent que le diamant est fait pour parer le cou des dames comme le fer pour armer la main des gentilshommes. N'ai-je pas raison, belle Clotilde, et pourriez-vous sans ennui passer votre vie au milieu de ces grossiers paysans quand vous avez entrevu l'éclat de notre cour?

La jeune fille lui montra le ciel par un geste solennel, et dit avec douceur :

— Sire, Dieu n'a pas mis notre bonheur dans ces biens périssables qui vous semblent si précieux, mais dans la sérénité et la fierté de l'âme ; celui-là seul est heureux qui se détourne fermement du mensonge, de l'oppression et du vice.

— Ma mie, interrompit le roi avec impatience, notre vie est-elle si longue que nous la hérissions d'épines et de ronces? Ne soyons pas ingrats envers Dieu, jouissons du temps qu'il nous accorde. Aussi bien, je croyais que le comte Aurélien vous aurait fait connaître mon désir. Je n'aime plus madame de Châteaubriant, depuis que je vous ai vue, et j'entends que vous preniez sa place à la cour, dussent toutes les dames de la petite bande en sécher de dépit.

Clotilde devint pâle d'indignation, mais Montchenu lui fit signe de ne pas répondre, et dit gravement à son maître :

— Sire, n'avez-vous donc pas entendu ma requête?

François, fort mécontent de n'être pas mieux accueilli, se mordit les lèvres et répliqua d'un ton railleur :

— Crois-tu que j'aie pris cette billevesée au sérieux, mon cher compagnon? Ce changement de ta part a lieu de me surprendre, et je serais charmé d'en connaître les raisons.

M. de Montchenu le regarda fixement :

— Vous allez être étrangement surpris de l'aveu que je vais vous faire, sire, mais je sais que vous m'aimez et vous serez indulgent pour votre serviteur. Vous comprendrez que je dois protéger, au risque de ma vie...

— Trêve de verbiage, et va au fait! dit brusquement François.

— Eh bien, sire, ajouta d'une voix brisée le comte Aurélien. Clotilde est la fille de cette Sarah Delorme que j'ai aimée dans ma jeunesse, et dont je vous ai conté souvent l'histoire. J'ai sacrifié la mère, mais je ne sacrifierai pas l'enfant.

La jeune huguenote attacha ses grands yeux étonnés sur Montchenu, mais son cœur restait glacé, et elle murmurait avec un accent d'incrédulité :

— Mon père! ce courtisan! oh non! c'est impossible.

Le roi avait écouté distraitement le gentilhomme; après un instant de silence, il lui dit d'un ton dégagé :

— Tu es encore là, Montchenu?

Le comte Aurélien devint livide.

— Mais vous ne m'avez donc pas compris, sire? Je ne quitterai plus Clotilde; je ne sortirai de ce logis qu'avec elle; je la garderai contre tous.

— Même contre moi? demanda François avec un sourire équivoque.

Montchenu ne répondit pas, mais il ne baissa pas les yeux qui brillaient comme des épées.

— J'ignore votre dessein, monsieur le comte, reprit sévèrement le roi, mais je ne suis pas dupe d'une fable si maladroite. Du reste, je vous fais juge du débat, ma mie. Êtes-vous disposée à suivre monsieur de Montchenu, et à lui témoigner la confiance et la tendresse d'une fille soumise?

— Non, répondit-elle avec force; j'ignore aussi dans quel but le comte Aurélien vient de vous dire ces étranges choses, sire; mais, quand même il ne vous tromperait pas, je ne suivrai jamais l'homme qui a chassé son neveu Didier, qui m'a offensée par ses conseils, et qui a laissé souffrir ma mère. Je ne reconnais pas en lui un père.

— Tu vois, mon pauvre comte, dit le roi, elle te renie et te repousse.

Montchenu se tordit les mains.

— Comme Dieu me châtie par la bouche de ma fille! Mais, sire, ne voyez-vous pas les larmes qui coulent de mes yeux? N'entendez-vous pas les battements de mon cœur?

François haussa les épaules :

— Croyez-moi, monsieur, restez-en aux intrigues de palais, au lieu de jouer ce nouveau rôle. Cela ne vous va pas.

Le comte Aurélien semblait transfiguré par la majesté de la douleur; le courtisan avait disparu, et il répondit avec une énergie terrible et touchante :

— Ah! cela ne me va pas de protéger ma fille, ce trésor retrouvé qui me rattache au bien! Oui, c'est elle qui vient de changer mon cœur. Si j'ai trop longtemps manqué à mes devoirs, je m'en repens, et je veux désormais les remplir à tout risque. Qu'elle me repousse et me renie, peu importe! La morte me verra, Sarah Delorme me pardonnera le mal que je lui ai fait, parce que j'aurai sauvé sa fille.

Clotilde sentait involontairement ces paroles déchirantes pénétrer son cœur; elle les écoutait avec un étonnement attendri qui se peignait sur son visage, et qui donna quelque inquiétude au roi. Il ordonna de nouveau à M. de Montchenu de se retirer; mais ce dernier, devenu sombre et presque menaçant, répliqua :

— Si je m'éloignais, je serais dans mon rôle, n'est-ce pas, sire? Je serais digne de moi-même, si je laissais Clotilde monter le grand escalier de l'hôtel des Tournelles! Cela couronnerait la longue liste de mes loyaux services. Je serais un favori plus aimé que Brion et Bonnivet.

— Vous finissez par jouer un vilain jeu en me parlant ainsi, monsieur, dit François Ier, et vous abusez fort de l'indulgence que vous a toujours témoignée votre maître.

Le comte Aurélien soutint sans pâlir le regard courroucé du roi; mais il voulut tenter un dernier effort en faisant appel à sa générosité, et il se jeta à ses pieds.

— Pardonnez-moi mon audace, sire! s'écria-t-il, ayez pitié d'un serviteur fidèle qui vous supplie, comme on supplie Dieu dans la détresse. Oh! je vois bien que vous me feriez grâce, si vous étiez sûr que je dis la vérité! car votre cœur est noble et bon...

Il voulut saisir le manteau de François.

— Ne me touchez pas, monsieur, dit le roi. Je profite de vos leçons, vous m'avez appris à ne pas tenir compte des larmes et des sanglots. Puis-je, sans prêter à rire, me laisser convertir par les comédies du comte de Montchenu?

En ce moment, Clotilde sortit de son indifférence apparente; elle parut en proie à une agitation singulière, et, s'avançant vers le prince, elle dit d'une voix altérée :

— Je crois que le comte Aurélien ne ment pas, sire, et j'accepte sa protection.

Le gentilhomme leva les yeux au ciel avec un ravissement indicible, et crut la victoire gagnée.

François Ier fronça les sourcils et caressa sa barbe d'un geste impatient :

— Vous êtes adroit à séduire le cœur des femmes par la pitié, monsieur, dit-il. Cependant je suis bon prince, et ne me montrerai pas inflexible. Relevez-vous, et donnez-moi une preuve qui me permette de croire à votre ingénieux fabliau.

— Une preuve! répéta Montchenu interdit. Quelle preuve exigez-vous donc, sire? Ne croyez-vous pas à ma parole? Clotilde n'a-t-elle pas compris, en regardant mon visage que j'étais sincère?

François Ier resta impassible.

— Si j'avais la faiblesse d'être aussi crédule que mademoiselle, vous ririez à mes dépens, monsieur. Votre parole sait mentir comme votre visage. Vous avez fait assez longtemps à mon service votre apprentissage de diplomatie.

Montchenu se releva transporté de fureur, et, dans son égarement, il porta la main à la garde de son épée :

— Vous êtes sans pitié, sire! s'écria-t-il; vous marchez sur moi comme sur un ver de terre; le ver se redressera.

— Je crois que vous me menacez, monsieur? fit dédaigneusement le roi.

— Je sauverai Clotilde malgré vous; je la défendrai contre vous!

— Sais-tu bien, comte, que tu deviens rebelle, et que je t'ôterai ta charge de maître de l'hôtel?

En même temps, François s'approcha lentement, lui arracha son épée et la brisa sur son genou robuste; il ajouta :

— Te voilà désarmé et à ma merci, Aurélien. Sais-tu qu'à cette révolte tu perds ton comté? Sais-tu qu'il y va de ta tête! Mais ne crois pas que j'aie peur de ta chétive colère? Tiens, voici mon épée. Ose donc frapper ton maître.

Et François Ier se croisa dédaigneusement les bras.

— Oh! la mort pour moi, mais grâce pour Clotilde! dit le gentilhomme.

Montchenu était à bout de forces; la servilité du favori n'était pas tout à fait éteinte en lui ; quand il vit le roi jeter son épée à ses pieds et s'offrir à ses coups, il se mit à trembler comme un enfant; il était vaincu par ce mépris superbe. Il crut voir toute la cour apparaître, tandis qu'on le saisissait et qu'on l'entraînait comme coupable de lèse-majesté ; il s'écria involontairement :

— Pardon, Sire, pardon!

Et quand le roi lui eut fait signe de ramasser l'épée, il la ramassa humblement.

— A la bonne heure! dit François, tu reviens à la raison.

Mais Clotilde saisit alors la main du comte Aurélien, et d'une voix émue :

— Au nom de ma mère, dit-elle, je vous pardonne, monsieur. Vous n'avez pas besoin de me défendre ; je ne suivrai pas le roi de France à l'hôtel des Tournelles. Vous avez retrouvé en moi une fille innocente ; inno-

cente, frappez-moi de cette épée et vous aurez expié tout le passé.

Ses yeux brillaient d'une flamme étrange, et François, effrayé de ce transport inattendu, résolut de changer de rôle et de prendre un ton plus doux.

— Vraiment! ma mie, à vous entendre, on croirait que je veux suivre l'exemple de ce Romain à qui la belle Virginie n'échappa que par un coup de couteau. Foi de gentilhomme! je ne prétends pas vous imposer mon amour comme un tyran. Il est vrai que je suis un peu incrédule à l'endroit de ces vertus farouches qui méprisent les honneurs et les joies du monde. Si vous vous montrez si froide envers moi, c'est que vous en aimez un autre. Le cœur des femmes n'est bien gardé que par l'amour.

— Dois-je rester exposée à de pareils discours? murmura Clotilde, tandis que des larmes montaient à ses paupières.

— Cet autre, continua François Ier, c'est Didier, le neveu de monsieur de Montchenu. Vous ne le nierez pas.

Clotilde garda le silence et rougit.

— Eh bien! reprit le roi, ce gentilhomme est un rebelle, un complice de monsieur le connétable; il l'a aidé et défendu, il est accusé de trahison; il sera condamné, il mourra.

En même temps il regarda de légers flocons de fumée qui s'élevaient à l'horizon.

La jeune huguenote avait poussé un grand cri, et, joignant les mains :

— Vous ne croyez pas à sa trahison, Sire, et vous n'abuserez pas de votre pouvoir pour vous venger. Lui faites-vous un crime de m'aimer, et sera-t-il aussi criminel parce que je l'aime? Oh! je ne veux pas être cause de sa perte! Madame Diane me l'avait bien dit que je lui serais funeste. Mais écoutez, Sire : faut-il vous promettre de ne jamais le revoir, de ne jamais prononcer son nom?... eh bien! j'essayerai de l'oublier... mais vous le sauverez, n'est-ce pas? vous lui ferez grâce!

— Je n'accorderais pas sa vie à madame la reine mère, dit brusquement François Ier, irrité de voir la froideur de Clotilde se fondre au nom de Didier. Le jeune homme est coupable, mais j'userai de mon droit de grâce en sa faveur si vous promettez de venir me remercier de ma clémence au palais des Tournelles.

La fumée à l'horizon devenait plus noire et plus épaisse.

— Mettez-vous donc votre droit de grâce à l'encan? reprit-elle avec indignation. Voulez-vous punir monsieur Didier de m'avoir protégée contre vos reîtres pillards. Si vous m'aimez réellement, Sire, pourquoi agissez-vous ainsi, au lieu d'être bon et généreux? Est-ce par l'oppression et la violence que l'on gagne les cœurs? et voulez-vous donc me forcer à vous haïr?

Le roi la regarda avec une expression sombre et triste.

— Mademoiselle, dit-il après un instant de silence, je serai toujours jaloux de ce jeune homme; les morts seuls sont des rivaux peu dangereux; il faut, pour que je pardonne à monsieur Didier, que vous soyez séparés l'un de l'autre par un obstacle infranchissable. Acceptez d'être attachée comme demoiselle d'honneur au service de madame d'Angoulême, et le neveu du comte Aurélien vivra. Je n'exige pas davantage.

La fumée a l'horizon devenait rougeâtre.

— Être oubliée et méprisée par lui! dit Clotilde avec accablement. Oh! vos grâces sont cruelles, Sire! Ainsi, monsieur Didier m'accusera d'une égoïste vanité et d'un lâche abandon! Son image pâle et douloureuse troublera chaque nuit mon sommeil! Et cependant, ai-je le droit de le laisser mourir, lui qui a risqué pour moi son honneur et sa vie?

— Comme vous l'aimez, Clotilde! interrompit le roi; mais hâtez-vous de prendre une décision. Les ordres sont donnés. L'heure de son supplice approche.

Il étendit sa main dans la direction de la fumée, dont les panaches noirs traversés d'étincelles flottaient dans le lointain.

— Vous voyez ce signal, reprit-il. Quand la fumée sera devenue flamme, Didier entendra sa sentence, et quand la flamme aura disparu, il aura expié sa trahison.

Clotilde attacha ses yeux sur ces serpents sinistres qui se déroulaient dans le ciel, et ses lèvres frissonnantes balbutiaient :

— Il ne me pardonnera pas! il me maudira si je consens à ce marché inique !

Elle semblait paralysée par l'effroi et dominée par une idée fixe; mais quand elle vit des langues de feu s'élever du milieu de ces nuages rougeâtres, un flot de larmes jaillit de ses yeux, elle comprima d'une main les soudains battements de son cœur, et, saisissant le bras de M. de Montchenu comme pour l'entraîner, elle s'écria :

— Il faut sauver votre neveu, monsieur! Sire, je serai demoiselle d'honneur de madame la duchesse d'Angoulême.

XVII

LE MISSEL.

Lorsque M. de Montchenu voulut ramener le cheval du roi, il resta fort désagréablement surpris ; le fougueux animal avait rompu sa longe et s'était échappé.

Il fallait donc traverser à pied le gué qui conduisait à l'autre rive.

Autre contre temps ! Au moment où le comte et Clotilde se décidaient à suivre François Ier, qui se réjouissait intérieurement d'avoir vaincu la résistance de la jeune huguenote, le ciel se couvrit presque soudainement d'un voile sombre ; de gros nuages fuligineux se groupèrent avec une rapidité menaçante, les roulements de la foudre grondèrent dans l'espace, zébré de zigzags de flammes, et un déluge de grêle et de pluie éclata sur l'île. La rivière semblait couverte d'un brouillard.

Les trois personnages ne tardèrent pas à marcher pour ainsi dire à l'aventure; le vent leur poussait au visage des tourbillons de grêle; leurs pieds s'enfonçaient dans le sable vaseux, et au bout de quelques minutes, le roi découragé reconnut qu'il avait perdu le gué. Il s'arrêta.

— Marchons ! fit vivement Clotilde, qui, exaltée par un sentiment supérieur a sa faiblesse physique, ne comprenait pas qu'aucun obstacle pût les arrêter.

François se tourna vers M. de Montchenu et lui dit à l'oreille :

— Soyez notre guide, monsieur le comte ; nous ne suivons plus le gué. Vous devez connaître mieux que moi la bonne route, vous qui êtes seigneur de ce pays.

— Avançons ! répéta la jeune fille, qui jeta sur le roi un regard de reproche et de soupçon si offensant, qu'une rougeur d'orgueil blessé lui monta au visage.

— Me croyez-vous donc capable de vous tromper, ma mie? répondit il ; si j'avais mon cheval, je traverserais l'eau, le sable et le feu, et j'arriverais à temps. Allons, comte Aurélien, aidez nous à sortir de cette vase, qui alourdit nos pieds et s'y attache comme de la poix.

Cependant M. de Montchenu regardait autour de lui avec inquiétude ; tout à coup il frissonna et murmura d'une voix sourde :

— J'ai peur !

— Peur ! murmura François Ier avec étonnement, peur de la pluie et de la grêle, vous, un homme de guerre !

— Oui, dit le châtelain, car nous sommes menacés d'un danger que ne peuvent conjurer ni le courage ni la force. J'ai peur pour vous, Sire, et pour Clotilde; si nous ne retrouvons pas le gué, je ne pourrai pas, même en donnant ma vie, préserver la vôtre.

L'orage grandissait toujours. Le ciel n'était plus qu'un linceul noir tacheté d'éclairs, et à ces clartés sinistres on eût dit qu'une pluie sanglante tombait sur la terre.

— Avançons ! dit encore Clotilde, qui n'écoutait que sa pensée; je ne suis pas fatiguée, et cependant, chose étrange, je ne puis plus marcher. Ah! je ne suis qu'une femme, je n'ai pas votre énergie et votre vigueur, eh bien! laissez-moi et allez en avant, Sire; pensez à votre promesse. Vous êtes un loyal chevalier. Il faut la tenir si vous ne voulez pas forfaire à l'honneur.

— Mais je ne puis arracher mes pieds de ce sable maudit! s'écria François désespéré. De quel danger parliez-vous, monsieur le comte? Je vous somme de vous expliquer.

— Sire, dit M. de Montchenu avec un frémissement d'horreur, nous sommes engagés dans un banc de sable mouvant.

Le roi essaya de rire :

— Bah ! répliqua-t-il, cette aventure peut tout au plus effrayer une jeune fille ; nous nous sommes tirés de plus rudes embarras. Nous avons gravi des remparts croulants, des toits embrasés, des montagnes de morts et de blessés; nous ne nous arrêterons pas devant quelques mottes de sable.

François Ier lança un nouvel appel avec sa trompe de chasse. (Page 114.)

Et il fit un effort suprême pour avancer; mais le sable mou et spongieux cédait sous son poids, étreignait ses pieds et ses jambes et semblait se hausser vers lui comme une créature animée; son corps s'enfonçait peu à peu, lentement, doucement, attiré par une force surnaturelle; plus il se débattait, plus la tombe mouvante se creusait sous lui. Il commença à croire que M. de Montchenu ne s'était pas alarmé à tort.

— Sire, ne faites plus un mouvement, dit le comte, ne jouez pas avec un péril qui vous est inconnu; cette force même dont vous vous vantez, ce courage dont vous êtes fier sont des armes inutiles à cette heure. Le sable mouvant est traître et perfide comme ces génies invisibles de l'eau qui se plaisent à attirer les nageurs dans l'abîme. Voyez, j'enfonce moins que vous, parce que je reste immobile.

Clotilde, svelte et légère, semblait marcher sur le sable comme la déesse du poète sur les nues; seulement chacun de ses pas formait une empreinte que l'eau remplissait. Elle regardait ses compagnons avec douleur et répétait d'une voix monotone :

— Pourquoi n'avançons-nous pas ?

— Sommes-nous donc réellement en péril de mort? demanda François à M. de Montchenu.

— Qui sait ? répondit le comte avec un geste d'accablement. Peut-être à force de patience et de volonté pourrons-nous gagner le gué. Mais il faut attendre que la grêle et la pluie aient cessé de nous aveugler, il faut rester calme, il ne faut plus nous épuiser en efforts inutiles.

Clotilde essaya de faire seule quelques pas en avant; ses compagnons la retinrent vivement; elle poussa un profond soupir et leur dit :

— Je suis un embarras pour vous. Le temps se passe et le supplice de Didier approche. Pensez à lui, Sire, et oubliez-moi, abandonnez-moi ! Dieu décidera de mon sort.

— Non, répliqua François; le comte Aurélien s'est exagéré notre danger, ma mie; l'orage fini, nous reverrons le soleil, et ce sera le salut. Je ne puis vous abandonner, Clotilde, moi qui vous aime malgré vous et malgré moi-même. Ce serait l'action d'un lâche. Que m'importe d'ailleurs la vie de Didier, si vous

8

mourez? On m'offrirait de me tirer de cette fosse hideuse sans vous, Clotilde, soyez certaine que je refuserais, foi de gentilhomme !

— Cependant, Sire, dit-elle en posant sa main sur son front assiégé d'une idée fixe, je pourrais l'exiger en vertu de votre promesse. Vous m'avez donné votre parole royale de faire grâce à Didier, et le temps se passe.

Le roi se sentit glisser de plus en plus dans le trou de sable, et son héroïque courage faiblissait en songeant à l'horreur de cette mort sans lutte. Un doute étrange lui vint à l'esprit, et saisissant le bras du châtelain :

— Ne serait-ce pas un piege que tu m'as tendu, comte Aurélien ? lui dit-il; ne serait-ce pas une vengeance raffinée que tu as voulu tirer de ton maître ? Tu n'as pas osé me frapper, mais tu savais que nous courrions risque de nous perdre dans ces sables. Tu pouvais nous avertir, tu devais marcher en avant et non me suivre.

Montchenu répliqua froidement :

— Croyez-vous, Sire, que j'aurais exposé Clotilde à mourir avec nous ?

François Iᵉʳ jeta autour de lui des regards éperdus.

— Il est cependant impossible que le vainqueur de Marignan périsse ainsi dans un ruisseau, obscurément, sans gloire, enterré sous la vase, au lieu de tomber sur un champ de bataille, l'armure faussée, l'épée brisée et trempée du sang de ses ennemis ! O mon Dieu ! permettez-moi d'expirer dans ma force, sous les yeux de ma vaillante noblesse, et non de cette agonie lente, solitaire, inconnue... Oh ! je veux vivre ! ajouta-t-il d'une voix puissante. J'appellerai à mon aide Bonnivet et Brion, tous mes gentilshommes, tous mes soldats... et ils nous sauveront !

En même temps il sonna de sa trompe de chasse quelques appels désespérés ; il voyait le sable lui monter maintenant jusqu'aux genoux et les serrer dans un étau inflexible ; il voyait le comte s'affaisser aussi dans la tombe sinistre et les petits pieds de la jeune fille disparaître à leur tour sous cette couche spongieuse. En une seconde, sa vie de gloire, de fêtes et d'amour défila comme un riant cortège devant ses yeux ; il regretta amèrement d'avoir poursuivi Clotilde de sa galanterie dédaignée ; il se demanda par quelle sotte fantaisie il avait quitté la chasse pour venir chercher dans l'île une déception et d'inutiles dangers.

M. de Montchenu dit alors gravement :

— Nous n'avons plus d'espérance qu'en Dieu ; prions-le. Dans un quart d'heure, le sable montera à notre ceinture. Dans une heure, il atteindra nos épaules et les couvrira comme une chappe de plomb. Nous pourrons encore voir le ciel, la terre et l'eau, nous pourrons encore crier à l'aide, ou prier. Puis le sable remplira notre bouche, puis il fermera nos paupières. Et tout sera fini !

Le roi sentit ses cheveux se hérisser et il sonna de nouveau de la trompe avec une force extraordinaire, tandis que Clotilde répétait à voix basse, comme si sa pensée était ailleurs :

— Nous n'arriverons pas à temps ! Vous m'aviez cependant promis la grâce de Didier.

En ce moment, une petite barque longue et plate glissa sur la rivière, enveloppée de brume, et le singulier personnage qui la dirigeait silencieusement la poussa à l'aide d'une gaffe jusqu'à vingt pas du banc de sable.

Le comte Aurélien poussa un cri de joie :

— C'est le nain du connétable ! s'écria-t-il, c'est Moucheron, je le reconnais. Il nous apporte la vie.

Le nain les regardait avec défiance, en agitant de sa main débile la longue perche accrochée au rebord de la barque ; il restait immobile, muet et semblable à un de ces ondins qui se font un jeu des frayeurs ou des dangers des hommes.

— Avorton du diable ! viens donc nous repêcher ! dit le roi avec impatience, car il ne doutait pas de l'obéissance de la pauvre créature et avait déjà retrouvé sa sérénité et son orgueil royal.

Mais Moucheron ne bougea pas et continua à les regarder tranquillement avec une sorte de curiosité bizarre.

— C'est un fou, dit Montchenu. Il ne comprend pas votre appel, sire.

— Ami Moucheron, reprit François Iᵉʳ, sauve le roi de France et ta fortune est faite. Je t'attache à mon service. Les plus nobles gentilshommes et les plus belles dames de la cour brigueront ton amitié.

Le nain se croisa les bras et dit en ricanant :

— Le roi de France avoir besoin d'un misérable fou de monsieur de Bourbon ! C'est impossible ! Ne suis-je pas un monstre sans force, sans courage et sans esprit ? Appelez à votre aide, seigneur, vos favoris, vos archers et vos reîtres ! Offrez-leur les tonnes d'or de votre épargne, et ils risqueront leur vie pour vous.

— Si tu n'obéis pas à mes ordres, dit François irrité, prends garde au châtiment ? Tu manques de courage ou d'adresse. Eh bien, va quérir mes loyaux serviteurs Brion et Bonnivet.

— Le nain de monsieur le connétable ne peut devenir celui du roi François, répliqua Moucheron impassible. Ce serait de l'ingratitude. Je laisse ce mérite aux sages et aux courtisans. Les fous sont fidèles comme les chiens.

— Tu as donc le cœur contrefait comme le corps ? Tu n'as pas honte de laisser des chrétiens en péril quand tu peux leur venir en aide?

— Vous êtes l'ennemi de mon maître, sire, reprit Moucheron de sa voix grêle; si je vous tirais d'embarras, ce serait lui nuire et le perdre. Si vous restez enseveli dans ce banc de sable, monsieur le connétable prendra bien sa revanche ; il rentrera triomphant en France, il pourra recouvrer ses biens et dignités ; madame la duchesse d'Angoulême sera forcée d'avouer ses mensonges, sa jalousie ridicule et son acharnement inique contre ce brave prince, qui se vengera en lui pardonnant.

— Tais-toi, misérable ! s'écria François Iᵉʳ, exaspéré de tant d'audace, n'outrage pas la reine ma mère, si tu ne veux qu'elle te fasse arracher la langue comme à un blasphémateur.

— Ne craignez rien pour moi, cher seigneur ; nul que vous ne m'entend, dit le nain. Mais pourquoi me menacer après m'avoir imploré ? Ce n'est pas adroit. Oui, c'est madame d'Angoulême qui a mis votre beau royaume à deux doigts de sa perte ; elle sacrifie les trésors de l'État et le sang de vos sujets à son amour insensé, qui s'est changé en une haine aveugle contre monsieur le connétable.

Le roi était pourpre de colère. Jamais il n'avait été si insolemment bravé. Il oubliait sa situation terrible et il voulut s'élancer vers le nain téméraire, mais ses jambes, scellées dans le sable, s'enfoncèrent plus profondément, tandis qu'il agitait son épée impuissante, et il poussa un cri de rage auquel Moucheron répondit par un éclat de rire.

— C'est singulier, n'est-ce pas, sire, poursuivit-il, de voir un vermisseau comme moi, le jouet des pages et des laquais, tenir à sa merci, frappé dans son orgueil et dans sa puissance, le roi chevalier, celui que redoutent le Suisse et l'Anglais, Venise et le Pape, le Sultan et l'Empereur. Noble prince, vous êtes habitué aux flatteries de votre hautaine noblesse, les poetes vous ont immortalisé dans leurs vers, les sculpteurs par leurs statues, les peintres par leurs tableaux. Hélas ! vous ne mourrez pas même sur un bûcher splendide comme l'Assyrien Sardanapale, ni dans un étang, l'épée à la main et le visage défiguré par vingt blessures, comme Charles le Téméraire ; mais vous serez étouffé par la vase de ce ruisseau. Oh ! comme le bon connétable sera vengé !

Ces insultes n'atteignaient plus le roi ; sa dignité royale avait pris le dessus, et il dédaigna de répondre aux sarcasmes du nain. mais il dit à M. de Montchenu :

— Je donnerais mon royaume pour sortir de ce banc de sable et me retrouver devant Bourbon, l'épée à la main, et si Dieu m'a désigné à la mort, voilà du moins comme je voudrais mourir.

L'orage s'apaisait cependant ; les grêlons ne tombaient plus, et de larges bandes d'azur se déployaient sur le fond noir du ciel.

— Eh bien, dit tout à coup Moucheron en se levant dans sa barque, je consentirai peut-être à vous rendre tous ces biens auxquels vous alliez dire adieu, ces batailles, ces tournois, ces statues, ces palais, ces coffres remplis d'écus, tout ce qui est la vie d'un roi,

François I⁰ʳ eut comme un éblouissement.

— Est-ce encore une raillerie, maudit avorton ? dit-il.

— Non. Seulement, je mets une condition à mon dévouement.

— Le pardon de ton insolence ? Soit !

— Non, dit froidement le nain. Que m'importe un corps chétif habitué aux verges, que m'importe ma vie misérable ? Mais je requiers la grâce d'un honnête gentilhomme qui n'a pas mérité le supplice auquel vous l'avez condamné.

— De qui parles-tu ! demanda le roi étonné.

— De M. Didier, le neveu de votre hôte, que vous avez fait juger comme traître, n'osant avouer que vous étiez jaloux de lui comme d'un rival.

— Tu te trompes, fils de Belzébuth ! c'est toi qui, par ton insolent bavardage, seras peut être cause de sa mort. Ce gentilhomme devait en être quitte pour la peur, car j'allais lui apporter sa grâce.

— Vous vouliez pardonner à M. Didier ? s'écria le nain avec une expression d'incrédulité.

— Mᵉˡˡᵉ Clotilde me l'avait demandé.

La brume se dissipait rapidement sous une éclaircie de soleil, et les objets reprenaient leurs formes, confuses jusqu'à ce moment.

Le nom de Didier avait tiré la jeune huguenote de sa prostration profonde ; elle leva les yeux, aperçut le nain, et lui dit de sa voix douce :

— Ami Moucheron, le roi notre sire a dit vrai !

Le nain n'eut pas plus tôt reconnu le comte Aurélien et Clotilde qu'il devina tout et résolut aussitôt de tirer parti de sa position.

— Fais vite ! s'écria impatiemment François.

Le nain resta immobile et répliqua :

— Sire, puisque ma requête était octroyée d'avance, je vous en adresse une seconde. Voulez-vous me promettre de laisser mademoiselle Clotilde libre et maîtresse de sa destinée?

Le roi éprouva une furieuse envie de tordre le cou à l'audacieux Moucheron, mais il était en son pouvoir. Trop loyal pour jouer avec sa parole, il hésita un instant à céder à cette nouvelle exigence ; mais il avait hâte d'échapper a la mort effroyable et inglorieuse qui le menaçait pour remonter vers ce paradis terrestre qui s'appelait la cour de France. Cet âpre désir l'emporta sur un amour qui, quoique violent, tenait plutôt du caprice que d'une passion durable et profonde ; d'ailleurs, son orgueil était froissé et blessé des dédains de la belle huguenote.

— Je te le jure, foi de gentilhomme ! répondit-il enfin d'une voix forte.

M. de Montchenu respira ; il bénit le nain du fond du cœur et s'écria aussitôt :

— Maintenant, maître Moucheron, à l'œuvre !

Le nain ne perdit pas une seconde. Il fit nager légèrement sa barque sur l'eau jusqu'à ce qu'elle vît toucher le banc de sable, dit au roi de saisir doucement l'aviron plat qu'il lui tendait et de se laisser glisser, avec lenteur, insensiblement, sans effort, sur le sable, de façon à dégager peu à peu ses jambes emprisonnées ; François Iᵉʳ jeta tour a tour sa trompe de chasse, son manteau et son épée, qui alourdissaient le poids de son corps, et, suivant l'avis de Moucheron, après avoir étreint le bout de la lame d'une main vigoureuse, il se laissa couler sur le sable comme un nageur qui fait la planche, et parvint à atteindre, non sans difficulté, le rebord de la barque.

Il tendit alors lui-même l'aviron à M. de Montchenu, qui imita son exemple. Quant à Clotilde, Moucheron se chargea de son salut; il rampa sur le sable avec la légèreté d'une couleuvre, laissant à peine une empreinte où l'eau suintait aussitôt, et attira la jeune fille par des mouvements lents et mesurés jusqu'au rebord de la barque. Une fois le but atteint, il dit vivement au gentilhomme :

— Ramez, monsieur le comte, car maintenant l'adresse et l'agilité ne suffisent plus. Il nous faut des bras vigoureux. Les minutes de la vie de M. Didier sont comptées.

Le roi et Montchenu se mirent aussitôt à l'œuvre et touchèrent la rive en quelques instants. La pluie avait éteint les grands feux qui rougissaient l'horizon, et peut être l'exécution du jeune homme avait-elle eu lieu. Clotilde gardait un morne silence. Le nain guidait la petite troupe et l'inquiétude lui faisait faire des enjambées extraordinaires. Ils rencontrèrent à mi-chemin MM. de Bonnivet et de Brion, qui, surpris de la disparition du roi et ayant entendu les appels du cor, accouraient à sa recherche. François Iᵉʳ les fit

descendre de cheval, enfourcha la monture de Bonnivet en ordonnant à Moucheron de monter en croupe
derrière lui, et dit à Brion de donner la sienne au
comte Aurélien et à la jeune fille.

Le galop des chevaux ne retentissait pas sur le sol
détrempé par la pluie ; néanmoins, arrivé à la lisière
d'une châtaigneraie séculaire, le roi engagea ses compagnons à mettre pied à terre et à s'arrêter, au lieu de
pénétrer dans une sorte de clairière formée par d'énor-
mes troncs d'arbres noirs et calcinés, dont quelques
branches, semblables à des bras de géant, brûlaient
encore. La compagnie du capitaine Jonas et celle du
baron de la Garde étaient campées dans cet espace ;
au centre se dressait un châtaignier respecté par la
flamme et auquel était attaché un prisonnier. Clotilde
reconnut Didier et se fût élancée vers lui si le roi ne
l'eût retenue avec force.

M. de Montchenu, lui, faillit pousser un cri de surprise qu'un regard sévère de son maître comprima sur
ses lèvres. Une femme pâle et agitée d'une terreur
mortelle, les yeux fixés sur le prisonnier, avait les
mains tendues comme une suppliante vers le Gascon
Jonas. C'était Mme Diane. Le roi fit signe au comte d'é-
couter. Elle parlait d'une voix entrecoupée, et ses
yeux étincelaient du feu de la fièvre.

— Capitaine, disait-elle, il y a erreur et mal-enten-
du dans cette affaire, je vous assure, Didier ne peut
être condamné pour fait de trahison ; attendez de nouveaux ordres du roi. Sa Majesté a été trompée. C'est
moi qui ai donné asile à M. le connétable au château
de Montchenu, mais je ne le connaissais pas. Si c'est
un crime, qu'on me juge et qu'on me condamne.

— Cap-de-bious ! madame la contesse, dit le brave
Jonas fort embarrassé, je n'ai pas qualité pour recher-
cher les criminels.

— Mais vous-même, capitaine, reprit Diane en le
regardant tout à coup d'un air soupçonneux et défiant,
vous n'avez pas reconnu M. de Bourbon sur le bac de
Vincent Jodelle, et cependant vous aviez servi sous lui.
Cela est fort extraordinaire. Prenez garde ! on pourrait en parler au roi.

Puis, voyant le visage du Gascon se rembrunir, elle
ajouta vivement :

— Ce n'est pas une menace de ma part, mon bon
capitaine ; mais ne froncez pas le sourcil. Voyons, usez
de courtoisie envers une femme. Q'est-ce que je vous
demande, après tout ? Un répit ! un délai ! Cela ne vous
compromettra pas.

— Madame, interrompit froidement Didier, laissez
notre ami Jonas faire tranquillement son devoir. Il a
reçu des ordres et doit les exécuter.

Mais Diane, épouvantée, avait saisi la main du Gascon :

— Ne l'écoutez pas, dit-elle avec angoisse, ne l'écoutez pas ! il me hait et il ne voudrait pas devoir à mes
prières cette heure de délai qui peut tout sauver. Ses
yeux se détournent de moi avec mépris, mais qu'importe ? Si je savais où trouver le roi, j'irais me jeter à
ses pieds, et je lui crierais : Didier n'est pas coupable.
C'est moi qui l'ai forcé à s'échapper du château avec
cette huguenote et à chercher un refuge au campement des Vaudois. Il fuyait pour se soustraire à ma
haine ! ma haine ! répéta-t-elle douloureusement avec
un regard qui trahissait son amour. Faut-il donc tout

vous avouer, monsieur le capitaine, et vous convaincre
de mon indignité pour attester l'innocence de Didier ?

— Taisez-vous, madame, dit le malheureux jeune
homme humilié de cette défense passionnée.

Diane se pencha vers le capitaine de façon à n'être
entendue que de lui, et ajouta :

— Je mourrai du coup qui le frappera.

Jonas était violemment ému.

— Sang-diou, madame, dit-il en tordant sa moustache rousse pour cacher son trouble, je voudrais
pouvoir vous rendre service. Certes, il m'en coûte d'être
chargé de cette vilaine besogne, mais je suis forcé
d'obéir à mes chefs. Ne restez pas ici plus longtemps,
madame la comtesse.

— Je resterai, répondit Diane avec exaltation, je resterai jusqu'à son dernier souffle .. Didier ne mourra
pas seul abandonné de tous ceux qui l'aimaient... Son
dernier regard rencontrera les yeux d'une amie... Je
garderai son corps sanglant. Je veillerai à ses funérail-
les... Mais si j'ai ce courage, ajouta-t-elle en se tournant vers le prisonnier, vous me pardonnerez ; n'est-
ce pas, Didier, vous n'emporterez pas dans la mort
une pensée de haine et de mépris contre moi ?...

— Madame, dit le prisonnier à voix basse, gardez
mieux l'honneur de M. de Montchenu et de notre
famille.

— Il faut vous éloigner, pauvre femme ! dit le capitaine Jonas.

Diane se tordit les mains par un mouvement désespéré.

— Oh ! si Dieu faisait un miracle, si le roi pouvait
paraître tout à coup, je lui avouerais toute la vérité,
et il aurait pitié de mon repentir et de mes larmes, et
il vous ferait grâce, Didier !

— Retirez-vous, madame, dit impérieusement le
jeune homme, et ne donnez pas votre douleur en spectacle, si vous voulez que j'oublie le passé et que je meure
en vous pardonnant le mal que vous m'avez fait.

François Ier et le comte Aurélien échangèrent un
regard rapide ; ils avaient tout compris ; les yeux ardents du courtisan s'attachaient au visage décomposé
de Mme Diane, qui tremblait comme si une fièvre
subite avait affaibli tous ses membres. Sa femme l'a-
vait trompé en accusant Didier d'un amour imaginaire,
et il voyait bien que tout le monde avait deviné ce
secret déshonorant ; il serait désormais un sujet de
compassion et de railleries ; il était atteint à la fois
dans son orgueil et dans son amour, ces deux puissants mobiles de sa vie.

Le capitaine Jonas ordonna à ses soldats d'emmener
la comtesse de Montchenu hors de la châtaigneraie.

Goulard et Faucheux s'approchèrent aussitôt de la
comtesse et la saisirent ; elle se débattit et essaya de
résister en répépétant :

— Attendez le roi, capitaine, prenez cela sur vous ;
il viendra, et vous vous repentirez de vous être trop
hâté.

Le Gascon se détourna pour ne pas se laisser troubler par ces supplications, tandis que Didier disait à
Mme Diane :

— Voulez-vous donc abattre mon courage et me
faire passer pour un lâche ?

Dès qu'elle eut entendu sa voix, elle devint soumise
et suivit les deux soldats.

Mais lorsqu'elle atteignit la lisière du bois, quelle ne fut pas sa surprise en apercevant François Ier et le comte Aurélien. Elle se jeta précipitamment aux genoux du roi, et lui montrant du geste Didier, elle s'écria d'une voix brisée :

— Justice ! sire, justice !

— J'ai déjà accordé son pardon, dit froidement le roi.

La comtesse se releva avec un éblouissement de joie.

— Mais qui vous accordera le vôtre? dit M. de Montchenu. J'ai tout entendu. Vous gardez mal vos secrets.

Elle courba la tête et s'adossa, défaillante, contre un arbre.

François s'avança vers le capitaine Jonas :

— Faites détacher ce gentilhomme, dit-il.

Puis, s'adressant à Didier :

— Monsieur, vous êtes libre. Vous pouvez rejoindre M. le connétable, car je n'accepterais pas vos services. Vous êtes redevable de la vie, non à ma générosité, mais aux prières de mademoiselle Clotilde, qui a voulu s'acquitter envers vous.

Didier, pâle et sombre, jeta un regard de reproche sur la jeune fille; mais il la vit sourire et il comprit qu'elle n'avait pas démérité de son amour.

— Quant à cette belle demoiselle, ajouta le roi avec un faux sourire, le bon plaisir de maître Moucheron, qui se mêle un peu des affaires de tout le monde, est de la voir renoncer à la cour et à ses pompes ; elle accepte donc l'hospitalité de M. de Montchenu jusqu'au jour où elle voudra disposer de sa destinée.

Didier crut devoir remercier François Ier, qui répondit sèchement :

— Je vous tiens quitte de votre hommage, monsieur. Si le traître Bourbon m'attend en Italie, j'espère que nous nous y retrouverons, et vous savez que, dans la mêlée, je ne dédaigne pas de croiser le fer avec un bon gentilhomme.

— Ce sera un grand honneur, sire, dit le jeune homme en relevant fièrement sa belle tête ; cet espoir seul me déciderait à rejoindre M. le connétable.

Le roi lui tourna brusquement le dos, et comme Brion venait d'arriver avec Bonnivet, il leur dit :

— Messieurs, il est temps de nous remettre en chasse et de regagner le temps perdu. Allons!

Pendant cette courte scène, Chevrette, qui avait suivi la compagnie du capitaine Jonas, tirait Moucheron par la manche, et lui disait d'un air mystérieux :

— Conseille-moi, mon bon frère ! Puisque le roi renonce à l'amour de cette prude Clotilde, me crois-tu sincèrement assez belle pour attirer son attention ? Mme Diane m'a assuré que ma nouvelle toilette avait beaucoup plu à Sa Majesté, et qu'elle avait le don de l'égayer prodigieusement. Il est bien malheureux que je sois si petite, car ce grand prince est obligé de me chercher longtemps des yeux quand je suis cachée dans la foule.

Le nain haussa les épaules.

— Coquette incorrigible ! dit-il avec humeur, veux-tu donc te séparer de moi pour te bercer d'une ridicule espérance ? Nous allons à Mantoue retrouver notre cher maître, et tu aimerais mieux rester seule à l'hôtel des Tournelles pour servir de risée à Triboulet et à Caillette ! Le roi parlait tout à l'heure de te donner l'un de ces illustres fous en titre d'office pour mari.

— Fi, les monstres ! s'écria dédaigneusement Chevrette, en s'éventant avec son mouchoir. S'il en est ainsi, allons plutôt à Mantoue. D'ailleurs, l'Italie n'est-elle pas le riant pays des amours?

Le comte Aurélien, aussitôt après le départ de François Ier, s'était dirigé vers Didier avec une expression de franchise et de bienveillance qui ne lui était pas ordinaire, en faisant signe à Clotilde de le suivre; il réunit les mains des deux jeunes gens dans les siennes, et dit d'une voix affectueuse à son neveu :

— Pardonne-moi de t'avoir méconnu, mon ami; désormais tu n'auras plus à te plaindre de moi. Tu vas être forcé de te séparer de ta fiancée, mais je te la garderai comme un père et toute ma fortune lui appartiendra.

Didier, surpris de cette bienveillance inattendue, voulut protester contre une semblable largesse.

— Ne n'interromps pas, reprit le comte Aurélien, je connais mes devoirs, et ma résolution est inébranlable. Je n'attends plus de la vie aucune joie. Mon ambition, mon crédit, mon amour, tout n'est plus que cendres. Si nous ne devons plus nous revoir, beau neveu, ajouta-t-il avec une émotion qu'il ne put vaincre, pardonne-moi les injustices, les violences, les humiliations même qui ont gâté ta jeunesse et irrité ton cœur. N'oublie pas que, du moins, j'ai gardé sauf l'honneur de notre famille.

Didier fut ému de la tendresse que lui témoignait cet homme sévère et redouté.

— Je vous connais à partir de ce jour, monsieur, répondit-il; je vous ai toujours respecté, même quand je vous accusais en moi-même de tyrannie, mais maintenant je vous aime et je retrouve bien en vous le frère de mon père. Puisque mademoiselle Clotilde se confie à votre garde, c'est que le favori de notre galant seigneur et maître n'est plus à craindre.

Un quart d'heure après, la châtaigneraie était redevenue silencieuse.

Les archers et les reîtres étaient partis. Le capitaine Jonas avait donné une cordiale accolade à Didier, en regrettant de ne pouvoir l'accompagner et en promettant de le retrouver dans les plaines de la Lombardie.

— Qui sait, après tout, sous quel drapeau je me battrai? avait ajouté le Gascon à voix basse. J'ai fait mes premières armes sous M. le connétable; il serait dur pour moi de le combattre sous les ordres de l'amiral Bonnivet, ce fanfaron de cour, qui parle à des capitaines comme à des serfs; M. de Bourbon lui, nous traitait en frères.

Le neveu de M. de Montchenu avait répliqué en souriant :

— Je ne désespère pas de vous voir tirer l'épée, non contre moi, mais contre votre ami le capitaine Paulin.

Puis il s'était éloigné avec Moucheron et Chevrette, tandis que Clotilde et Mme Diane suivaient le comte Aurélien.

Le lendemain, François Ier se disposa à quitter le triste manoir de Montchenu ; et, par ordre de son mari, la belle châtelaine se laissa parer par ses femmes pour faire ses adieux à son hôte illustre. Le comte s'aperçut, à la froideur insolite du monarque, que sa faveur était perdue, mais cette certitude ne parut pas produire une grande impression sur cet homme, naguère si avide, si fier et si enivré de l'amitié de son maître. Il garda une attitude respectueuse et digne lorsque le roi prit congé de lui sans l'engager à reparaître à la cour, et il ne fit aucune allusion à son accablante disgrâce. Sa pensée était ailleurs. Une blessure plus vive et plus incurable faisait saigner son cœur. Du reste, sa femme n'avait pas eu à se plaindre d'un manque de courtoisie et d'égards. Nul n'eût pu soupçonner l'orage qui venait de troubler leur union. Les yeux de la comtesse brillaient du feu de la fièvre et le fard qui couvrait ses joues cachait sa pâleur mortelle, de sorte que tous les soupçons devaient se dissiper devant le sourire qui servait de masque à son visage.

Mais à peine le roi et son brillant cortège se furent-ils eloignés, à peine le silence se fut-il emparé de cours et des salles du château, si animé et si bruyans depuis deux jours, que la force factice de M. de Montchenu tomba tout à coup, et qu'il sentit ses jambes chanceler. Il pria Diane de lui permettre de l'accompagner dans sa chambre, et fut contraint de s'appuyer sur le bras du majordome Bernard.

A peine entré, il s'affaissa dans un fauteuil et, du geste, congédia son fidèle serviteur. La comtesse n'osa s'approcher de lui ni témoigner la moindre inquiétude. Elle le regarda et fut surprise du rapide changement qui venait de s'opérer en lui : ses yeux étaient devenus caves et ternes ; des mèches blanches tachetaient sa chevelure ; son visage grimaçait sous des rides précoces et des plaques jaunâtres ; ses mains tremblaient et s'écartaient blêmes, amaigries, sur les bras du fauteuil. Il avait tout à coup vieilli de vingt ans.

Quant à Mme Diane, elle se tenait droite et fière, appuyée au chambranle de la cheminée, et semblait résignée à l'assaut de récriminations, de reproches et de colères dont la menaçait le silence de son mari.

De temps à autre elle jetait les yeux sur un missel orné d'agrafes et de coins d'or posé sur la cheminée, et chaque fois un sourire amer brillantait ses grands yeux.

Elle attendait, muette, l'explication qu'allait lui demander le comte Aurélien. Le silence se prolongea quelques minutes ; il lui semblait pénible comme la lourde chaleur qui précède l'orage. Tout à coup le gentilhomme leva les yeux sur elle et une vague rougeur anima ses joues flétries.

— Comme vous êtes belle, Diane ! murmura-t-il avec effort. Hier encore Bonnivet et Brion déclaraient que jamais dame de la cour, bourgeoise ou bergère, n'avait été si rayonnante, et que vous étiez digne de monter sur un trône !

La comtesse se sentit profondément humiliée de cet étrange compliment et répondit :

— Monsieur, j'ai mérité votre colère, mais pourquoi me railler ? Je ne me révolte pas contre votre justice, je ne cherche pas à surprendre votre cœur par de lâches prières, je me soumets à votre volonté, quelque rigoureuse qu'elle soit.

— Diane, reprit le comte, je sais que vous avez le droit de vous plaindre de moi ; ma jalousie étroite et aveugle vous a lassée ; je n'ai pas ouvert à votre beauté et à votre jeunesse un champ assez vaste et assez fleuri ; je vous ai, comme un oiseau trop rare et trop charmant, enfermée dans une cage qui n'était pas même dorée.

Madame de Montchenu tressaillit ; ces paroles si douces l'épouvantaient ainsi qu'un piège, et elle ne pouvait comprendre que son mari, au lieu de la juger, se jugeât lui-même. Elle répliqua donc en regardant le missel :

— Je sais que vous m'aimiez, monsieur, et que je devais d'autant plus garder sévèrement mon cœur.

— Oh ! fit-il avec un profond soupir et un regard attendri, c'est cet amour même que vous détestiez et qui fut mon crime ; j'avais tort de vous aimer, et surtout de vouloir être aimé. Je vois maintenant défiler le passé comme dans un miroir magique, et je ris de ma crédulité. Mais j'avais en vous, Diane, une foi si complète et si profonde ; vous me paraissiez si froide et si altière, si chaste et si pure, si inaccessible aux passions frivoles des dames de la cour, si indulgente en même temps pour mes faiblesses, que je vous croyais heureuse.

La comtesse se sentit émue et troublée par cette voix qui ne menaçait pas, mais qui suppliait ; elle quitta des yeux le missel et tendit ses mains vers M. de Montchenu :

— Grâce ! dit-elle ; ce n'est pas à vous, qui avez été si confiant et si généreux, de vous humilier devant moi ; épargnez-moi, monsieur. J'étais forte contre les outrages, je suis vaincue par votre douceur. Si c'est un jeu, il est cruel ; si vous avez pitié de moi, je subirai votre clémence, mais jamais je n'aurais la lâcheté de vous accuser de ma faute.

— Vous, subir ma clémence ! s'écria-t-il avec une sorte d'étonnement et pourquoi ?

— Parce que je suis coupable, murmura-t-elle poussée par un transport irrésistible, d'avoir laissé pénétrer un amour défendu dans mon cœur.

Il essaya de se lever, mais il retomba dans le fauteuil :

— Plus bas, Diane, plus bas ! dit-il d'un air effrayé ; les murs nous entendent, les portes nous espionnent ; plus bas ! ne vous déshonorez pas par un aveu public, respectez notre nom. Hélas ! pourquoi ce secret n'est-il pas resté enfermé dans votre âme ? Pourquoi est-il déjà soupçonné par des indifférents ou des envieux ? Ah ! les femmes ennemies de votre beauté ne vous pardonneront pas votre folie ; mais moi, qui vous aimais et qui ai dépensé ma vie dans des intrigues de cour, au lieu de chercher à gagner votre cœur, de quel droit vous accablerais-je maintenant de ma colère ?

Diane éperdue s'avança vers lui :

— Pas un mot de plus, Aurélien dit-elle ; vous me faites l'aumône de votre pardon, mais je suis trop fière pour l'accepter sans m'acquitter envers vous. Je ne manque ni de loyauté ni de courage, et vous saurez bientôt que je suis digne de vous. Ma dette vous sera payée.

Elle baisa humblement sa main ; il la repoussa doucement et parvint à se lever de son fauteuil.

— Diane, vous êtes surprise et touchée, je le vois, de ma faiblesse, reprit-il avec un pâle sourire, mais ne m'en sachez aucun gré. Le secret de mon pardon est dans l'excès de mon amour : comme les païens qui immolaient des victimes à leurs idoles, j'aurai tout sacrifié pour vous, jusqu'à mon honneur.

En même temps, il se traîna péniblement jusqu'à la cheminée, et, en s'y appuyant, sa main frôla le missel à coins d'or. La comtesse s'élança vers lui en jetant un cri :

— Ne touchez pas à ce livre !

— Pourquoi donc? répliqua-t-il en saisissant le missel par un mouvement involontaire.

Sa jalousie, qu'il croyait assoupie, se réveillait tout à coup plus ardente ; mille soupçons traversèrent son esprit. Le roi n'avait-il pas, en partant, regardé la comtesse avec une attention singulière? N'avait-il pas vu sourire et entendu chuchoter quelques courtisans? En vain voulut-il chasser ces mauvaises pensées ; il ne put s'empêcher de serrer le livre d'une main convulsive, comme s'il eût espéré y trouver la preuve d'une nouvelle trahison.

— Aurélien, n'y touchez pas ! répéta Mme Diane en essayant de le lui arracher.

Monsieur de Montchenu résista ; le vieil homme se réveilla en lui, un éclair brilla dans ses yeux éteints. Il repoussa violemment la malheureuse femme qui se traînait éplorée à ses pieds, et ouvrit fiévreusement le missel, tandis que Diane criait d'une voix brisée :

— Ne touchez pas à ce livre, Aurélien, il est empoisonné !

Le comte ne le jeta pas à terre, ne le regarda pas avec effroi, mais il murmura :

— Expliquez-vous, madame.

Elle répliqua avec un accent d'angoisse :

— J'avais bien deviné, monsieur, que notre vie serait désormais impossible, qu'à vos yeux le passé ressusciterait toujours, que votre jalousie n'était pas

morte et que votre pardon ne serait pas sincère. Eh bien, j'ai voulu échapper à cette chaîne honteuse, à ces hypocrisies de chaque jour, à ces remords de chaque nuit ! Je me suis dit que la mort pouvait seule me dégager de ces souvenirs ineffaçables et vous paraître une expiation véritable. Rendez-moi donc ce missel, monsieur le comte !

Montchenu sourit ; son cœur s'était apaisé ; en regardant sa femme, il avait bien vu qu'elle avait vaillamment fait le sacrifice de sa vie.

— Non, Diane, dit-il de sa voix à peine distincte, vous ne toucherez pas à ce livre. Dieu a décidé entre nous. Ma vie est finie. Favori disgracié par un maître que je ne pourrais plus aimer ni servir, mari d'une femme pour qui ma présence serait un châtiment, c'est à moi de mourir.

En même temps il pressa sur ses lèvres les pages coloriées du missel, qui étaient imprégnées du terrible poison florentin dont Catherine de Médicis devait faire plus tard un fréquent usage ; il n'eut que le temps d'ajouter :

— Diane, vous saurez maintenant à quel point je vous aimais ! Adieu ; soyez bonne pour Clotilde.

Et il tomba foudroyé aux pieds de la comtesse, qui n'avait pas eu la force de s'opposer à cette action désespérée.

Elle contempla d'un regard morne le corps de M. de Montchenu et dit en s'agenouillant pour prier :

— Dieu ne veut pas que je meure, ce serait une punition trop douce. Je me consacrerai à lui et je serai sa servante.

FIN

TABLE DES MATIÈRES

Sceaux. — Imprimerie Charaire et Fils.

www.ingramcontent.com/pod-product-compliance
Ingram Content Group UK Ltd.
Pitfield, Milton Keynes, MK11 3LW, UK
UKHW020001100726
13658UKWH00002B/752